38-

Gita Tost
FreiSchwimmerin

Clelia

Gita Tost

FreiSchwimmerin

Lust- und Grau(s)zonen lesbischer Sexualität

Ulrike Helmer Verlag

Die Deutsche Bibliothek – Cip-Einheitsaufnahme

Tost, Gita:
FreiSchwimmerin : Lust- und Grau(s)zonen lesbischer Sexualität /
Gita Tost. – Königstein / Taunus : Helmer, 1999
(Clelia)
ISBN 3-89741-015-X

Covergestaltung unter Verwendung eines Ölkreide-Aquarells
von Ariane Gschwindt, Bernried
Autorinnenfotos: Lissy Wiesner, Regensburg
Satz: im Verlag
Druck: Niederland Verlagsservice, Königstein/Taunus
Printed in Germany

Gesamtverzeichnis sendet gern: Ulrike Helmer Verlag, Altkönigstraße 6a,
D-61462 Königstein/Taunus. Fon: 06174 / 93 60 60, Fax: 06174 / 93 60 61,
e-mail: ULRIKE.HELMER.VERLAG@T-online.de

Inhalt

Aufbruch zur Wanderschaft

VORWORT

Dieses Buch ist keine Ratgeberin. Ich bin keine Psychologin. Ich nähere mich dem Thema auch nicht aus der Sicht einer Sextherapeutin, die sich berufen fühlt, lesbische Sexualität – und vor allem Probleme damit – vor dem Erfahrungshintergrund ihrer langjährigen Berufspraxis umfassend darzustellen, Theorien und Kategorien zu entwikkeln und für jedes Wehwehchen das passende Rezept zu verschreiben.

Dieses Buch ist keine Modeerscheinung. Es versucht nicht, mit großem Trara und um so weniger Inhalt im Boulevardzeitungsstil sogenannte Erotik zu verkaufen, um am allgemeinen Sexgeschäft teilzuhaben. Dieses Buch verspricht nicht den großen Tabubruch und die Enthüllung sämtlicher Geheimnisse von hinter dem Schlüsselloch, um dann nur einmal mehr die alten, wohlbekannten Konserven lesbengerecht aufzuwärmen.

Ich bin auch keine Missionarin. Mein Ziel ist eine Art von Wahrheit, die ich bisher in keinem Buch über lesbische Sexualität gefunden habe: die Beschreibung ganz einfacher Alltäglichkeiten, in denen ich mich wiederfinden und sagen kann: »Ja, genau, das kenne ich auch!«

Ich bin keine Fan einfacher Rezepte und Lösungen. So ist das Leben nicht. Viel lieber würdige ich mit diesem Buch die Vielschichtigkeit von sexuellem Erleben. Die tausend Facetten schon in einer einzigen Person, die ahnen lassen, daß die Wirklichkeit noch viel bunter ist, als wir im Kühnsten zu träumen wagen. Ich will zeigen, wie scheinbar Altbekanntes aus einer anderen Sicht betrachtet plötzlich völlig neue, ungeahnte Seiten zeigt, die uns vieles lehren können.

Dies ist ein durch und durch subjektives Buch. Eine andere Herangehensweise halte ich für unlauter. Über lesbische Sexualität gibt es immer noch dermaßen wenig gesichertes Wissen, daß allgemeingültige Behauptungen nicht aufgestellt werden können. Beim derzeitigen Stand der Dinge sind Lesben auf einige wenige, nicht besonders zuverlässige Informationsquellen angewiesen. Die beste davon ist immer noch das eigene Erleben.

Mein eigener Erfahrungsschatz ist sehr bunt: Ich bin Überlebende und kenne viele der Trauma-Abgründe, mit denen fast alle Lesben in ihrem Liebesleben unweigerlich konfrontiert werden – entweder als selbst Betroffene oder als Geliebte einer Betroffenen. Ich kenne Sex in und außerhalb von (Zweier-)Beziehungen, mit Männern und mit Frauen, freiwillig und unfreiwillig, mit Lust und mit Frust, masochistisch und feministisch, monogam und polygam, wachend und schlafend, Pflichtsex und echte Leidenschaft, Sex zu zweit und Sex allein mit mir ... – und nicht zuletzt kenne ich Zeiten ohne irgendein Ausleben von Erotik oder Sexualität.

Auch wenn ich hier ausdrücklich über *lesbische* Sexualität schreibe, so gilt doch vieles für weibliche Sexualität im allgemeinen. Deshalb heiße ich auch Leserinnen mit anderen Identitäten herzlich willkommen. Von meinen Vorschlägen zum Malen von Sexualitäts-Landkarten können sicher alle Frauen profitieren, wenn sie wollen. In erster Linie schreibe ich aber als Lesbe für Lesben. Einige meiner Themen sind sehr speziell und ausdrücklich lesbisch, und können mit Hetero-, Schwulen- oder sonstigen Verhältnissen nicht verglichen werden.

Sollte sich eine von den eher theoretischen Teilen, in denen ich versuche, ein Modell der lesbischen Sexualität zu entwerfen, abgeschreckt fühlen, so bitte ich um Nachsicht mit einer verbildeten Akademikerin, die nicht immer alle Folgeschäden im Griff hat, die ein Hochschulstudium auf die Fähigkeit, sich auf Deutsch ohne die Verwendung ellenlanger Schachtelsätze und unbekannter Fremdwörter, deren semantische Bedeutung hinter ihrer wahren pragmatischen Funktion, nämlich einen unheimlich gescheiten Eindruck zu erwekken, oft zurückbleibt, verständlich zu machen, hat.

Aber jetzt mal im Ernst: Wenn auch manches als theoretische Trockenübung erscheinen mag, so glaube ich doch, daß mein Modell der lesbischen Sexualität nicht nur der Mehrung von Thesen und Theorien dient, sondern ein nützliches Hilfsmittel für den eigenen Alltag sein kann. Ein kleiner Baustein im langen Bemühen um die Entwicklung einer frauenbezogenen sexuellen Identität, die sich nicht mehr an Heteronormen, -rollen und -begriffen orientieren muß.

Wenn jede Leserin dieses Buches wenigstens an einer einzigen

Stelle denkt: »Das ist interessant, so habe ich das noch nie gesehen!« oder: »Jetzt ist mir einiges klarer!«, dann habe ich nicht umsonst geschrieben. Wenn es Lesben (beziehungsweise Frauen) nach dieser Lektüre leichter fällt, über ihre Sexualität zu sprechen und sich selbst zu verstehen, so werden meine kühnsten Träume wahr.

Ich habe mich dazu durchgerungen, viele persönliche und intime Dinge preiszugeben, um den lesbischen Realitäten so nah wie möglich zu kommen. Ich tue das nicht aus einer heimlichen Lust am Exhibitionismus, sondern aus Notwendigkeit und Überzeugung. Auch danke ich meinen Geliebten, von denen ich direkt oder indirekt ebenfalls vieles preisgebe, für ihr Einverständnis und ihren Mut. Und für alles, was sie mich gelehrt haben. Ohne sie wäre dieses Buch nie entstanden.

SEXUALITÄT IST ... EIN RUMPELSTILZCHEN!

Was ist eigentlich Sexualität? Wie oft führen alle möglichen Leute dieses Wort im Munde und meinen doch völlig verschiedene Sachen! Ob wohl das Wort ›Sex‹ in der Hitparade der meistmißbrauchten und mißverständlichsten Wörter den zweiten Platz belegt, gleich hinter dem Wort ›Liebe‹? Ich selber kneife feigerweise vor dem Formulieren einer Definition und wandere lieber aus in die Welt der Bilder, greife zu Metaphern und Grafiken. Die Welt der Wörter überlasse ich hiermit – in einer mehr oder minder zufälligen Auswahl – anderen:

Nach Anja Meulenbelt, die sich als bisexuell bezeichnet, besteht die weibliche Sexualität aus drei Komponenten: der Geschlechtsidentität (ich fühle mich als Mann / Frau / Lesbe / Transe), der Sexuellen Orientierung (homo / hetero / bi / auto / asexuell) und der Geschlechtsrolle (ich verhalte mich der gesellschaftlichen Frauen bzw. Männerrolle entsprechend). Sie erwähnt außerdem, daß die Umwelt und die Art der Beziehung nicht ganz ohne Einfluß sind:

»Mit diesem Paket, *unserer Geschlechtsidentität, unseren sexuellen Wünschen, unserer Sozialisation, dem Körper, der wir sind,* müssen wir zurechtkommen. Wir leben damit nicht in einem luftleeren Raum. Wieviel Vergnügen es uns bringt, hängt auch davon ab, wie ›akzeptabel‹ das zufällige Paket ist. [...] Sexualität ist kaum losgelöst von *der Beziehung, in der sie stattfindet*, zu betrachten. Es geht nicht nur um Handlungen, die unsere Körper miteinander verrichten, es geht auch um die Beziehungen, innerhalb derer die Handlungen stattfinden: wer dabei abhängig ist und von wem, wer wen beherrscht.«[1]

Eine Beziehung ohne HERRschaft kann sie sich anscheinend nicht vorstellen, was bei einer Feministin wie ihr etwas seltsam anmutet. Dorchen Leidholdt, die vermutlich Lesbe ist, kann das schon eher:

»An die Stelle von Beherrschung und Unterwerfung tritt *ein erotisches Wechselspiel von Geben und Nehmen, ein Austausch, in dem jede der Partnerinnen abwechselnd bestimmend und empfangend sein kann.* In der feministischen Sexualität wird das Menschsein jeder der Liebenden nicht verneint oder herabgewürdigt, sondern bestätigt. [...] [Es] besteht eine leidenschaftliche Wechselbeziehung zweier vollständiger Individuen, deren *sexuelle Empfindungen nicht von ihrer Intelligenz, ihren Gefühlen und Überzeugungen getrennt sind.*«[2]

Christiane Northrup, eine Hetera, verläßt erfrischenderweise die Fixierung auf die Gehgutorgane und den Orgasmus. Sie betont,

»daß die weibliche Sexualität den Charakter einer *totalen sinnlichen Erfahrung* hat, die den ganzen Körper einbezieht, nicht nur die Genitalien. Direkter genitaler Kontakt mit einem anderen Menschen kann zur Sexualität einer Frau gehören *oder auch nicht.* Für den Kontakt zur eigenen Sexualität ist ein Partner oder eine wichtige Zweierbeziehung nicht erforderlich, ja nicht einmal ein Orgasmus oder eine physische Berührung.«[3]

Außerdem unterstreicht sie die Bedeutung der Kommunikation:

»*Sex ist eine Form von nonverbaler Kommunikation*, und deshalb ist ein Gedankenaustausch [...] sexuell erregend – *die Qualität des Sexuallebens ist direkt an die Qualität der Kommunikation gebunden*« (S. 245).

Karen Lison und Carol Poston, beide vermutlich Heteras, definieren ›gesunden Sex‹ als: »Vertrauen, Offenheit – trotz der eigenen Verletzlichkeit – Nähe, Intimität und Wechselseitigkeit«.[4] Die Lesben des Internationalen Frauenplenums Berlin betonen den politischen Aspekt von Sexualität. Sie finden,

»daß Sexualität wesentlich mehr ist, als das Ausleben eines persönlichen Bedürfnisses.[5] Sexualität steht in einem größeren historischen und gesellschaftlichen Zusammenhang. Ihre Form wird von der Gesellschaft und von den Machtinteressen bestimmt und *hat in der Organisation gesellschaftlicher Macht eine große Bedeutung.*«

Spannend ist der Ansatz von Lynne Segal. Sie sieht Sexualität keineswegs als klar definierbares Etwas, das Teil unseres menschlichen Wesens ist. Das »Konzept einer Sexualität als dem Menschen innewohnendes körperliches Bedürfnis« (S. 119, Übers. G. T.) lehnt sie radikal ab und stützt sich statt dessen auf einzelne sexuelle Akte.[6] Deren Summe und ihre gesellschaftliche Interpretation bestimmen ihrer Meinung nach die Sexualität einer Frau. »Sexualität [...] entsteht durch soziale Bindungen«, meint sie und plädiert für eine »Ablehnung jeglicher Vorstellung von Sex als einer angeborenen oder biologischen Kraft« (S. 125). In eine ähnliche Richtung tendiert auch Jane Rule, wenn sie schreibt: »Sex ist nicht so sehr eine Identität als vielmehr *eine Sprache*, die zu sprechen uns so lange verboten war, daß die meisten von uns nur das Gröbste an Vokabular und Grammatik lernen.«[7]

Da hat sie wohl recht. Wenn frau bedenkt, daß der patriarchale Teil der Menschheitsgeschichte für uns 5000 Jahre Zerstörung, Zähmung und Unterdrückung weiblicher Erotik und Lust bedeutet, verwundert es auch nicht, daß Heilungsarbeit und Wiederentdecken unserer sexuellen Macht mehr als ein Lebenswerk ist!

Jutta Heinrich fragt gar: »Was ist an der Sexualität sexuell?« und beschreibt ihre Ansicht wunderschön poetisch:

> »Jede verlangende Hingerissenheit aneinander ist Neugier auf die gesamte Existenz des Gegenüber und nicht die Einbahnstraße einer diensteifernden Streicheleinheit, die die Hand als Vortrupp benutzt, um ein Körpergelände zu besetzen.«[8]

Und Angelika Aliti schließlich meint:

> »Ich halte Sexualität für den am meisten überschätzten und in des Wortes Sinn verrückten Bereich menschlicher Kommunikation. *Liebe drückt sich durch Sexualität aus, aber Sexualität ist keine Liebe,* das ist ein großer Unterschied. [...] Sexualität ist nach frauenzentrischer Auffassung keine hormonelle Energieentladung, sondern *untrennbar Gefühl und sein Ausdruck.* Nicht Geilheit, sondern Lust. Nicht Unterwerfung, sondern Begegnung. Nicht Schuß, sondern Fluß. Nicht Dienstleistung, sondern Freude unter Gleichen und Gleichwertigen.«[9]

Diese Beispiele zeigen, daß sehr unterschiedliche Auffassungen über Sexualität existieren. Frau fragt sich wie bei der buddhistischen Geschichte mit den Blinden, warum die eine ein knitteriges Blatt beschreibt und die andere ein haariges Büschel, wenn sie alle doch Teile ein und desselben Elefanten in der Hand halten. Wenn aber

Autorinnen wie Aliti, Heinrich oder Leidhold sich in ihren weiteren Ausführungen darüber, was Sexualität *nicht* ist, von gänzlich entgegengesetzten Meinungen abgrenzen, dann müssen diese Meinungen doch ganz offensichtlich in den Köpfen von Frauen herumspuken und dort eher die Regel bilden als die Ausnahme! Beschreiben diese Autorinnen nun ein utopisches Ideal, oder gibt es diese wunderbare liebe- und gefühlvolle Gleichwertigkeit tatsächlich?

Im Grunde genommen weiß keine genau, was Sexualität eigentlich ist. Wüßten wir's, würde es sich wohl auch erübrigen, Bücher darüber zu schreiben. Mindestens genauso wenig Einigkeit besteht über eine Definition von lesbischer Sexualität. Für meine eigene Beschreibung lesbischer Sexualität, die dem zitierten Mosaik ein weiteres Steinchen hinzufügen wird, wähle auch ich mir – subjektiv wie all diese Autorinnen – diejenigen Gesichtspunkte aus, die mir aufgrund meiner eigenen lebenspraktischen Forschungsarbeit wichtig erscheinen oder mir besonders am Herzen liegen.

Mein Anspruch ist, ein möglichst realistisches Bild lesbischer Sexualität zu beschreiben, so wie sie tatsächlich in meinen, deinen, unseren sexuellen Begegnungen ihren Ausdruck findet. Keine Medienklischees sollen es sein, keine reißerischen Modeerscheinungen und kein erhobener Zeigefinger, sondern eine durchlebte (nicht nur durchdachte!) Analyse der Hintergründe unserer alltäglichen Probleme, die Hand und Fuß hat und die eher weiterhilft, als unter Druck zu setzen.

Die gängigen Diagnosen über den Zustand der lesbischen Sexualität lauten in etwa so: Mangel an Lust, fehlende Spontaneität, wenig Experimentierfreude, schaler Genuß ... Dafür andererseits ein Übermaß an Verklemmung, Angst, Schüchternheit und Problemen aller Art. Allerdings wird in den meisten Büchern nicht nach den tieferen Hintergründen der Probleme gefragt. Statt die wahren Ursachen jenseits oberflächlicher Diagnosen zu berücksichtigen, wird sich allzu oft mit banalen Ratschlägen à la »Trau dich doch einfach!« begnügt. Die etwas realistischeren Bücher erwähnen mitunter sexualisierte Gewalt als eine mögliche Ursache (unter anderen) für Probleme im sexuellen Bereich. Punkt. Diese Feststellung allein hilft uns so aber auch nicht weiter.

Deshalb habe ich mir vorgenommen, genau diese fehlenden Hintergründe miteinzubeziehen, sprich: die Situation von uns Lesben in einer patriarchalen Gewaltgesellschaft. Jede einzelne von uns trägt

Narben und Spuren sexualisierter und struktureller Gewalt in sich. Und nur mit dem Wissen um die Art und die Folgen dieser Narben läßt sich unsere Sexualität überhaupt verstehen. Über Sex zu reden und dabei Gewaltfolgen auszublenden, ergibt ein verzerrtes Bild von weiblicher / lesbischer Sexualität. Genau da aber liegt der bescheidene und doch so hohe Anspruch dieses Buches: lesbische Sexualität zu beschreiben, *wie sie tatsächlich ist*, auch vor unangenehmen Wahrheiten die Augen nicht zu verschließen und die Wirkung scheinbarer Banalitäten und Normalitäten nicht zu unterschätzen.

(Gesellschaftliche) Gewalt und deren Folgen miteinzubeziehen, bedeutet aber nicht, daß ich hier ausschließlich unsere Leiden bejammern und unsere Opferrolle auch noch selbst festbetonieren will. Es bedeutet für mich, endlich alle wichtigen Einflüsse zu berücksichtigen – auch die unangenehmen und verdrängten! –, blinde Flecken auszufüllen und so zu einem umfassenderen und angemessenere Bild von unserer Sexualität und uns selbst zu gelangen. Mein Ziel ist ein erweiterter Blickwinkel und ein Wandern mit offeneren Augen durch die Weite Landschaft unserer Sexualität. So können wir mit unserer ständig von Gewalt bedrohten und oft von Gewaltfolgen geprägten Situation besser fertig werden, aus der Opferrolle ausbrechen und mehr Selbstbestimmung in unserem Leben verwirklichen. Denn zu einer wirklich positiven Einstellung zur eigenen Sexualität gehört auch das Wissen um deren Schattenseiten. Und das Wissen darum, wie ich mit diesen Schattenseiten leben kann: Wie ich sie annehmen, mit ihnen umgehen, sie verändern, bekämpfen, heilen oder auch einfach sein lassen kann. Es gibt keinen Umweg um sie herum; es gibt nicht die Abkürzung, alle Probleme einfach zu überspringen. Aber es gibt einen Weg hindurch.

Wenn ich Angst verspüre, helfen mir keine Ratschläge, die die Existenz und das Ausmaß meiner Angst leugnen. Vielmehr würde ich mir statt dessen wünschen, beispielsweise nach den Gründen für meine Angst gefragt zu werden. Vielleicht wurde ich als Kind immer zur Strafe in einem dunklen Keller eingesperrt. Es kann gut sein, daß schon allein die Möglichkeit, darüber reden zu können, mir viel vom Druck der Angst nimmt. Dann kann ich versuchen, kreative Umgangsweisen mit meinem Problem zu entwickeln. Vielleicht kann ich es so einrichten, daß ich mir eine Begleitung mitnehme, wenn ich in den Keller gehen muß. Oder ich ziehe ins Dachgeschoß um und stelle fest, daß ich eigentlich überhaupt nichts mehr mit Kellern zu tun haben muß. Oder ich bin obermutig und konfrontiere mich bewußt mit meiner Angst: krieche ins finsterste Loch und mache mir klar, daß ich mit der Situation fertig werden kann. Oder ich mache einen Wendo-Kurs. Oder ich konfrontiere meine Eltern mit meiner Wut über ihre besch... Erziehungsmethoden. Oder ...

Das wären dann echte Lösungen meines Problems. Viele dieser Möglichkeiten haben außerdem zwei echte Vorteile: ich kann sie auch anwenden, wenn ich die Gründe meiner Angst nicht kenne. Und: ich kann mir ganz ohne dicken Geldbeutel und teure Spezial-Therapien selbst helfen. Vor allem mit Betonung auf dem ›Selbst‹! Denn die Selbstverantwortlichkeit ist mir oberstes Gebot. Ich kann in diesem Buch Angebote machen, aber annehmen muß sie jede selbst. Ich kann Ideen mitteilen, aber um sie in ihrem eigenen Leben umzusetzen, muß jede ihre eigene Kreativität bemühen. Ich wünsche mir aktive, handlungsfähige Leserinnen, keine konsumierenden Couch-Kartoffeln.

Dazu gibt es eine schöne Geschichte von Lea Morrien.[10] Sie heißt *Meine Suche nach Literatur zum Tabu im Tabu* (damit meint die Autorin die Suche nach Literatur über die Auswirkungen von sexualisierter Gewalt auf Lesben) und endet damit, daß eine Bibliothekarin der Suchenden ein leeres Buch in die Hand drückt, auf daß sie ihre eigene Geschichte schreibe.

EIN WEITES FELD ...

Ich stelle mir die Sexualität vor wie eine weite, offene Landschaft. Irgendwo in dieser Gegend hat jede ihr Lieblingsplätzchen. Dort fühlt sie sich am wohlsten. Dort hält sie sich am häufigsten auf und kennt jeden Winkel. Alles ist wohlvertraut. Und gerade deshalb ist es dort zwar beruhigend sicher, aber mitunter etwas langweilig. Dann gibt es in dieser Landschaft auch noch Gefahrenzonen. Unheimliche Ecken, die lieber gemieden werden. Verschlingende Sümpfe. Schmerzhafte Geröllhalden. Auch Labyrinthe und Sackgassen, in die sich eine verirren kann. Furchteinflößend und tatsächlich gefährlich, aber alles andere als langweilig. Dazwischen liegen die Grau(s)zonen: unwirtliche Gegenden, die nicht gerade der Lieblingsaufenthaltsplatz sind, aber in die es eine doch hin und wieder verschlägt. Vielleicht gegen ihren Willen, weil eine beim Erklimmen ihres Lieblingsberges ausgerutscht und abgestürzt ist. Vielleicht aber auch absichtlich, weil sie dort etwas suchen muß, was sie einst verloren hat. Und nicht zuletzt gibt es auf diesem Feld den fernen Horizont, dessen Weite keine ermessen kann. Der Umgang damit ist so verschieden, wie wir selbst sind: Manche heben nie den Blick, um in die Ferne zu schauen, und bemerken die Herausforderungen der Weite gar nicht. Andere träumen immer nur davon, um wieviel grüner das Gras auf der anderen Seite des Zaunes wäre, ohne vor lauter Suchen Zeit zum Finden zu finden.

All diese Gegenden sehe ich gleichwertig an: Keine ist von sich aus ›gut‹ oder ›schlecht‹, sondern jede hat ihre Eigenarten. Wie sich diese Eigenarten dann auf mich auswirken, ob *ich mich* gut oder schlecht damit *fühle*, steht auf einem anderen Blatt. Viele Dinge haben einen Einfluß darauf. Zärtlichkeiten, erotisches Streicheln und Gestreicheltwerden, gemeinsam mit einer vertrauten Person genossen, sind beispielsweise etwas Wunderbares. Wenn ich aber immer nur und ausschließlich diese ruhig-beschauliche Gemütlichkeit erlebe, wird mir früher oder später etwas abgehen. Um im Bild zu bleiben: Wenn ich immer am selben schönen Aussichtspunkt auf immer derselben Parkbank sitze, halte ich es dort irgendwann nicht mehr aus – da hilft die schönste Landschaft nichts!

Der Witz an der Sache ist, die verschiedenen Bereiche richtig auszubalancieren. Nach einer anstrengenden Bergtour ist so eine gemütliche Aussichtsbank das absolut höchste der Gefühle! Wenn ich dann noch ein Picknick im Rucksack habe ... hmm! Allerdings erfordert das natürlich die Voraussicht, vorher Proviant eingepackt zu haben. Damit ich also so richtig rundrum zufrieden sein kann mit meinen sexuellen Wanderschaften, brauche ich a) ein gewisses Maß an Kontrolle über meinen Weg – also Selbstbestimmtheit – und b) möglichst viel Wissen über die Landschaft. Verirren ohne Karte macht keinen Spaß. Da ich ja außerdem nicht immer nur allein unterwegs bin, ist c) die Kommunikation der dritte wichtige Punkt.

Was meine ich damit genau?

a) Wenn mir Unerklärliches geschieht, entstehen Frust, Ärger und Unsicherheit. Etwa wenn ich mich als Spielball unverständlicher Kräfte fühle und keine Kontrolle über die Situation habe. Wenn ich den Horizont nie erreiche, nach dem ich mich sehnend verzehre.

Oder wenn ich plötzlich in unwirtliche Sümpfe geschleudert werde oder mich auf meinen Wanderungen durch die Ebenen und Hochebenen der Lust in ein »Niefrausland« verirre. Die Sache mit der Selbstbestimmung ist ein schwieriger Balanceakt, zumal Überkontrolliertheit genauso lusttötend ist wie totaler Kontrollverlust. Außerdem leben wir in einer Umwelt, die alles tut, um Frauen an einer selbstbestimmten Entfaltung zu hindern. Über diese Dinge schreibe ich unter anderem in den Kapiteln: *Vom Frust mit der Lust, Kontrolle und Loslassen, Versuch einer Feministischen Ethik* und *Grau(s)zonen.*

b) Einen großen Anteil an der Kunst des Liebens hat für mich das Kennenlernen der verschiedenen Bereiche meiner eigenen Sexualität. Je besser ich mich in meiner Weiten Landschaft auskenne, je mehr ich über die Eigenarten der verschiedenen Eckchen und Plätze weiß, um so ungehinderter und freier kann ich mich dort bewegen, um so selbstbestimmter ist meine Wanderung, um so weniger bin ich unbekannten Größen ausgeliefert. Mit wachsender Kenntnis meiner selbst wächst auch das Gefühl von Sicherheit. Mit wachsender Sicherheit komme ich wiederum mit beängstigenden Bereichen und Situationen besser zurecht. So gestärkt, wage ich mich eher in unbekannte, neue Gebiete vor, lerne wieder mehr von mir kennen und werde wiederum selbstsicherer und eigenmächtiger.[11] Diesem Zweck dienen die Maßstäbe und Details für unsere große Landkarte, die ich unter anderem in den Kapiteln *Von der Rolle* und *Flashbacks* und außerdem mit meinen grafischen Modellen beschreibe.

c) Die Kunst des Liebens besteht in der Fähigkeit zur Kommunikation. Sexualität ist Begegnung. Jede Beschränkung in meiner Offenheit für andere und in meiner Fähigkeit zum Austausch wird auch meine sexuelle Erlebensfähigkeit einschränken. Und nicht nur meine eigene, sondern auch die meiner (Sexual-)Partnerin. Ebenso wie ihre Grenzen in Sachen Kommunikationsfähigkeit meine sexuellen Empfindungen beeinflussen. Es gehören halt einfach (mindestens) zwei dazu. Das ist ein Punkt, den ein Großteil der Sachliteratur über Sexualität schlicht ignoriert. In diesem Sinne habe ich mir vorgenommen, die besondere ›zwischenlesbische Chemie‹ zweier Liebender gründlich unter die Lupe zu nehmen.[12]

Jede hat ihre eigene Landschaft, und jede muß deren Eigenarten selbst erforschen. Das kann ihr keine abnehmen. Ihre Wanderkarte muß sich jede selbst zeichnen. Ich gebe ja keinen Atlas heraus! Was ich aber sehr wohl beschreiben kann, sind mögliche Teile der Landschaft und verschiedene Arten zu wandern. Ich kann die Malutensilien zur Verfügung stellen; möge sich jede die Farben wählen, die ihr gefallen. Ich kann sagen, daß es Berge und Gewässer gibt, Wiesen und Wälder. Dann mag jede selbst schauen, ob es die in ihrer Landschaft auch gibt und wo sie dort liegen. Ich kann sagen, daß Berge überklettert, untertunnelt oder umgangen werden können. Welche Methode für sie am besten geeignet ist, muß jede selbst entscheiden. Stürzt du dich in den reißenden Wildbach und schwimmst? Baust du ein Boot? Eine Brücke? Oder machst du kehrt und gehst woanders hin?

Und noch einmal: Nichts ist hier ›richtig‹ oder ›falsch‹. Es geht um Entscheidungen, die verschiedene Konsequenzen zur Folge haben, und um die Verantwortung für diese Entscheidungen. Die um den Berg herumläuft, braucht halt ein bißchen länger, hat dafür aber die Ausdauer einer Marathonläuferin. Die obendrüber klettert, genießt die Aussicht, ist aber hinterher ziemlich erschöpft und braucht eine Pause. Die einen Tunnel buddelt, findet vielleicht eine Goldader im Berg ...

Und jede Begegnung unterwegs kann ein Abenteuer sein.

Heut' fühle ich mich wie eine Königin, die Schätze zu verschenken hat.
Kostbare Lust, und heute bin ich großzügig mit mir. Die Finger spazieren den sommerbraunen Weg hinab zum Meer. Sand rieselt kitzelnd über meinen Bauch.
Keine Eile.

Bilder fallen mir ein, Fotos von Cornwalls Küsten: Felsklippen und das Meer. Gerahmt auf weißer Wand.
Die gischtbekrönte Welle. Auch eine Königin.
Ich treffe auf den Muschelmund, verschlossen. Erzähle mir, locke ich ihn. Entkitzle ihm Geschichten von Cornwalls Küsten: Felsklippen und das Meer.

Da fängt die Königin der Wellen an zu sprudeln und zu schäumen und rollt sich langsam aus der zweiten in die dritte Dimension, fließt durch das Zimmer auf mich zu. Ich sehe sie mit meinen nur für jene Welt bestimmten Augen. Majestätisch kraftvoll, urgewaltig.

Schweißtröpfchen brechen aus allen meinen Poren, heißkalter Schauer, als eilten sie ihr zum Willkomm entgegen. Die Macht des Meeres macht mir Angst, ich halte inne. Doch da die dunkle Öffnung in der Küstenwand: Felsklippen, Klüfte und die große Höhle. Versprechungen. Was meine Finger sehen, feucht und dunkel. Zu groß, zu uraltewig, als daß meine Hand sie wirklich umfassen könnte. Die Welle rollt heran, rollt auf die Höhlenöffnung zu und reißt mich mit. ICH BIN DAS MEER. Auffliegende silberne Gischt, halbes Zerbersten an der Felsenwand, glucksendes Rollen Spritzen Treiben in den Schoß der Erde. Ich zerfließe. Unterwasserwelt aus warmem Strom, streichelnden Schlinggewächsen, bunten Wesen.

Der zweite Höhepunkt entfacht ein Gleißen. Wie die Magnesiumfakkel einer Höhlenforscherin, über und unter Wasser brennend. ICH BIN DAS FEUER. Lila Kristalle blitzen auf: Amethyst, versteckt in Höhlenwänden. Meine Schätze. Glitzernde schillernde Unterwasserwelt. Heiße Glut. Feuer und Wasser versöhnt, kraftvoll vereinigt. Kein Kampf.

Der dritte Höhepunkt läßt mich noch sanfter, noch geschmeidiger hineingleiten in diese Welt. ICH BIN DIE ERDE, DIE HÖHLE, DIE MUTTER, DIE TIEFE, DIE ZUFLUCHT. Jetzt räkeln, körperlos, zu Hause angekommen. Keine Gefahr.

Verbleiben in der Geborgenheit der Höhle, bis die Fackel nach und nach erlischt. Es wird dunkel. Das Glitzern der Kristalle versiegt. Die Ebbe saugt das Meer hinaus. In der Finsternis der Höhle ruhe ich noch ein kurzes Weilchen, bis sie mich austreibt wie eine große freundliche Gebärmutter

und ich spaziere, Muscheln sammelnd, den sandigen Küstenstreifen entlang davon.

Regionen einer Landkarte … der weiten Landschaft lesbischer Sexualität

SEXUALITÄT UND NÄHE

Die richtigen Fragen zu stellen ist oftmals wichtiger, als die richtigen Antworten zu finden. So ging es mir, als eine Freundin folgende Frage stellte: *Was bedeutet für dich Sexualität?*

Sie spielte damit natürlich nicht auf Plattheiten wie »Der Zweck der Sexualität ist die Erhaltung der menschlichen Gattung« und solchen Kram an. Und daß der hauptsächliche und beste Sinn der Lust der ist, Spaß zu machen und die persönlichen Lebensgeister zu stärken, war für uns auch klar. Das wollte sie sicher nicht von mir wissen. Ich verstand ihre Frage also zunächst als: »Wie wichtig ist dir Sex?« und versuchte darauf zu antworten. Aber damit war sie nicht zufrieden. Sie wollte eigentlich wissen, welche Auswirkungen sexuelle Begegnungen meiner Meinung nach auf eine Beziehung haben (in dem Fall: auf uns beide).

Das ist eine der Fragen, die so banal scheinen, daß sie praktisch nie gestellt werden. Meist gehen Menschen miteinander ins Bett, ohne sich solche Dinge zu fragen. Der Einfachheit halber nehmen sie an, daß das Gegenüber die eigenen Ansichten über Sexualität teilt. Das Erwachen folgt dann auf dem Fuße … Ent-Täuschung kommt von Täuschung.

Ich dachte also weiter nach und meinte dann: Sexualität schafft Nähe, baut eine Verbindung auf, stärkt die Beziehung zueinander. Diese Antwort gab mir anschließend selbst zu denken. Stieß ich nicht bei meiner Lektüre aller möglichen Texte über ›Lesbische Liebesfreuden und -leiden‹ immer wieder auf die Beteuerung, daß eine »gewisse Spannung«, also gerade eben Distanz und Abstand notwendig sei, um das erotische Feuer anzufachen? Offenbar geht's mir um Sex als Weg zu mehr Nähe und den anderen um Distanz als Weg zu mehr Sex!

Anja Meulenbelt zum Beispiel bezeichnet Verliebtheit in *Frauen-*

sexualität als »Spannung, die erotisch wirkt«, genauso wie Alters- und Machtunterschiede, Konflikte, Phantasien, Stimmungen, Romantik, Aufregung des Neuen, Bruch eines Tabus oder ein sonstiges Fehlen von Gleichgewicht (S. 151). Sie orientiert sich dabei offensichtlich an Margaret Nichols Thesen, nach denen sexuelles Begehren eine »Barriere«, ein gewisses Hemmnis erfordert. Auch Nichols nennt dies eine »Art von Spannung, ein Tabu, irgendeinen Unterschied, ein Machtgefälle, Romantik, die Aufregung des Neuen oder der Nervenkitzel der Jagd – irgendeine Form von Ungleichgewicht«. Sie behauptet, romantische Verliebtheit sei die einzige Art von »Spannung«, die Lesben akzeptieren.

> »Das erklärt, warum wir uns verlieben müssen, um Sex haben zu können. [...] Wenn die Romantik oder das schillernde erste Stadium unserer Beziehung vergangen ist, haben wir keinen anderen Mechanismus, um sexuelle Spannung zu erzeugen.«[1]

Und Pat Califia stellt fest, daß »Anpassung [sprich: ein spannungsloser Zustand, Anm. d. Verf.] jede Leidenschaft tötet«.[2] Die vagen Be- und Umschreibungen dieser sogenannten ›Spannung‹ sowie der Versuch einer Definition durch Aufzählung (eine echte Wissenschaftlerin würde hier ein methodisches Pfui! ausrufen) zeigen, daß eigentlich gar nicht klar ist, was diese ominöse ›Form von Ungleichgewicht‹ genau sein soll. Doch das wird nicht weiter erklärt. Vielmehr bleiben die Autorinnen auf der Stufe der Feststellung ›Es muß eine Spannung da sein‹ stehen. Die logische Folge ist, daß sie beispielsweise Unterwerfungsspielchen gutheißen – weil die ja das sexuelle Feuer schüren – und Langzeitpärchen abstruse Methoden empfehlen, damit sie künstlich eine Spannung herstellen können, die in ihrer Beziehung gar nicht vorhanden (und wohl auch nicht vonnöten!) ist. Dahinter steht die unausgesprochene Norm, daß in einer guten, zufriedenstellenden Beziehung Sexualität gelebt werden *muß*, und zwar in einer ganz bestimmten Art und Weise, der Hetero-Kopulations-Norm entsprechend. In der Plattheit dieses Ansatzes zeigt sich deutlich das fehlende Verständnis für die Bedeutung von Sexualität.

Gehen wir aber davon aus, daß der Sinn von Sexualität tatsächlich der ist, Nähe zu schaffen und eine Verbindung zwischen zwei Frauen aufzubauen, ergibt sich ein grundlegender Perspektivenwechsel mit ganz anderen Schlußfolgerungen. Wo die Autorinnen üblicherweise die Schwierigkeiten zweier Lesben miteinander auf das einzelne Individuum zurückführen nach dem Motto 2 = 1 + 1, betrachte ich die Beziehung zwischen zwei Personen als ein Gebilde mit eigenen Gesetzen und stelle fest: 1 + 1 = 11! So herum betrachtet sehen wir, daß der Begriff ›Spannung‹ eigentlich eher durch den Begriff ›Fremdheit‹ oder ›Entfernung‹ – eben das Gegenteil von Nähe und Verbindung – ersetzt werden müßte. Die ›erotische Spannung der Verliebtheit‹ ist nichts anderes als die große Fremdheit zweier Lesben, die sich erst kennenlernen und beide das Bedürfnis haben, sich näher zu kommen und eine haltbare Verbindung zwischen sich aufzubauen. Die in der allgemeinen (Hetero)Beziehungsliteratur so oft zitierte ›natürliche Spannung‹ zwischen Männern und Frauen wäre treffender beschrieben als eine grundsätzliche Fremdheit der Geschlechter, die in einer gänzlich unterschiedlichen Biologie, Sozialisation und gesellschaftlichen Stellung begründet ist und die das mögliche Maß an Nähe und Verbindung von vornherein beschränkt. (Wäre die Bindung in Mann-Frau-Zweierkisten so natürlich und einfach, wäre das Druckmittel Ehe mit all seinen Sanktionen völlig überflüssig!)

Zäumen wir das Pferd richtig herum auf, statt am Schweifende anzufangen! Es geht doch nicht darum, *Distanz* aufrechtzuhalten der Spannung halber, damit Sex entsteht; sondern darum, durch Sex *Nähe* zuzulassen: Nicht das Begehren braucht ein Hemmnis, um existieren zu können, sondern eine vorhandene Barriere erfordert die starke Kraft der erotischen Anziehung, um überwunden zu werden! Die sogenannte »Anpassung«, also das gegenseitige Kennenlernen und Vertrautwerden, tötet nicht die Leidenschaft, sondern ersetzt sie durch andere Gefühle. Alters- und Machtunterschiede oder ein »Fehlen von Gleichgewicht« bedrohen ebenso wie Konflikte die zwischenmenschliche Bindung und rufen deshalb zum rettenden Ausgleich die sexuelle Anziehung auf den Plan. Die aufgezählten ›Spannungsmacher‹ lassen sich grundsätzlich zwei Bereichen zuordnen, die im Zusammenhang zwischenmenschlicher Beziehungen vorkommen: *Herstellen einer Bindung, wo noch keine ist* und *Aufrechterhaltung einer Bindung, die schon besteht, aber bedroht ist.*[3]

Etliche Phänomene, die nicht nur das lesbische Liebes- und Beziehungsleben aufweist, lassen sich aus dieser Sicht um einiges sinnvoller deuten. So kam ich zu einer neuen Perspektive auf altbekannte Tatsachen, die die übliche Sichtweise auf den Kopf – oder vielmehr vom Kopf auf die Füße – stellt. Etwa die Beobachtung einiger amerikanischer Psychologinnen, daß Paare, die viel streiten, meist auch ein sehr aktives Sexleben haben, während bei sehr harmonischen PartnerInnenschaften das sexuelle Interesse meist einschläft. Wo viel

Streit ist, entsteht immer wieder ein Abstand zueinander, der die Bindung bedroht. Beide versuchen dann, auf andere Weise die Verbindung zueinander zu stärken – eben indem sie die am stärksten verbindenden Kräfte beschwören. Eine solche Beziehung lebt in einem Pendelzustand, in dem sich die Beteiligten immer wieder aufeinander zu und voneinander weg bewegen. Sehr abwechslungsreich und aufregend, aber auch sehr anstrengend. Im Bild der Weiten Landschaft würde ich sagen: Lesben, die gerne solche Konstellationen leben, sind die Survival-Freaks unter uns, die mit Rucksack, aber ohne Kompaß in abenteuerlichen Urwäldern umherirren und sich vom Schreck des Sich-gegenseitig-Verlorenhabens ebenso nähren wie von der ungeheuren Freude des Sichwiederfindens.

Zum angeblichen Problem des *lesbian bed death* (lesbischer Bettentod) bei länger andauernden Beziehungen ist aus dieser Sicht zu sagen, daß es eigentlich gar kein Problem ist. In diesen Beziehungen ist es den Beteiligten gelungen, die Bindung aneinander auf ein festes Fundament zu stellen – sei dies Vertrautheit und Vertrauen, oder gemeinsames Arbeiten und Wohnen, oder die Sicherheit der Erfahrung langjährigen Zusammenhaltens. Sexualität wird unwichtiger. Andere Aspekte des Zusammenlebens gewinnen an Bedeutung. Das Bedürfnis nach Nähe kann genausogut über Gespräche oder Zärtlichkeit ausgelebt werden. Lange Zeiten ohne sexuellen Austausch bedrohen die Beziehung nicht. Wenn hier irgendwo ein Problem liegen sollte, so wohl als Balken im Auge der Betrachterin! Und der ist nichts anderes als ein Wust unsinniger gesellschaftlicher Normen.

Ein weiterer Effekt meines Perspektivenwechsels ist es, die Bedeutung von Sexualität auf ein vernünftiges, realistisches Maß zu relativieren. Gesellschaftlich gesehen ist Sex ja der absolute Übergötze oben auf dem höchsten Podest, der allein Glück und ein erfülltes Leben garantiert und dem deshalb mit aller Kraft und unter Vernachlässigung aller anderen Ziele gehuldigt werden muß. Etwas weniger verbrämt und dafür näher an der Alltagsrealität würde ich sagen: Sex ist oft ein Problem, manchmal ganz nett, selten echt geil und festigt außerdem die lebenswichtigen sozialen Bindungen. Das ist alles. Wie absurd sieht aus dieser Perspektive plötzlich der Versuch aus, in die enge, vertraute Beziehung zweier langjährig Liebender eine künstliche Fremdheit einführen zu wollen, nur damit ihr Sexleben wieder in Schwung kommt! Wie uferlos muß Sexualität überbewertet sein, daß von ihr verlangt wird, ständig als Selbstzweck weiterlaufen zu sollen wie ein perpetuum mobile!

Die Bedeutung meiner Sichtweise, daß Sexualität Nähe schafft, reicht aber noch viel weiter. Im Umkehrschluß könnte frau beispielsweise mutmaßen, daß hinter dem sexuellen Rollenspiel um Dominanz und Unterwerfung neben den bekannten gesellschaftlichen Hintergründen auch das Bedürfnis stecken könnte, allzuviel Nähe verhindern zu wollen, indem eine Form von Begegnung gelebt wird, die künstlich Abstand schafft und Fremdheit fördert. Schließlich kann Nähe – und gerade die große Nähe, die unter Lesben möglich ist! – auch als sehr bedrohlich empfunden werden. Es wird zwar immer wieder beteuert, daß es bei solchen Rollenspielen um den sexuellen Kitzel geht. Aber diese Begründung ist nur logisch, wenn von dem Sexualitätsverständnis ausgegangen wird, das ich gerade über Bord zu werfen versuche. Um die Begründung »Ich benutze bestimmte Sextechniken, weil das so geil ist« (will sagen: um erotische Spannung zu erzeugen) zu schlucken, muß mir der Brocken »Sexualität *braucht* so eine Art von Spannung« bereits im Magen liegen. Mir liegt der allerdings übel schwer im Magen. Ich kotze ihn lieber aus. Denn schwimme ich mich von solchen Vorstellungen frei, gewinne ich eine neue Sicht:

Weibliche beziehungsweise lesbische Sexualität schafft ganz von selbst Nähe und Verbindung, ohne irgendwelche Spezialtechniken und Tricks und ohne aktives Zutun. Das gilt sogar für unangenehme sexuelle Begegnungen. Leider, wie jede weiß, die es schon einmal bereut hat, eine bestimmte Person in ihr Bett gelassen zu haben. Es läßt sich eben nicht rückgängig machen, daß ich mich einem anderen Menschen von Seiten gezeigt habe, die sonst kaum jemand kennt. Daß ich mich auch und gerade von verletzlichen Seiten gezeigt habe und so angreifbarer geworden bin als gegenüber Menschen, die mir niemals so nahe kommen durften. Und die besondere Verbindung zwischen uns, die dadurch ganz von selbst entsteht, läßt sich nicht so einfach leugnen – selbst wenn ich das Ganze im Nachhinein als Desaster betrachte und mit dem- oder derjenigen nie wieder etwas zu tun haben will. Wäre dem nicht so, könnten Frauen Vergewaltigungen mit einem Schulterzucken abtun und weiterleben wie zuvor. Männer benutzen Sexualität genau wegen dieser Eigenschaft als Waffe: sie ermöglicht das gewaltsame Eindringen in die tiefste Seelennähe einer Frau.

Doch kehren wir von diesen unerquicklichen Betrachtungen zurück zum ursprünglichen Gedanken: Es liegt in der Natur von Sexualität, bindende Nähe zu schaffen. Lassen wir uns diesen Gedanken einmal in Ruhe im Munde zergehen. Was bedeutet er?

Zum einen, daß ich nichts *tun* muß, wenn ich diese Nähe will, sondern einfach nur zuzulassen brauche, was sowieso geschieht, und einfach nur wahrzunehmen brauche, was sowieso da ist. (Wenn's nur grad' immer so einfach wäre, jaja ...). Zum anderen, daß ich sehr wohl etwas tun muß, wenn ich *keine* oder nur eine begrenzte Menge von Nähe will oder ertrage. Und gerade da wird es interessant. Ich glaube, daß die überwiegende Anzahl der Frauen und somit auch der Lesben in Sachen sexuelle Nähe gebrannte Kinder sind. Und daß die Anzahl derjenigen, die sich wirklich so einfach der Magie ihrer Sexualität hingeben können, verschwindend gering ist. Entsprechend weitverbreitet sind Strategien zur Vermeidung von Nähe. Die erwähnten Dominanzspiele, Rollenverteilungen, Inszenierungen und Künstlichkeiten aller Art sind nur die deutlich sichtbare Spitze des Eisberges der Nähevermeidung. Frauen sind unheimlich erfindungsreich. Es gibt unendliche viele Arten, die eigenen Wahrnehmungen abzuspalten, zu verdrängen, zu zerstückeln, umzudeuten, auszusteigen, abzudrehen, sich die Birne zuzudröhnen ... und so dem Spüren der Nähe zu entgehen. Es gibt unendlich viele Arten, Dramen zu inszenieren, Streit vom Zaun zu brechen, Mißverständnisse heraufzubeschwören, aufkommende Nähe im Keim zu ersticken oder kaputtzudiskutieren, zu schweigen, sich nicht zu zeigen, sich hinter Mauern und Masken zu verkriechen ... und auf die eine oder andere Weise die Partnerin mitzubenutzen zum Zweck des »Nähe? Ja! – Aber ja nicht zuviel!«.

Dummerweise tragen wir gleichzeitig auch eine Sehnsucht nach eben dieser Nähe in uns, die wir so angestrengt zu vermeiden suchen. Und je stärker wir sie fürchten, um so schmerzlicher drängt die Sehnsucht. Das bringt uns natürlich in ein ziemliches Dilemma. Gerne würde ich jetzt eine Patentlösung anbieten. Leider gibt es die nicht. Jede Frau muß selbst herausfinden, welche Strategien zur Nähevermeidung sie anwendet, welche davon sinnvoll sind, welche nicht, welche sie behalten will, welche ändern, welche loslassen, wo genau ihre wunden Punkte sind, wie sie die am besten schützen kann, und wie sie genug Sicherheit bekommen kann, um das Wagnis Nähe besser auszuhalten.

Ich kann nur eins sicher sagen: Es ist prinzipiell möglich, sich aus dieser Erstarrung der Angst vor Nähe freizuschwimmen. Frau kann lernen, die anstrengenden, unangenehmen und gefährlichen Vermeidungsstrategien nicht mehr zu brauchen. Aber es braucht viel Zeit. Und eine einfühlsame, verständnisvolle Partnerin. Und gute Kommunikation. Und Unterstützung von außen. Aber es lohnt sich! Gibt es etwas

Schöneres, als die Nähe einer anderen Frau zu spüren? Ihr in die Seele zu sehen und nur mehr einen Atemhauch von ihrem und von dem eigenen innersten Wesen entfernt zu sein? Dieser Moment, in dem die Seele der ganzen Welt zum Greifen nah scheint, diese Ahnung von Sinn, Wissen, Macht, Schönheit, Unendlichkeit, das Leben ein offenes Buch, dort auf dem Grund der Dinge, die Begrenztheit des eigenen kleinen Ich überschreitend, das ist für mich eines der Erlebnisse, die das Leben lebenswert machen. Und das jede Mühe lohnt!

Bleiben wir darum noch ein Weilchen beim Thema ›Angst vor Nähe‹ und fragen nach den Hintergründen. Zwei Dinge halte ich da für wichtig. Die Angst vor Nähe kommt in dem Moment ins Spiel, wenn klar ist, daß es eine sexuelle Begegnung mit einem anderen Menschen ist, die ich wagen will, und was das bedeutet. (Beim Solosex mit mir selbst bin ich vor diesem Problem gefeit beziehungsweise droht mir höchstens die Angst vor den Abgründen meiner eigenen Gefühls- und Bilderwelt.) Warum diese große Angst? Zumal wenn klar ist, daß alle Beteiligten dasselbe wollen und nicht im Sinn haben, sich gegenseitig fertigzumachen? »Ich könnte ja trotzdem verletzt werden«, mag die Antwort sein. Oder: »Ich halte das nicht aus. Das macht mir Angst. Das ist mir zu nah. Ich vertraue dir / euch nicht.«

Dahinter steckt die Haltung einer Frau, die so viel Angst vor Verletzung hat, daß sie jede Gefahr tunlichst vermeiden will (was natürlich nicht funktioniert). Auch muß das eigene Selbstbild eine ziemlich wehrlose Frau zeigen. Denn warum diese Vermeidungsstrategie? Doch nur, weil frau meint, sich nicht schützen und angemessen verteidigen zu können. Stimmt das wirklich? Haben wir da nicht widerspruchslos die gesellschaftlich eingetrichterte Opferrolle übernommen? Es ist ein Irrtum zu meinen, frau sei wehrlos. Selbst die schwächste, verzweifelste Depressive kann wild um sich schlagen und ihre Mitmenschen verletzen – und sei es mittels indirekter Strategien wie Selbstmorddrohungen und ähnlichen Erpressungen.[4] An einer grundsätzlichen Unfähigkeit zur Selbstverteidigung kann es also nicht liegen. Vielmehr sind es wohl Schwierigkeiten im Abgrenzen, die einen effektiven Selbstschutz verhindern. Damit meine ich, daß an der falschen Stelle die Interessen anderer über die eigenen gestellt werden. Statt mir selbst die Erlaubnis zu geben, mich vor Attacken zu verschließen, meine Interessen zu verteidigen und auch einmal nein zu sagen, schweige ich, schlucke und verkneife mir meine Bedürfnisse. In diesem Zustand stillen Grollens passiert es natürlich um so leichter, daß ich mich vom Verhalten oder den Worten einer anderen verletzt fühle. Dabei sehe ich nicht, wo mein eigener Anteil daran liegt: gehe ich doch mit mir selbst auf mißachtende, verletzende Art um, statt mich wichtig zu nehmen und zu schützen.

Umgekehrt gibt die Erfahrung, daß ich mich abgrenzen und verteidigen kann, genau die Sicherheit und das Selbstbewußtsein, die ich brauche, um Nähe zulassen zu können. Aufgrund unserer Erziehung haben wohl die meisten Frauen in diesem Bereich Probleme. Wenn jetzt eine Leserin denkt: »Also ich fühle mich wehrhaft und sicher. Ich kann Nähe zulassen!«, dann sei ihr herzlich gratuliert! Aber bestimmt hat sie auch schon feststellen müssen, daß andere da so ihre Probleme haben …

Jede Frau, die auf die gerade beschriebene Weise zur ›Selbst-Losigkeit‹ erzogen wurde (ein Zustand, in dem vor lauter Rücksicht auf andere tatsächlich das Gefühl für das eigene Selbst verloren geht), erlebt ganz zwangsläufig Verletzungen und Grenzübertritte. Für Überlebende von sexualisierter Gewalt hat die Situation eine noch tiefere Dimension: Die Angst vor Verletzung basiert auf der ganz realen Erfahrung von extremer, traumatisierender Gewalt. Die im Alltag unvermeidlichen Grenzüberschreitungen und Verletzungen, die auch von Geliebten ausgehen können, werden mit diesem Erfahrungshintergrund in einen Topf geworfen. So mischen sich die verdrängten traumatischen Gefühle bei aktuellen Anlässen unpassenderweise mit ein und treiben Konflikte häufig in ein für alle Beteiligten unerträgliches Ausmaß oder in hoffnungslose Eskalation (siehe Kapitel: *Grau(s)zonen*).

Ich möchte aber noch einen Schritt weiter gehen. Was ist, wenn sich eine Frau zwar in der Lage fühlt, sich abzugrenzen und für ihren Schutz zu sorgen, aber trotzdem immer noch solche Angst hat? Ich glaube, daß in der Befürchtung, vielleicht verletzt zu werden, noch nicht die ganze Wahrheit liegt. (Es gibt viele Wahrheiten …) Steckt nicht hinter dieser Angst vor Verletzung und Mißachtung eine ganz andere Angst, die noch viel schlimmer ist: Nämlich die Angst, es könnte *wunderschön* sein?! Wo wir uns mit unserer Isolation und unserem Mißtrauen doch so häuslich eingerichtet haben in dieser ungemütlichen Welt! Wir sind es gewohnt, verletzt, erniedrigt, unterdrückt und mißachtet zu werden. Das kennen wir, darin sind wir zu Hause, es ist uns vertraut, damit können wir umgehen – und sei es mit Frustfraß, Tablettensucht oder anderen Formen von Selbstzerstörung. Diese Spielregeln kennen und können wir. Zwar fühlen wir uns unwohl, so als ein besseres Stück Müll auf der Kippe – aber sicher.

Hier ist unser Platz, war er immer schon, und wahrscheinlich haben wir es gar nicht besser verdient. Käme eine daher und sagte uns, wir seien eine Goldader, ein einzigartiger Diamant, ein kostbarer Kristall, und hielte uns einen Spiegel vor die Nase (denn nichts anderes ist eine ehrliche sexuelle Begegnung), so sähen wir darin unser wahres Ich und müßten unser ganzes Selbstbild – und damit auch unser ganzes Leben – von Grund auf umkrempeln. Ein Edelstein wäre eben nicht im Müll zu Hause. Wir müßten uns mutig aufmachen in die unbekannte Ferne, eine neue Heimat zu suchen. Das ist letzten Endes viel beängstigender als die Angst vor der fünfhundertsiebenunddreißigsten Ohrfeige in unser Gesicht.

Und als wäre das nicht genug, zeigt der Blick in den Spiegel nicht nur unsere eigene überwältigende Schönheit, sondern auch das wahre Ausmaß der Gewalt. Denn erst im Kontrast zur Schönheit wird der Schrecken der Grausamkeit in seiner ganzen Entsetzlichkeit sichtbar und begreifbar. Würden wir die Nähe wagen, müßten wir doppelt und dreifach weinen: über die Gewalt, die uns angetan wurde; über die langen Jahre, in denen wir nicht wußten, wie kostbar wir wirklich sind; und über die Weite des Weges in eine würdige Heimat. Denn mit einem Blick in den Spiegel ist es nicht getan. Es folgen viele viele kleine Schritte, ja das Gehen selbst will erst wieder gelernt sein! Wir sind wie Verhungernde, die angesichts eines opulenten Festmahls schier verzweifeln müssen, weil sie nichts damit anfangen können. Zu gute Speise sind wir nicht gewöhnt. So wie die Umstellung von Hunger und Mangel auf eine umfassende, gesunde und unsere Bedürfnisse wirklich stillende Vollernährung langsam geht, ist es auch ein langsamer Prozeß, Lust wieder genießen zu können, Nähe wieder zuzulassen und uns an der Schönheit und Würde unseres tiefsten Wesens zu erfreuen.

Dazu möchte ich zwei Geschichten aus meinem Leben erzählen, wovon die erste Geschichte zeigt, wie groß die Traurigkeit auf der Kehrseite dieser Schönheit sein kann:

Etwas über ein Jahr nach meinem Coming Out – ich war dringend auf der Suche nach einer Geliebten – umwarb mich plötzlich eine sehr junge Lesbe. Wegen des großen Altersunterschiedes zögerte ich zunächst, mich auf sie einzulassen. Tausend Ängste stürzten auf mich ein, rangen mit meiner Sehnsucht und stürzten mein Innerstes ins Chaos. In meiner Not erzählte ich ihr von meiner ungeheuren Angst. Am nächsten Tag fand ich in meinem Briefkasten einen Liebesbrief.

Darin der Songtext eines Liebesliedes und eine kurzes P.S. von ihr: »Ich liebe Dich, und ich liebe Dich so, wie Du bist, sogar mit Deiner Kompliziertheit. Versuche mir zu vertrauen, ohne Angst. Ich werde Dich niemals verletzen.« Daraufhin mußte ich mich erst mal setzen. Und dann begann ich zu weinen. Ein halbes Wunder, denn sonst weine ich nie. In mein Tagebuch schrieb ich: »Ich saß da im Schaukelstuhl und las den Brief und las ihn noch mal und dann drückte ich ihn an mein schmerzendes Herz und – weinte. All meine Angst, mein Schutzpanzer, meine alten Schmerzen – und da diese Worte, die durch all das hindurch mein Herz erreichen. Und ich spürte den Schmerz, nie geliebt worden zu sein, um so schärfer in dem Moment, als ich zu begreifen versuchte, daß ich *jetzt* geliebt werde!! Ich weinte und wiegte mich im Schaukelstuhl und spürte das Kind, das kleine Stück Dreck, das niemand haben wollte, das niemand mochte. Jetzt konnte ich es anschauen und annehmen, jetzt, da ich geliebt werde.«

Die andere Geschichte zeigt, welch ungeheure Energien so ein Blick in den Spiegel freisetzen kann, Energien, die es tatsächlich nicht mehr zulassen, daß wir weiterhin voller Selbstverachtung im Müll sitzen bleiben:

Ich war schon sechsundzwanzig Jahre alt, als ich das erste Mal in meinem Leben einem Menschen begegnete, der mich achtete. Genaugenommen war es eine Lesbe, die in meiner damaligen Heimatstadt Regensburg beim Notruf für vergewaltigte und belästigte Frauen und Mädchen arbeitete und mich in einer Krisensituation beriet. Obwohl mir diese Frau (und auch die ganze Welt der Frauenbewegung, die ich damals zum ersten Mal betrat) völlig fremd war, spürte ich sehr deutlich, daß mir hier eine tiefe Wertschätzung entgegengebracht wurde. Sie behandelte mich mit Achtung und Vorsicht, entsprechend meiner menschlichen Würde. So etwas hatte ich noch nie erlebt! Der Gedanke, daß ich ein achtenswertes Wesen sei, bewegte mich dermaßen, daß er sogleich mein ganzes Frauenbild revolutionierte (bislang waren Frauen für mich immer nur oberflächlich, geschwätzig, unzuverlässig, intrigant, dumm, gehässig … gewesen). Kurz darauf verließ ich meinen Mann und beschloß, als Lesbe zu leben und Frauen zu lieben. Auf die Idee wäre ich zuvor nie gekommen. Erst durch diese Begegnung entdeckte ich die Liebens-Würdigkeit von Frauen – und damit auch von mir selbst!

Einige Anmerkungen über die trüben Rahmenbedingungen für Sexualität und Nähe in unserer Gesellschaft, mit dem die Ergiebigkeit dieses Themas noch lange nicht erschöpft ist

Sexuelle Anziehung und Verwandtschaft (womit ich nicht die patriarchale Familie meine, sondern clanbegründende Mutter-Geschwister-Bindungen im urmatriarchalen Sinn) sind *die* zwei elementaren Bindungsarten, die Menschen zur Verfügung stehen. Soziale Bindungen sind überlebensnotwendig. Es kann also nicht daran ›gespart‹ oder darauf verzichtet werden, wenn mit den Möglichkeiten, die uns zur Verfügung stehen, um solche Bindungen zu schaffen, etwas im Argen liegt. Wie es um die heutigen Familienbindungen bestellt ist, brauche ich wohl nicht eigens breitzutreten: sie liefern zwar meist noch einen gewissen Grad an materieller Sicherheit, aber oft nur um den Preis seelischer Grausamkeit und Selbstverleugnung. Was matriarchale Clanbindungen einmal gewesen sein könnten, ist längst in Vergessenheit geraten. Der Blick in andere Kulturen, die dieses Wissen bewahrt haben, geht uns nur in den Kopf und bleibt im Intellekt hängen, ohne eine Veränderung in uns zu bewirken. Tourismus und Kulturklau helfen uns also auch nicht weiter. Bleibt nur noch die sexuelle Anziehung als Möglichkeit, sozialen Rückhalt zu schaffen. Weil die verwandtschaftlich-familiären Bande versagen, gerät die Sexualität unter Druck, Doppeltes leisten zu müssen. Sie soll nicht nur Liebesbeziehungen aufbauen und stabilisieren helfen, sondern ein ganzes soziales Netz und ein sicheres Umfeld schaffen, das alle unsere Bedürfnisse als gesellschaftliche Wesen abdeckt. (Das wäre übrigens auch eine Erklärung für die unheimlich überzogene Romantisierung des Märchenprinzen beziehungsweise der Märchenprinzessin – Stichwort Homo-Ehe! –, die allein alles Glück liefern sollen, das die Herkunftsfamilie versagt hat.)

Verschlimmernd hinzu kommt eine typisch deutsche Eigenart, nämlich unsere Abneigung gegen Körperkontakt. Jede Frau aus einem kontaktfreudigeren Land wird sofort wissen, was ich damit meine. Im internationalen Vergleich – und sogar im europäischen – haben die Deutschen sicher mit die kühlsten und distanziertesten gesellschaftlichen Umgangsformen. Ich selbst ahne nur aus den Gesprächen mit rumänischen Freundinnen, was es heißt, den gewohnten sozialen Körperkontakt plötzlich missen zu müssen. So wird mir erst über das Feedback aus einer anderen Kultur klar, welche zwischenmenschliche Kälte ich Deutsche als so normal empfinde, daß sie mir gar nicht auffällt. Ich finde, daß Körperkontakt eine der einfachsten und direktesten Methoden ist, mein menschliches Grundbedürfnis nach Sicherheit und Geborgenheit zu stillen. So gesehen müßten wir Deutsche eigentlich alle unter einem riesigen, unerfüllten Sicherheitsbedürfnis leiden, als zwangsläufige Folge unserer Körperkontaktfeindlichkeit. Oder haben wir etwa wunderbare Ersatzstrategien, die uns diese Sicherheit verschaffen?

Es gibt nur zwei Arten zärtlicher körperlicher Nähe, die bei uns gesellschaftlich akzeptiert werden. Das eine ist die Berührung von Mutter und Kind, das andere sind die Berührungen eines (heterosexuellen) Liebespärchens.[5] Für Mütter gibt es also immerhin zwei ›erlaubte‹ Formen körperlicher Nähe, für Männer und kinderlose Frauen nur eine. Gäbe es eine Untersuchung zum internationalen Vergleich zärtlicher Umgangsformen, lägen wir darin sicher auf dem letzten Platz. Diese Armut bedeutet, daß wir all unsere natürlichen Bedürfnisse nach angenehmen Körpergefühlen und Berührungen auf diesen mageren zwei Wegen kaum werden stillen können. So drängt ein ziemlich großer Anteil ungestillten Sicherheitsbedürfnisses in die Sexualität, um dort befriedigt zu werden. Also noch mehr zusätzlicher Ballast auf unserer Lust.

Auch für den Bereich der Sinnenfreuden gilt, daß die natürliche Bandbreite, die uns für Genuß aller Art eigentlich zur Verfügung stünde, durch gesellschaftliche Konventionen unglaublich eingeengt wird und die Sexualität dann als hauptsächliches oder einziges Ventil für alle Bedürfnisse in diesem Bereich zu dienen hat (siehe folgendes Kapitel).

Frau gewinnt den Eindruck, daß es in unserer Gesellschaft geradezu üblich und normal ist, Sexualität für alle möglichen Zwecke zu funktionalisieren. Nicht nur Sinnengenuß, sondern im Prinzip fast alle feineren Nuancen von Erotik und selbst Zärtlichkeit sind in anderen Bereichen gesellschaftlich verpönt. Nicht nur körperliche, sondern auch seelische Nähe ist eher unüblich; ebenso Offenheit, Ehrlichkeit, Intimität – alles reserviert für die eine einzige Gelegenheit Sex, die allein alle Wünsche zu erfüllen, alle Bedürfnisse zu befriedigen hat. Überbewertet, überidealisiert, überladen. Ach du arme Lust!

Laßt mich dazu ein Gleichnis erzählen aus dem Bild meiner Landschaft: Ich bin eine Schifferin der Wilden Wasser. Ich habe ein Boot, das heißt Lust. Wandere ich hungrig umher und komme an ein Haus und bitte um Brot und erhalte einen Stein, so lade ich ihn in mein

Boot. Zieht ein Gewitter auf und fürchte ich mich, so flüchte ich unter einen überhängenden Fels. Zur Sicherheit nehme ich den Stein dann mit und lege ihn in mein Boot. Bin ich einsam und suche Gesellschaft und finde niemand außer einem Stein, so nehme ich ihn mit und lege ihn in mein Boot. Ist mir kalt und finde ich meine Hütte nicht und suche ich Schutz zwischen Felsen, so nehme ich die Steine mit und lade sie in mein Boot. Will ich dann endlich losrudern, binde ich mein Boot los – und es versinkt wie ein Stein. Überladen, total überladen!

Sollte sich deine Sexualität also schwer, träge und unbeweglich anfühlen, hilft wahrscheinlich nur eins: erst mal ausladen![6]

TAGEBUCH

Mittwoch, 11. November

Sie hat mich geliebt, und ich öffnete ihr mein Herz. Zum ersten Mal seit der Zeit mit meinem ersten Jugendfreund konnte ich dabei wieder mit dem Herzen fühlen! Sie hat geheilt, was mein Ehemann zerstörte.

So waren wir uns nah, voreinander ausgebreitet und unendlich sorgsam und zärtlich miteinander, liebevoll wie ich nur konnte. Ich überließ mich ihren Händen, ihrem Mund, und sie machte mich schier wahnsinnig mit ihren Liebkosungen. Ein bißchen was konnte ich dabei loslassen von meiner immerwährenden Verkrampfung, meinem Kontrollzwang. Ich genoß einfach. Und so viel Lust, so viel Lust staute sich in mir, daß ich schon gar nicht mehr wußte, wohin damit – oder besser: wohin sie mich führen würde.

Auf diesem Weg den Lustberg hinauf ging ich an vielen Abzweigungen vorbei, die ich sonst wähle, um nach einem mehr oder minder tief empfundenen Orgasmus wieder ins Tal zu sinken. Diesmal ging ich weiter, führte sie mich immer weiter hinauf, bis zum Gipfel dessen, was mir im Moment möglich ist: dort hinauf zu den rosa Wolken.

ABSOLUTER GLÜCKSFLASH!

Da traf mich das besonders hart, mitten in unser Glück hinein, als sie gestern verkündete – mit ihrem ›Endlösungs‹-Lächeln, das nichts Gutes verheißt, verkündete –, daß sie zu glücklich sei. Daß sie das nicht aushält, daß sie sich jetzt etwas antun muß.

Als ich sie abends wieder sah, hatte sie sich die kaum verheilte Wunde vom letzten Mal wieder aufgeschnitten.

Und mich traf mit voller Wucht die Erkenntnis, wie schrecklich das ist, was sexuelle Gewalt mit einer Frau macht: Glück nicht aushalten zu können, sich selbst weh tun zu müssen vor Glück. Sah auf einmal, wie schrecklich das ist, was ich an mir selbst ganz normal finde und längst nicht soo furchtbar wie von außen besehen bei ihr.

VOM FRUST MIT DER LUST

Bekannter als die Sache mit der Nähe ist ein anderer Hauptaspekt der Sexualität: Freude und Lebens-Lust zu spenden. Was das in letzter Konsequenz bedeuten könnte, zeigt eine Rekonstruktion matriarchaler Lebensweise von Angelika Aliti:

> »Weil sexuelle Liebe nicht mit wirtschaftlicher Existenzsicherung verquickt war, bildete sie die Basis für den gegenseitigen freundlichen und liebevollen Umgang der Angehörigen der Stämme und Sippen untereinander. So enthüllt sich die Bedeutung sexueller Lust als ein über das für die Fortpflanzung notwendige Vehikel hinausgehendes Mittel zur Lebensfreude. Das gegenseitige sexuelle Interesse an den Angehörigen anderer Sippen und Stämme war eine natürliche Form der Friedensgarantie, weil sich ein Interesse dieser Art nun einmal nicht mit kriegerischen Feindseligkeiten verträgt« (*Die wilde Frau*, S. 182 f.).

Wenden wir den Blick von dieser wunderbaren Utopie, die vielleicht einst Realität war, unserer westlichen Gegenwart zu. Mit einem harten Aufschlag landen wir auf dem kahlen, kalten Boden – meines Alltags:

Gerade jetzt, wo ich an diesem Kapitel schreibe, ist die Zeit der Frühjahrs-Tag-und-Nachtgleiche. Wie immer zu solchen Zeiten treffe ich mich mit den Frauen meiner Ritualgruppe zur Vorbereitung dieses Jahreskreisfestes. Zum ersten Mal sind sich alle einig, daß sie ein lustvolles Fest feiern wollen. Leicht gesagt, schwer getan! Denn wie oft haben wir das schon vergeblich versucht! Immer rebellierten einige gegen ›Fröhlichkeit auf Kommando‹, weil ihnen alles andere als *lust*-ig zumute war, brach Streit aus, ›vergaßen‹ wir unseren Vorsatz ... Woran es im einzelnen auch immer liegen mag – es blieb der Eindruck, daß es für uns (immerhin eine feste Gruppe von Frauen, die sich teilweise schon viele Jahre kennen und die schon einige Jahre lang miteinander Feste gestalten!) ungeheuer schwierig, ja schier unmöglich scheint, lustvoll zusammen zu sein. Warum?

Sehr hilfreich und erhellend für meine Überlegungen war Audre Lordes Aufsatz *Vom Nutzen der Erotik: Erotik als Macht*. Am Anfang ist es zugegebenermaßen etwas befremdlich, wie sie den Begriff Erotik definiert: nämlich nicht nur auf Sexualität und erotisches Erleben bezogen, sondern umfassend im Sinne einer lustfreundlichen Lebenseinstellung und eines sinnenfreudigen Alltags, der seine Wurzel in dem Bewußtsein hat, aus der eigenen Mitte heraus in Übereinstimmung mit sich selbst zu leben. Auf eine Kurzformel gebracht, hätte sie auch schreiben können: Es ist erotisch, ich selbst zu sein und mein Selbst zu leben. Diese Radikaldefinition ist eine ungeheure Herausforderung an jede von uns. Heißt das doch nichts anderes, als daß eine Entscheidung für mehr Lebenslust, Freude und Genuß in meinem Leben und in meiner Sexualität nicht mit Hilfe von ein paar ›Ich übe meine Sinnlichkeit‹-Workshops umzusetzen ist, sondern eine grundsätzliche Veränderung in meiner ganzen Lebenseinstellung erfordert, die im wahrsten Sinne des Wortes ›radikal‹ an die Wurzeln geht. Logisch: Wie soll ich Lust genießen können, wenn ich nicht genießen kann? Die sinnenfeindliche europäische Gesellschaft verlangt von uns die Fähigkeit zum mühelosen Spagat: Im Alltag alles verkneifen, im Bett alles rauslassen!

Was hindert uns Frauen daran, lebenslustig und erotisch zu leben? Zunächst einmal die Körperfeindlichkeit unserer Umgebung und die Tabus, mit denen diese Gesellschaft die meisten sinnlichen Freuden belegt. Eigentlich gibt es für sinnlichen Genuß nur zwei gesellschaftlich akzeptable Formen des Auslebens: Essen und Sex. Habt ihr schon bemerkt, daß nicht nur die Sexshops blühen und gedeihen, sondern auch die Feinkostläden? Der Unterschied zwischen beiden ist, daß frau über gutes Essen offen reden kann, während ehrliche Worte über Sex tabuisiert sind …

(Ich sehe übrigens einen Zusammenhang zwischen Eßstörungen und sexualisierter Gewalt, der meines Wissens bislang noch nicht beachtet wurde. Üblicherweise wird Pubertäts-Magersucht zwar durchaus zutreffend als Rebellion gegen die gesellschaftliche Frauenrolle interpretiert. Magersucht, Bulimie und alle anderen Arten von Eßstörungen sind außerdem bekannterweise ein typisches Signal, mit dem Frauen und Mädchen versuchen, auf sexualisierte Gewalt aufmerksam zu machen: ein weitverbreiteter Hilfeschrei von Überlebenden. Meiner Ansicht nach ist dieses Signal nicht rein zufällig. Es geht auch nicht nur um das eigene Körperbild oder um eine Rebellion gegen die Frauenrolle, wie oft der Eindruck entsteht, sondern es besteht ein noch tiefgründigerer Zusammenhang, der seinen gemeinsamen Nenner genau im sinnlichen Genuß hat. Mit ›Störungen‹ im nichttabuisierten Bereich der lukullischen Sinnenfreuden weisen die Frauen und Mädchen direkt – sozusagen auf kürzestem Wege und mit dem naheliegendsten Mittel – auf Gewalt im tabuisierten Bereich sexueller Sinnlichkeit hin. Ich könnte mir vorstellen, daß sich aus diesen Überlegungen interessante Therapie- und Heilungsansätze für Überlebende entwickeln ließen.)

Durch die Tabuisierung und Pervertierung schlichter alltäglicher

Sinnlichkeit und Freude an der Körperlichkeit sind wir nicht nur ungeübt im Genuß solcher Reize, sondern geradezu unfähig dazu. Reine Freude an den Bewegungen unseres Körpers ist nicht gestattet, sie wird pervertiert zu Leistungs- oder Ausgleichssport: »Ich brauche das zum Abbau von Aggressionen.« – »Ich jogge aus gesundheitlichen Gründen.« Dabei ist das Körpergefühl nicht eine sich selbst genügende Quelle von Vergnügen, sondern nur Mittel zu irgendeinem Zweck. Entdecken wir wieder, wieviel Genußmöglichkeiten in all unseren Sinnen stecken und kämpfen wir gegen die Körper- und Lustfeindlichkeit der Gesellschaft an, dann entlasten wir einerseits unsere Sexualität und trainieren außerdem unsere Fähigkeit, angenehme Sinneswahrnehmungen zu genießen – eine Fähigkeit, die der Intensität unseres sexuellen Empfindens ebenfalls nur guttun kann. Denn wie sollten wir im Bett plötzlich können, was uns sonst nirgendwo erlaubt ist? Wenn wir die Spielregeln des Genießens nicht kennen und uns kaum Übungsmöglichkeiten zugestanden werden?

Auf den ersten Blick wirkt das paradox: Ist Sex das einzige Ventil für Genuß, so müßte dabei doch eigentlich ungeheuer viel abgehen. Wenn plötzlich all unsere angestauten sinnlichen Bedürfnisse endlich Raum bekommen und befriedigt werden können, müßte das doch wunderbar sein, oder? Ist es aber nicht. Höchstens so angenehm wie das Kribbeln eingeschlafener Gliedmaßen, in die plötzlich wieder Blut strömt. Oder so angemessen wie das bereits erwähnte Festmahl für Verhungernde. Wenn sich eine Frau fragt, warum sich ihr Sexleben so unbefriedigend anfühlt, könnte es vielleicht auch daran liegen, daß es schlichtweg unmöglich ist, wochenlangen Mangel an Zärtlichkeit und Sinnengenuß schlagartig nachzuholen, gleichzeitig den ebenso lang angesammelten Krampf und Stau von Streß und Anspannung in allen Nerven und Muskeln zu lösen, ganz nebenbei noch alle Bedürfnisse nach emotionaler Nähe, Geborgenheit, Sicherheit, Wärme und Liebe zu erfüllen und außerdem ein orgiastisches Feuerwerk der leidenschaftlichen Entfaltung sexueller Energien zu entfachen.

Lust zu spüren ist ein seelischer Zustand, zu dem ein gewisses Grundvertrauen in sich und die Umwelt dazugehört; eine positive, erwartungsfrohe Haltung, die auf dem festen Boden eines grundlegenden Sicherheitsgefühls gedeiht. Lust ist die Offenheit, unvoreingenommen entgegenzunehmen, was die vielen Sinne an Eindrücken bieten. Ohne zu zensieren, zu bewerten, in falsch und richtig einzuteilen; ja ohne überhaupt irgendwie kontrollierend und korrigierend einzugreifen. Lust heißt, offen zu sein. Lust heißt, einfach zu *sein*.

Wenn ich mich frage, was mich daran hindert, einen solchen Zustand auszuhalten, oder was mich daran so ängstigt, fällt mir immer dieser Vergleich ein: Es heißt, daß Babys beim Wickeln deswegen zu weinen anfangen, weil sie Angst bekommen, sobald sie ausgezogen werden. Und zwar, weil sie sich dann selbst nicht mehr spüren können. Die Sinneswahrnehmung, die sie vom Mutterbauch her kennen, ist ein kräftiger Widerstand von außen. Der Druck der Gebärmutterwände, der Gedärme und der Bauchmuskeldecke läßt sie ihre eigenen Körpergrenzen spüren. Nach der Geburt übernimmt für sie die Kleidung eine ähnliche Funktion: Nun zeigt ihnen die Reibung des Stoffes, wo ihr Körper beginnt und endet, also wo sie sind. Ich stelle mir vor, daß sie sich beim Ausziehen genauso fühlen wie ich mich beim Versuch, offene Sinnlichkeit zu spüren: Fällt der gewohnte Widerstand von Anspannung, Verkrampfung und Kontrolle plötzlich weg, scheint sich der eigene Körper in unendlichen Weiten zu verlieren.

Natürlich sind diese Ängste unbegründet und nicht realistisch. Ich werde mich nicht in Nichts auflösen, wenn ich mich vertrauensvoll den Eindrücken meiner Sinne hingebe. Ich werde mich nicht verlieren, wenn ich in sonst strengstens überwachten Bereichen einmal die Kontrolle aufgebe. Entspanne, was sonst immer angespannt ist. Genieße, was ich sonst höchstens registriere. Mich freue an dem, was verpönt ist. Es ist halt einfach ungewohnt und neu. Ich muß wie ein Neugeborenes lernen, mich in diesem Zustand zu orientieren und zu bewegen, mich an die veränderte Umgebung anzupassen. Ich komme aus einer unlustigen Vergangenheit; ich lebe in einer lustfeindlichen Umwelt; meine Lust zu leben ist darum ein sehr ungewohntes und revolutionäres Unterfangen.

Auf einer einsamen Waldlichtung nackt in der Sonne liegen (Achtung: immer die Angst in Schach halten, es könnte mich jemand beobachten!) und spüren, wie eine leichte Brise die Haut streichelt. Beim Kitzeln von Ameisen- und Käferfüßen nicht gleich an Stechmücken denken, sondern sich freuen über den Besuch des kleinen Volkes, das so überaus angenehm auf mir herumtrappst. Die Beine breit machen und die Wärme der Sonne im Venusdelta spüren: ein ganz besonderes Gefühl, das keinen Vergleich kennt. Erotik pur. Nichts anderes fühlt sich so an, und Sonne auf anderen Hautstellen ist irgendwie ganz anders. (Achtung: Es könnte eine Ameise in mich hineinkrabbeln! Und was mir sonst noch an ähnlich störendem Quatsch einfällt …)

Lust ist … politisch!

Was hindert eine Frau sonst noch am Genießen von Lust, außer mangelnde Übung, eine lustfeindliche Erziehung und ihre eigene daraus resultierende Unsicherheit? Da sind zum Beispiel noch die seelischen Schäden, die uns im Patriarchat zugefügt wurden: die Spaltungen, von denen ich später noch ausführlicher sprechen werde.[7] Lust ist eine Energie, die fließen will. Sie kann das nicht ungehindert tun, wo es vor Mauern, Abgründen und Schubladen nur so wimmelt. Und das tut es leider in uns allen. Frau braucht nur einmal versuchen, sich von allen möglichen verinnerlichten Vorstellungen freizuschwimmen, und schon werden diese Plagegeister in Scharen ihre nörgelnden Stimmen erheben und ihr mit unerwünschten Kommentaren auf die Nerven gehen. Alle Lesben haben ja schon mindestens einer dieser Nörgelstimmen die Stirn geboten – nämlich der, die sagt: »Du sollst nicht mit Frauen schlafen!« Es gibt noch unendlich viele mehr von dieser Sorte, angefangen bei: »Wenn du schon mit einer Frau schlafen mußt, dann hat das ganz genau so und nicht anders abzulaufen!« bis hin zu: »Wenn du eine richtige Lesbe sein willst, *mußt* du mit Frauen schlafen!« (Die Plagegeister sind weder logisch noch untereinander stimmig.) Bei so viel paradoxem Quatsch im Hinterkopf bleibt einer nur ein gewagter Seiltanz von Widerspruch zu Widerspruch.

Hierbei geht es nicht nur um die individuellen, psychologischen Auswirkungen dieser Spaltungen, sondern auch um die politische Dimension von Sinnlichkeit und Lust.

> »Die Berührung mit der Macht der Erotik macht mich weniger willens, Ohnmacht oder jene anderen demütigenden und für mich unnatürlichen Zustände wie Resignation, Verzweiflung, Selbstzurücknahme, Depression und Selbstverleugnung zu akzeptieren« (Audre Lorde, S. 192).

Gleiches gilt für die Arbeitswelt, letztlich für all unsere Tätigkeiten, unser ganzes Sein. Ein Leben mit der Macht der Erotik verträgt sich nicht mit einem System, das »Arbeit auf eine Karikatur von Notwendigkeiten reduziert, auf eine Pflicht, durch die wir uns Brot – oder Vergessen unserer selbst und derer, die wir lieben – verdienen« (ebd., S. 189). Wenn wir frauenidentifizierten Frauen den Mut aufbringen, »das Risiko einzugehen und die elektrische Spannung der Erotik zu teilen, ohne den Blick abwenden zu müssen und ohne die unerhört starke und kreative Natur dieses Austauschs zu verfälschen«, so »berühren wir damit nicht nur die tiefste Quelle unserer Kreativität, sondern wir handeln auf weibliche und selbstbestätigende Weise einer rassistischen, patriarchalen und antierotischen Gesellschaft zuwider« (ebd., S. 194).

Die Erfahrungen aus meinem eigenen Lebenslauf decken sich mit Audre Lordes Ansichten. Ich würde sogar so weit gehen, einen Umkehrschluß zu wagen. Denn wenn ein erotisches, lustvolles Leben keine entfremdete Arbeit und entsprechende gesellschaftliche Strukturen erträgt, so bedeutet das umgekehrt doch auch, daß zumindest ein teilweiser Abschied von diesen Strukturen Voraussetzung ist für die Entfaltung einer freien, wirklich lustvollen Sexualität! Das scheint mein Lebensweg jedenfalls zu bestätigen. Denn für mich wurden Sexualität, Lust und Erotik erst ein Thema, nachdem ich beschlossen hatte, authentisch zu leben, ich selbst zu sein, mein Leben in die Hand zu nehmen – wie eine es auch immer nennen will – und es mir gut gehen zu lassen. Damit waren erst die Voraussetzungen geschaffen dafür, meiner Lebens-Lust Beachtung zu schenken und ihr ausreichend Platz in meinem Alltag einzuräumen.

Vorher waren Sexualität und Sinnlichkeit eher Nebensächlichkeiten und so problembeladen, daß ich es vorzog, sie mir lieber nicht genauer anzuschauen. Das hätte auch keinen Sinn gehabt, solange ich in Lebensumständen steckte, in denen ich keine Chance zum Ausleben von Lust und Erotik (im umfassenden Sinne) sah. Zu dieser Zeit dominierten die Pflichten in meinem Leben. Die Vernunft, die Konventionen, die eheliche Monogamie, das Was-sich-gehört, tausend echte und falsche Verantwortlichkeiten, die nachdrücklichen ›Ratschläge‹ der Verwandtschaft, Sachzwänge, berufliche Erfordernisse – kurzum: lauter unvergnügliche Sachen. Ich kenne viele Frauen, die in so einer Lage stecken. Es braucht einigen Mut dazu, um einmal auszubrechen, die Unvernunft zu entdecken, falsche Verantwortung abzuwerfen, Ungehöriges zu tun, Kontra zu geben, das eigene Selbst zu verteidigen, die Ratschläge in den Wind zu schlagen und *lust*-ig zu sein.

Zurück zu unseren krampfhaften Versuchen, gemeinsam lustvoll zu feiern.[8] Ich sehe hier dieselben Probleme, die auch bei der Sexualität auftauchen: die Auswirkungen der Grenzen und Unfähigkeiten jeder einzelnen Beteiligten; und das, was entsteht, wenn mehrere Frauen mitsamt ihren Grenzen und Unfähigkeiten versuchen, eine Verbindung zueinander herzustellen. Schon so manches Lesbenfest empfand ich als traurige Karikatur eines solchen kollektiven Feierversuchs.[9] Statt einer Festkultur blüht eine Alkoholkultur. Zwar wird versucht, gesellig und nett zu sein – aber viele bleiben in ihrer inneren Isolation hängen oder provozieren Eklats und stören das Fest, weil sie es nicht ertragen. Zwar wird versucht, mittels Alkohol die eigenen Hemmnisse zu überwinden – aber das Ergebnis ist nur peinliche Enthemmtheit. Zwar wird versucht, mittels wahllosem Herumgeknutsche die sexuellen Energien zu beschwören und Spaß zu haben – aber das Ergebnis sind Eifersuchtsdramen, gegenseitiges lust- und achtloses Benutzen und ein katzengeschwängertes böses Erwachen am nächsten Tag. Welch ein Kontrast zu den seltenen Gelegenheiten, bei denen eine wirklich gute Stimmung aufkommt!

Ich liebe die kribbelnde Erotik, die manchmal auf Tanzflächen entstehen kann, auch ohne daß sich Lesben berühren oder schmusen. Ich liebe es, wenn Frauen auf Festen wirklich miteinander reden und überall ein echter Austausch im Gange ist. Ich liebe es, wenn Lesben auch zu fortgeschrittener Stunde noch ansprechbar sind und keine das Klo vollkotzt. Aber ach! – wie selten ist dieser Genuß!

Wo liegen die Schwierigkeiten? Ich finde: in der Unfähigkeit, sich abzugrenzen. In den Problemen mit unseren unterschiedlichen Bedürfnissen. Auch in der Angst vor Nähe. Aber im Umgang mit Verletzungen sind wir in unserer Ritualgruppe inzwischen ziemlich gut geübt. Wir streiten relativ fair; wir sprechen aus, was stört, und sammeln keinen stillen Groll; die jeweils nicht Beteiligten unterstützen die Auseinandersetzung der Betroffenen und verhindern Eskalationen. Das Problem muß also weniger bei der Angst vor Verletzung liegen als vielmehr bei der Angst vor schönen Näheerlebnissen. Obwohl es uns bei Reibereien recht gut gelingt, uns zu schützen und abzugrenzen, scheinen wir doch in einem anderen Bereich an brutalen Abgrenzungsschwierigkeiten zu leiden: und zwar, wenn es einer schlecht geht. Allzuleicht lassen sich auch die, die eigentlich gut drauf sind, mit runterziehen – und schon ist es vorbei mit der freudigen Feier! Mag sein, daß ein übertriebenes Harmoniebestreben der Grund dafür ist.[10] So eine Art unterschwelliges Bedürfnis nach Gleichmacherei, das alle Frauen auf einem gemeinsamen Stimmungsniveau zusammenführen will – und das ist dann nach dem Prinzip des kleinsten gemeinsamen Nenners das der niedergedrücktesten Anwesenden. Dafür sprechen auch unsere Schwierigkeiten im Umgang mit unterschiedlichen Bedürfnissen. Es kostet uns immer unsägliche Anstrengung, eine andere mit ihren Vorstellungen einfach stehenzulassen und ihr den Raum für ihre Bedürfnisse zu geben, dabei aber gleichzeitig die eigenen Vorstellungen einzubringen (die sich scheinbar so sehr mit denen der anderen widersprechen) und ebenfalls Raum dafür einzufordern. Sind wir schlecht drauf, versucht jede die anderen dazu zu bringen, ihren Vorstellungen zu folgen. Sind wir gut drauf, stellen wir fest, daß es eigentlich ganz gut möglich ist, alle Bedürfnisse unter einen Hut zu bringen und für das Ritual einen Ablauf zu finden, in dem zur Zufriedenheit aller alles Platz hat.

Es mag auch sein, daß wir zu sehr von patriarchalem Schubladendenken geprägt sind. Wir halten zu sehr an der Vorstellung fest, daß es einer Frau entweder *nur* gut oder *nur* schlecht gehen kann; und daß es für eine lustvolle Feier *allen* gut gehen *muß*. Das ist mitnichten so! Erstens schließen sich verschiedene Arten von Gefühlen niemals gegenseitig aus. Zweitens kann gerade so ein krampfhaftes Gutgehgebot verhindern, daß die als ›negativ‹ etikettierten Gefühle den Platz bekommen, den sie brauchen. Statt zu verdrängen, könnte frau sie ja auch einfach da sein lassen. Kann sein, daß sie sich nach einer Weile – wenn sie von allen zur Kenntnis genommen wurden – ganz von selbst verziehen. Allzuoft schaffen wir diese Schritte nicht: das Da-sein-Lassen, das Wahrnehmen, das Abgrenzen und das Gehen-Lassen. Statt auf diese Weise durch die dunklen Anteile in uns allen hindurchzugehen, bleiben wir darin hängen und ziehen uns gegenseitig runter.[11]

Übertragen auf die Sexualität, geht es eigentlich um dieselben Dinge: das Einbringen der eigenen Bedürfnisse und das Ringen um gemeinsame Formen (»Was mache ich, wenn ich geschleckt werden will, aber meine Geliebte Oralsex nicht ausstehen kann?«), das Zu- und Da-sein-Lassen aller Arten von Gefühlen (z.B. Flashbacks), das Abgrenzen (»Okay, okay, wenn sie grade nicht mit mir vögeln will, bedeutet das nicht, daß sie mich nicht mehr liebt!«), der Kampf gegen vorgeprägte Denkmuster und eingefahrene Abläufe (»Ich muß ihr einen Orgasmus machen, sonst ist was falsch!«), Gutgehgebot (»Ich muß alles schön finden!«) und Leistungsdruck (»Es muß für uns beide schön sein und überhaupt der Giganto-Hyper-Übersex!«), und nicht zuletzt Angst vor Nähe (von: »Hilfe! Wenn ich mich ausziehe, sieht sie meine Pickel und findet mich bestimmt häßlich!« bis: »Nach meinem letzten Liebesdrama habe ich mir doch geschworen, nie wieder jemand so nah an mich ranzulassen!«).

Als mir klar wurde, welch ungeheure Macht darin steckt, wenn Frauen ihre erotischen beziehungsweise sexuellen Energien untereinander fließen lassen, fing ich an zu überlegen, ob hier nicht eine Erklärung sowohl für Zwangsheterosexualität als auch für die Diskriminierung und Tabuisierung von Lesben zu suchen ist. Nehmen wir an, irgendwo in den Tiefen eines kollektiven Unterbewußten (oder wie frau das nennen will) existieren immer noch Spuren von der ursprünglichen Macht der Amazonen und wilden Weiber, die dazu fähig waren, diese losgelassene Erotik zu erfahren. Natürlich wird im Patriarchat mit allen Mitteln verhindert, daß Frauen diese Energie der puren, fließenden Lebenslust wiederentdecken und dazu nutzen, zu erstarken und sich gegen ihre Unterdrückung zur Wehr zu setzen. Es ist zwar gelungen, die meisten Frauen zu isolieren und lange Zeit zu asexuellen Wesen zu erklären. Aber eine Sorte Frau ist trotzdem weiter hartnäckig sexuell – und das auch noch mit anderen Frauen! Der Horror jedes Patriarchen und vielleicht auch eine Erklärung dafür, warum Lesbischsein so viel schlimmer ist und so viel stärker totgeschwiegen, abgewertet und vor allem entsexualisiert werden muß(te) als Schwulsein!

Denn was machen Lesben im Bett? Sie feiern Hexensabbat!

Walpurgisnächte

Als ich meine ersten Erfahrungen mit dem Feiern der Jahreskreisfeste sammelte, ertappte ich mich plötzlich bei Gedankenflügen in die ferne Vergangenheit. Auf einmal beschäftigten mich die Hexensabbate, die mir bislang nur aus den Klischees bekannt waren, die ein Mädchen beim Aufwachsen so mitbekommt: alte, häßliche Weiber um einen Kessel versammelt, schwarze Katzen als Blutopfer darbringend (oder sogar kleine Kinder), kreischend um ein Feuer tanzend. Die niedlichste Vorstellung in dem verinnerlichten Müllhaufen, den mein Gedächtnis zum Stichwort Hexen preisgibt, war noch Ottfried Preußlers Walpurgis-Hexentanz: die Scheußlichkeit der Hexen dort beschränkt sich wenigstens darauf, der Kleinen Hexe nur den Besen wegzunehmen und sie aus dem Kreis der ›Großen‹ auszuschließen.

Dann habe ich mich mit meinen eigenen Gedanken begnügt. Genauer gesagt: ich habe meine ersten zaghaften Erfahrungen mit Walpurgis, Samhain oder Sonnwendfeiern in der ›Spirigruppe‹ verglichen mit meinen Hexenklischees. Und zwischen diesen vielen Zerrbildern dessen, was einmal war, und vagen Ahnungen dessen, was einmal sein könnte, tauchte eine Idee von tiefempfundener Wahrheit auf. Irgendwie war mir plötzlich klar, was ein Hexensabbat ist oder sein könnte. Ohne jemals einen erlebt zu haben (zumindest in diesem Leben ...).

Befreite sexuelle Ströme sind wohl die mächtigste Energie in uns Frauen. Wobei die Kraft und Wirkung dieser Energie weit über den sexuellen Bereich hinausgeht. Sie hat viele Gesichter und durchzieht alle Teile unseres Lebens. Audre Lorde nennt sie Erotik. Ich nenne sie den spirituellen Aspekt von Sexualität. Die östliche Mystik nennt sie Kundalini. Sie ist die Drachin, die Schlange, die Urkraft, die von den patriarchalen Helden erschlagen wurde, damit sie ihre HERRschaft über die Frauen beginnen konnten. Die Jungfrauen wurden der Drachin geraubt – und damit ihrer ureigensten Identität, Macht und Energie – der Macht der Erotik, der sexuellen Kraft – beraubt. Am mächtigsten und wirkungsvollsten entfaltet sich diese Kraft, wenn sie ins Fließen kommt zwischen zwei oder mehr Frauen. Ich glaube, daß ein Hexensabbat genau das war: ein Ritual, bei dem eine Gruppe von Frauen diese Energie ins Fließen brachte. Damit setzten sie die Macht frei, die das Rad des Lebens in Schwung hält, die die Atome kreisen läßt, die Leben schafft, bewegt, verändert – eine ungeheure Macht!

Ich denke an den Kreis von Frauen, mit denen ich die Jahreskreisfeste feiere. Ich stelle mir vor, wie wir unsere erotischen Energien miteinander teilen, uns voreinander öffnen und fließen lassen, was wir allerhöchstens im Ehebett oder äußerst privat mit der einzigen auserwählten Liebsten fließen zu lassen gelernt haben. (Mit Gruppensex hat das übrigens überhaupt nichts zu tun!) Bei der Vorstellung muß ich entweder herzhaft lachen oder bitterlich weinen. Wie absolut unmöglich erscheint uns das!

Dann sehe ich die Frauen aus alter Zeit vor mir. Ganz gewöhnliche Frauen, junge und alte, gerade und krumme, in tiefschwarzer Nacht versammelt im Feuerschein. Sie sind nackt, bemalt, schlammbeschmiert und ruhen in sich selbst. Aufrecht und glatthäutig oder gebückt und runzlig, aber alle selbstverständlich. Mit zwei Beinen stehen sie fest auf dem Rücken von Mutter Erde. Die einen stampfen und wiegen sich, andere singen und summen. Eine Alte rührt im Kessel und braut Tee für alle – keine zauberischen Gifte, sondern gute Kräuter, die beim Trinken in die Frauen hineinfließen und in ihnen aufgehen wie keimende Samen und sie so an ihre Verbundenheit mit allem Lebendigen erinnern. Sie brauchen keine Drogen, um sich zu feiern und ihre Lebendigkeit zu genießen. Die Wärme des Feuers und die Bewegungen lockern die Muskeln ihrer Mitte, die im Alltag oft so viel zu halten und auszuhalten haben. Sie werden weich und geschmeidig und warm, ihre Lippen öffnen sich, und die Freude beginnt zu fließen … Sie tanzen die Göttin, und die Göttin tanzt mit ihnen.

Anderntags werden sie wieder zu Hause am Herd stehen und die Kinder stillen und die Kranken pflegen und für Nahrung, Wärme, Unterkunft und Heilung aller sorgen. Sie werden wieder ihr Aktenköfferchen packen und zur Arbeit gehen, zum Sozialamt rennen, dreckige Nasen schneuzen, mit den Parteigenossen streiten, tausendmal den gleichen Hebel bedienen, den Dreck der Männer wegputzen und sich vergewal… stop! Nein. Das würden sie sicher nicht. Undenkbar! Wohl eher schwingen sie wütend die Doppelaxt und halten zu ihrem gegenseitigen Schutz zusammen in allen Lebenslagen.

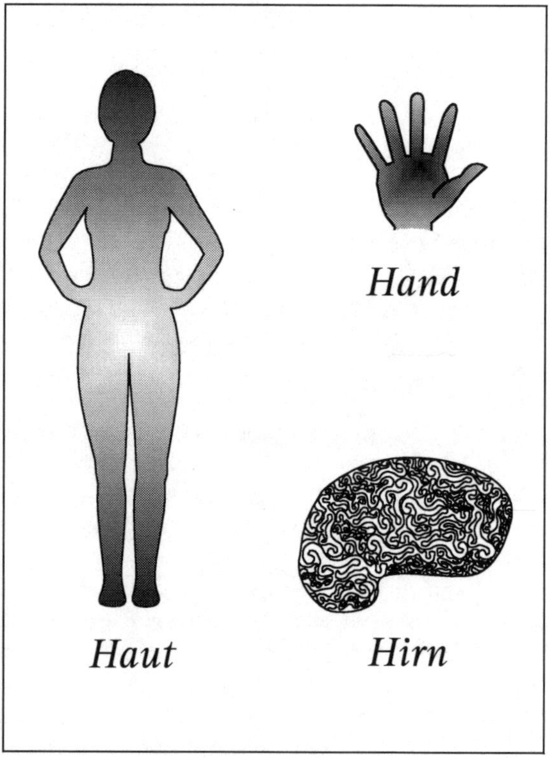

Aus der Reihe »Erogene Zonen neu gelernt«:
Die drei »H«

Loslassen. Ein schönes Stichwort. Los und Lassen. Auf die Plätze – fertig – los! Tu was du nicht lassen kannst. Let it be. Leben und leben lassen. Losen – Lösung – Lotterie. Glück und Gewinn. Entspannen, relaxen, treiben lassen, genießen. Losgelöst von allem ganz im Hier und Jetzt. Hmm! Aah!

Wie anders doch das Gegenteil klingt: Kontrolle, Überwachung, Leistung, Anforderung, Norm, Polizei, Druck, Unzulänglichkeit – kurz: Patriarchat pur.

Ganz so einfach will ich es mir aber nicht machen. Sonst wären wir ganz schnell bei der simplen Formel angelangt: »Kontrolle ist schlecht. Um Sex genießen zu können, mußt du loslassen!« Du *mußt* loslassen. Laßt euch das mal auf der Zunge zergehen! Ein absoluter Widerspruch in sich selbst. Ungefähr so sinnig wie der Befehl: Sei glücklich! Oder der krampfhaft-angestrengte Versuch, sich um jeden Preis zu entspannen. Das wäre gar zu platt und würde, wie so viele wohlgemeinte Ratschläge, nicht funktionieren.

Dennoch ist diese Vereinfachung ›Kontrolle ist schlecht‹ eine mir wohlbekannte Falle. Und kennt nicht jede von uns die Situation einer sexuellen Begegnung, bei der irgendwas nicht zu stimmen scheint? Schnell tauchen dann Gedanken auf wie: Wenn ich nur lockerlassen könnte, wenn ich nur meinen denkenden Ratterkopf abstellen könnte, wenn ich mich nur auf die Situation ganz einlassen könnte …, ja dann – ! Oder die Geliebte fängt plötzlich an, sich zu entschuldigen:

A: Du, mir geht die ganze Zeit dieser Ärger von vorhin im Kopf rum.
B: Ist ja kein Wunder.
A: Ich würd' mich jetzt aber lieber auf dich einlassen als rumzugrübeln.
B: Nun, wenn's halt grad so ist …
A: Das stinkt mir aber.
B: Du, es ist okay für mich so.
A: Ist es schlimm für dich, wenn ich jetzt keine Lust habe?
B: Mach dir mal da keine Sorgen.
A: Aber das letzte Mal war's auch schon das Gleiche. Bist du sicher, daß es dir nichts ausmacht?
B: Cool down, babe!
A: Macha!
B: Jetzt mach dir mal keinen Streß hier.

A: Du bist *doch* enttäuscht, stimmt's?
B: Glaub mir bitte endlich, daß es okay ist. Treiben wir hier Leistungssport, oder was?
A: Es liegt auch wirklich nicht an dir. Ich weiß nicht, was mit mir los ist.
B: Magst du drüber reden?
A: Nein, verdammt, ich will eigentlich mit dir schlafen!
B: Na dann mach doch.
A: *Kann* ich doch nicht!!
B: – – –
A: Ach, du verstehst mich nicht. (Dreht sich um und schmollt.)

Frau sieht, daß mit so einer Mischung aus selbstgemachtem Leistungsdruck und Versumpfen in Gewissensbissen selbst eine geduldige und einfühlsame Partnerin leicht zur Verzweiflung getrieben werden kann. Und was erst passieren kann, wenn die andere ihre eigenen Geschichten noch dazumischt, mag ich hier gar nicht ausmalen.

Es gibt auch Frauen, die sich selbst für generell überkontrollierend halten. Hier ein O-Ton dieser Variante: »Ich kann nicht loslassen«, jammert meine Geliebte und unterbricht unser zärtliches Rendezvous. »Ich muß immer alles unter Kontrolle haben.«

Was meint sie damit? Dieser Satz kann nämlich vielerlei bedeuten. Zum Beispiel: »Ich habe den Kopf so voller Alltagskram, daß ich nicht abschalten kann. Lustgefühle haben im Moment keinen Platz bei mir.« Oder will sie mir sagen: »Meine eigenen sexuellen Gefühle ängstigen und schmerzen mich so sehr, daß ich sie nicht ungebremst zulassen kann und will.«? Hat sie die Botschaft an mich: »Deine Art, Sexualität zu leben / auf mich zuzugehen / was du grade machst ... wirkt so bedrohlich auf mich, daß meine Angst vor dir stärker ist als mein Vertrauen und mein Verlangen.«? Oder meint sie, daß es ihr ganz allgemein Schwierigkeiten macht, einen Zustand des reinen Seins auszuhalten und so etwas wie unser Zusammensein einfach geschehen zu lassen? Will sie mir damit versichern, daß unsere momentanen Schwierigkeiten nichts mit mir zu tun haben? Oder heißt es all das zusammen, von allem ein bißchen?

Um herauszubekommen, wie am besten mit Problemen im Bereich von Kontrolle und Loslassen umzugehen ist, muß erst einmal klar sein, was sich hinter dem Schlagwort Kontrolle überhaupt alles verbirgt. Nehmen wir deshalb ein Prisma zur Hand und lassen die vielfältigen Farben leuchten, die im weißen Licht der Sphären von Kontrolle und Loslassen verborgen sind:

Klar ist, daß ein Übermaß an Kontrolle sehr viel mit den Lebensumständen und der Geschichte der einzelnen zu tun hat. Je feindlicher die Umgebung, um so notwendiger die Fähigkeit, sich möglichst unangreifbar zu machen (Selbstkontrolle) und potentielle Angriffe frühzeitig zu erkennen, sprich: die Umwelt genauestens mit allen Sinnen zu beobachten und in ständiger Alarmbereitschaft zu sein. Und vielleicht sogar vorsichtshalber manipulierend auf andere einzuwirken (Kontrolle der anderen), um Bedrohung schon im Vorfeld zu verhindern.

Je länger wir in feindlicher Umgebung zurechtkommen müssen, um so mehr sind wir außerdem darauf angewiesen, daß diese Kontrolle automatisch geschieht und wir unsere bewußte Aufmerksamkeit anderen Dingen zuwenden können. In so einem Zustand automatisierter Kontrolle befinden sich im Grunde alle Frauen im Patriarchat. Nur ein kleines Beispiel dafür, das nicht nur Frauen mit großen Brüsten kennen: das Vorziehen der Schultern, das sich viele Mädchen bei Beginn der Pubertät angewöhnen, um die sprießenden Knospen vor voyeuristischer Beglotzung zu schützen, wird schnell zum Selbstläufer und zum bleibenden Haltungsschaden. Wie viele Frauen gibt es in dieser Kultur, die ungeniert und ungehindert weiblichen Stolz zur Schau stellen?

So gesehen ist es ein kleines Wunder, wenn eine Frau im Rausch der Lust oder auch bei anderen sinnlichen Genüssen hin und wieder überhaupt einen Zustand des Loslassens dieser allgegenwärtigen Selbstkontrolle erleben kann. Dieser Blickwinkel wird den Realitäten eher gerecht als die vorhin beschriebenen Selbstvorwürfe. Keine Frau sollte sich darüber grämen, wenn das Loslassen bei ihr gar nicht klappt, oder nur sehr schwer und selten, oder nur unter Zuhilfenahme von Drogen. Denn das bedeutet noch lange kein Versagen oder eine Unfähigkeit, sondern zunächst einmal ›nur‹ Normalität. Auf der anderen Seite ist das Trotzdem-loslassen-Können, und sei es auch so selten wie eine Sternschnuppe, ein Beweis der Unbezwingbarkeit unserer sexuellen Urenergien, die sich gegen jede Wahrscheinlichkeit und trotz aller Hindernisse einen Platz in dieser Welt zu schaffen wissen. Vertrauen wir auf diese Eigenkraft unserer Lust, dann wird das Ganze schon ein bißchen leichter! Wahrscheinlich ist es sinnvoller und ergebnisreicher, sich solchen Gedanken zu widmen, als sich krampfhaft mit der eigenen Verkrampfung herumzumartern. Wie so oft in Sachen Sex heißt es auch hier: stehenlassen, akzeptieren, aufhören mit der Selbstbekämpfung, Verständnis für sich selbst entwikkeln und konstruktive, wohltuende Ansatzpunkte suchen, an denen sich etwas bewegen läßt.

Prinzipiell ist auch das Loslassen durchaus beeinflußbar und kann bis zu einem gewissen Grad gelernt und geübt werden. Zum Beispiel kann jede für sich erforschen, welche Umstände das Loslassen bei ihr begünstigen oder es erschweren. Im Versuch-und-Irrtum-Verfahren können wir Erfahrungen sammeln, die es uns auf die Dauer gesehen leichter machen, den ersehnten gelösten Zustand zu ertragen. Natürlich muß das jede für sich selber tun. Es gibt keine Patentrezepte. Aber es gibt allgemeine Ansatzpunkte:

Im Kapitel *Von der Rolle* beschreibe ich zum Beispiel, wie ein Wechsel der aktiven und passiven Rollen Ängste und Bedrohungsgefühle vermindern und somit ein Loslassen erleichtern kann. Miteinander zu reden ist oft auch nicht leicht, aber immer noch der einfachste und direkteste Weg, Unsicherheiten auszuräumen und eine loslaß-freundliche Situation zu schaffen. Apropos Situation: Auch ganz banale Widrigkeiten im momentanen Umfeld können eine nicht zu unterschätzende Rolle spielen. Das ist auch der Grund, warum ich die Situation, in der eine sexuelle Begegnung stattfindet, in mein Modell der lesbischen Sexualität aufgenommen habe: die Umgebung hat einen direkten Einfluß auf das persönliche Sicherheitsgefühl, das wiederum wichtig ist für ein Loslassen-Können, was wiederum für ein echtes Wohlbefinden und Lustgefühle wichtig ist. Darum ist in diesen Dingen keine Kleinigkeit so unwichtig, daß sie getrost übersehen werden könnte. Und darum sollen hier auch scheinbare Selbstverständlichkeiten erwähnt sein.

Natürlich muß eine Vertrauensbasis zwischen den Geliebten vorhanden sein, damit ein Loslassen möglich ist. (Auch die klare Absprache, außer einem One-Night-Stand nichts voneinander zu wollen, kann eine solche Vertrauensbasis sein – wenn diese völlige Unverbindlichkeit das ist, was eine Frau zum Loslassen-Können braucht.) Ebenso selbstverständlich ist, daß es eine Rolle spielt, wo die einzelne in der Entfaltung ihrer Sexualität gerade steht: Bist du jung und erforschst zum ersten Mal voller Neugier und Unsicherheit deine sexuellen Gefühle? Hast du eine Hetera-Vergangenheit und stellst gerade fest, daß du mit Frauen ganz neue Facetten an deiner Sexualität entdeckst, von der du doch gedacht hast, du kennst sie recht gut? Begibst du dich aus anderen Gründen gerade in sexuelles Neuland? – In solchen Situationen ist es verständlich, daß besonders viel Ängste auftauchen und das Bedürfnis, alles unter Kontrolle zu behalten, besonders stark wird. Vielleicht braucht es ja bloß ein bißchen Geduld und Gewöhnung, sonst nichts?! Eigentlich kein Problem!

Dummerweise werden solche Selbstverständlichkeiten leicht übersehen. Zum Beispiel die Vertrauensbasis. Angenommen, eine hat das Gefühl, ihre Liebste sei die einzige Lesbe auf der Welt, die sie mag, und sonst interessiere sich sowieso keine für sie, und sie sei folglich mangels Wahlmöglichkeit in jedem Fall auf diese eine Geliebte angewiesen. Dann fragt sie sich nicht mehr, ob sie überhaupt genug Vertrauen in die andere hat, um mit ihr zu schlafen. Vielleicht sind im Verlauf der Liebesbeziehung gegenseitige Verletzungen passiert, die das Vertrauen ineinander schwer erschüttert haben – und keine hat das recht bemerkt. Geschweige denn, daß eine spürt, was es für Auswirkungen auf ihre sexuellen Begegnungen hat. Diese beiden stehen dann irgendwann vor einem unbegreiflichen Berg von Lustlosigkeit, und ein bis zwei Therapeutinnen sind gut damit beschäftigt, die ganzen Ereignisse rückwärts aufzudröseln, um rauszukriegen, was da überhaupt los ist. Wenn die nötige Vertrauensbasis nicht da ist, sollte jede so vernünftig sein, sich nicht unter Druck zu setzen, trotzdem mit der anderen schlafen zu müssen. Das kann ja wohl nur schief gehen, oder?!

Kontrolle ist für Überlebende lebens-Not-wendig!

Einen besonderen Platz möchte ich hier der Bedeutung von Kontrolle für Überlebende sexualisierter Gewalt einräumen. Gerade für nicht selbst betroffene Partnerinnen ist es wichtig, das Verhalten ihrer Liebsten im richtigen Maßstab zu sehen, sprich: Kontrolle (auch wenn die Liebste ein nervtötendes Übermaß davon praktiziert) als überlebenswichtige Rettungsstrategie zu verstehen. Eine traumatisierende Gewalttat überlebt zu haben, bedeutet, daß die Erfahrung einer Extremsituation mit völligem Kontrollverlust tief in allen Knochen steckt. Daß daraus eine extreme Angst vor Kontrollverlust jeder Art entstehen kann, ist nicht weiter verwunderlich.

Dazu kommt noch ein anderer Aspekt von Kontrolle: Die traumatische Erfahrung wird immer mehr oder weniger verdrängt. Was bedeutet, daß sie im unbewußten Untergrund schlummert und dort gelegentlich herumrumort wie ein Vulkan, der sich das Ausbrechen überlegt. Die Überlebende (bzw. ihr Unterbewußtsein) muß permanent den Deckel daraufhalten, um so einen Ausbruch zu verhindern. Die Kontrolle über das Verdrängte ist überlebenswichtig! Sie drosselt ein unerträgliches Maß an traumatischen Erinnerungen und Gefühlen auf ein erträgliches Maß. (Auch diese Art von Kontrolle ist längst automatisiert und nicht mehr direkt zu beeinflussen.) In so einem Zustand zu verlangen: »Hör mit der Kontrolle auf« ist erstens unmöglich und zweitens grundverkehrt. Deshalb sollte das auch keine von sich selbst verlangen. Zudem ist so ein Umgewöhnungsprozeß nicht nur langwierig, sondern auch äußerst schmerzhaft und muß sehr behutsam gehandhabt werden.

In diesem Sinn wird die Kontrolle zur Verbündeten im Heilungsprozeß. Vertrauen wir auf ihre Weisheit, statt zu grollen, wie hinderlich sie uns oft ist. Glauben wir ihr einfach, daß da, wo sie unnachgiebig bleibt, die Zeit noch nicht reif ist. Lassen wir die Finger von diesen Regionen und finden wir uns erst einmal damit ab, daß ein Loslassen hier vorerst nicht möglich ist. Irgendwann werden wir verstehen, warum.

Anders ist es mit den schmerzhaften Bereichen. Der Schmerz zeigt an, daß hier etwas in Bewegung kommt. Daß hier die Chance besteht, verlorene Teile unseres Selbst wiederzuerlangen – ein Stückchen weiter aufzutauen, ein Stück Geschichte zu verdauen. Dummerweise ist die natürlichste Reaktion auf Schmerz, ihn zu vermeiden. So drängt es uns leider eher, auf diese Chance zu pfeifen und unser Leben mit einer reduzierten, streng kontrollierten Minimal-Sexualität zu verbringen, als uns den Ängsten und unerquicklichen Gefühlen und Erinnerungen zu stellen, die die Tore zu den schönsten Gegenden des Weiten Landes Sexualität versperren.

Oft sind es ganz unscheinbare Momente, in denen die wunden Punkte berührt werden. Dann besteht für einen Augenblick die Möglichkeit, an Verschüttetes so weit heranzukommen, daß Verhaltens- oder Gefühlsmuster verändert werden können. Frau muß achtgeben wie eine Luchsin, um diese Momente nicht zu übersehen.

Zum Beispiel Anne und Beate

Anna ist programmiert darauf, sexuelle Leistung zu liefern, weil sie sich nur dann liebenswert findet und Selbstbestätigung bekommt. So haben es die Gewalttäter ihr eingeimpft (im Fachjargon heißt das: sexualisiertes Verhalten). Anna hat dieses Muster so sehr verinnerlicht, daß sie sich selbst unter Druck setzt, auf jede ›Anmache‹ hin mit sexueller Bereitschaft reagieren zu müssen. An die Stelle spontaner Gefühle und Reaktionen ist ein kontrolliertes Verhalten getreten, das dem Körper befiehlt, erregt zu werden, und den Gefühlen, sich auf das Erfüllen einer Leistungsnorm einzustellen. Anna weiß zwar im Kopf, daß das Quatsch ist, und sie will eigentlich nicht mehr so reagieren, aber es passiert ihr trotzdem immer wieder. Sie hat unendliche Schwierigkeiten damit, zu den sexuellen Bedürfnissen ihrer Geliebten Beate auch einmal nein zu sagen. Wenn sie es schafft, bricht ein Berg von Schuldgefühlen und Zweifeln an ihrer Existenzberechtigung über sie herein, die sie aber geheimhält, um Beate nicht damit zu belasten und die Beziehung nicht zu gefährden. Indirekt manipuliert sie Beate dadurch (indem sie ihr diese Informationen vorenthält), so daß die – ohne es zu wissen – an dem Muster mitwirkt.

Manchmal kommt es sogar vor, daß sie mit Beate schläft, obwohl sie eigentlich nicht will. So setzen sich Gewaltmuster fort: aus Fremdvergewaltigung ist Selbstvergewaltigung geworden.

Beate spürt zwar dumpf, daß irgendwas nicht ganz stimmt, daß Anna sich nicht richtig öffnet und nicht bei der Sache ist. Aber aus Anna ist nichts rauszukriegen, so daß Beate letztlich wohl eher die Beziehung beenden oder sich eine andere Geliebte suchen wird, als dahinterzukommen, wo der Wurm steckt. Woraufhin Anna natürlich unheimlich gefrustet ist und die Welt nicht mehr versteht: Sie hat doch alles für Beate getan, hat immer ›mitgemacht‹ und alles nur recht machen wollen, was von ihr erwartet wird – warum verläßt Beate sie trotzdem?

Bevor es aber zu dieser ausweglos verfahrenen Situation kommt, legen wir einen Stop ein und fragen uns, wie diese Lawine aufzuhalten wäre. Wo können die beiden diese (selbst)zerstörerischen Muster knacken?

Natürlich ist der Ansatzpunkt dort, wo Beate will und Anna nicht. Die Herausforderung für Anna heißt: in diesem Moment ihre widerstrebenden Gefühle 1. wahrnehmen (kann schon sehr schwierig sein!), 2. ernst nehmen und sich zugestehen (kann noch schwieriger sein!), 3. sich entsprechend verhalten (es lebe die Konsequenz!), 4. den Schritt wagen, Beate ins Vertrauen zu ziehen, und ihr sagen, was los ist, und 5. sich von der Angst vor den zu erwartenden Schuldgefühlen nicht an 1.–4. hindern lassen. Optimal wäre natürlich, wenn

Beate sie dabei unterstützen könnte, diesen Schuldgefühlen standzuhalten. Wahrscheinlich kann sie Anna gar nicht oft genug sagen, daß es okay ist so und daß sie keine Schuldgefühle zu haben braucht – das wird ihr nämlich sehr sehr gut tun.

Womit wir bei Beates Anteil wären. Sie könnte ebenfalls eingreifen. Zum Beispiel bei dem dumpfen Unwohlsein, daß Anna nicht ganz da ist. Statt einfach weiterzumachen, müßte sie eigentlich nachhaken, was los ist. Damit ist die sexuelle Begegnung natürlich vorerst unterbrochen – aber so wie es mit den beiden aussieht, haben sie vordringlich einige Dinge zu besprechen, bevor sie miteinander in die Heia hüpfen! Vermutlich ist es auch leichter und sinnvoller, solche Strukturen ›auf dem Trockenen‹ zu besprechen als in der Situation selbst. Immerhin ist anzunehmen, daß Beate von der Geschichte ihrer Liebsten weiß und auch mitgekriegt hat, daß sie in einem Aufarbeitungsprozeß steckt. Sie könnte ja einfach beim Kaffeetrinken öfter mal nachfragen, wo Anna denn gerade steht. Und wie das zum Beispiel mit dem Neinsagen ist. Oder mit ihrer Sexualität. Oder ...

Nehmen wir mal an, Anna und Beate hätten es geschafft, offen und ohne Vorwürfe miteinander zu reden und eine Ebene von Zusammenarbeit im Heilungsprozeß zu finden. Dann könnte die Situation etwas später zum Beispiel so ausschauen:

- Sie haben vereinbart, daß nur noch Anna eine sexuelle Begegnung beginnt, und zwar nur, wenn sie wirklich Lust hat.
- Wenn Anna merkt, daß sie sich selbst wieder mal unter Druck setzt, versucht sie es gleich zu sagen. Beide haben beschlossen, in dem Fall erst einmal den Druck wieder abzubauen (durch Reden oder eine Unterbrechung, Quatsch machen, was Essen, aufs Klo gehen ...) und dann entweder entspannt weiterzumachen oder es lieber ganz bleiben zu lassen.
- Wenn Beate den Verdacht hat, daß Anna sich unter Druck setzt, spricht sie es an. Auch wieder auf die Gefahr hin, die Begegnung beenden zu müssen – aber sie haben eingesehen, daß der achtsame Umgang mit wunden Punkten wichtiger ist als eine momentane Bedürfnisbefriedigung.

Übrigens sind der Phantasie keine Grenzen gesetzt. Beate könnte zum Beispiel Annas Druck-Muster auch austricksen, indem sie selbst mittendrin behauptet, keine Lust mehr zu haben. Wenn Anna daraufhin erleichtert aufatmet, war sie gerade wieder auf ihrem Leistungstrip – der dann aber ins Leere läuft. Oder: Beate befriedigt sich selbst, wenn Anna keine Lust hat, und zeigt ihr so, daß sie ihre Bedürfnisse auch auf anderen Wegen gestillt bekommen kann, ohne daß Anna sich selbst vergewaltigen muß. Und es gibt tausend Möglichkeiten, Anna zu vermitteln, daß sie trotzdem geliebt wird.

Auch solch ein Verhalten ist ein Beispiel für Kontrolle. Und zwar für Kontrolle der Kontrolle. Damit meine ich ein kontrolliertes Eingreifen an den richtigen Punkten, durch das ein echtes Loslassen möglich wird. Ein bewußte, willentliche Veränderung der automatisch ablaufenden Kontrollmuster, von denen ich eingangs geschrieben habe. Von Anna zu verlangen, diese automatisierte Selbstkontrolle einfach über Bord zu werfen, ist völlig illusorisch. Sie würde höchstens den einen Druck durch den anderen ersetzen: statt »Liefere Sex« jetzt »Sei ganz du selbst und tu nur, was du willst«. Was darauf hinausliefe, daß Anna verzweifelt herauszubekommen versucht, was sie denn eigentlich will, und sich dabei total verkrampft. Wenn sie dann nur noch damit beschäftigt ist zu kontrollieren, ob sie ja ganz bei sich selbst ist, hat sie nur ein Kontrollmuster durch ein anderes ersetzt, statt die hinderlichen Grundstrukturen des Überkontrollierens selbst zu verändern. Die müssen in langsamer, geduldiger Kleinarbeit davon überzeugt werden, daß sie vielleicht nicht mehr ganz so zeitgemäß sind und um so überflüssiger werden, je mehr Gefühle von Selbstwert und Existenzberechtigung Anna aufbaut, die auf anderen Beinen stehen als dem der sexuellen Leistung.

Kontrolle hat also förderliche und hinderliche Aspekte, je nach Situation, und sollte nicht pauschal als falsch verurteilt werden.

Auch glaube ich, daß jede Frau prinzipiell beide Fähigkeiten besitzt: Kontrolle *und* Loslassen. Wenn es da irgendwo Schwierigkeiten gibt, ist es nicht eine Frage von Unfähigkeit, sondern von Problemen bei der Zusammenarbeit dieser beiden Pole. Wäre ich die ideale, unversehrte freie Amazone meiner Träume, so wüßte ich immer genau, in welchen Momenten was davon angebracht ist, und beide Fähigkeiten stünden mir genau dann auch frei zur Verfügung, wenn ich sie bräuchte. Leider ist das nicht immer so. Aber so ungefähr die Richtung zu wissen, in die ich wandern will, ist ja auch schon mal etwas wert, nicht wahr?

Was ich über die Kontrolle gesagt habe, gilt im Prinzip ebenso für das Loslassen. Genausowenig wie Kontrolle an sich ›schlecht‹ ist, ist Loslassen an sich ›gut‹. Richtig gut, sprich: angenehm ist das Loslassen ja nur, wenn es gewollt eintritt. Also wenn ich mich bewußt dafür entscheide. Es darf nicht vergessen werden, daß es ja auch ein unfreiwilliges ›Loslassen‹ gibt: den Kontrollverlust. Ein Flashback zum Beispiel wird oft empfunden wie eine Flutwelle, die über eine hereinbricht und sie mitreißt. Da sind alle bösen Geister der Vergangenheit plötzlich ungefragt losgelassen – und das ist ganz scheußlich und absolut lusttötend. Ein willentlich-freies Loslassen basiert auf der Gewißheit, jederzeit die Kontrolle wiederaufnehmen zu können und durch nichts daran gehindert zu werden.

Loslassen um jeden Preis kann nicht das Ziel sein. So habe ich zum Beispiel schon in meiner Pubertät bemerkt, daß diese Welt eher einen Zustand erfordert, bei dem eine von den eigenen Gefühlen distanziert, überkontrolliert und verschlossen ist. Dabei hätte ich viel lieber offen, kontrollfrei, sensibel, verletzlich und intuitiv gelebt – so wie es meinem Wesen viel eher entsprochen hätte. Leider hatte ich damals keine, die mir hätte erzählen können, daß beides abwechselnd möglich ist: ›offen‹ zu sein in Situationen, die geschützt genug dafür sind (zum Beispiel allein in der Natur, aber nicht gerade mitten im Unterricht) – und ›zu‹ zu sein in Situationen, in denen dieser Zustand einfach angebrachter ist (zum Beispiel zwischen den prügelnden Jungs im Schulbus). Was habe ich erst alt werden müssen, um diese Lektion zu lernen! Jammerschade.

Wie schreibt Angelika Aliti so treffend?: Den eigenen Schutz wie einen Mantel tragen, den eine an- und ausziehen kann, der aber nicht – wie diese fatalen Selbstläufer an Überkontrolliertheit – fest verwachsen ist.[12]

ORGAS-HIER, ORGAS-DA, ORGAS-TRALALA

Heute morgen blieb ich lange im Bett, frühstückte ausgiebig und las dazu ein inspirierendes Buch (*Amazone* von Barbara Walker). Dann war ich in der richtigen Stimmung, um mich mit mir zu vergnügen. Wie das öfter meine Art ist, hatte ich Lust für eine ganze Reihe von Orgasmen. Dabei fiel mir erneut auf, wie sich von Mal zu Mal die Körperempfindung verändert. Es ist, als würde die Entladung der Spannung ganz vorne am Venushügel beginnen und mit jedem Orgasmus tiefer nach unten und hinten und innen sinken, bis schließlich der gesamte Beckenboden und der Eingangsbereich der Vagina warm, weich und entspannt werden und auf einmal ganz anders ›da‹ sind als sonst: mir näher, zugehöriger, spürbarer – oder einfach deutlicher wahrgenommen. Wie bei einer Sportlerin, die ihr Aufwärmtraining macht: Es braucht viele Übungen, bis wirklich alle Muskeln angesprochen worden sind und geschmeidig werden.

Auch mein Bewußtsein geriet mit der Zeit besser ins Fließen. Die ablenkenden Gedanken wurden weniger, die Bilder meiner Sehnsucht und meines Begehrens deutlicher. Trotzdem blieb da wie meistens das Gefühl, ein Bereich meines Bewußtseins sei wie betäubt oder vernebelt. Dieser Eindruck, daß in mir viel mehr abgeht, als ich mitbekomme. Als bliebe ein Teil meiner selbst außerhalb von mir stehen und beobachtete mich, während mein inneres Selbst vage spürt, daß da ein Teil fehlt. Genau das Gefühl, das ich beim Lesen solch körperlich-mechanischer Beschreibungen von Lust wie im obigen Absatz immer bekomme: irgendwie als Zuschauerin daneben zu stehen, mit einer nichtssagenden Oberfläche abgespeist zu werden und das wirklich Wesentliche nicht mitzukriegen.

Diese Beobachterin stellt fest, daß mein Atem heftiger wird. Sie bemerkt, daß ich heute keinen Laut von mir gebe. Sie belauscht das Keuchen beim Höhepunkt und wundert sich, daß bei so viel sichtlich aufgewühlten Körpergefühlen doch auch eine innere Entsprechung da sein müßte: ein tiefes Glücksgefühl etwa, oder ein strahlender Blitz vor dem inneren Auge, oder eine Ahnung von Ganzheit, ein Ganz-da- und Ganz-ich-Gefühl ... irgend so etwas. Is aber nich. Oder habe ich es nicht bemerkt?

Mitunter erlebe ich solche Sachen schon. Glücksgefühle, klare Momente und so. Selten. Was dafür spricht, daß tatsächlich mehr in mir abgeht, als ich mitkriege. Phasenweise war ich auch heute ganz in mir und hatte die Beobachterin völlig vergessen. Da war zum Beispiel dieser Moment, wo ich die Sehnsucht nach meiner Geliebten ganz klar spürte und meine Berührungen sich unheimlich schön und wollüstig anfühlten – so geil, daß ich Freudenfluten verströmte. Erst viel viel später wunderte sich die Beobachterin über die Pfütze im Bett. Das hatte sie anscheinend gar nicht mitgekriegt ...

Was hat es mit dieser Beobachterin auf sich? Ist es vielleicht so, daß ich, gerade wenn die Gefühle am intensivsten werden, einen Teil von mir abspalte, um die Intensität nicht aushalten zu müssen? Oder um bestimmten Gefühlen und Energien zu entgehen, die ich – aus welchen Gründen auch immer – nicht ertrage? Oder fürchte. Vielleicht sogar ganz überflüssigerweise meide, aufgrund von alten Ängsten, die sich längst überholt haben. Ich sage nur: Stichwort Kontrolle ... Das wäre vorstellbar und auch logisch. Aber es sagt mir nicht, wie ich aufhören kann, vor mir selbst davonzulaufen. Wie ich dableiben kann, mich hingeben, die Gefühle aushalten und mir meiner selbst rundum bewußt sein kann.

Sind das nun überhaupt ›richtige‹ Orgasmen, die ich da habe? Oder sind es nur mechanische Reflexe, die mein Körper irgendwann in meiner Mädchenzeit gelernt hat? Und was ist überhaupt ein Orgasmus? Gibt es denn *den* Orgasmus? Ist nicht jeder einzelne Höhepunkt eigen und einzigartig? Vielleicht lassen sie sich ja gar nicht vergleichen oder verallgemeinern? Gibt es vielleicht verschiedene Sorten, also Gruppen ähnlicher Orgasmen, die sich von anderen Gruppen deutlich unterscheiden? – Fragen über Fragen. Und wer wollte sich erdreisten, hier absolute Antworten und Wahrheiten zu wissen?

Wenn ich mich genau beobachte, stelle ich fest, daß ich zwei grundverschiedene Arten von Orgasmen kenne: den kontrollierten und den unkontrollierten. Beide fühlen sich sowohl körperlich als auch seelisch ganz unterschiedlich an. Was ich bei der Selbstbefriedigung erlebe, ist fast immer die kontrollierte Version. Immer ist da der Moment, an dem ich willentlich beschließe, jetzt einen ›O‹ haben zu wollen. Mein Körper hat gelernt, wie das geht: Ich nehme eine bestimmte Körperhaltung ein, ich spanne bestimmte Muskeln an ... und so erreiche ich, was ich will. (Igitt! So mechanisch-körperlich-gymnastiktechnisch betrachtet, klingt das richtig widerlich!)

Unkontrollierte Orgasmen habe ich sehr selten. Sie brechen oft völlig unerwartet über mich herein, ohne daß ich sie so direkt ›beschlossen‹ hätte wie die kontrollierten. Mein Körper benimmt sich dabei auch ganz anders. Es kann sein, daß ich fast völlig entspannt bin – in einem Zustand also, in dem ich nie und nimmer einen bewußt gewollten, kontrollierten Orgasmus hinkriegen würde. Auch seelisch fühlt sich das ganz anders an. Zum einen schon mal wegen des Überraschungseffekts. Und dann auch, weil körperliches Entspanntsein einhergeht mit seelisch-emotionaler Offenheit und ich mich in mir ganz anders fühle als im stärker angespannten und kontrollierten Zustand, in dem meine ganze Gefühlswelt eher ›zu‹ ist.

Es ist also alles gar nicht so simpel, wie uns oft glauben gemacht wird. Wenn von Orgasmen die Rede ist, ist doch die erste Frage gleich mal: von welchen überhaupt? Ich denke da an dieses unsägliche Experiment zur Messung der weiblichen Orgasmusfähigkeit, das Ichweißnichtmehrwer in den USA einmal gemacht hat. Der Rekord der allermultipelsten Frau lag bei Wasweißichwo zwischen vierzig und fünfzig. Wenn ich so etwas höre, wird mir richtig übel. Der Gedanke an weißgekachelte Labore, in denen von Weißkitteln beglotzte Frauen sich eins abrubbeln, um ins Guiness-Buch der Rekorde zu kommen, ist doch absolut gruselig und sagt rein gar nichts über Orgasmen oder gar über weibliche Sexualität. Ich bin mir ziemlich sicher, daß, wenn ich eine Umfrage starten würde zu der Frage »Wie erlebst du deinen Orgasmus?« (vielleicht dreht ja Helma Eller mal einen ihrer berühmten Lesbenfrühlingstreffen-Umfrage-Filme zu dem Thema?), die Antworten wahrscheinlich im Standard-Klischeebereich bleiben würden und die meisten irgend etwas von Anspannung, Entladung und Entspannung erzählen würden, eventuell noch bereichert mit (vermutlich masochistischen) erotischen Phantasien. Und dann gehen sie heim, beobachten sich selbst und stellen fest, daß jeder ihrer Orgasmen sich eigentlich anders anfühlt und keiner genau der abgegebenen Beschreibung entspricht beziehungsweise die Beschreibung viel zu oberflächlich und vage sich auf dem kleinsten gemeinsamen Nenner bewegt, aber eigentlich nichts über das tatsächliche Erleben aussagt. Wenn ihr also irgendwo irgendwas über Orgasmen hört oder lest, genießt es mit Vorsicht. Nicht überall, wo O draufsteht, ist auch O drin!

Das gilt natürlich auch für diese Seiten.

Und dann die Geschichte mit den Wertungen! Nichts ist wohl mehr erwartungs- und wertungsbeladen an der sexuellen Begegnung als diese völlig überbetonten Höhepunkte! Apropos Höhepunkt. Welch irreführender Name! Für mich ist der Orgasmus gar nicht der lustvollste Teil bei einer sexuellen Begegnung. Eher das, was davor kommt. Es ist also ein reines Vorurteil, ihn als Höhepunkt zu bezeichnen. Das trifft wohl nur für die männliche Anatomie zu. Es gibt Momente, da finde ich Orgasmen völlig unwichtig und nebensächlich. Es gibt Momente, da sind sie mir unheimlich wichtig und beschäftigen mich total. Genau hier liegt die Wahrheit. Und auch überall dazwischen.

Die meiste Zeit habe ich gern mehrere Höhepunkte. Aus der Statistik weiß ich, daß ich damit zu dem Soundsovielstel von Frauen mit multiplen Orgasmen gehöre. (Bei dieser Bezeichnung muß ich immer an multiple Persönlichkeiten und ähnliche medizinische Diagnose-

Kose-Namen denken ...). Natürlich vergißt die Statistik, daß es Tage gibt, wo ich mit einem einzigen Orgasmus völlig zufrieden bin und damit eigentlich in eine andere Schublade gehöre. Natürlich kann sich die Statistik auch nicht vorstellen, daß es Tage gibt, an denen ich schlichtweg zu faul bin, mich zu befriedigen / befriedigen zu lassen, oder es mir schlichtweg zu anstrengend wird, dem wissenschaftlich vorgeschriebenen Verlauf der sexuellen Erregungskurve bis zum bitteren Höhepunkt zu folgen. Aber lassen wir das mal. Ich bekomme also das Etikett ›multipel‹ verpaßt. Von ›nicht-multiplen‹ Geliebten (die mir natürlich auch sofort dieses Etikett verpassen, sobald ich das erste Mal mehr als einen Höhepunkt mit ihnen zusammen erlebe) bekomme ich ein Feedback darüber, das von verwundert-verunsicherter Ratlosigkeit über Bewunderung bis zu Neid reicht. Ich stelle fest, daß meine Art, Lust zu leben, allgemein als positiv und erstrebenswert betrachtet wird. Als ein Zeichen von Kraft und sexueller ›Potenz‹. So die Sicht von außen.

Ich könnte diese überaus schmeichelhafte Beurteilung übernehmen und mein Selbstwertgefühl damit aufbauen. Natürlich ist es toll, sich als ausdauernde, ›potente‹, bewunderte Geliebte fühlen zu können. Allerdings kann die Innensicht ebensogut eine ganz andere sein. Und welche Frau hat nicht verborgene Tiefen ihrer Seele, wo Minderwertigkeitsgefühle, Komplexe und Selbsthaß fruchtbar vor sich hinsprießen? Wenn ich aus diesen Tiefen hochschaue, so ist mir eine starke Ansammlung sexueller Lust nichts weiter als eine nervige, lästige Spannung (Patriarchen würden es ›Triebstau‹ nennen). Und meine Art, diese Spannung stückchenweise abzubauen, kann mir ebenfalls höchst lästig werden. Ähnlich geht es anscheinend auch einer Freundin von mir, mit der ich dieses Kapitel diskutierte. »Ja, genau!« rief sie ganz begeistert, »das ist total lästig, ewig nicht ›fertig‹ zu werden. Wie das nervt!«

Angenommen, ich schlafe mit einer Frau, die am liebsten mit mir zusammen kommt und deshalb den Ablauf unserer Begegnung entsprechend gestaltet. Nach ihrem Orgasmus ist sie müde, entspannt und zufrieden und möchte mit mir plaudern oder einfach pennen. Bin ich auch mit einem Höhepunkt zufrieden, ist das ganz okay. Fühle ich mich aber total unter Strom und würde gern weiterlieben, so ergibt das für mich eine ziemlich unbefriedigende Kombination von Bedürfnissen. Dann fühle ich mich unfähig, all meine gesammelte Anspannung in einem einzigen heftigen Feuerwerk zu entlassen und danach glücklich in die Kissen zu sinken, so wie sie das kann. Und schon fluche ich darüber, daß ich nicht der single-orgasmischen Mehrheitsnorm entspreche. So schnell geht das.

Und wenn ich schon am Fluchen bin und in dieser Logik weiterdenke, sind meine Mehrfachorgasmen für mich plötzlich alles andere als ein Zeichen besonders bewunderungswürdiger sexueller Fähigkeiten. Ich erinnere mich an mein amputiertes Gefühl, daran, daß ich eine Beobachterin abspalte. Und schon frage ich mich, ob mein Aufteilen dieses intensiven Moments sexuellen Erlebens in mehrere, vielleicht weniger intensive Momentchen (?) einfach eine Technik ist, um ein unerträgliches Großes in erträglichere kleine Stückchen zu unterteilen? Orgäßchen statt Orstraßen? Ist dieses angebliche Zeichen großer Energie in Wirklichkeit nur ein Zeichen großer Feigheit und Empfindungsunfähigkeit? Bin ich gefühlsimpotent?

Ich streite nicht darum, welche dieser Perspektiven die Wahrheit ist. Wahr ist wahrscheinlich beides. Oder keines davon. Da keine die Möglichkeit hat, in den Körper einer anderen zu kriechen und ihre gewohnten Empfindungen mit denen dieses anderen Körpers zu vergleichen, werden wir nie herausfinden können, ob ein einziger Orgasmus intensiver erlebt wird als einer von mehreren. Aber ich kann eindeutig feststellen, daß eine Wertung der verschiedenen Formen von lustvollem Zerschmelzen Quatsch ist. Keine braucht eine andere zu bewundern oder zu beneiden deswegen, aber auch nicht zu bemitleiden oder zu therapieren. Und das gilt auch für Frauen, die ihre Lust völlig ohne Orgasmen leben. Welche will schon sagen können, ob ein Lustempfinden ohne Höhepunkt auf seine Art nicht ebenso intensiv und schön ist wie eines mit? Vielleicht ist es emotional gesehen sogar reicher und tiefer, weil nicht abgelenkt durch das Quengeln eines Blutstaus in den klitoralen Gefäßen?

Ich persönlich finde auch an völliger Orgasmuslosigkeit Eigenarten, die meinen Neid und meine Bewunderung erwecken. Zum Beispiel die unermüdliche Ausdauer, mit der mich eine solchermaßen quengelfreie Geliebte oft völlig fertig gemacht hat. Damit hat sie nicht nur die Belastungsgrenze meiner Körpermuskulatur strapaziert, sondern auch meine Ansätze zur Pflege eines schmeichelhaften Selbstbilds (von wegen ›potente‹ Lustlesbe – siehe oben) gehörig ins Wanken gebracht. Da sie ihre sexuelle Spannung ständig behielt und genußvoll auf deren An- und Abschwellen surfte wie eine kalifornische Wellenreiterin, hätte sie wahrscheinlich tagelang durchmachen können – wenn ich nicht schlappgemacht hätte nach meinen Orgasmen, die sich irgendwann beim besten Willen nicht mehr verhindern ließen. Leider. Oft hätte ich lieber mit ihr weitergesurft, hinaus in die unendliche Weite des Ozeans, hinein in den sich rötenden Sonnenuntergang … schmacht!

Ich will hier nicht das Gebot aufstellen, daß Komplexe und Neid, Bewunderung und Wertung in der Sexualität nicht sein dürfen. Das ist einfach unrealistisch. Diese Dinge sind da und beeinflussen uns, ob es uns paßt oder nicht. Es kann nur darum gehen, all das nicht mehr so ernst zu nehmen, auch mal andere Perspektiven auszuprobieren, einen spielerischeren Umgang damit zu lernen und zu wissen, daß die eine Sicht der Dinge niemals die einzige ist.

Jede Geliebte ist ein Abenteuer, eine Wundertüte und eine ›Fraurausforderung‹! Bunt, spannend, faszinierend. Ob in vielen Frauen oder in einer einzigen: hinter jeder Biegung des Weges lauern neue Überraschungen. Die Wertmaßstäbe dafür lauten eben nicht: »Orgas-Muß, je mehr um so besser«, sondern: Einlassen, Offenheit, sich überraschen lassen und möglichst nicht werten! Betrachten wir uns selbst als »fortgesetzt ausbrechenden Vulkan« (Virginia Woolf)!

VON DER ROLLE …

Nehmen wir nun einmal die Anteile unter die Lupe, die die einzelnen Rollen und die Aufmerksamkeit bei sexuellen Begegnungen haben.

Unter ›Rolle‹ verstehe ich, was üblicherweise mit Begriffen wie ›Aktivität‹ beziehungsweise ›Passivität‹, ›die Initiative ergreifen‹, ›Hingabe‹ oder ähnlichem bezeichnet wird. Früher (was unseren Kulturbereich betrifft: vor allem im Deutschland der 20er und in den USA der 50er und 60er Jahre) wurden die Rollen getrennt verteilt: Lesbe war entweder ›Kesser Vater‹ und signalisierte damit ihre Bereitschaft und Fähigkeit, die sexuelle Initiative zu ergreifen.[13] Oder sie spielte die Rolle der ›Femme‹ und zeigte damit eine Bevorzugung der sexuell passiven Rolle an. Wobei in der Realität, sprich in der sexuellen Praxis, die Rollenaufteilung dann doch wieder nicht so strikt war, wie die äußerlichen Signale dies suggerierten.[14] Mitunter konnte es aber doch so aussehen, daß die KV oder Butch als ausschließlich Aktive die Femme einseitig sexuell befriedigte und keine Rollenumkehrung duldete. Ob das die beiden auf die Dauer ausfüllte? Oder nutzte diese Butch raffinierterweise den Vorwand der Rolle, um ein für sie bedrohliches Gebiet in der Weiten Landschaft ihrer Sexualität gänzlich zu vermeiden: nämlich das passive Genießen?!

Tatsache ist jedenfalls, daß es verschiedene Grade von Aktivität und Initiative beziehungsweise Passivität und Hingabe gibt, die in verschiedenen Variationen gelebt werden können. Die strenge, an der Person festgemachte Aufteilung à la Butch / Femme ist nur eine mögliche Variante. Die vermutlich am häufigsten benutzte Version ist ein fliegender Rollenwechsel während der sexuellen Begegnung. So ein Wechsel kann verschieden oft stattfinden: entweder nur einmal, nach dem ›Erst-kommst-du-dran-und-dann-ich‹-Prinzip (das uns in den Lesbenkrimis immer als quasi lesbischer Standard-Sex verkauft wird), oder einige wenige Male. Aber es ist auch möglich, ständig hin- und herzuwechseln. Lesbe kann in Absprache die Rollen tauschen, in stiller Übereinstimmung, oder in widerstrebendem Gerangel. (Kennt ihr auch den typischen Streit: »*Du* sollst jetzt genießen!« – »Nein, *du*!«?) Und nicht zuletzt können beide gleichzeitig aktiv sein. (Dazu später mehr im Kapitel *Die spirituelle Dimension lesbischer Sexualität.*) Eigentlich können auch beide gleichzeitig passiv sein. Frau ist zwar versucht zu denken, daß dann ja nicht viel passieren kann, was sich als Ausleben von Sexualität bezeichnen läßt. Aber nehmen wir doch mal die weitverbreitete Situation des spannungsgeladenen Aufeinandertreffens zweier Frischverliebter: Wenn beide entsprechend schüchtern sind, können sie sich wochenlang umschleichen wie den heißen Brei, und doch fliegen erotische Funken zuhauf und geraten sämtliche Hormone in Aufruhr.

Allein im Bereich der Rollen stehen uns also schon allerhand Variationsmöglichkeiten offen. Ich mache jetzt einen kleinen inhaltlichen Sprung und wende meine Aufmerksamkeit der Aufmerksamkeit zu. Erstens, weil ein enger Zusammenhang zwischen unseren Rollen und unserer Aufmerksamkeit besteht, und zweitens, weil sich an diesem Beispiel gut zeigen läßt, welche Wechselwirkungen zwischen den verschiedenen Puzzlestücken meiner Landkarte bestehen.

Mit der Aufmerksamkeit meine ich den Bereich, auf den das Bewußtsein gerichtet ist. Wie die Linse einer Kamera einen bestimmten Bereich fokussiert, den ein unschärferer Randbereich umgibt, so sondert unser Gehirn aus der Vielzahl der ständigen Sinneseindrücke den überwiegenden Teil aus und läßt nur einen winzigen Bruchteil davon ins Bewußtsein dringen. Bei jedem Bild, das wir sehen, gibt es also immer eine ganze Menge drum herum, das wir *nicht* sehen. Auf unser sexuelles Erleben übertragen bedeutet das, daß von der Unzahl der Gefühle, Körpergefühle und Sinneseindrücke, die da so auf uns einstürmen, nur ein Bruchteil bewußt wahrgenommen wird. Da ist also in Wirklichkeit noch viel mehr als nur das, was wir mitkriegen. (Siehe auch meine Überlegungen zum Orgastralala.)

Dies ist übrigens der spezielle Fallstrick der Aufmerksamkeit: der Trugschluß, daß beispielsweise Gefühle, die wir *nicht empfinden*, tatsächlich *nicht existieren*. In Wirklichkeit können sie sehr wohl vorhanden sein, fallen aber der körpereigenen Zensur zum Opfer.

Die Aufmerksamkeit meines Bewußtseins ist immer auf irgend etwas gerichtet. Das läßt sich gar nicht vermeiden. Ob sie bewußt und ganz kontrolliert ein bestimmtes Gefühl oder Geschehen beachtet oder ob sie frei schweifend nimmt, was kommt, spielt dabei erst einmal keine Rolle. Im sexuellen Erleben kann meine Aufmerksamkeit entweder bei mir selbst sein oder bei meiner Geliebten …[15] Wie bei den Rollen kann ich entweder immer dieselbe Bewußtseinshaltung haben oder sie wechseln. Ich kann selten wechseln oder häufig. Gerade, weil das so augenscheinlich und selbstverständlich erscheint, macht sich kaum eine Gedanken darüber, welche unterschiedlichen Auswirkungen es im Alltag hat, ob die Aufmerksamkeit zwischen mir und meiner Liebsten so oder so verteilt ist.

Und dann ist dieses ›Ich‹ ja auch kein eindimensionaler Brocken, sondern ein buntes Kaleidoskop. Es gibt viele verschiedene Aspekte meiner selbst (und meiner Geliebten), auf die ich merken kann – oder eben nicht. Hier spielt die Distanz eine wichtige Rolle. Und auch die verschiedenen Erlebnisbereiche (die körperliche Ebene, die emotionale Ebene …). Ich kann meine Geliebte sehr distanziert von außen beobachten. Ich kann mich auf ihre körperlichen Reaktionen und Signale konzentrieren. Ich kann mich aber auch seelisch-spirituell sehr tief in sie einfühlen bis hin zu einer beginnenden Verschmelzung.

Ebenso ist es bei mir selbst: Ich kann zu meinen eigenen Gefühlen und Sinneseindrücken eine große Distanz haben oder aber mich tief in der Seele mir selbst öffnen und Bereiche zulassen, die mir sonst nie ins Bewußtsein gelangen. In jedem Fall ist mein eigenes sexuelles Erleben sehr unterschiedlich. Da gibt es zum Beispiel Tage, an denen ich mich sehr ›zu‹ und ›nicht ganz da‹ fühle. Meist legt sich dann auch eine entsprechende Dumpfheit auf die sexuelle Begegnung.

Umgekehrt wird es um so spannender, erfüllender und außergewöhnlicher, je offener und neugieriger ich bin und je mehr Bereiche ich bei mir selbst und bei meiner Geliebten bewußt erlebe.

Meiner Erfahrung nach besteht auch ein Zusammenhang zwischen dem eigenen Einlassen und dem Wahrnehmen der anderen. Verweigere ich mich bestimmten Bereichen in mir selbst, kann ich diese Bereiche natürlich bei meiner Geliebten ebensowenig wahrnehmen. Das geht mir zum Beispiel so, wenn ich beim Schmusen gerade mit meinen eigenen Körperempfindungen beschäftigt bin – sagen wir einmal: Ich möchte meine Liebste dazu bringen, mir eine spezielle Wohltat zu bereiten, diese Liebste schwelgt aber gerade in ihren Gefühlen für mich. Wenn mir in dem Moment der Sinn nicht nach Liebeserklärungen steht, weil ich emotional verschlossen bin, bin ich eher genervt als erfreut von ihren Gefühlswallungen und hätte sie lieber auf der körperlichen Ebene, auf der ich mich selbst befinde.

Puzzle-Spiele

Spielen wir nun einmal Puzzle mit den verschiedenen Rollen und Arten von Aufmerksamkeit. Als Puzzleteile nehme ich dazu der Einfachheit halber nur vier Stücke: die aktive und die passive Rolle, den Fokus bei mir selbst und den Fokus auf die Geliebte. Bestimmte Rollen scheinen dabei vorzugsweise mit einer bestimmten Art von Aufmerksamkeit zusammenzugehen. In der aktiven Rolle richte ich meine Aufmerksamkeit eher auf die andere und beobachte ihre Reaktionen: Gefällt ihr, was ich mache? Umgekehrt geht mit passivem Genießen eher der Fokus auf sich selbst einher: Ich konzentriere mich voll auf meine wohligen Schauer und kriege vielleicht gar nicht mehr mit, wie es meiner Partnerin grade geht. Natürlich sind auch die umgekehrten Variationen möglich: aktiv die Geliebte zu streicheln und dabei auf meine eigenen Reaktionen konzentriert zu sein (»Es schärft mich, sie scharf zu machen«); oder mich auf meine Liebste zu konzentrieren, während sie mit mir beschäftigt ist (»Gefällt es ihr, mich so zu sehen, zu berühren, zu erregen?«). Wenn meine Geliebte allerdings versuchen sollte, mir in diesem Zustand einen Orgasmus zu schenken, wird sie es ziemlich schwer haben!

Damit wären wir bei den Auswirkungen angelangt, die diese theoretischen Kombinationen in der Praxis haben. Und da wird es ganz konkret und interessant.

Nehmen wir an, eine Lesbe wie du und ich hat Probleme damit, so heiß zu werden, wie sie sich das wünscht, und fühlt sich deshalb schon total krank, gestört und frigide. Wahrscheinlich hat sie sich schon ärztlich durchchecken lassen, ob bei ihr was nicht stimmt. Vielleicht hat sie auch bei ihrer Therapeutin erwähnt, sexuelle Probleme zu haben. Aber ob sie sich schon mal genau genug beobachtet hat, um zu bemerken, daß sie sich beim Sex immer ausschließlich auf die Geliebte konzentriert und deshalb ihre eigene Geilheit – die sehr wohl da ist! – einfach nur nicht wahrnimmt? Nehmen wir weiter an, sie tut das deshalb, weil ihr die eigenen Gefühle Angst machen. Würde sie sich voll auf sich selbst konzentrieren, wäre das Ergebnis nicht schlagartig mehr Lust, sondern zunächst grausliche Panik. Im Bild der Landschaft gesprochen, meidet sie die Gegend des »Ich fühle mich und genieße«. Ihr Zuhause ist ein Ort, wo die Aufmerksamkeit auf der Liebsten ruht. Das heißt, daß ihr diese Art, Liebe zu machen, am vertrautesten ist und sie sich damit am sichersten fühlt (aber eben auch unglücklich). Ihr dieses Zuhause wegnehmen zu wollen, wäre überhaupt keine Lösung! Was kann sie also tun?

Nehmen wir das Handwerkerinnenzeug meiner Theorien und probieren ein bißchen herum, was es – erst mal rein theoretisch und ungefährlich – für Möglichkeiten geben könnte:

- Sie nutzt die Variante des häufigen Aufmerksamkeitswechsels. Das heißt, sie konzentriert sich zwischendurch immer wieder kurz auf sich selbst, aber nur solange sie keine Angst spürt. Wenn die Panik kommt, kehrt sie mit ihrer Aufmerksamkeit zur Geliebten zurück.
- Sie wagt – vorzugsweise in Absprache mit der Partnerin und mit deren Unterstützung – eine ausführliche Expedition in das Gebiet ihrer Angst und läßt sich darauf ein, was immer auch passieren mag. Gut möglich, daß dadurch ein Schockerlebnis freigesetzt wird, das die eigentliche Ursache der Angst ist. Um sich davon erholen zu können, bleibt sie bei den nächsten sexuellen Begegnungen auf vertrautem Boden und mit der Aufmerksamkeit bei ihrer Liebsten. Erst nach einer Weile wagt sie ein erneutes Hinspüren bei sich selbst. Durch die Befreiung der Erinnerung fällt es unserer Lesbe nach und nach leichter, ihre eigenen Gefühle zuzulassen und zu genießen. Die Möglichkeit, den vertrauten Fokus behalten zu können, verhindert eine übergroße Belastung (die jeden Spaß an Sex überhaupt vergällen würde).

Trotzdem ist eine Perspektive gefunden worden, ihre Unzufriedenheit mit ihrer üblichen Art, Sexualität zu leben, langfristig abbauen zu können.

- Sie checkt den Einfluß der Rollen auf ihre Ängste: Kommt die Panik vielleicht nur, wenn sie passiv ist? Nehmen wir einmal an, daß sie das bisher immer war. Eine neue Möglichkeit wäre, daß sie versucht, sich auf sich selbst zu konzentrieren, während sie aktiv die andere verführt. Es könnte sein, daß die Angst auf Passivität ›programmiert‹ ist und ausbleibt, wenn unsere Lesbe selbst die Initiative ergreift.
- Entsprechend können die verschiedenen Wahrnehmungsbereiche durchprobiert werden: Vielleicht bezieht sich die Angst nur auf körperliche Empfindungen, nicht aber auf seelisch-emotionale?

Kreative Lesben werden sicher noch tausendundeine Strategie finden, wie sich unsere pseudo-frigide Lesbe helfen könnte!

Manch eine Leserin mag solche Überlegungen vielleicht als trokken und theoretisch empfinden. Tatsächlich erhalten sie einen Wert und einen praktischen Nutzen erst in dem Moment, in dem eine Lesbe solche Elemente aus der großen Landkarte unserer Sexualität auf ihr eigenes Erleben anwenden kann und ein Aha-Effekt eintritt, der sie an schwierigen Punkten ihrer eigenen Sexualität weiterbringt. Wenn eine mit diesen Puzzle-Stücken rein gar nichts anfangen kann, ist das natürlich auch in Ordnung. Mir selbst haben diese Überlegungen einige solcher Aha-Effekte beschert. Auch ist das Frigiditätsbeispiel nicht gänzlich aus der Luft gegriffen. Von ehemaligen Geliebten kenne ich tatsächlich die Haltung eines dauernden, passiven Auf-sich-selbst-konzentriert-Seins, das sich mit meinem aktiven Auf-die-Andere-konzentriert-Sein natürlich wunderbar zu einer äußerst einseitigen und auf die Dauer unbefriedigenden Symbiose ergänzte. Heute verstehe ich, warum mir dieses Arrangement auf die Dauer nicht gefiel. Auch fand ich es sehr spannend und aufschlußreich, überhaupt einmal mit Geliebten anhand solcher Puzzle-Teile über jene oft übersehenen Banalitäten reden zu können – und über deren Wirkung auf uns und unser Liebesleben.

Die Überlegungen zu sexuellen Rollen können nicht nur das eigene Erleben in einem neuen Licht erscheinen lassen. Auch anderswo kann dadurch einiges deutlicher werden, was bisher höchstens als diffuses Unbehagen spürbar war. Als Beispiel dafür nehme ich mir nun die erotischen Szenen in der Lesbenliteratur vor. Solange es noch so schwer ist, sich unter Lesben über Sexualität auszutauschen, und solange sich die ›Let's talk about sex‹-Workshops darin erschöpfen, im Verlauf von zwei Stunden gerade mal das möglicherweise verwendbare Vokabular herauszufinden, bleibt die Literatur eine unheimlich wichtige, ja wenn nicht sogar *die* einzige Informationsquelle. Ich erwandere nun also die Weite Landschaft der belletristischen Sexszenen mit Hilfe meiner Landkarten-Puzzles, Thema ›Rollen‹. Und was entdecke ich da?

Jede Menge Müll, der genau so in jedem beliebigen Hetero-Roman stehen könnte, nur daß die Rolle des männlichen Helden / Verführers / Eroberers / rettenden Prinzen von einer Frau gespielt wird. Zitate entsprechender Bettszenen möchte ich mir an dieser Stelle nicht antun müssen. Ich denke, ihr wißt, was ich meine. Frau muß schon ein Weilchen suchen, um literarische Sexszenen zu finden, die aus dem Rahmen des Standard-Hetero-Klischees fallen und einigermaßen als ›lesbisch‹[16] bezeichnet werden können. Allerdings ähnelt die Art, *wie* da erzählt wird, sehr oft dem Blick, wie wir ihn aus Heterozusammenhängen (um nicht zu sagen: aus der patriarchalen Pornographie) kennen. Entweder die aktiv handelnde Heldin verführt ihre attraktive Gegenspielerin und schildert deren Reaktionen von außen besehen und distanziert, oder die Autorin übernimmt den Part der Beobachterin. Meist wird uns ein passiv-genießendes Gegenüber vorgeführt, das von einem Orgasmus zum anderen taumelt. Die Erzählerin oder die Handelnde, aus deren Perspektive die Szene geschildert wird, verrät dabei wenig über ihre eigenen Gefühle und Empfindungen. Die Rollen sind in diesem Fall exakte Kopien des Heteromusters und erzählen uns nichts Neues.

Offensichtlich sind auch die Autorinnen lesbischer Erotikliteratur vom heterosexistischen Denken und vom pornographischen Blick geprägt.

Mariana Valverdes Ausführungen in *Sex, Macht und Lust* zu dem Problem, über Sexualität zu schreiben, halte ich für das Beste am ganzen Buch.[17] Wie schwierig es ist, eine angemessene Sprache für den Tabubereich Sexualität zu finden, wird ja regelmäßig bejammert, ohne daß sich bislang Lösungen durchgesetzt hätten. Valverdes Fazit ist, daß es bisher drei Arten von Schreibstilen gibt: den wissenschaftlich-theoretischen, den literarischen und den persönlich-bekenntnishaften. (Die aufmerksame Leserin wird bereits festgestellt haben, daß sich genau diese drei Stile auch in meinem Buch finden.) Zu den Erfahrungsberichten, in denen Frauen versuchen, ihr sexuelles Erleben mitzuteilen, meint sie:

> »Indem wir von unseren intimsten Erfahrungen und Gefühlen berichten, benutzen wir natürlich die literarischen und moralischen Vorlagen, die uns zur Verfügung stehen, ohne darüber nachzudenken, wie sie unsere Wahrnehmung dessen beeinflussen, was wirklich wichtig war – ja sogar unsere Erinnerung daran, was tatsächlich geschah.« (S. 24)

Wie ist die Situation einer lesbischen Autorin, die eine Sexszene schreiben will, ohne dabei auf Heteroklischees zurückzugreifen? Sie ist zwangsläufig auf ihren eigenen Erfahrungsbereich zurückgeworfen, so daß ich mit gutem Recht annehme, daß in solchen Fällen viel Persönliches der Autorin hinter den Figuren ihrer Geschichte steckt.[18] Nun ist das mit dem Persönlichen aber so eine Sache. Welche hat schon Lust, ihre intimsten Erfahrungen einer unkontrollierbaren Öffentlichkeit preiszugeben? Kein Wunder, daß die vielfältigen Schutzmechanismen, die Literatur anbietet, reichlich benutzt werden – mit dem Ergebnis, daß wir Leserinnen wieder nicht erfahren, was wir über lesbische Sexualität eigentlich gern hätten wissen wollen. Autorinnen können sich hinter distanzierten Erzählhaltungen verstecken und als quasi Unbeteiligte berichten. Sie können einfach ausblenden, wo es zu intim wird.[19] Sie können ausgefallene Situationen berichten, die sie selbst nie erlebt haben, und ihre Phantasie zu Hilfe nehmen (die dann doch wieder nicht so frei ist von diesen dummen Klischees, wie wir es gerne hätten ...). Die meisten wagen also eine Gratwanderung zwischen ungewollten Klischees, Phantasie und eigenem Erleben.

Aus diesem Grund erlaube ich mir gewisse Rückschlüsse auf die Sexualität der Autorinnen und die von ihnen bevorzugten Rollen. Anscheinend ergreifen gerade Liebhaberinnen der aktiven Rolle auch am ehesten die literarische Initiative, so wie sie müheloser als andere die erotische ergreifen. Das ist auch nicht verwunderlich. Sexualität ist nun mal ein ganzheitliches Phänomen, das alle Lebensbereiche berührt. Durch die Distanz, aus der die Beschreibung der sich stöhnend wälzenden Partnerin meist geschieht, fällt es um so leichter, überhaupt Aussagen über Sexualität zu machen und Begegnungen zu schildern.

Übrigens ordne ich in diesen Bereich auch die Tatsache ein, daß – wenn mal was über lesbischen Sex geschrieben wird – meist unheimlich viel Zubehör im Spiel ist. Ich glaube, daß auch hier das Bedürfnis nach Schutz der eigenen Intimsphäre eine große Rolle spielt. Es schreibt sich halt leichter über den Umgang mit Schlagsahne und Schlangengurken als über die eigenen verletzlichen Gefühle.

Es wird also bereits ziemlich viel, aber leider sehr einseitig über lesbische Sexualität geschrieben. Was folgt – bei allem Verständnis für die Autorinnen – aus dieser Situation für die Leserinnen? Es entstehen unheimlich schnell wieder einengende Klischees von einer Sorte, auf die wir gern verzichten können, wenn hauptsächlich Frauen, die selbst die ›aktive Rolle‹ bevorzugen, das sexuelle Erleben ihrer ›passiven‹ Geliebten aus ihrer eigenen Außensicht schildern und solche literarischen Sexszenen in Mengen verbreitet werden. Das macht uns unweigerlich glauben, dies sei die einzig mögliche und einzig wahre Form lesbischer Sexualität. Außerdem decken sich diese Rollenverteilung und die distanzierte Perspektive mit dem, was wir sowieso aus der Heterowelt gewohnt sind. Auch dort wird meist gezeigt, welche Hingabe und Begeisterung der strahlende Held in der Geliebten seiner Wahl erzeugt. Wie es dem Held selber geht, erfahren wir nicht. Und daß die Frau ein handelndes, denkendes Subjekt sein könnte, ist sowieso ausgeschlossen.

Wir werden so lange kein zutreffendes Bild lesbischer Sexualität bekommen können, solange die ›Passiven‹ nicht auch zu Papier und Feder greifen und ihr Erleben aus ihrer eigenen Sicht schildern; und solange die ›Aktiven‹ nicht Einblicke in ihre eigenen Empfindungen geben. Bis dahin müssen wir uns bewußt sein, daß bislang nur ein ganz winzigkleiner Ausschnitt unserer sexuellen Möglichkeiten öffentlich gemacht worden ist. Und daß das längst nicht alles ist! Wie läse sich beispielsweise die Schilderung einer ›Passiven‹, die distanziert von außen die Aktivitäten ihrer Partnerin schildert?:

> »Als letztes schälte sie mir nun auch noch den Slip vom Leib und fuhr fort, mit Streicheln und Küssen meine Leidenschaft wecken zu wollen. Für einen Moment tauchte sie aus der Vertiefung ihrer Forschungsarbeit in den versteckten und offenen Winkeln und Windungen meines Körpers auf und warf mir einen prüfenden Blick zu. Offensichtlich unzufrieden, verstärkte sie ihre Bemühungen und bearbeitete zielstrebig meine ero-

gensten Zonen. Ich beobachtete, wie ihre Finger über meinen Bauch hinab zwischen meine Beine wanderten und dort teilweise in meinem Dschungel versanken. Auf und ab bewegten sich ihre gewandten Hände, erst langsam, dann schneller werdend. Ihr Atem beschleunigte sich und Röte trat in ihre Wangen. Im Eifer ihrer Bemühungen begann sie zu schwitzen und zu keuchen. ›Gut so?‹ fragte sie mich. Nach einer Weile begann ihre Hand zu erlahmen, und sie rollte sich auf den Rücken, um sich selbst Erleichterung zu verschaffen.«

Ganz schön ungewohnt, nicht? Und weil die Perspektive für uns ungewohnt ist, fragt sich die Leserin hier automatisch, wo denn die Empfindungen der Erzählerin bleiben. Die wirkt in dieser Szene völlig ungreifbar, geradezu unmenschlich in ihrem Unbeteiligtsein. Der Leserin stößt in dieser Kombination sofort auf, daß da etwas Entscheidendes verschwiegen wird. Bei der uns geläufigen umgekehrten Variante fragen wir nicht, wo die verschwiegenen Empfindungen der aktiven Heldin bleiben. Warum nicht?

Ich möchte hier einige der wenigen erfreulich ›anderen‹ Sexszenen zitieren, die ich bisher entdeckt habe. Sicher noch lange nicht das Gelbe vom Ei, aber wenigstens nicht mehr nur ausschließlich Eiweiß …

Die einzige rühmliche Ausnahme diesbezüglich in einer gewissen schwarzgelben Krimireihe bildet Gabriele Geliens *Eine Lesbe macht noch keinen Sommer*. In diesem Krimi gibt es nur eine ausführliche Sexszene (S. 124-127). Den meisten Raum nehmen zwar, wie leider üblich, die körperlichen Vorgänge ein, aber die werden wenigstens erfrischend alltagsnah erzählt, mitsamt klemmenden Reißverschlüssen und hereinplatzenden kleinen Geschwistern, und sind wenigstens stellenweise mit emotionalen Empfindungen garniert. Hier entdekken wir sogar einen Rollenwechsel, und die Autorin erzählt hauptsächlich aus der passiven Perspektive. Dabei verschweigt sie ihre eigenen Gefühle nicht, obwohl die Heldin, hinter der sich die Erzählerin (eben nicht) versteckt, zufälligerweise den Namen Gabriele trägt. Sprich: die Autorin ist hier für Krimiverhältnisse unheimlich offen und direkt. Die beiden Liebenden reden sogar miteinander während ihrer sexuellen Begegnung. Ebenfalls eine Seltenheit!

»Hanne lacht mir ins Ohr. ›Was gefällt dir?‹ fragt sie leise und drückt mich an sich.
›Leck mich‹, hauche ich, ›vorsichtig, nicht fest, aber tu's endlich, mach hinne, ich kratz gleich ab!‹ Hanne kriecht mich küssend nach unten, schiebt ihren Kopf unter meinem Oberschenkel hindurch, kommt endlich an, küßt, erkundet mich, kreist sachte, ich bin verwirrt, mit dem Nasen-

rücken meine prall pulsierende Klitoris und dringt zugleich mit der Zunge in mich ein. Umfaßt fest meine Pobacken und treibt mich immer schwindelnder.
Ein tief, so tief kann ich gar nicht sein, tief aus mir ausbrechendes, wirklich explodierendes mich Weiten und Zusammenziehen, unkontrollierbar gewaltvolles, alles umfassendes Gefühl, fast unaushaltbar schön – wollüstig schmerzhafte Lust – füllt mich total ! [...]
›Wosch!‹ murmelt Hanne rauh, mit brüchiger Stimme, ›wosch, wosch und nochmal wosch!‹
Lange Zeit später dringen die Geräusche der anderen wieder zu mir vor; Hanne atmet tief und ruhig, und jetzt bin ich es, die sie erkunden, in mich aufnehmen, tobend machen wird.«

Gut gefallen in dieser Hinsicht haben mir Eveline Ratzels Krimi *Die Brache* (Bremen 1994) und ihre Erzählung *Helle Nacht* (Karlsruhe 1996). In ihrer Schreibe steckt meiner Meinung nach eine Ahnung davon, was wir üblicherweise alles *nicht* zu lesen kriegen. Hier als Beispiel eine Szene ›danach‹ aus der *Brache*, die um einiges ganzheitlicher und damit realistischer klingt als die üblichen, rein körperlich-mechanischen Beschreibungen:

»In Ruhe lagen sie sich in den Armen, jede weit weg von der anderen, erschöpft vom Alten Tanz des Lebens, bis eine jede spürte, wie sie im Arm der anderen angekommen war, jetzt wieder ganz da, sicherwarm alle Organe durchflutet, alle Häute und Schleimhäute, alles Gewebe mit Liebe vollgesogen« (S. 34).

In *Helle Nacht* findet sich sogar eine mißglückte sexuelle Begegnung. In der Lesbenliteratur immer noch eine absolute Seltenheit! Dabei gehört doch auch das in der Realität einfach dazu, wie so vieles, was uns Autorinnen bisher unterschlagen haben.

In ihrer Realitätsnähe erfrischend ist auch Karen-Susan Fessels Beschreibung einer Ersten Nacht im Roman *Bilder von Ihr*:

»Es ist nie wirklich einfach beim ersten Mal, nicht, wenn man verliebt ist. Die Vorstellung, die Liebe, die frisch entflammte Liebe befähige uns zu einem perfekten Liebeserlebnis, bei dem jeder Handgriff, jede Berührung stimmt, bei dem es kein Zögern, keine Unsicherheit, keine Angst gibt, sie ist eine Mär. Es ist immer ein Wandern auf unsicherem Weg, und jedes Stocken, jedes Verharren wird zu einem Stein, über den man zu stolpern droht und es so manches Mal auch tut. Und warum sollte es auch anders sein? Der Mensch, den man so sehnlich begehrt und endlich in den Armen hält, ist einem fremd, seine Vorlieben und Wünsche sind einem unbekannt, sein Körper hat Berührungen erfahren – und gemocht oder als unangenehm empfunden –, die wir nicht im geringsten erahnen können. Und so ist immer eine Art zarter Unbeholfenheit dabei in jeder ersten Nacht« (S. 33).

Aber solche Szenen sind, wie gesagt, immer noch die Ausnahme, nicht die Regel.

EINE GANZ NORMALE BEGEGNUNG

Ich kannte sie schon lange. Sie war eine gute Freundin und seit Jahren bewährte Mitstreiterin bei der Frauenzentrumsarbeit. Zwar hatten wir nie eine gewisse Distanz überbrückt, und privat wußte ich eigentlich sehr wenig von ihr. Aber ich kannte ihre Weltanschauung, ihre Überzeugungen, ihre Träume ..., und die jahrelange Zusammenarbeit hatte eine gute Vertrauensbasis zwischen uns geschaffen.

Diese Freundin lebte seit Jahren recht zufrieden in einer Langzeitbeziehung. Ich diskutierte mit ihr viel über patriarchale Beziehungsstrukturen und über Möglichkeiten, diese zu überwinden. Wir klagten einander die traurigen Nebenwirkungen der in unseren Lesbenkreisen weitverbreiteten Zweierkisten.

Daß plötzlich eine heftige erotische Anziehung zwischen uns aufflackerte, hat uns beide überrascht. Mich noch mehr als sie. Für uns beide war die Idee von auch sexuellen Begegnungen mit einer Freundin nicht neu. Sie spielte schon länger theoretisch mit dem Gedanken, ich hatte bereits erste praktische Erfahrungen damit gesammelt, deren zunächst recht vielversprechender Verlauf mich in meinen Vermutungen bestätigte, daß das der richtige Weg für mich ist. Trotzdem machten uns die damit zwangsläufig verbundenen Veränderungen Angst. Wußten wir wirklich, worauf wir uns da einlassen wollten? Arbeitszusammenhänge, Freundinschaften, gemeinsame Zukunftspläne ... all das schienen wir leichtfertig aufs Spiel zu setzen! Eine gewaltige Verantwortung lastete auf unserer aufkeimenden Lust. Da aber Lust mit Last keinen Spaß macht, verschoben wir unsere Rendezvous-Pläne erst einmal und beschäftigten uns vorderhand damit, möglichst günstige Umstände zu schaffen. Ich hatte mir ja bereits so meine Gedanken gemacht über die Bedeutung der Umstände für sexuelle Begegnungen. Bei dieser Gelegenheit wollte ich deshalb ernsthaft berücksichtigen, was ich als richtig und wichtig erkannt hatte, auch wenn es meinem ungeduldigen Naturell zuwiderlief. Wir besprachen also zunächst die Lage mit unserem engeren Freundinnenkreis und mit ihrer Liebsten. Auch erklärten wir einander die nötige Gesprächsbereitschaft, falls es Konflikte geben sollte, und sicherten uns für diesen Fall die schlichtende, vermittelnde Unterstützung bestimmter enger Freundinnen zu. Damit betraten wir völliges Neuland. Beide hatten wir noch nie auf diese Art Vorbereitungen getroffen. Es war ein seltsames Gefühl. Aber gut.

Mittlerweile wurde das Knistern zwischen uns immer heftiger. Solche Geschenke der Göttin soll frau nicht verschmähen, also verabredeten wir uns zu unserem ersten Stelldichein. Nach jeder gemeinsamen Arbeitssitzung im Frauenzentrum die halbe Garderobe wechseln zu müssen wegen Durchnässung ist schließlich kein Dauerzustand!

Frau könnte nun meinen, daß die besten Voraussetzungen da waren für ein gigantisches Ereignis: nach langem Schmachten endlich die ersehnte Erfüllung! Die Spannung des ›Ersten Mals‹ mit einer neu zu entdeckenden Geliebten! Der Kitzel der Neugier! Der Triumph, die eigenen Überzeugungen zu leben und sich von verinnerlichten patriarchalen Beziehungsstrukturen frei zu machen! Sieg der Lebens-Lust! Dazu Sicherheit vor unliebsamen Überraschungen, weil ich die Frau und ihre Eigenarten ja schon kenne, mit Bedacht gewählte Umstände, geklärte Verhältnisse nach allen Seiten – alles klar, sozusagen!

Also Licht aus, Spot an! Die Kamera zoomt ein erleichtert-verliebtes Lesbenpaar heran, das sich tief tief tief in die Augen blickt. Jedes Lächeln spricht ein erlöstes *Endlich*! Die Luft vibriert vor erotischer Spannung. Gleich gibt es in Großaufnahme den ersten, leidenschaftlichen Kuß, der die beiden in wildem Taumel auf die Matratze, auf den Fußboden oder sonstwohin werfen wird! Körpersäfte aller Art reichlich verströmend, keuchend und prustend ineinander eintauchend, zu orgiastischen Höhenflügen abhebend ... oder was die Phantasie sonst gerne hätte. Es lebe das Klischee.

In Wirklichkeit verlief unser erstes Rendezvous stinknormal und ziemlich unspektakulär. Wir stellten zu unserer großen Überraschung fest, daß wir einander unheimlich vertraut waren. Fast fühlten wir uns wie ein altes Ehepaar, das sich ein paar gemütliche Stunden zu zweit macht. Da war keinerlei Angst oder Aufregung von wegen ›Erstes Mal‹. Lästig war mir nur der Gedanke, daß so viele Lesben mitbekommen hatten, daß wir uns treffen würden. Sicher würde sich deren Phantasie eher so etwas wie die obige Szene ausmalen, auch wenn sie genug Anstand besitzen würden, mich nicht zu löchern, ›wie es denn war‹. Ein eigenartiges Gefühl, so quasi-öffentlich (zumindest in meiner Vorstellung) zu leben, was üblicherweise im Geheimen, Privaten geschieht und erst ›danach‹ durch händchenhaltend-zweisames Auftreten in der Lesbenszene öffentlich bekannt gemacht wird.

Natürlich haben wir uns gestreichelt und berührt und alles, was so dazu gehört. Aber verglichen mit dem siedend-heißen Klischee wärmte uns eher ein ruhiges Feuer, und emotional waren wir hauptsächlich damit beschäftigt, diese unglaubliche, unwahrscheinliche Vertrautheit zu erspüren und uns darüber zu wundern. Was uns zur Genüge ausfüllte. Tja, wer hätte das gedacht? Die Frage, wie welche mit was welche befriedigt hat und welche wie oder warum kam oder nicht, wurde über unserem allgemeinen Wohlsein aneinander zur völligen Nebensache. Zwar waren wir beide nicht ganz frei von der nörgelnden Klischeestimme im Hinterkopf, die uns zu diktieren versuchte, was ihrer Meinung nach jetzt abzulaufen hätte. Aber im Großen und Ganzen konnten wir sie immer wieder zum Schweigen bringen, bevor sie größeres Unheil anrichtete. Dann genossen wir wieder ungetrübt unsere wunderbare Harmonie im Miteinander-Schwingen.

Und die Moral von der Geschicht'? Interessant ist ja vor allem die Fortsetzung. Wie habe ich das verarbeitet? Normalerweise wäre so eine Begegnung unbeachtet im Schwimmbecken des Vergessens gelandet. Ungefähr da, wo das achtundsiebzigste Mal Feiern mit meiner letzten langjährigen Lebensgefährtin herumschwimmt, an das ich mich beim besten Willen nicht mehr erinnern kann. Keine heftig-bewegenden Gefühlsaufwallungen, keine extraordinären Ereignisse, keine spektakulären Anhaltspunkte. Nach gängigen Maßstäben – die völlig unsinnig sein mögen, mich aber ungewollt doch beeinflussen – nicht weiter bemerkenswert. Und doch war etwas Besonderes an dieser Begegnung. Es war kein aufwühlendes Gefühl, sondern ein unscheinbares. Frau muß schon genau hinschauen, um es nicht unter den Teppich zu kehren. Ein wunderschönes Gefühl von Sicherheit und Vertrauen, und das bei gleichzeitiger sexueller Nähe! Also eigentlich etwas, das ich sehr gut brauchen kann in meinem Sammelbecken sexueller Erlebnisse, in dem so viele Erfahrungen von Unsicherheit, Angst und Schmerz herumschwimmen. Ein kräftigendes, beruhigendes Gegen-Erleben, das die Gesamtstimmung im Becken eindeutig hebt und Mut macht zu mehr.

Und fast hätte ich das übersehen! Vor lauter dummen Klischees im Kopf. Tja, auch in scheinbaren Unscheinbarkeiten kann eine tiefe Bedeutung liegen. Beziehungsweise: schwimmen.

Das Herz

Aus der Reihe »Erogene Zonen neu gelernt«:
Das Herz

ÜBER DIE LUST AM SPEKTAKULÄREN

Nicht selten enthält erotische Lesbenliteratur möglichst ungewöhnliche Szenerien und spektakuläre Ereignisse. Nicht-Alltägliches, sprich: nicht das, was die Autorin selbst in ihrem Alltag erlebt und also schreibend offenlegen würde. Es gibt aber noch andere Gründe, warum literarische Sexszenen oft bis zur Lächerlichkeit übertrieben werden. Erstens neigen wir wohl alle dazu, eher die besonderen Dinge aufzubewahren, weiterzuerzählen und niederzuschreiben. Und zweitens wähle ich mir als Autorin einer ›Sexszene‹ nicht nur aus kommerziellen Gründen ein möglichst spektakuläres und wirkungsvolles Szenario. Nicht anders ist es bei Filmen und sonstigen Medien, die Geschichten erzählen. Auch hier wird gerne idealisiert, denn welche will schon unschöne, frustrierende, stinknormal-langweilige Sexszenen konsumieren? Davon habe ich doch in meinem Alltagsleben genug! Schließlich dienen solche Idealisierungen der Ersatzbefriedigung und dem wenigstens geistigen Ausleben von Unerreichbarem: Wunschträume werden wahr – zumindest auf Papier und Leinwand.

Es gibt wenig erotische Lesbenliteratur von deutschsprachigen Autorinnen. Ist es ein Zufall, daß eine explizit erotische Anthologie (= Sammlung von mehreren Geschichten) wie *Flüchtiges Begehren* ausgerechnet One-Night-Stands zum Thema hat, die ja nun wirklich nicht repräsentativ sind für die wohl häufigsten sexuellen Erfahrungen von Lesben hierzulande – nämlich die in monogamen Zweierbeziehungen (was frau den darin veröffentlichten Geschichten übrigens auch anmerkt)? Die Herausgeberin Martina Müller möchte laut eigenem Vorwort mit diesem Buch »eine Lücke schließen«. Ich frage mich, welche. Ist es nicht vielmehr so, daß es jetzt immerhin ein Buch über lesbische Kurzaffären gibt, aber darum herum immer noch eine riesige Lücke klafft, weil Geschichten über eine ›ganz normale‹ Alltagssexualität fehlen?

Aus welchen Gründen eine solch spektakuläre Themenwahl auch immer erfolgt: die Wirkung ist in jedem Fall die gleiche. Die gezeigten und beschriebenen Sexszenen reproduzieren Klischees, wirken gleichzeitig aber auch selbst an der Bildung von Klischees und festgeformten Normen mit, die wiederum alle neu entstehenden Geschichten über Sexualität beeinflussen, die wiederum ... Sie wirken also an einer Verzerrung der Wirklichkeit mit. Und zwar nicht nur der Wirklichkeit in den Medien, die ja eine Kunstwelt ist, sondern auch in meinem eigenen, privaten Bewußtsein und Alltag. Mir genügt ein Blick in mein Tagebuch oder ein kurzes Kramen im Gedächtnis, um festzustellen, daß der größte Teil meiner sexuellen Begegnungen in der Versenkung verschwunden ist. Nur die ganz besonders neuen, besonders aufregenden oder besonders unglücklichen finden einen Ehrenplatz im Scheinwerferlicht, werden aufgeschrieben und auch später noch erinnert. Einen One-Night-Stand hätte ich auf alle Fälle aufhebenswert genug gefunden, daß ich ihn per Kurzgeschichte oder im Tagebuch verewigt hätte – ganz egal, wie unspektakulär oder gar langweilig sein Verlauf gewesen sein mag. Dem Großteil meiner alltäglichen beziehungsweise allnächtlichen (okay, nicht allnächtlichen, aber manchmalnächtlichen) Erlebnisse widerfährt diese Ehre nicht. Was ist aber mit diesen vielen ganz gewöhnlichen sexuellen Begegnungen?

Ich kann mich nicht mit Sexualität beschäftigen und dabei diesen großen Teil ganz ›normaler‹[20] Erlebnisse außer acht lassen. Basieren nicht all meine Gedanken über Sexualität auf meinem persönlichen Erfahrungsschatz? Und beinhaltet der nicht auch arg viele Stunden, die ich mit eher gemäßigter Lust und lauer Geilheit verbracht habe? Mit unerfüllter Sehnsucht. Mit wenig Erregung, aber um so mehr Problemen. Wo ich nicht richtig bei der Sache war, mich nur ein bißchen fallengelassen habe oder auch gar nicht, die peinlich waren oder ungewollt, wo ich nur dem Drängen einer Blutansammlung im Bekken nachgegeben habe, aber nicht mit dem Herzen dabei war, wo ich schlimmstenfalls meinen eigenen moralischen Maßstäben nicht genügt habe, undsoweiterundsofort. Eben diejenigen Begegnungen, die unter ›ferner liefen‹ ins Privatarchiv gepackt werden, um dort in ungestörtem Vergessen Staub und Spinnweben anzusetzen.

Aber ist es nicht naiv anzunehmen, daß diese Erlebnisse dort friedlich ruhen und keinen weiteren Einfluß auf mich und mein künftiges sexuelles Erleben haben werden? Deshalb versuche ich jetzt, diesen im Dunkel versunkenen Bereich zu beleuchten und zu zeigen, was es damit alles auf sich haben kann.

DAS SCHWIMMBECKEN VERGESSENER BEGEGNUNGEN

Normalerweise sehen wir Licht und unser Blick beachtet helle, farbige, beleuchtete Dinge. So lebt ein Großteil der Menschheit in dem Irrtum befangen, Schatten wären ganz einfach finster und uninteressant. Probier doch mal dieses kleine Experiment: Versuche, die Farbe der schattigen Stellen in deiner Umgebung herauszufinden. Du wirst dich wundern, wie bunt die Schattenwelt ist!

Ich nenne diese höchst persönliche Erfahrungs-Schatzkiste, dieses Privatarchiv, in dem die unbeachteten Lustbarkeiten landen, das ›Schwimmbecken sexueller Begegnungen‹. Das Bild des Wasserbekkens gefällt mir deshalb gut, weil ich glaube, daß sich darin ständig die alten und neu hinzukommenden sexuellen Erlebnisse gegenseitig beeinflussen und vermischen. (Wobei in diesem Schwimmbecken selbstverständlich auch Erlebnisse Platz haben, bei denen eine trokken geblieben ist. Bei gänzlicher sexueller Untätigkeit sammelt sich dort die Erfahrung an, eben *nichts* dergleichen zu erleben.) So ist diese Mischung sicher mehr als die Summe der einzelnen Erlebnisse.

Ein Beispiel: Bei mir als Überlebender enthält dieses Schwimmbecken sehr viele unangenehme Gefühle – Schmerz, Angst, Erniedrigung –, die mit dem Erleben von körperlicher Lust und sexueller Nähe verbunden sind. Jedes positive Gegenerlebnis, bei dem ich Lust und Liebe erfahre, ohne deswegen gleichzeitig Gewalt und Schmerz in Kauf nehmen zu müssen, kann potentiell die Macht dieser Erinnerungen verändern (wenn ich es zulasse!): zum Beispiel meine Hoffnung stärken, meine Angst abbauen helfen oder Körper-Erinnerungs-Schmerz leichter erträglich machen.

Oder wenn ich beispielsweise unter Orgasmusfixierung und Leistungsdenken im Bett leide, kann jedes gemütliche, orgasmusfreie, mich mit Wohlgefühl erfüllende Schmusen ein Gegengewicht dazu bilden. Allerdings muß ich es dazu als lustvoll anerkennen und bewußt als sexuelles Erleben in mein Schwimmbecken aufnehmen – und nicht am Beckenrand abweisen, »weil das ja nichts *Richtiges* war«.

Ein spannendes Beispiel für die Arbeitsweise des Unterbewußten im Schwimmbecken sind auch manche Träume. Ich habe in meinem Becken eine Menge heterosexuelle Erlebnisse. Seit etlichen Jahren kommen ausschließlich lesbische dazu. Was gibt das für eine Mischung? Manchmal sind da Schlieren; dann verwandelt sich in meinen erotischen Träumen eine Geliebte in meinen Armen in einen Mann, oder umgekehrt. Manchmal eine neue Farbe: Dann liebe ich im Traum die verrücktesten Hermaphroditen und androgynen Wesen. Manchmal beides zusammen: Dann schlafe ich im Traum mit einem Mann, der plötzlich einen weiblichen Unterkörper bekommt. Ich sehe in diesen Sexträumen nicht den Ausdruck einer verdrängten Bisexualität (was mir manche Psychos vielleicht bescheinigen würden), sondern die Mischvorgänge in meinem Schwimmbecken, bei denen sich meine heutigen Erlebnisse mit alten Erfahrungen vergleichen und verbinden.

Können Theorien schwimmen?

Wie nimmt das Schwimmbecken Sachinformationen von außen auf? Ich habe mir ja in letzter Zeit einiges an Aussagen über Sexualität reingezogen, Thesen und Theorien, inwieweit unser sexuelles Verhalten und Erleben durch Erziehung, Sozialisation, tiefenpsychologische Tatsachen und gesellschaftliche Einflüsse aller Art geprägt wird. Etliche dieser Informationen fand ich durchaus interessant und erhellend. Aber oft rebellierte beim Lesen etwas in mir gegen die darin enthaltene eindimensionale Perspektive. Sicher ist es interessant zu überlegen, ob Lesben wohl deshalb zu engem bis symbiotischem Liebesbeziehungsverhalten neigen, weil unbewußte frühkindliche Bedürfnisse und Gefühle sie wieder einholen (zum Beispiel, so die psychologische Standard-Erklärung, wegen einer existentiellen Sehnsucht nach der Mutter und dem Wunsch, wieder ganz mit ihr zu verschmelzen, sprich: die Geburt rückgängig zu machen). Und sicher kann ich auch bei mir Ansätze ähnlicher Gefühle und Erlebnisse entdecken. Damit solche Aussagen wirklich zur Bereicherung meines Selbst-Verständnisses und meiner Identität werden oder mir bei aktuellen Problemen weiterhelfen, muß ich aber einen Bezug zu mir und meinem Leben herstellen können. Oder im Gegenteil feststellen, daß ich mit dieser Theorie überhaupt nichts anfangen kann und sie vielleicht einfach nur Quatsch ist. Dabei kann sehr gut herauskommen, daß ich beispielsweise die Symbiose-These für mich völlig verwerfe, weil ich finde, daß der Maßstab der völlig autarken, unabhängigen, individuellen Frau grundverkehrt ist, da er sich an patriarchalen Normen orientiert. Vielleicht stelle ich fest, daß für mich die Suche nach symbiotischer Nähe zu anderen Frauen nichts anderes ist als ein durchaus wünschenswertes weibliches Sozialverhalten oder die Suche nach matriarchalen, wohltuenden Lebensformen. Die Suche nach einem Leben in Verbundenheiten mit anderen Frauen statt in individualistischer Vereinsamung. So kann ich mir meine Fragen viel besser beantworten als mit den patriarchal orientierten Psychotheorien: Warum verfalle ich nur bei bestimmten Frauen in symbiotisches Verhalten, bei anderen nicht? Warum habe ich Abgrenzungsprobleme vor allem bei Lesben, die selber welche haben, bei anderen nicht? Warum konnte ich mich sehr schnell und einfach durch einen willentlichen Entschluß von meinem früheren masochistischen Erregungsverhalten verabschieden – obwohl immer wieder behauptet wird, solche frühkindlichen Prägungen von Körpergefühlen seien praktisch schicksalhaft-unabänderlich und so gut wie nicht aufzulösen? Warum habe ich mich in vielem der Erziehung zur ›typisch weiblichen‹ Rolle gebeugt und wurde brav, hilfsbereit, aufopfernd, selbstausbeutend und schließlich sogar monogam und verheiratet – und habe es später trotzdem geschafft, radikal auszubrechen? Ich habe schon früh beschlossen, nie ›Täter‹ sein zu wollen[21] – warum ich habe trotzdem keine Probleme damit, die sexuelle Initiative zu ergreifen? Und so weiter.

Im Fall der eben erwähnten Symbiose-These hat mein Sammelbecken die angelesenen Informationen nicht geschluckt, sondern wieder ausgespuckt. Intellektuelle Einsprüche von Seiten meines Verstandes und ein mulmig-murmelnder Protest aus meinem Bauch haben mir erzählt, daß diese angelesenen Informationen nicht in mein Schwimmbecken passen. Also weg damit. Es ist ja nicht so, daß solche psychologischen, soziologischen oder sonstwie -ogischen Theorien absolute, allgemeingültige Tatsachen sind. Sie kommen nur gern mit diesem Anspruch daher. Nun können aber ähnliche Lebensumstände auf verschiedene Frauen völlig unterschiedliche Auswirkungen haben, so daß manche Theorie auf die eine 100%ig paßt, auf die andere aber überhaupt nicht. Die einen verzweifeln und passen sich an – die anderen wehren sich und verändern ihr Leben. Die Wahrheit liegt nie allein in abstrakten Theorien. Sie liegt auch nicht allein in der einzelnen Frau, ihrem Charakter und ihrer Geschichte. Sondern genau dazwischen: in den ›Wechselwirkungen zwischen Individuum und Umwelt‹, wie es immer so schön heißt. Bei Gedanken über die weibliche Sexualität darf frau deshalb nie den Einfluß von Prägung und Umwelt[22] außer Acht lassen. Aber ebensowenig den Einfluß der Einzigartigkeit jeder Frau.

Für mich ist das Schwimmbecken der gesammelten sexuellen Erfahrungen der Ort, wo alles Erleben und alle Eindrücke zusammenkommen. Sie treffen dort auf gesellschaftliche Normen und Werte und auf die Erklärungen, die mir die Umwelt für das Verstehen meiner eigenen Erfahrungen anbietet. Langfristig hält sich im Becken nur das, was ich ›geschluckt‹ habe. Es findet also so eine Art Verdauungsvorgang sexueller Begegnungen statt. Was ich erlebe, versuche ich mit Hilfe meiner Erfahrungen und Überzeugungen zu deuten und somit als Teil von mir in mein Schwimmbecken aufzunehmen. Hat mir die sexuelle Begegnung gefallen? Welche mir bekannten Muster hat sie enthalten? Wie bewerten andere die? Wie bewerte ich die? …

Ein lesbentypisches Beispiel dafür ist das klassische ›Erste Mal‹ mit einer Frau: In diesem Moment prallt das aktuelle Erleben und die eigene Bewertung davon (sowas in der Richtung von: äußerst lustvoll, höchst angenehm und auf alle Fälle wünschenswert) auf die Botschaften der Umwelt, daß diese Form von Sexualität abgewertet oder gar verboten ist und allgemein als *nicht* wünschenswert zu betrachten ist. Ich finde es immer wieder erstaunlich, wie unterschiedlich Lesben mit diesem Aufeinanderprallen krasser Gegensätze umgehen. Jede verdaut es anders, und was die einzelnen Lesben daraus machen, reicht von Selbstmord bis zum allerunbekümmertsten Coming Out. Sicher ist, daß das Ergebnis dieses Verarbeitungsvorgangs die künftige Grundstimmung im Schwimmbecken prägen und damit alle späteren sexuellen Begegnungen – vom schuldgefühlbeladenen Schranklesbentum bis zum ungenierten Schmusen auf offener Straße – beeinflussen wird.

Natürlich wird auch meine Wahrnehmung gefiltert. So als ob mein Bewußtsein eine Taucherin auf dem Beckengrund ist, deren Blick durch die Brechung der Lichtstrahlen im Wasser immer etwas verzerrt ist. Schüttet mir das Leben einen Liter neues Wasser dazu – sagen wir mal, es ist tiefviolett eingefärbt –, so sehe ich diesen Liter gebrochen durch das schon vorhandene Wasser und er erscheint mir vielleicht blauschwarz. Außerdem bricht auch das neue Wasser selbst wieder alles, was nach ihm kommt, und verändert durch seine Färbung die Gesamttrübung des Wassers im Becken (falls es sich vermischt, was nicht unbedingt der Fall sein muß; vielleicht gibt es ja auch Schlieren, wie auf marmoriertem Papier?).

So wird in diesem Sammelbecken auf dem Hintergrund meiner Umwelt und meiner Lebensgeschichte mein ganz persönliches weiteres Sexualverhalten zusammengebraut. Ein Grund mehr, diesem Gebräu Beachtung zu schenken! Zwar sind es geheimnisvolle Rezepturen, nach denen da im Unterbewußten herumgeköchelt wird. Aber wer sagt, daß ich nicht doch die eine oder andere Zutat dazuschütten kann, um den Gärungsprozeß in eine mir genehme Richtung zu lenken? Und umgekehrt ist es ja auch wünschenswert zu verhindern, daß mir etwas in mein Becken geschüttet wird, was ich da gar nicht haben will. Bekanntestes Beispiel dafür sind die Versuche konservativer Mitmenschen, uns Lesben erklären zu wollen, daß unser Sexleben widernatürlich undsoweiter und da sie aber so tolerant und aufgeschlossen undsoweiter aber muß das sein, daß wir es ausgerechnet direkt vor ihrer Nase ausleben müssen, und würdest du deine Freundin bitte nicht auf die Familienfeier mitbringen?! Manchmal stellen sich mir alle Haare auf, wenn ich sehe, wie sich erwachsene, selbstbewußte Lesben auch heute noch – in diesen modernen, ach so aufgeklärten Zeiten! – solch einen Mist tatsächlich reinziehen und allen Ernstes darauf verzichten, ihre Sehnsucht zu leben, weil was würden da die Nachbarn sagen, und den armen alten Vater würde der Schlag treffen, und was weiß ich noch alles. Und wenn ich nicht mehr mitansehen kann, wie sie langsam aber sicher vor die Hündinnen gehen in ihrer gutgemeinten Selbstaufopferung, beschwöre ich sie eindringlich, sich doch mal nach einer Liebsten umzuschauen. Dann sagen sie: Ja, das täten sie schon gerne – eigentlich hätte ich ja recht – an sich wäre es ihr größter Wunsch – ja, das sei eine gute Idee. Und passieren tut: nichts. So ein Gespräch könnte sich alle halbe Jahre wiederholen, ohne irgendeine Wirkung zu entfalten. Darauf angesprochen, warum sich nichts tut, wissen sie es selbst nicht so genau und können es mir nicht erklären. Es ist ihnen gar nicht bewußt, welch heftige Bremsklötze ihnen ihre Umwelt verpaßt hat, und daß sie sich da Zeug in ihr Schwimmbecken haben schütten lassen, das ihnen gar nicht gut tut.

Das wirft natürlich die Frage auf, wie ich denn merke, welche Wasser ich in meinem Becken haben will und welche nicht. Wenn es die eben beschriebenen Lesben nicht merken, kann es mir selbst doch auch passieren, daß sich irgendwelche Brunnenvergifter einschleichen – und ich check' es gar nicht! Wo doch so viel davon unbewußt abläuft ...[23]

Wieder einmal glaube ich, daß es bei solchen Fragen nicht um endgültige Antworten und Allgemeinplätze geht, sondern daß es vor allem wichtig ist, die richtigen Fragen zu stellen. In diesem Fall würde ich nach der *Wirkung* fragen. Welchen Einflüssen bin ich ausgesetzt? Und wie geht es mir damit? Was will ich? Was will ich nicht? Wie kann ich das verhindern, was ich nicht will? Wie komme ich zu dem, was ich schon will?

Beckenbeleuchtungen

Dieselben Fragen kann ich übrigens auch aufwerfen, wenn ich mir Gedanken über dieses Schwimmbecken mache: Welche Sichtweise soll ich dazu einnehmen? Welch unterschiedlichen Perspektiven gibt es? Welche Wirkungen haben die? Welche davon ist für mich wünschenswert? Was kann ich von welcher profitieren?

Probieren wir das doch gleich aus. Wie kann ich das Schwimmbecken gesammelter sexueller Erfahrungen betrachten?

Zum Beispiel ganz neutral, schlicht und ergreifend als Sammelbecken von Erfahrungen. Das habe ich eben die ganze Zeit getan. Die Grundfrage ist dann: Wie prägt das, was da drin ist, mein sexuelles Erleben?

Oder als eine Art Hintergrundrauschen. Ich könnte mir die Mischung im Schwimmbecken als eine Art Durchschnittsniveau meiner Erfahrungen vorstellen, das jeweils den Kontrast zu den ›sexuellen Highlights‹ abgibt. Also zum Beispiel: Wenn ich immer im Bett liegend liebe, ist ein Rendezvous auf dem Fußboden ein besonders auffallendes Erlebnis, an das ich mich lange erinnern werde (auch wenn weiter nichts Außergewöhnliches passiert). Wenn ich aber gewohnt bin, mich spontan an allen möglichen Orten meiner Sinnlichkeit hinzugeben, wird mir das eine Mal auf dem Fußboden nicht so besonders einmalig erscheinen. Oder: wenn ich sehr selten Orgasmen lebe, wird mir davon jedes einzelne Mal besonders und bemerkenswert erscheinen. Wenn ich immer unbedingt auf einem Orgasmus bestehe, wird es mir besonders auffallen, wenn ich einmal keine Lust darauf habe. Und so weiter.

In diesem Sinn kann ich das Schwimmbecken als Korrektiv benutzen.[24] Es wäre Quatsch, von der Vorstellung auszugehen, jedes neue Erleben müßte das letzte quasi olympiamäßig ›überbieten‹ (nach dem Motto: Gestern im Bett, heute auf dem Fußboden, morgen im Baum ...). Eine überhöhte Erwartungshaltung kann ja ganz flugs hausgemachte Probleme erzeugen, die eigentlich überflüssig wären. Sie setzt mich unter Druck und blockiert meine unvoreingenommene Offenheit. Habe ich die Idee des Schwimmbeckens, das einen Vergleichsmaßstab vorgibt, im Hinterkopf, so muß ich von keiner Begegnung enttäuscht sein, weil sie nicht so toll war wie erwartet. Ich weiß, daß jedes Erleben seinen Platz hat: das außergewöhnliche ebenso wie das gewöhnliche, und daß das eine ohne das andere nicht sein kann. Wie die zwei Seiten einer Medaille.

Aber angenommen, ich sehe es gar nicht ein, daß es so ein ›Mittelmaß‹ geben muß. Dann wird mir das Schwimmbecken zum lästigen Hindernis auf der Jagd nach dem Besonderen: Ich suche es und lande doch immer nur bei ›ganz normalen‹ sexuellen Erlebnissen – ohne zu checken, daß das Mittelmaß eben mein Sexleben *ist*! Beziehungsweise daß beides zusammengehört wie Wachen und Schlafen, daß eins nicht ohne das andere existiert und daß beides seinen Zweck an seinem Platz erfüllt.

Oder ich nutze diese Sicht auf die völlig unspektakuläre ›Durchschnittlichkeit‹ von Sexualität zur Bekämpfung von Eifersucht und Besitzdenken, getreu dem Motto »Sex kann soo banal sein, warum so viel Aufregung darum?«

Die Überlegungen zum Schwimmbecken können auch helfen, den grundsätzlichen Stellenwert herauszufinden, den Sex für mich in meinem Leben haben soll. Ist dieser Stellenwert identisch mit dem gesellschaftlich vermittelten (»Sex ist das höchste, ja, das einzige wahre Lebensglück!«)? Oder steht – schwimmt – er für mich ganz woanders?

Für Überlebende gibt es auch noch den Aspekt des Schwimmbekkens als wichtige ›Müllhalde‹ für alten Schrott. Das Schwimmbekken bewahrt getreulich alle traumatischen Erfahrungen auf, die mit Sexualität zu tun haben, und stellt mich vor die Frage: Betrachte ich mein Becken[25] als Endlager? Oder betrachte ich dieses Sammelbekken eher als eine Art Zwischenlager für Erfahrungen, die ich noch verarbeiten muß / will? (Weil ich sie nicht für den Rest meines Lebens meinen sexuellen Erfahrungshorizont bestimmen lassen will.)

Frau sieht, daß jede dieser verschiedenen Perspektiven ein ganz anderes Licht wirft. Ich finde all diese Beleuchtungen auf ihre Art wichtig und ein Hinterfragen in jedem Fall sinnvoll. Da alle Erlebnisse, Eindrücke, anerzogene und verinnerlichte Normen und Bewertungen und so weiter unser weiteres sexuelles Erleben beeinflussen – ja sogar die Arten, die uns zur Verfügung stehen, um über Sexualität (nicht) zu sprechen –, sollten wir wirklich ein wachsames Äuglein auf die Brunnenvergifter haben, denen wir nur mit solchen Fragen auf die Spur kommen können. Dasselbe gilt auch für die öffentliche Debatte über Sexualität. Ob Medien, Wissenschaft oder Smalltalk – Sexualität ist immer gesellschaftlich und politisch. Und sie ist auch immer individuell und äußerst subjektiv: Die ganz besondere Chemie, die zwei einzigartige Lesben miteinander brauen. Wo immer Sex in Wort, Bild oder Ton präsentiert wird, stelle ich mir also die gleichen Fragen. Was ist das für eine Perspektive? Was ist die Absicht dahinter? Was soll das mit mir machen, und was bewirkt es tatsächlich mit mir? Will ich das?

Es macht einen gewaltigen Unterschied, ob wir ein sexuelles Erlebnis an gängigen Klischees messen oder an unserem eigenen Schwimmbecken. Was höre ich da für einen Einwand? Es werde doch wohl keine so naiv sein, Kino- und Krimiklischees für bare Münze zu nehmen? Ha, sag ich da bloß. Schau dich mal um unter den Lesben – du wirst dich wundern! Was ist mit den vielen (nicht unbedingt nur jungen) Lesben, die noch keine eigenen sexuellen Erfahrungen gesammelt haben und auf der Suche nach Informationen und Vorbildern notgedrungen auf das zurückgreifen müssen, was die Öffentlichkeit bietet? Was ist mit den Lesben, die auch nach der zehnten dramatischen Trennung noch immer an die Traumfrau fürs Leben glauben, weil sie lieber hartnäckig am Rosa-Wolke-Happy-End-Klischee festhalten, als den frustrierenden Realitäten ins Auge zu schauen? Was ist mit den Lesben, die jahrelange Beziehungen leben, ohne miteinander zu schlafen, und sich deswegen verklemmt, frigide und im Rechtfertigungszwang fühlen, statt sich ungetrübt an ihrer alltagsbewährten Liebe und Harmonie zu erfreuen?

Strudel-Rezepte

Auch in Schwimmbecken lauern Untiefen! Es scheint bestimmte Grundprinzipien oder Regeln zu geben, nach denen die Vorgänge darin ablaufen. Eine Art Trägheitsgesetz sorgt dafür, daß sich feste Abläufe in der sexuellen Begegnung einspielen. Ich nenne diese Abläufe Strudel, denn nach einer geheimnisvollen Sogwirkung entsteht aus der wiederholten Erfahrung ›erfolgreicher‹ sexueller Begegnungen irgendwann das irreführende Vorurteil, daß die Begegnung immer so ablaufen *muß*.[26] Dabei spielt es keine Rolle, ob die Erfahrungen selbst gemacht werden oder ob sie über den Konsum von Medien ins Becken gelangen.

Zum Beispiel: Wenn eine Hetera lesbisch wird, wird sie zunächst davon ausgehen, daß sie ihrer Geliebten einen Orgasmus verschaffen sollte und daß die sexuelle Begegnung dann beendet sein wird – entsprechend dem Standard-Hetero-Ablauf. Wenn eine Junglesbe tausend Krimis verschlungen hat und dann das erste Mal mit einer Freundin schläft, wird sie vermutlich meinen, möglichst cool sein zu sollen und ansonsten nach dem ›Erst-die-eine-dann-die-andere‹-Prinzip vorgehen zu müssen. Auch eine gewisse Rollenverteilung spielt sich schnell ein. Das kann jede beobachten, die eine neue Geliebte kennenlernt: Anfangs ist alles offen, aber ziemlich schnell sind bestimmte Abläufe und Rollen festgelegt. Bald ist es immer dieselbe, die die Initiative ergreift oder keine Lust hat. Und so weiter. Der Strudel gibt es gar viele.

Es kann gut sein, daß hinter diesen geheimnisvollen Abläufen so eine Art Rationalisierungsmechanismus der Evolution steckt. Alles, was sich irgendwie ›automatisieren‹ läßt, entlastet das Bewußtsein und schafft Raum, die Aufmerksamkeit anderen, akut wichtigen Dingen zuwenden zu können. Vielleicht ist es aber auch eine Art Pawlowscher[27] Dressur: Es könnte sein, daß es die Erfolgserlebnisse sind, die uns dazu verleiten, immer wieder die Strategien zu benutzen, die einmal in einer bestimmten Situation gut gelaufen sind und zu einem befriedigenden Zusammensein und Wohlgefühl beigetragen haben. Dummerweise vernachlässigt so ein Dressurskript oft, ob denn die Rahmenbedingungen überhaupt dieselben sind und ob der Ablauf noch Sinn macht. Vielleicht ist der Freßnapf ja längst weg und nur die Glocke bimmelt noch?

Ein ganz alltägliches Beispiel: Wenn meine Liebste mein hocherotisches Händchen bittet, doch etwas kräftiger zu liebkosen, so werde ich mich beim nächsten Mal unter Garantie an diese Bitte erinnern. Folge ich ohne Nachdenken dem ›erfolgreichen‹ Ablauf und mache alles wieder genau so, übersehe ich, daß sich die Lage inzwischen geändert haben könnte. Was aber, wenn meine Liebste diesmal ganz anders drauf ist und lieber von federleichten Schmetterlingsfüßchen gekitzelt werden möchte? Sie bittet also: »Nicht so fest.« Woraufhin ich mich das nächste Mal unter Garantie an diese Bitte erinnern werde. Folge ich ohne Nachdenken diesem neuen, erfolgreichen Rezept, kann es sein, daß sie unter meinen schmetterlingszarten Pfötchen verzweifelt, weil sie diesmal ganz anders drauf ist …

Sicher spielt auch die Kommunikation eine wichtige Rolle bei der Entstehung solcher Strudel. Je weniger miteinander geredet wird über das, was beide gerade zusammen erleben oder voneinander wollen, um so eher läuft die Begegnung nach bewährtem Standard ab. Um auf den unsäglichen lesbischen ›Bettentod‹ zurückzukommen, den ich ja im Kapitel über Sexualität und Nähe schon demontiert habe: Ich glaube, daß hinter dem Problem erlahmenden sexuellen Interesses (falls es tatsächlich ein Problem ist) in Wirklichkeit die Gesetzmäßigkeiten der Strudel stecken. Das Problem sind nicht die festen Abläufe selbst, sondern daß *nur noch* nach Standardrezept gefreit wird. Nichts anderes nämlich kann zur Langeweile aneinander führen als ein Einschlafen der Kommunikation und ein Lieben, das dem immergleichen Verlauf folgt.

Auch für die Strudel gilt also, wie für so vieles, daß sie nicht *an sich* falsch oder richtig sind, sondern daß es eine Frage der Dosierung und Abwechslung ist. Nichts gegen einen guten, altbewährten Ablauf bei sexuellen Begegnungen. Kann wunderbar sein. Aber immer nur das? Nein danke! Ich glaube nicht, daß ich eine Geliebte jemals ganz kennen kann, daß die Überraschungen jemals ausgehen können. Und für mich selbst gilt das genauso. Auch ich kann mehr erleben als nur das, was ich bisher schon kenne; auch ich kann mich immer wieder neu überraschen. Warum sollte ich aus Trägheit darauf verzichten?

Wenn eine Begegnung nach altbewährten Mustern gelebt wird, sollte lesbe eventuell ein Auge darauf haben, ob beide vom selben Skript ausgehen und nicht etwa stillschweigend sich widersprechende Muster voraussetzen. Aber so etwas bemerkt lesbe normalerweise schnell, und mit ein bißchen Absprache ist das Mißverständnis leicht zu erledigen.[28]

ACHTUNG, SATIRE!

Es gibt da ein beliebtes Spiel. Ich persönlich bin schon zu Heterazeiten in die Regeln eingeweiht worden. Aber auch unter Lesben jeglicher Couleur scheint es sich steigender Beliebtheit zu erfreuen. Ob Sandkasten oder Spätberufene – jede kennt es. Die Ursprünge dieses Spiels sind in Hetero-Ehekreisen zu vermuten. Jedoch, das tut seiner Beliebtheit keinen Abbruch. Eigentlich ist es ja sehr langweilig, weil es aus der ständigen Wiederholung ziemlich festgelegter Sätze besteht. Aber auch das scheint keine zu stören. Das Spiel wird mit dem formelhaften Anfang: »Weißt du noch ...« ausgelöst. Die bereitwillig darauf einsteigende Partnerin weiß auf dieses Signal hin, daß jetzt ungefähr folgender Dialog abzulaufen hat:

»Weißt du noch?«
»Ja, damals, wie ich ... und dann hast du ...«
»Ja, genau. Und dann habe ich gesagt ... und dann hast du ...«
»Und wie wir uns dann zum Kaffeetrinken verabredet haben ...«
»Und wie ich das erste Mal über Nacht geblieben bin ...«
»Und weißt du auch noch, wie ich ... und dann hast du ...«
»Und dann hat der Reißverschluß geklemmt.«
»Ich dachte, ich fall gleich in Ohnmacht.«
»Wenn ich das gewußt hätte!«
»Den Duft deines Duschgels von damals habe ich heute noch in der Nase.«
»Du hättest nicht so vorsichtig sein brauchen.«
»Wenn ich das gewußt hätte!«
»Ja, genau.«

Dieses Spiel heißt *Das Erste Mal* und dient der romantischen Idealisierung der Umstände, unter denen die gegenseitige Verbindung begründet wurde. Böse Zungen behaupten, daß dieses Spiel um so exzessiver betrieben wird, je heftiger die aktuellen Beziehungskrisen sind. Vorläufer davon finden sich schon in der mündlichen Erzähltradition des Europas voriger Jahrhunderte (»Und der Prinz heiratete die Prinzessin ...«), und auch in den modernen Ausprägungen hat sich der Ablauf der Geschichte kaum verändert (»... und sie lebten glücklich bis an ihr seliges Ende.«) Als geradezu revolutionärer Schritt zur echten Gleichberechtigung gleichgeschlechtlicher Liebesweisen ist es anzusehen, daß neuerdings auch Lesbenpaare in den Genuß dieses Happy-Ends kommen dürfen (»... bis daß die nächste Frau euch scheidet.«). Erstmals wurde diesem Spiel jetzt die Aufmerksamkeit zuteil, die es schon längst verdient hätte. Aufwendige wissenschaftliche Bemühungen der Lesbenforschung haben folgendes Ergebnis erbracht:

Es handelt sich hier um das Grundmuster des romantisch-sexuellen Highlights schlechthin. Was mit diesem Spiel verherrlicht wird, ist das ganze Gegenteil jener vielen ungenannten, unglorifizierten und unerinnerten Rendezvous, die im Schwimmbecken des Vergessens versinken. Neueste Forschungen lassen vermuten, daß dieses Spiel besonders gerne dann eingesetzt wird, wenn das Sexleben des Paares in Gleichförmigkeit zu ersticken droht und sich kaum mehr eine sexuelle Begegnung vom eingefahrenen Durchschnitt abhebt. Ungeklärt ist allerdings noch, was Ursache ist und was Wirkung. Pendelt sich die Sexualität auf ein Mittelmaß ein, weil das einzige, was sich noch davon abhebt, das Wiedererzählen des ›Ersten Mals‹ ist? Idealisieren Lesben diese erste Begegnung, weil sonst nichts erlebt wird, was Anlaß bietet zum romantischen Erinnertwerden? Oder schläft umgekehrt das Sexleben ein, weil das Paar, statt sich über aktuelle sexuelle Erlebnisse auszutauschen und so intensive Begegnungen zu pflegen, ständig mit der Idealisierung des ›Ersten Mals‹ beschäftigt ist? Die Lösung dieser Frage darf mit Spannung erwartet werden!

Versuch einer feministischen Ethik der lesbischen Sexualität

KEINE WERTE – ODER NEUE WERTE?

Mit diesem Abschnitt begebe ich mich endgültig aufs Glatteis. Sexuelle Ethik. Was soll das heißen? Schon wieder eine Feministin, die uns politisch korrekten Sex predigen will? Puritanisch wie der Papst und so weiter – siehe gängige antifeministische Vorurteile. Und überhaupt: erst gegen selbsternannte Fachmenschen wettern, gegen Dogmatismus und sexuelle Patentrezepte eifern – und dann selber mit sowas daherkommen ...!? Also wirklich!

Was ethische Überzeugungen angeht, ist in FrauenLesbenkreisen vieles in Diskussion und in Bewegung. Und das ist gut so. Schließlich befinden wir uns in einer Übergangsphase: Daß wir die von Männern diktierten Normen und Werte ablehnen, ist einigermaßen Konsens. Aber eine Alternative dazu, eine eigene Ethik, haben wir noch nicht entwickelt. Es gibt viele Vorschläge, aber alle sind heiß umkämpft. So eine Umbruchsphase bringt logischerweise viel Verunsicherung, Orientierungslosigkeit und große Verwirrung. Die hat durchaus ihr Gutes. Nämlich die Chance, bisher Selbstverständliches zu hinterfragen und Lösungen zu finden, die mir und meinen Bedürfnissen angemessener sind: Welchen Stellenwert hat persönliche Freiheit? Sind Abgrenzungen, Grenzziehungen ›gut‹ oder ›schlecht‹? Kann es uns gelingen, Patriarchale Normen zu übernehmen und unseren Bedürfnissen anzupassen? ...

Bei der Lektüre theoretischer Bücher und Artikel braucht es oft großen Spürsinn, um die ethischen Grundwerte der Autorin zu erahnen. Margaret Nichols beispielsweise liefert in ihren Artikeln in dem Buch *Lesben, Liebe, Leidenschaft* zwar spannende Fakten aus US-amerikanischen Umfragen unter Lesben und zieht daraus durchaus überlegenswerte Schlüsse. Aber auf welchem Hintergrund tut sie dies? Zwar macht sie ihre eigenen Einstellungen so weit durchsichtig, daß sie »die (zugegebenermaßen etwas lüsterne) Faszination, die männlich-schwule Sexualität auf mich ausübt« (S. 73) zugibt, aber sie reflektiert diese Faszination nicht weit genug, um zu bemerken, daß ihre Interpretation der Daten von einer unkritischen Übernahme schwuler Ideale verzerrt ist. Wortwörtlich beteuert sie nur ein ums andere Mal, was Lesben nicht alles von Schwulen lernen könnten, ohne zu bemerken, daß einige Feststellungen, die sie über die Sexualität von Lesben trifft, einer solchen Kopie schwulen Verhaltens völlig widersprechen. So zeigen ihre Untersuchungen beispielsweise, daß für Lesben Sex viel mit Liebe zu tun hat und daß aus sexuellen Affären oft Beziehungen entstehen. Wenn eine Lesbe bereits eine Beziehung hat und eine – zunächst rein sexuelle – Affäre sich dann entsprechend ebenfalls zu einer tiefergehenden Liebesbeziehung entwickelt, gibt es natürlich die allseits bekannten Probleme. Margaret Nichols empfiehlt nun, nach schwulem Vorbild die Affären einfach anonymer zu gestalten. Sie verrät entlarvenderweise nicht, wie das gehen soll. Dieser Tip widerspricht nämlich den zwingenden Schlußfolgerungen, die sich aus ihren eigenen Beobachtungen ergeben: Wenn für Lesben Sex und Liebe zusammengehören, ist es doch kein Weg, diese Verbindung per neuer ethischer Vorschrift gewaltsam trennen zu wollen! Eine echte Lösung wären vielmehr gangbare Wege, auf denen diese Verbindung erhalten bleiben kann und trotzdem alle Bedürfnisse nach einer festen Beziehung *und* nach abwechslungsreicher Sexualität erfüllt werden können.

Ich halte dieses Beispiel für sehr typisch. Bei einer solchen Arbeitsweise werden unterschwellig Normen vermittelt, die schwer zu erkennen sind, unpassend sind und oft genug von der Autorin selbst nicht hinterfragt wurden. Obiges Beispiel zeigt deutlich, daß die verschriebene Oberflächlichkeits-Norm auf die tiefen, emotionalen Bedürfnisse von Lesben paßt wie die Faust aufs Auge. Die Qualität von Sex ist nicht gleichbedeutend mit Quantität (eine schwule Norm, die Nichols ebenfalls unhinterfragt übernimmt). Es ist ein Unding zu sagen, eine Lesbe müsse sich ihr Bedürfnis nach Sex mit vertrauten Freundinnen in einer Atmosphäre emotionaler Verbundenheit abgewöhnen und sich – nach schwulem Vorbild – anonyme Affären und unverbindliche One-Night-Stands angewöhnen.

Jede öffentliche Aussage über Sexualität transportiert Normen und Werte. Es gibt keine wertfreien Aussagen. Selbst in dem Satz: »Ich bin gegen Normen und Werte« schwingt paradoxerweise eine neue Wertung mit: nämlich daß Normen und Werte generell abzulehnen sind. Die Ausflucht in die angebliche Normfreiheit gibt es also nicht. Um mit Andrea Baier und Stefanie Soine[1] zu sprechen:

> »Auch wenn Lesben sich auf die Suche nach der Wahrheit des ›Sexes‹ begeben, [...] produzieren sie klare Vorgaben, unter welchen Bedingungen sexuell begehrt werden darf, welche Voraussetzungen dafür nötig sind und schließlich, wer dazugehört und wer rausfällt. Das ändert sich auch nicht, wenn dies im Namen der sexuellen Freiheit geschieht. [...] Das heißt letztlich, daß wir uns entscheiden müssen, welche Normen wir propagieren wollen.«

In diesem Sinne bemühe ich mich in diesem Kapitel, die Grundgedanken meiner persönlichen Ethik zu zeigen. Dabei hänge ich weniger starren Normen an als vielmehr gewissen Richtungen.

Bei Debatten über ethische Werte entsteht schnell das Mißverständnis, Normen seien grundsätzlich ›schlecht‹ oder dienten prinzipiell immer den Interessen irgendeiner nicht näher definierten mächtigeren Gruppe, der ich mit Sicherheit nicht angehöre. Aber:

> »Werte und Normen sind nicht zwangsläufig herrschaftssichernd – es kommt auf die Inhalte an. Es geht nicht darum, Sexualität zu definieren, sondern patriarchal gesetzte und geforderte Formen gegen eine selbstbestimmte Sexualität abzugrenzen, die die eigene Freiwilligkeit, Würde und psychische wie physische Unversehrtheit ebenso wie die anderer achtet.«[2]

Auf Normaldeutsch: Wir können uns selbst Normen und Werte schaffen, die uns gut tun, und sie der uns übergestülpten patriarchalen Ethik entgegensetzen.

Die menschliche Würde als Grundlage einer lesbischen Sexualethik ist ein schönes Schlagwort. Aber allzuoft verkommt es zur leeren Worthülse. Obwohl ich diesem Vorschlag mit der »Freiwilligkeit, Würde und Unversehrtheit« prinzipiell zustimme, habe ich doch oft das Problem, daß solche Begriffe zu allgemein und zu schwammig sind. In einer konkreten Situation helfen sie mir nicht weiter. Was mache ich mit dem Maßstab der Würde, wenn sich während einer sexuellen Begegnung ein heftiger Konflikt entspinnt? Damit mir so ein Schlagwort nützlich sein kann, muß ich es erst in meinen Alltag übersetzen. Ich halte mich darum, wie gesagt, lieber an Richtungen. Das Wort Richtung sagt dabei schon, daß Bewegung eine wichtige Rolle spielt.

Meine Ethik ist eine *Richtung*, die bestimmt wird von der *Bewegung* und dem *Ziel*. Leben ist Bewegung, ist Fließen und Veränderung.

Ausgehend davon, daß wir alle uns in einem Zustand teilweiser, in

Angst erstarrter Zersplitterung befinden, empfehlen meine ethischen Werte darum alles, was eine *Bewegung in Richtung ›Ganzer‹-Werden* bewirkt und fördert.

Mariana Valverde meint dazu:

> »Es ist naiv anzunehmen, individuelle Bedürfnisse seien die Meßlatte, die wir an unsere Sexualität anlegen sollten. [...] Was wir brauchen, ist ein theoretischer Ansatz, der keine rigide Gegenüberstellung von Notwendigkeiten einerseits und Freiheit andererseits enthält, sondern die Sexualität als ein offenes Terrain betrachtet, auf dem die Mächte des Staates, des wissenschaftlichen und moralischen Establishments und der sexistischen Ideologie männlich definierter Lust dauernd einem Widerstand von Individuen und Gruppen [um nicht zu sagen: dem Widerstand der einzelnen Lesbe, Anm. d. Verf.] begegnen.«[3]

Ich finde es spannend, daß sie hier den Ausdruck »offenes Terrain« benutzt, der meiner ›Weiten Landschaft‹ verwandt ist. Wobei ihr Terrain aber eher ein Schlachtfeld ist. Ich spreche etwas weniger martialisch von Grau(s)zonen in dieser Landschaft.

Die Ethik meiner Landschaft lautet: Es gibt eher förderliche, empfehlenswerte, wohltuende, heilsame Richtungen und Orte, aber es gibt auch eher hinderliche, zerstörerische, weniger empfehlenswerte. (Welche das sind und warum ich sie dafür halte, werde ich klar benennen. Damit nehme ich aber keiner die Entscheidungsfreiheit, ihren eigenen Weg zu wählen – im Gegensatz zu unterschwelligen Wertbotschaften, die immer einen Manipulationsversuch darstellen. Soviel zur meiner persönlichen Ethik in Bezug auf meine Arbeit an diesem Buch.) Unsere Wanderschaften führen uns immer in und durch beides. Es gibt vieles, das unsere Wahlfreiheit beim Wandern einschränkt, aber wir haben immer einen gewissen Entscheidungsspielraum, den jede in ihrem Sinne nutzen kann.

Einen Schritt konkreter: Nicht empfehlenswert – weil zerstörerisch – finde ich alles, was sich in Richtung Aufspaltung, Trennung, Teilung und Erstarrung (eben nicht) bewegt. Empfehlenswert – weil heilsam – ist alles, was bewegt, verändert, lebendig macht, Spaltungswunden schließt, Getrenntes wieder vereint und Verlorenes wiederauffindbar macht. Taucht in mir zum Beispiel ein ungutes Gefühl auf und stehe ich vor der Entscheidung, was ich damit mache, kann ich diese Maßstäbe direkt anwenden: entscheide ich mich dafür, das Gefühl lieber zu verdrängen und abzuspalten, weiß ich, in welche Richtung ich laufe. Andererseits weiß ich auch um die Chance, neue Teile an mir zu gewinnen, wenn ich das Gefühl zulasse und beachte.

Oder bei einem Streit: Muß ich mich wirklich von meiner Liebsten ›trennen‹, weil wir uns gegenseitig verletzt haben? Gibt es nicht auch noch andere Wege, Zwischenwege, einen Abstand, der das Aufrechterhalten der Verbindung ermöglicht?

PATRIARCHALE SPALTUNGEN

Um zu erklären, was ich mit den patriarchalen Spaltungen meine, muß ich ziemlich weit ausholen. Zwar gehe ich von der Sexualität aus und will zeigen, wie sich dort die Schäden auswirken, die uns 5000 Jahre patriarchale Geschichte zugefügt haben. Aber die Ursache dieser Spaltungsschäden liegt in einem Grundprinzip patriarchaler Gesellschaftsordnungen, das praktisch alle inneren und äußeren Lebensbereiche durchzieht. Und das umgekehrt aus allen Lebensbereichen auf uns und unsere Sexualität einwirkt. Es sei hier daher kurz ein Grobriß dieses Prinzips skizziert:

Zu teilen, zu spalten und zu zersplittern ist gleichzeitig Werkzeug und Folge des Patriarchats. Die Welt mit Grenzen zu zerschneiden und Nationen auszurufen, ist patriarchal. Das politische Prinzip des ›Teile und Herrsche‹ ebenfalls. Machtverhältnisse zwischen Menschen zu schaffen durch Kasten, Klassen, Besitzrechte und Gewaltherrschaft ist eine patriarchale Erfindung. Schubladendenken, sei es wissenschaftlich oder auch alltäglich-praktisch, ist patriarchal. Einteilen, Systematisieren, Etikettieren und Werten als Selbstzweck zu betreiben oder gar als einzig richtige Vorgehensweise zu betrachten, ist patriarchal. Die Verdammnis von Assoziationen, Träumen, Intuition, Spiritualität und ›ganzheitlichen‹[4] Lebensformen ist eine logische Folge davon. Das Schwarz und Weiß des Rassismus ist ebenso ein Ausdruck patriarchaler Strukturen wie das Gut und Böse der Männer-Religionen. Die Erfindung von Schuld ist eine Folge des eben ›schwarz-weißen‹ Weltbildes dieser Religionen. Die dazugehörigen Folgeerfindungen sind Strafe und Sühne. Die Angst vor Strafe läßt sich wiederum vorzüglich dazu verwenden, weiter zu teilen und zu herrschen. Und Unterwerfung zu belohnen. Und so weiter.[5]

Für unsere Psyche hat dies katastrophale Folgen. Wo alle Männer prinzipiell ›gut‹ sind und alle Frauen prinzipiell ›schlecht‹, sind wir von vornherein verdammt und wären am besten gar nicht geboren. Krampfhaft versuchen wir, trotzdem möglichst ›gut‹ zu sein und dadurch eine Existenzberechtigung zu bekommen. Dazu müssen wir natürlich alle unerwünschten Eigenschaften in uns selbst auslöschen, verdrängen, verleugnen und abspalten – und schon zerstückeln wir unsere eigene Seele! Die Folgen sind verheerend, denn damit führen wir täglich einen Krieg gegen uns selbst, der nicht zu gewinnen ist. Zum Glück will sich nämlich unser Inneres diese Behandlung nicht gefallen lassen und strebt beharrlich nach einem Schließen der Spaltungswunden: jeder verdrängte und verleugnete Anteil in uns wird nicht ruhen und rasten, bis er endlich wieder wahrgenommen wird und dazugehören darf. Oft sind die im wahrsten Sinne des Wortes verrücktesten Umwege nötig – Erkrankungen aller Art, Alpträume, psychotische Ausraster, Panikattacken, Depressionen und so weiter, kurz: die ganze Palette der angeblich so typisch weiblichen ›Hysterie‹. Auch alle Arten von Süchten zeigen deutlich, daß ein ständiger Energieaufwand nötig ist, um die ungewollten Anteile irgendwie zu unterdrücken.

Ein letztes, unverkennbares Anzeichen patriarchaler Spaltungswunden ist die Einsamkeit. Auch sie ist eine direkte Folge der Spalterei. Die äußere Einsamkeit als Folge der Pervertierung zwischenmenschlicher Beziehungen zu Subjekt-Objekt-Geschäften und der Isolierung von Frauen. Die innere Einsamkeit als Folge des Eintauchens in verdrängte, abgespaltene Teile unserer Seele, die hinter Panzerwänden ein trostloses Knastdasein führen.

Dies alles hat alle Bereiche unseres Lebens, Denkens und Fühlens so sehr durchdrungen, daß ein anderes Weltbild oder gar ein anderes Lebensgefühl für die meisten völlig unvorstellbar ist. Aber es gibt eine Handvoll Idealistinnen, die sich darauf besinnen, wie es wohl früher gewesen sein könnte, wie es heute anders gehen könnte und: wie eine Zukunft aussehen muß, damit ein menschenwürdiges Leben auch für Frauen möglich ist. Mangels eines besseren Wortes nenne ich diese Utopie matriarchal, obwohl der Begriff Matriarchat sehr verschieden verwendet und gerne mißverstanden und diskreditiert wird. Ich denke, daß im folgenden klar wird, was ich unter ›matriarchal‹ verstehe:

Eine Vorstellung von Zeit, die in Kreisen, Zyklen und Spiralen verläuft, ist matriarchal (im Gegensatz zur linearen Zeitvorstellung des Patriarchats). Ein Leben in Netzen ist matriarchal, in dem alle um ihre Verbundenheit untereinander wissen und um ihre Verbundenheit mit allen lebendigen Wesen – einschließlich dem lebenden Organismus der Erde. Zu einer matriarchalen Identität dürfen alle Anteile gehören: auch die dreckigen, dunklen, zornigen, gefährlichen, kantigen, unbequemen, eigennützigen. Diese Ganzheit basiert auf dem Wissen, daß die Zeiten wechseln und damit auch die Erfordernisse. Es gibt Zeiten, um zu trösten, zu lieben, zu päppeln. Aber es gibt ebenso Zeiten, in denen es wichtig ist zu streiten, aus dem Nest zu werfen, Grenzen zu ziehen. Daher sind alle Eigenschaften gleichwertig und gleich wichtig. Macht ist nicht gepaart mit Machtmißbrauch und Gewaltausübung, sondern mit Verantwortung und natürlicher Autorität, die aus Wissen und Lebenserfahrung entspringt: Jedes menschliche Wesen weiß, daß all seine Handlungen Folgen haben, für die es verantwortlich ist – und unterläßt so aus reiner Vernunft und aus Eigenliebe schädliche Handlungen, von deren Folgen es selbst getroffen werden könnte. Lebensnotwendiges wird zum Wohle aller geteilt statt sinnlos angehäuft oder vorenthalten. Persönlicher Besitz hat eine geringere Bedeutung, da der Wert einer Person in ihrer Einmaligkeit begründet liegt …

An dieser Stelle mag jede selbst weiterspinnen. Wie sieht die Welt aus, wenn es weder Gut noch Böse gibt, sondern nur mehr Ursache und Wirkung (und die Naturgesetze mit ihren Erfordernissen, etwa Nahrung, Kleidung und Unterkunft beschaffen zu müssen)? Ist so eine Welt Phantasie, Utopie oder mögliche Wirklichkeit?[6]

Ist so ein Land-wo-Milch-und-Honig-fließt das Paradies auf Erden? Im Vergleich zu unserer heutigen Welt sicher. Aber eigentlich nicht. Denn die Erde wird nie ein Paradies im christlichen Sinne sein: eine zerteilte, abgespaltene Welt, in der nur die ›gute‹ Hälfte einer ursprünglich ganzen Schöpfung existiert. Würden wir in einem weltweiten Matriarchat leben, hieße das nicht, daß es keine Unannehmlichkeiten und Probleme mehr gäbe. Auch unter den angenehmsten Lebensumständen werden immer noch genug Sorgen bleiben, mit denen wir uns herumschlagen müssen. Auch ohne Krieg gibt es noch genug Reibereien beim Versuch, unterschiedliche Bedürfnisse unter einen Hut zu bringen. Auch ohne Verbrechen gibt es noch genug Leid, wenn Kinder sterben oder geliebte Menschen fern sind oder verloren werden. Auch so wären wir mit unserer Selbsterhaltung gut beschäftigt. Eigentlich müssen wir also nicht künstlich Ärger schaffen, um uns nicht zu langweilen, oder? Pflegen wir doch lieber die vielen Ansätze von matriarchaler Lebensweise, die es bereits gibt!

Und was hat das alles jetzt mit meiner Alltagssexualität als Lesbe im europäischen Patriarchat zu tun? Zum Beispiel das: Die Sexualität ist ein so persönlicher, intimer, seelennaher Bereich, daß in ihr jede noch so verborgene psychische Wunde sichtbar wird. Im Bett werden wir auf uns selbst gestoßen, ob wir wollen oder nicht. Oder das: Wohl in keinem anderen Bereich ist die Sehnsucht nach matriarchaler Ganzheit so groß und so kräftig wirksam wie in der Sexualität. Wir wünschen uns Genuß, auch wenn unsere Fähigkeit zu genießen eingeschränkt ist. Wir sehnen uns nach Nähe, auch wenn wir diese Nähe kaum ertragen können. Wir begehren hier die Schönheit, Vollkommenheit und Ganzheit, die sonst in unserem Alltag kaum lebbar ist. So gesehen bietet gerade die Sexualität eine große Chance, Spaltungswunden aufzudecken und zu heilen (sprich: zu schließen). Nutzen wir die Energie der Sehnsucht als treibende Kraft, die uns den Mut geben kann, den verdrängten Anteilen in uns wiederzubegegnen und unseren Schmerz zu beachten! Da wir in unserer Sexualität sowieso damit konfrontiert werden, könnten wir doch ebensogut gleich das Beste daraus machen, oder?

Spaltungen überwinden

Wenn die Welt gespalten ist, gibt es plötzlich ein Gut oder Böse, ein Falsch oder Richtig. Die Folge ist der vermeintliche Zwang, sich entscheiden zu müssen. Natürlich für das Gute, Richtige. Und das jeweils andere muß dann ebenso zwangsläufig das Böse, Falsche sein, vor dem sich eine tunlichst hüten sollte. Was bedeutet das für Sexualität?

Nehmen wir das bereits angerissene, weitverbreitete Beispiel der Beziehungsprobleme wegen anderweitiger Verliebung. Die typische Situation: Lesbe hat eine Langzeitbeziehung, mit der sie eigentlich ganz zufrieden ist. Sie beginnt eine sexuelle Affäre mit einer anderen. Kaum gibt es die ersten Schwierigkeiten, fällt sie prompt in die Falle des Entscheidungszwangs: sie glaubt, sich für eine von beiden entscheiden zu müssen. Beide Pseudo-Möglichkeiten – entweder die Affäre zu beenden oder sich von ihrer Langzeitpartnerin zu trennen – werden sie ziemlich unglücklich machen. Mit einem anderen Weltbild betrachtet, sähe die Situation ganz anders aus. Nehmen wir an, die Lesbe weiß, daß sie als menschliches Wesen in einem Netz von Beziehungen unterschiedlicher Qualität lebt, auf die sie angewiesen ist. Sie weiß ebenfalls, daß sie eins ist mit dem Netz. Entscheidungen, die sie trifft, und Veränderungen, die sie in Gang bringt, haben Auswirkungen: sie werden das gesamte Netz bewegen. Die Wirkungen werden Rückwirkungen auf sie selbst haben. Und schon sind es nicht mehr nur zwei Möglichkeiten, die sie hat, ›Entweder-Oder‹, sondern eine Vielzahl von möglichen Wegen und Richtungen. Es geht nicht mehr um Sein oder Nichtsein, um Beziehung oder keine Beziehung, sondern um »Welche Art von Beziehung will ich und warum?« oder »Welche Bedeutung haben diese Beziehungen für mich – und für die anderen?«. Wenn sie, ihren Gefühlen gemäß, Langzeitbeziehung und Geliebte-Beziehung aufrechterhalten will, wird sie auch die eventuellen Folgen tragen: zum Beispiel sich mit der Eifersucht und den Ängsten ihrer Partnerin auseinandersetzen. Dieser Weg mag schwerer erscheinen als die patriarchale Pseudowahl, aber er ist weniger selbstzerstörerisch, aufrechter und lebendiger.

Welch eine unsägliche Last produziert der Normdruck, der durch ein patriarchal-gespaltenes Weltbild entsteht (›Fremdgehen‹ ist ›böse‹)! Wie oft machen sich Lesben gegenseitig mit dem erhobenen moralischen Zeigefinger fertig, statt sich zu unterstützen und zu stärken! Wieviel bunter wäre die Welt, wenn nicht mehr nur in Hell und Dunkel gemalt und gewertet würde! Wieviel freier könnten wir mit unseren sexuellen Wünschen und Bedürfnissen umgehen, wenn uns nicht ständig die verinnerlichten Engel und Teufel mit ihren Einflüsterungen im Ohr lägen: Du mußt zuerst deine Liebste befriedigen, weil sich das so gehört! Eigene Bedürfnisse einzufordern ist egoistisch, böse und pfui! Bestimmte Gefühle darfst du nicht haben, also weg mit Traurigkeit, Frust, Angst! ...

Es bringt wenig, die Feen und Dämonen zu vertauschen. Viel hilfreicher ist es, sich eine ganz andere Sichtweise zuzulegen. Selbstverantwortlichkeit statt Schuld und Sühne! – Das klingt jetzt wunderbar einfach. Wäre es eigentlich auch. Aber wie oft stoße ich dabei an meine eigenen dummen Grenzen! Und was haben die nicht für eine hartnäckige Macht über mich! Da kann ich noch so gut wissen, was ich eigentlich will, und daß das, was ich da grade mache, Schrott ist – sie lassen mich einfach nicht. Der Zeigefinger in mir sagt: Nein, das geht nicht. Punkt. Und mit dieser mageren Begründung kommt er auch noch durch! Zum Kotzen ist das manchmal, echt!

Warum ringen wir Feministinnen überhaupt so um sexuelle Werte? Und warum ist das so schwierig?

Ich gehe davon aus, daß alle Frauen patriarchale Gewaltstrukturen mehr oder weniger verinnerlicht haben. Das heißt, daß jeder Entwurf eines feministischen Normenkatalogs, der auf utopischen Idealen basiert, von vornherein zur Unglaubwürdigkeit verdammt und damit ziemlich sinnlos ist. Keine Vertreterin solcher Ansichten kann vorleben, was sie sagt, und gibt sich so zwangsläufig der Lächerlichkeit preis. Allerdings ist die Absicht vieler Feministinnen, die patriarchale Strukturen in unserer Sexualität aufdecken, im Grunde oft gar nicht die, aus ihren Erkenntnissen Verhaltensvorschriften zu machen – sie werden nur gern auf diese Weise mißverstanden. Es kann bei einer Ethik gar nicht darum gehen, Verhaltensvorschriften zu entwickeln oder gar Richtlinien, nach denen be- und verurteilt werden kann. Sondern es geht darum, Orientierungshilfen aufzubauen, deren Sinn es ist, Frauen bei ihrem Ringen um ein ›Ganzer‹-Werden und um eine Loslösung von den verinnerlichten Gewaltfolgen und -strukturen zu unterstützen. Ich will Wegweiser bauen, keine Galgen.

Die Selbstverantwortlichkeit jeder Lesbe gilt mir als oberstes Prinzip, was eine Bevormundung oder Verurteilung durch andere ausschließt. Im Matriarchat gibt es keine Gefängnisse. Wohl aber kann es sein, daß eine Lesbe von den anderen den Folgen ihrer eigenen Taten überlassen wird. Wenn alle wissen, daß sie ihre Süppchen selbst auslöffeln müssen, werden sie sich gut überlegen, was sie sich einbrocken – spätestens wenn es ihnen einmal angebrannt ist.

Es kann also auch nicht darum gehen, Erscheinungsformen von patriarchaler Gewalt unter Lesben zu verbieten, deren Existenz zu leugnen oder die Trägerinnen dieser Gewaltstrukturen zu verdammen. Aber es macht Sinn, die Gewalt an sich klar als solche zu benennen und sich selbst davor zu schützen, Opfer solcher Gewaltausübung zu werden.

Dazu muß ich in der Lage sein, Gewalt zu erkennen, wenn sie von einer Lesbe ausgeht. Wie kann ich das? Zum Beispiel mit meiner ethischen Frage, was mich an einer ›Bewegung in Richtung Ganzwerden‹ hindert. Oder auch mit den anfangs erwähnten Maßstäben von Freiwilligkeit und Unversehrtheit. Womit wir wieder bei der menschlichen Würde angelangt wären. Jenes oft beschworene Ding, von dem wir Frauen kaum wissen, wie es sich anfühlt. Kennen wir doch nur das Gegenteil, und zwar gründlich: übertretene Grenzen, mißachtete Bedürfnisse, abgesprochener Selbstwert. Es kostet uns folglich einige Anstrengung, uns in ein Leben mit Würde hineinzuversetzen. Aber versuchen wir einmal, dieses Schlagwort in lesbischen Alltag und in ein greifbares Ich-Gefühl zu übersetzen:

- Ich bin ein einmaliges und daher kostbares Wesen.
- Ich habe ein Recht auf meinen Platz in dieser Welt. Ich darf diesen Platz guten Gewissens beanspruchen und auch wie eine Löwin verteidigen.
- Ich habe ein Recht darauf, für die Befriedigung all meiner Bedürfnisse zu sorgen.
- Ich habe ein Recht darauf, gehört und ernst genommen zu werden in meinen Ansichten und Wünschen.
- Meine Grenzen werden von allen geachtet, auch von mir selbst.
- Ich achte die Grenzen, Ansichten und Bedürfnisse der anderen.
- Ich bin ein Gemeinschaftswesen: ich bekomme die Unterstützung durch andere, die ich brauche, und gebe ihnen die Unterstützung, die sie brauchen.
- Ich bin in erster Linie für mich selbst verantwortlich. Ich trage die Folgen meines Verhaltens …

Fühlst du es?
Ja, es tut weh, das zu spüren und gleichzeitig zu wissen, wie die Wirklichkeit ist. Aber genau da, wo die Schmerzen sind, ist es an der Zeit, etwas zu ändern. Vergegenwärtige ich mir meine Sexualität und versetze mich gleichzeitig in meine Würde hinein, weiß ich ziemlich schnell, wo was schiefläuft!

Wenn ich mir meiner Einmaligkeit und meines Wertes bewußt bin, kann ich unmöglich meinen Körper als Fremdkörper betrachten und wie eine Befriedigungsmaschine benutzen (lassen).

Wenn ich selbst ernst genommen und geachtet werden will, kann ich wohl schlecht meine Geliebte übergehen und mißachten.

Wenn ich mir das Recht auf meinen Platz zugestehe, kann ich unmöglich immer nur den Bedürfnissen meiner Geliebten den Vorrang einräumen und mich selber zu kurz kommen lassen.

Wie kann ich Grenzen in jeglicher Form[7] übertreten, wenn mir ihre Bedeutung klar ist und ich weiß, welches Ausmaß an Zerstörung ich zu verantworten habe, wenn ich sie übertrete?

Wie könnte ich mich in die Selbstverantwortlichkeit meiner Geliebten einmischen, sie bevormunden und damit ihre Grenzen übertreten?

Wie könnte ich vor lauter Übernehmen fremder Verantwortung meine eigene für mich selbst vergessen?

SUBJEKT ODER OBJEKT?

Das Heteropatriarchat lehrt uns, daß Sex innerhalb einer Subjekt-Objekt-Beziehung stattfindet. Der Mann ist dabei das handelnde Subjekt, wir Frauen sind die Objekte, die seiner sexuellen Triebabfuhr dienen. (›Befriedigung‹ will ich das nicht nennen. Ich kann mir nämlich nicht vorstellen, daß eine solchermaßen reduzierte Sexualität wirklich befriedigend sein kann.) Die katastrophalen Folgen dieser Einstellung – von der Erfindung der Prostitution bis hin zur aufblasbaren Gummipuppe – sind bekannt. Was für Folgen hat diese Subjekt-Objekt-Vorstellung aber für uns, die ›Objekte‹? Zwei Sachen springen mir da ins Auge. Das eine ist, daß Lesben diese anerzogene Einstellung übernehmen. Das andere ist, daß die Einstellung zur eigenen weiblichen Sexualität davon beeinflußt wird.

Was bedeutet das konkret für das sexuelle Erleben einer Lesbe?

Gehen wir davon aus, daß es Lesben gibt, die ihre Sexualität in Form einer Subjekt-Objekt-Beziehung leben, und solche, die unter Sex eine Begegnung zwischen zwei menschlichen Wesen, also eine Subjekt-Subjekt-Begegnung verstehen. Treffen zwei solche Lesben aufeinander, muß es zwangsläufig zu üblen Mißverständnissen und entsprechender Ent-Täuschung kommen, da jede ihre eigene Einstellung in die andere hineinprojiziert und selbstverständlich davon ausgeht, daß sie beide in ihren grundsätzlichen Ansichten über Sexualität übereinstimmen. Höchstwahrscheinlich wird die Subjekt-Subjekt-Lesbe das bösere Erwachen haben. Vielleicht nur in Form eines dumpfen, unguten Gefühls; vielleicht aber auch sehr deutlich in Form der Wahrnehmung, (als Objekt) benutzt worden zu sein.

Treffen zwei Subjekt-Objekt-Lesben aufeinander, gibt es solche Mißverständnisse nicht. Dafür ist hier die Frage, mit welcher Rolle sich welche identifiziert. Dieses Problem steckt unter anderem in dem alten Butch/Femme-Rollenspiel, ist aber nicht ganz dasselbe. Auch hängt diese Frage durchaus mit der Übernahme der aktiven oder passiven Rolle zusammen, ist aber auch damit nicht damit völlig identisch. Es geht hier nicht um äußerliche Verhaltensweisen, sondern um tief verwurzelte, meist unbewußte Einstellungen. Zwar sind Lesben an diesem Punkt gezwungen, sich intensivstens Gedanken zu machen – schließlich paßt das Heteromuster nicht auf zwei Frauen, und irgendwann muß jede Lesbe zwangsläufig entscheiden, wie sie die ungeeignete Vorlage an ihre eigene Lebensrealität anpassen kann –, aber das heißt nicht automatisch, daß Lesben die Grundstruktur von Subjekt und Objekt selbst in Frage stellen. Wie soll eine auch auf die Idee kommen, daß es noch etwas anderes gibt? Wo gibt es Vorbilder?

Hauptmerkmal der Subjekt-Objekt-Haltung ist für mich vor allem eine bestimmte Distanz zu sich selbst; eine Art Rollenspiel, hinter der die wahre Persönlichkeit versteckt bleibt. Mit all den Folgen, die so eine Distanz hat. Auf das Bewußtsein hat die Subjekt-Objekt-Haltung die Wirkung einer Jalousie: Bestimmte Anteile werden ausgeblendet und zugedeckt; die Wahrnehmung beschränkt sich auf bestimmte Aspekte des Erlebens (eben die Aspekte, die bewirken, daß ich mich selbst bzw. mein Gegenüber wie ein Objekt betrachte und behandle). Es gibt kein Gefühl von aufmerksamer Offenheit für alle Eindrücke. Der Ablauf der Begegnung ist relativ starr, gefühlsarm und oberflächlich, wodurch Anwandlungen von Langeweile, Abstumpfung, Unzufriedenheit und innerer Leere auftauchen können.

Die Subjekt-Subjekt-Haltung dagegen verlangt große Aufmerksamkeit und Kommunikation, da Sexualität hier zu einem lebendigen, bewegten Wechselspiel wird, bei dem es erforderlich ist, sich ständig aufeinander abzustimmen. Statt sich verstecken zu können, muß frau sich hier zeigen. Das kann ängstigen. Dafür wird es nicht so leicht langweilig. Menschliche Umgangsformen bekommen hier eine enorme Bedeutung, weil die Begegnung mit ihnen steht und fällt, besser gesagt: schwimmt und austrocknet. Offenheit und Ehrlichkeit sind angesagt. Achtsamkeit, Respekt, Fairneß der anderen und sich selbst gegenüber. Das klingt jetzt wie eine Aufzählung wunderbarer Schlagworte. Wie ein Werbespot. Aber uns patriarchatsgeschädigten Frauen fällt das alles halt saumäßig schwer. Das hier angepriesene Paradies ist gar nicht so leicht zu finden. Die Objekt-Haltung scheint dagegen oft der einfachere, schnellere Weg zu sein. Aber sie hat ihren Preis.

Es sei hier jeder Leserin selbst überlassen, die spannende Frage zu beantworten, wie denn ihre eigene Einstellung ist und wie die ihrer eventuellen Partnerin / Geliebten. Ebenso wie die Frage, welche typischen Situationen und Probleme, die sie kennt, auf so eine Subjekt- beziehungsweise Objekt-Grundeinstellung zurückzuführen sein könnten. Wahrscheinlich leben viele Lesben nicht eindeutig in der einen oder anderen Position. Ich schätze, daß viele von uns mit beidem ringen, auf der Suche nach dem, was sie eigentlich wollen. Wahrscheinlich geht es vielen wie mir, daß eine tiefsitzende Sehnsucht nach einer Begegnung von Subjekt zu Subjekt sie auf ihrer Suche weitertreibt, während sie in ihrem Alltag oft erleben müssen, daß sie sich immer und immer wieder ungewollt selbst wie ein Objekt behandeln (lassen) – aus Angst vor dem Unbekannten, wegen des ›Nacktheits‹- und Bedrohungsgefühls beim Sich-als-Subjekt-zeigen, weil die Objektrolle für sie erotisch besetzt ist und Plastik-Erregung verschafft, oder, oder, oder …

Risiken und Nebenwirkungen von Plastik-Gymnastik

Sich selbst als Objekt zu begreifen, ist ein typischer patriarchaler Spaltungsvorgang. An der Oberfläche so unscheinbar und harmlos wirkend, weil ja soo ›normal‹, löst diese Spaltung im Untergrund eine ganze Lawine von Folgen aus. Eine Lesbe, die sich selbst als sexuelles Objekt sieht, kann nicht eins sein mit ihrer eigenen Sexualität, mit ihrem sexuellen Erleben und Empfinden. Sie wird ihren eigenen Körper und ihre eigene Lust ebenfalls als Objekt betrachten und behandeln. Aus ihrem mehr oder weniger großen Abstand zu sich selbst heraus wird sie vielleicht über die angeblichen Häßlichkeiten ihres Körpers schimpfen oder sich darüber ärgern, daß er nicht funktioniert, wie er soll. Oder sie lebt zwar etwas, was sie für normale Sexualität hält, mit Orgasmen und allem Drum und Dran, hat aber trotzdem ein schales Gefühl und denkt: »Das kann doch nicht alles sein?!«

Ein typisches Symptom für diese schwere Spaltungswunde ist auch ein Fehlen oder Nichtwahrnehmen[8] sexueller Empfindungen. Logisch, wenn sich wie bei den Königskindern, die zusammen nicht kommen können, die Lust auf der einen Seite befindet und das Ich auf der anderen, dazwischen aber ein tiefer Abgrund gähnt. Oft wird in dieser Situation versucht, die Wahrnehmung lustvoller Empfindungen künstlich zu verstärken oder hochzupuschen. Dafür gibt es tausend Mittel – von Drogen über den Konsum von Pornos und den Einsatz von Vibratoren bis hin zur Erotisierung von Schmerz –, die jedoch alle nichts an der wahren Ursache der Empfindungsschwäche ändern. Das einzig wirksame Heilmittel ist meiner Erfahrung nach, dem Abgrund ins gähnende Maul zu schauen und sich den abgespaltenen Anteilen der eigenen Sexualität und Wahrnehmung anzunähern.

Ein anderes, typisches Symptom für die verinnerlichte Objekthaltung ist ein selbstgemachter Leistungs- und Funktionsdruck. Statt einer offenen Bereitschaft zu lustvollen sexuellen Begegnungen kennt so eine Lesbe eher kontrollierte Situationen, in denen genau ›vorgeschrieben‹ ist, was wann wie zu passieren hat. Statt Sexualität zu genießen, setzt sie sie ein als Mittel für verschiedenste Zwecke: um ihre Einsamkeitsgefühle in Schach zu halten, um ihr Selbstwertgefühl zu stärken, um ihre Geliebte an sich zu binden; auch als Suchtmittel kann Sex mißbraucht werden – kurz, sie behandelt ihre eigene Lust, als wäre sie eine leibeigene Leistungssportlerin, die gefälligst die olympische Goldmedaille heimzubringen hat.[9]

Übrigens gilt all das auch für die Wahl der Subjekt-Haltung. Ich habe die Identität des Objekts als Beispiel gewählt, weil sich hier die Wirkung der Distanz ganz unmittelbar entfaltet und uns die Objekt-Identität aufgrund unserer Sozialisation näher ist. Im Prinzip sind die Auswirkungen für die Subjekt-Identifizierten, die ihre Geliebten als Objekt mißbrauchen, die gleichen. Die Effekte der Distanz und der Wahrnehmungs-›Rollade‹ sind dieselben. *Beide* Beteiligten des S-O-Spielchens leben eine pervertierte, amputierte Form von Sexualität: Hetero-Männer mit diesem Sexualitätsverständnis (die sich ja üblicherweise in der Subjektrolle sehen) sind ebenfalls gefühlsreduziert, leistungsfixiert und haben zu ihrer eigenen Lust eine innere Distanz; sie betrachten ihre Sexualität als eine Körperfunktion.

Überdeutlich wird die beidseitige Wirkung einer solchen Haltung bei sexualisierter Männergewalt. Die Tat zerstört nicht nur das Opfer, sondern auch den Täter:

> »Ohnmacht und Macht, Zerstörung und Selbstzerstörung sind untrennbar miteinander verbunden. [...] Wer beleidigt, demütigt, ausbeutet, mißhandelt, mißbraucht, quält, tötet, erzeugt in seinen Opfern Haß. Er nimmt sich damit die Möglichkeit, geliebt und akzeptiert zu sein, eine Möglichkeit, ohne die ein menschlich befriedigendes Leben nicht denkbar ist. Wer mißhandelt, mißbraucht und quält, zerstört seine Fähigkeit zu menschlichem Mitgefühl und damit die Fähigkeit zu lebendigem Fühlen überhaupt. Wer Täter ist, zerstört immer auch seine eigene Würde [...].«[10]

Warum sollte es bei einer Lesbe, die beim S-O-Paar in die Rolle des Subjekts schlüpft, anders sein? Das Prinzip bleibt dasselbe, auch wenn die Gewaltform subtiler ist. Immer wirkt eine Mißachtung der Würde einer Person in beide Richtungen, auf beide Beteiligten.

Auch die ganze Kommerzialisierung von Sexualität, die schon so alltäglich ist, daß wir sie beinahe für normal und natürlich halten, setzt voraus, daß Sex als Subjekt-Objekt-Geschäft betrachtet wird. Würde Sexualität als Begegnung zweier gleichwertiger menschlicher Wesen gesehen, wäre klar, daß es hier nichts zu kaufen und verkaufen gibt.

Was haben all diese Überlegungen nun mit einer Ethik lesbischer Sexualität zu tun? – Als erstes dies: Zu zweit gelebte Sexualität ist *von Natur aus* eine Begegnung zweier Subjekte. Die ach so weitverbreitete und allgemeingültige Norm von der Subjekt-Objekt-Beziehung zwischen SexualpartnerInnen ist 1.) im Grunde eine Illusion; denn keine Frau wird dadurch, daß ich sie wie ein Objekt behandle, tatsächlich zu einem Ding; 2.) trotz aller ›Normalitäten‹ ein Verbrechen, das jegliche Menschenwürde in den Dreck tritt; 3.) eine Einstellung, die Folgen nach sich zieht, für die jedeR verantwortlich ist, die/der diese Einstellung vertritt.

Nach Christiane Northrup ist die Abkehr von dieser zerstörerischen Vorstellung sogar die Voraussetzung dafür, überhaupt etwas über unsere eigene Sexualität herausfinden zu können:

> »Wir müssen als Frauen zwischen unserer persönlichen sexuellen Wahrheit und ihren kulturellen Verzerrungen unterscheiden lernen. Um die Sexualität von innen heraus definieren zu können, müssen wir uns vor allem anderen als sexuelle Subjekte statt als sexuelle Objekte begreifen.«[11]

Ein menschliches Wesen als Objekt zu benutzen beziehungsweise sich selbst so benutzen zu lassen, ist Gewalt. Die Folgen sind vielfältig, und der kranke Zustand unserer Gesellschaft zeigt sie an allen Ecken und Enden. Die Distanz und das Versteckspiel machen einsam. Die Abwertung und Verdinglichung von Menschen führt zu Beziehungsunfähigkeit, die nicht bei den zwischenmenschlichen Beziehungen endet. Umweltzerstörung ist nichts anderes als ein Subjekt-Objekt-Umgang mit der Natur. Die Kurzsichtigkeit und Selbstzerstörung, die darin liegt, ist offensichtlich. Wir sägen am Ast, auf dem wir sitzen, und tun, als aalten wir uns unterdessen wohlvergnügt auf Mallorca im Sonnenschein.

Während einer einzelnen sexuellen Begegnung mag es noch möglich sein, die Illusion der Harmlosigkeit aufrechtzuerhalten: »Was hat es mit mir zu tun, wenn ich meine Geliebte auf Distanz halte und mich hinter einer Rolle verstecke? Ist ja wohl mein gutes Recht, oder?!« Aber auf die Dauer hat ein solcher Umgang mit sich selbst und anderen eben Folgen. Manchen mag diese These extrem erscheinen, aber ich bin überzeugt, daß der tödliche Wurm, der in dieser Gesellschaft steckt, letztlich in den Betten zu suchen ist. An diesem Kristallisationspunkt entfaltet die Essenz des Patriarchats ihre zerstörerischste Wirkung. Würden Frauen nur noch eine Form von Sexualität zulassen, die eine respektvolle Begegnung zweier Individuen ist, sähe die Welt ganz anders aus!

Diejenigen meiner Leserinnen, die mir bis hierher gefolgt sind, werden jetzt sagen: Schön und gut, die Subjekt-Objekt-Haltung ist zerstörerisch und sollte möglichst aus der Welt geschafft werden. Aber wie sieht es denn in der Realität aus? Wir sind doch alle mehr oder weniger von der S-O-Norm geprägt! Auch wenn wir sie verstandesmäßig durchschaut haben und eigentlich blöd finden, müssen wir doch immer wieder feststellen, daß wir uns in ihren Mustern verhalten. Was tun?

Das ist im Prinzip wie bei allen verinnerlichten patriarchalen Strukturen. Ein krampfhafter Kampf mit sich selbst um ›politische Korrektheit‹ hilft da ebensowenig weiter wie missionarische Tätigkeiten – sprich: anderen vorzuwerfen, wie patriarchal *sie* sich verhalten, und damit geschickt vom eigenen Verhalten abzulenken.

Ich persönlich setze mich seit sechs Jahren intensivst mit meiner Sexualität und den patriarchalen Mustern darin auseinander und kann gerade mal sagen, daß ich so weit gekommen bin, wenigstens beides zu kennen und zu leben (und einigermaßen damit leben zu können): die benutzende Subjekt-Objekt-Haltung *und* die respektvolle Begegnung zweier Subjekte. Ich verirre mich noch öfter in eine S-O-Haltung, als mir lieb ist, und ertrage ehrliche und offene Begegnung mit einer anderen Lesbe (Subjekt!) weniger, als ich mir im Grunde meines Herzens ersehne. Ich wehre mich nicht immer gegen Grenzüberschreitungen und Verletzung, lasse mich immer noch benutzen oder merke zu spät, daß ich nicht will. Und ich muß immer wieder eingestehen, daß ich selbst Grenzen übertrete und diejenigen verletze, die ich liebe.

Wie gehe ich damit um, was setze ich dagegen? Mein Ausgangspunkt für die Suche nach einem Weg ist, daß Sexualität sowieso eine Subjekt-Subjekt-Begegnung darstellt. Wenn ich sie so erleben will, muß ich also eigentlich nichts *tun*, sondern nur den natürlichen Lauf der Dinge *zulassen*. Entsprechend sind alle Anzeichen von ›Tun‹ in diesem Sinne – also verkopftes Grübeln, Zwang, Verkrampfung, (Leistungs-) Druck, Zumachen, Unbedingt-mit-dem-Kopf-durch-die-Wand-Wollen, übertriebene Kontrolle, an Strudeln festhalten, Distanz zu meinem Fühlen und meiner Wahrnehmung ... Wegweiser in die Irre, in den Sumpf, in Geröllhalden. Wenn ich beim Freien mit einer Lesbe solche Anzeichen bemerke, weiß ich, auf welcher Schiene mein Zug gerade fährt. Dagegen setze ich: aufmachen, Offenheit, Vertrauen, fließen lassen, reden, sich zeigen, entspannen, sein und sein lassen, zulassen. Das ist der Weg zu den unendlichen Weiten des Horizonts. Trotzdem bleibt jede sexuelle Begegnung ein Abenteuer, eine neue Expedition. Oft genug finde ich unterwegs keine Wegweiser zum Horizont, bleibe träge auf meiner heimatlichen Bank sitzen oder verirre mich – seltener zwar, aber ab und zu doch – in unwirtliche Gegenden und Grauszonen. Dann bleibt mir nur noch, die Verantwortung für mein Tun zu tragen.

Carolyn Gammon

BAD LESBIAN SEX – SCHLECHTER LESBISCHER SEX

schhhh
rede nicht darüber

rede nicht über
jene erste Nacht
als eine Geliebte deine Hand von ihrer Clitoris riß
und dir den Rücken zukehrte

oder das Mal als sie nicht wollte
und du trotzdem riebst
sie sagte, sie fühle sich vergewaltigt

sag nicht
daß Sex manchmal eine Pflicht ist
ein Austausch von Waren
ein Weg einen Streit zu beenden

erwähne nicht
wie oft sie trocken war
wie viele Orgasmen du vorgetäuscht hast
damit der Sex vorbei war

um Himmels willen
zähle nicht die Male, die du keinen safer sex gemacht hast
nicht gefragt hast, wie viele Männer sie gefickt hatte
und vor wie kurzer Zeit
Menstruationsblut geschleckt
Vaginalsäfte mit Pilzinfektionen ausgetauscht
mit beginnendem Herpes geküßt

sag nicht
wie viele von uns mißbraucht wurden
von Familie, von Fremden
wie wir das mit uns herumtragen
wie Fingerabdrücke

schreib kein Gedicht
darüber wie du eine Geliebte mitten im Rhythmus gestoppt hast
weil es dich an die Vergewaltigung
vor Jahren erinnerte

sag nicht, wie viele von uns betrunken sein müssen
um Sex zu haben
sich einen Schuß setzen müssen, bevor sie die Initiative ergreifen

erzähl keiner Seele
von dem Mal, als du gesehen hast
wie eine Lesbe ihre Mieze rückwärts
über den Tresen bog wie eine Stoffpuppe

erzähl nicht
von deinem one-night-stand
die morgens aus dem Bett floh
als stehe sie in Flammen
und obwohl du sie danach oft gesehen hast
habt ihr ›es‹ nie wieder erwähnt

laß andere nicht wissen
von den drei Jahren mit einer Geliebten
in denen ihr euch nie gezeigt habt, wie ihr es gerne habt
bis Sex zwischen euch stand wie ein schlechter Scherz

erinnere dich nicht daran
wie viele lesbische Geliebte
dich mit Männern vergleichen:
du fickst wie ein Mann
nur ein Mann würde das tun
es war besser mit Männern

sag nicht
wie viele Male du kommen wolltest
und nicht konntest
wie oft deine Hand lahm wurde
der Speichel austrocknete

sag nicht
wie viele Lesben du in der Öffentlichkeit meidest
weil ihr gefickt habt
wie viele Freundschaften zu Ende gingen
mit Sex

nicht
nicht
sagen

schhhh

Die erste Frau, in die ich mich bewußt verliebte und die so mein Coming Out auslöste, war glücklicherweise eine Lesbe. Die erste Lesbe, der ich in meinem – immerhin schon 25 Jahre währenden – Leben unübersehbar begegnete! Zuvor waren Lesben für mich eher etwas gewesen, was theoretisch irgendwo existierte. Vermutlich auf der Rückseite der Mondin. Aber keine so greifbaren, geschweige denn so liebenswerten und charmanten Wesen wie diese Frau da am Bio-Gemüsestand ... Von ihr lieh ich die ersten Romane über Lesben (Alice Miller), erfuhr von Lesbenmusik (Tracy Chapman und Ulla Meinekes *Tänzerin*, da das noch zu Zeiten vor Melissa Etheridge und k.d.lang war) – und von Vergewaltigungen unter Lesben.

Das war der totale Hammer. War ich doch gerade dabei, mich mit dem Ausmaß sexualisierter Gewalt in dieser Gesellschaft auseinanderzusetzen und meiner eigenen Gewaltgeschichte ins Gesicht zu sehen. Eigentlich hatte ich mir erhofft, in Frauenzusammenhängen solchen Dingen entgehen zu können. Pustekuchen. Andererseits bin ich heute noch oft dankbar, daß das bei mir so gelaufen ist. Diese erste Lesbe hat mir mit ihrer schonungslosen Offenheit einen großen Dienst erwiesen. Dadurch war ich von vornherein erst gar nicht in Versuchung, mir Illusionen zu machen, deren spätere Zerstörung ich vielleicht nicht überlebt hätte. Ich war entsetzt, diskutierte aber nicht lang über diese Mitteilung, sondern setzte sie – zum Glück – gleich in eine entsprechende Vorsicht um, die mir später noch oft zugute gekommen ist.

Vergewaltigung unter Lesben.

Ich fand bald heraus, daß sie oft in einem ganz anderen Gewand daherkommt, als frau sich das gewalttätige Klischee vorstellt. Viel leiser, unscheinbarer, unauffälliger. Zum Glück kannte ich diese mit Liebe getarnte, schleichende Form von Vergewaltigung aus meinen Ehezeiten und war so auch rechtzeitig auf der Hut davor. Aber ich habe mich oft gefragt, wie es wohl Lesben ergeht, deren Lebensweg anders aussieht, die nicht gleich von ihrer ersten Liebe desillusioniert werden und denen entsprechende lehrreiche Erfahrungen mit Männern fehlen.

Da ist zum Beispiel diese Geschichte von ihrer Ex, die mir meine Geliebte Caro einmal erzählt hat. Eine Wochenendbeziehung war das, die immer nach dem gleichen Muster ablief. Wenn die Geliebte Freitag abends kam, war klar, daß sie Sex wollte. Also ging Caro mit ihr ins Bett. Ob sie Lust hatte oder nicht. Oft sei sie dabei steif wie ein Brett gewesen, erzählt sie mir, und hätte nur mitgemacht, damit sie ihre Ruhe habe.

Ich höre ihren Bericht, und mir stellen sich die Nackenhaare auf: das klingt eindeutig nach Vergewaltigung. Warum merkt sie nicht, was sie da eigentlich sagt? Erzählt seelenruhig weiter und findet gar nichts dabei! Oh Graus! Sie weiß doch, wie es ist, (von Männern) vergewaltigt zu werden – warum checkt sie nicht, daß ihre Ex nichts anderes mit ihr getan hat? Ein Fall von Blindheit aus Liebe? Oder meint sie, daß nur Männer Gewalt ausüben? Oder erkennt sie es nicht, weil es ja sicher ›nicht so gemeint‹ war, weil mehr ›Nettigkeit‹ im Spiel war als bei den Vergewaltigungen, die sie als solche benennen kann? Oder sind es ihre eigenen Anteile, ihre Scham, ihre fehlende Gegenwehr, die den klaren Blick auf die Realitäten verhindern?

Natürlich ist es als Außenstehende leichter, klar zu sehen. Nicht zufällig nehme ich Caros Geschichte als Beispiel. Aus der Position der Zeugin oder der Beobachterin heraus ist alles immer so viel deutlicher, einfacher, eindeutiger, als wenn ich selbst in so eine Situation verwikkelt bin. Wenn verschiedene Gefühle in mir ringen: meine eigenen Bedürfnisse nach Liebe und Zärtlichkeit; mein vages Unwohlsein, das ich nicht recht deuten kann; meine Angst, sie zu verlieren …

Es ist wichtig, zu wissen, wie Lesben leider auch miteinander umgehen. Was es in der lesbischen Sexualität eben auch an Grauszonen gibt. Womit ich rechnen muß. Unwissen und Naivität sind kein Schutz. Auch beste Absichten schützen mich nicht davor, meine Liebste zu verletzen, ihre Grenzen zu übertreten, ihr mit Wohlwollen ummäntelte Gewalt anzutun. Oder selbst ungewollt in die Opferrolle zu geraten.

Die Frage ist: Was mache ich aus diesem Wissen? Wie gehe ich damit um? Vor allem: Wie gehe ich mit meiner Geliebten um?

Ich habe im Kapitel *Kontrolle und Loslassen* schon das Beispiel von Anna und Beate gebracht, die, ohne das eigentlich zu wollen, am Rand einer Grauszone miteinander schlafen. Auch im Abschnitt über Traumafolgen und Heilungsarbeit werde ich auf diese Fragen noch öfter zurückkommen. Im folgenden möchte ich erst mal (ohne Anspruch auf Vollständigkeit, einige Grundgedanken als Orientierungshilfe anbieten und außerdem auf die Frage der Verantwortung eingehen.

Das erste Grundprinzip ist das Wissen an sich. Wenn ich weiß, daß auch unter sich liebenden Lesben zerstörerische Gewaltmuster ablaufen können, so werde ich mich entsprechend vorsehen. Ich werde immer eine gewisse Aufmerksamkeit darauf richten, was zwischen mir und ihr gerade abgeht, ob ich das okay finde, und wie es mir und ihr damit geht. Ich werde lieben und doch auch gleichzeitig mich zu schützen wissen, wenn das angesagt ist. Die uns von klein auf eingetrichterte Naivität, daß der Märchenprinz / die Märchenprinzessin niemals böse ist, kann sehr gefährlich sein. Die können wir uns gar nicht schnell genug abschminken! Oder oft genug. Mit einmal Abschminken ist es ja meist nicht getan. Leider. Seufz.

Ein weiteres Grundprinzip ist, auf Grenzen zu achten. Aber was heißt das eigentlich genau? Welche Grenzen? Wie sehe, weiß, spüre, rieche ... ich die? – Die einzig zuverlässige Informationsquelle in Sachen Grenzen sind die eigenen Gefühle. Das klingt so banal einfach und hat's doch in sich. Das erste Problem ist schon mal, die Gefühle überhaupt wahrzunehmen. Da bin ich zum Beispiel Spezialistin darin. Also im Nicht-Wahrnehmen. Was mache ich in so einer Situation? Was tue ich, wenn ich meine Gefühle nicht spüre? Wenn ich in mich hineinhorchen kann, wie ich will, und da rührt sich einfach nichts? In meiner gefühlsarmen Not habe ich so lange Erfahrungen mit mir selbst gesammelt, bis ich durch detektivinsche Kleinstarbeit einigen der Umwege auf die Schliche gekommen bin, die meine Gefühle nehmen (müssen), um irgendwie in mein Bewußtsein vordringen zu können.[12] Ansonsten hoffe ich darauf, daß ein langfristiges Aufarbeiten meiner verdrängten traumatischen Gefühle und ein 24-Stunden-am-Tag-immer-lebendiger-Werden meine ganze Gefühlswelt nach und nach bunter und spürbarer machen wird.

Die Stimme unserer Gefühle kann ganz leise sein und nur ein schüchternes »Ich will das nicht« flüstern. Oder sie brüllt in heftigen körperlichen Ausdrücken psychosomatischer Art (wobei solche starken Körpersymptome meist das Auftauchen verdrängter alter Gefühle anzeigen; Gefühle, die durch aktuelle Ereignisse ausgelöst werden, sind zu frisch, um schon solche Ausdrucksformen anzunehmen). Auch ein plötzliches Verschwinden der Gefühle in einer Situation, ein Abspalten, welches das denkende Hirn plötzlich allein dastehen läßt, kann so ein Signal sein. Vor allem, wenn das Hirn dann solche Sachen denkt wie »Ich muß jetzt aber ...« und »Das geht doch nicht!« – dann kann lesbe ziemlich sicher sein, daß ihre Gefühle eigentlich genau das wollen, was laut Kopf angeblich nicht geht.

Das dritte Grundprinzip ist die Achtsamkeit. Nicht nur die Achtsamkeit für die eigenen Gefühle und Grenzen, sondern für alles, was zwischeneinander abgeht. Es sind nämlich meist ganz unscheinbare kleine Momente, in denen Gefühle übersehen oder Grenzen übertreten werden, und so die andere verletzt wird. Ich habe schon oft unter der Unachtsamkeit anderer Lesben gelitten, aber noch nie an einem Übermaß an Achtsamkeit. Frau kann also gar nicht genug aufpassen darauf, was mit ihr und um sie herum abgeht. Das ist aber nicht zu verwechseln mit einer ständigen Anspannung, einer verkrampften Überkontrolle jeder Kleinigkeit oder einem permanenten Druck. So meine ich das nicht. Achtsamkeit ist eher eine Haltung, Dinge ernst zu nehmen, statt alles Unliebsame schnellstmöglich unter den Teppich zu kehren. Eine solche Haltung bedarf keiner dauernden Anstrengung oder Wachsamkeit, sondern einer inneren Bereitschaft zum Hinsehen. Da uns die Gesellschaft eher das Gegenteil eintrichtert – nämlich tunlichst nicht so genau hinzusehen, hinzuspüren,[13] sondern lieber stumpf und dumpf zu funktionieren –, fällt es frau gar nicht so leicht, diese Bereitschaft zu entwickeln und zu pflegen. Auch die Achtsamkeit erfordert einen lebenslangen Lernprozeß.

Ein viertes Grundprinzip schließlich ist die Kommunikation. Denn es genügt natürlich nicht, wenn ich meine eigenen Grenzen erkenne. Ich muß sie anderen auch vermitteln können. Leicht gesagt, schwer getan. Vor allem im Bett! Wie viele Konflikte unter Lesben sind wohl auf Kommunikationsprobleme zurückzuführen? Außerdem sind es ja *zwei* Lesben, die sich lieben. Das heißt, daß ich nicht nur meine Grenzen vermitteln, sondern mich auch über die Grenzen meiner Liebsten schlau machen sollte. Selbst wenn mit der Verständigung alles klappt, können dann die Probleme erst so richtig losgehen. Denn da diese Grenzen nicht unbedingt zusammenpassen, sind wir schwuppdich mittendrin im Aushandeln von Wünschen und Bedürfnissen. Was gar nicht immer so leicht ist. Ist es ja mit mir selbst allein schon schwierig, widerstreitende Gefühle und Bedürfnisse zu vereinbaren. In den schwierigsten Liebesbeziehungskonflikten, die ich bisher erlebt habe, waren meist solche widerstreitenden Gefühle verwickelt. Wenn ich nämlich für mich selbst schon nicht klar habe, wo es langgeht, kann ich natürlich meinem Gegenüber auch nur Widersprüchliches vermitteln – und die soll schlau draus werden!? Wehe, wenn dann meine Liebste genauso Widersprüchliches von sich gibt. Wie sollen wir da eine Ebene finden, auf der es für beide paßt?

Je klarer ich für mich habe, was ich will und brauche, je deutlicher ich meine Grenzen und Bedürfnisse vermitteln kann, um so einfacher ist es, eine für beide Seiten wohltuende Ebene zu finden – mal wieder eins dieser schönen Patentrezepte aus dem Schlaraffenland. Die Realität dürfte ruhig öfter so sein, jaja! Aber die bewegt sich eher irgendwo zwischen dem Ideal und dem Gegenextrem, daß ein Krieg um die Bedürfnisse und Grenzen geführt werden muß, weil die eine oder andere gar nicht einsieht, irgendwelche Grenzen beachten zu sollen.

Wenn ich meine momentane Situation anschaue, finde ich es übrigens sehr spannend, daß ich mit zwei verschiedenen Lesben gerade beides gleichzeitig erlebe. Das führt mich zu der Vermutung, daß die Fähigkeiten, Grenzen mitzuteilen und zu beachten, nicht unbedingt eine individuelle Sache ist, die mir innewohnt – also etwas, das ich mehr oder weniger gut kann –, sondern eine Eigenart der zwischenlesbischen ›Chemie‹.

Verantwortung

Und wenn nun alles Wissen, alles Grenzen-Wahrnehmen, alle Achtsamkeit und alles Miteinander-Reden nichts geholfen haben und das Kind im Brunnen liegt: Wie ist das dann mit den Verantwortlichkeiten bei Verletzungen?

An dieser Stelle geraten wir in die nebligste aller Grauszonen. Einerseits werden die subtilen Formen von Gewalt, die Frauen und Lesben ausüben, gerade erst enttabuisiert und benannt. Die Literatur darüber hält sich leider noch arg in Grenzen.[14] Beim Versuch, Gewalt unter Frauen zu thematisieren, stößt eine außerdem auf vehemente Widerstände; nicht zuletzt deswegen, weil dieses Thema die Grundfesten bisheriger feministischer Ansätze zu erschüttern scheint. Der Prozeß der Aufdeckung weiblicher Gewalt ist ein unangenehmes Erwachen und bedeutet den endgültigen Abschied von der selbstschmeichlerischen Vorstellung, daß Frauen per se das bessere Geschlecht seien. Zu gerne würden wir Täterinnen entschuldigen und ihre Taten verharmlosen. Vor allem, wenn es die eigene Liebste ist. Oder gar ich selbst.

Aus diesen Gründen verschwimmt hier auch das Gefühl für Verantwortlichkeiten, weil eine ganze Menge Schuldgefühle, Illusionen, alte Verletzungen, Überlebensstrategien, blinde Flecken, Abstumpfungen und Unfähigkeiten den Blick verstellen. Trotzdem führt an den harten Tatsachen letztlich kein Weg vorbei.

Wie ist das zum Beispiel bei Caro? Ist sie mitverantwortlich dafür, daß ihre Ex sie vergewaltigte? Durch ihr Schweigen hat sich sich ja praktisch an ihrer eigenen Vergewaltigung beteiligt! Ist die Ex überhaupt verantwortlich zu machen? Schließlich hat sie ja gar nicht bemerkt, daß Caro eigentlich nicht wollte.

Um so weit wie möglich Klarheit in diese Grauszone zu bringen, benutze ich zwei verschiedene Strategien. Zum einen finde ich es immer sehr hilfreich, die Täterin durch einen Täter zu ersetzen und etwaige Antworten auf solche Fragen anhand des männlichen Täters zu prüfen. Bei einer Vergewaltigung durch Typen ist klar, daß das Argument fehlender Gegenwehr nicht zählt. Warum sollte es also Caros Ex entschuldigen? Sie hat sich ganz offensichtlich nicht die Mühe gemacht, herauszubekommen, ob ihr eigener Wille nach Sex auch dem Willen von Caro entspricht. Genauso bei folgendem Beispiel: Eine Freundin überlatscht regelmäßig meine Grenzen, indem sie mir bei Unterhaltungen körperlich näher rückt, als ich das will. Zwar weiß ich, daß sie eine Überlebende ist und ihr Empfinden für körperliche Grenzen anscheinend zerstört wurde. Das weckt bei mir Verständnis, ist aber noch lange keine *Entschuldigung* für ihr Verhalten. Natürlich kann ich von ihr verlangen, daß sie meine Bitte um mehr Abstand respektiert! Ich würde ja auch niemals die vor Gericht so gern an den Haaren herbeigezogenen mildernden Umstände für Vergewaltiger als Entschuldigung für die Tat akzeptieren von wegen, der Arme könne ja nichts dafür, weil seine Mutter ihn vernachlässigt hat und sein Vater Alkoholiker war. Ich halte es da eher mit Susanne Kappeler[15] und ihrer These, daß vor jeder Gewalttat die freie Willensentscheidung steht, Gewalt anzuwenden. In dieser Entscheidung liegt die Verantwortung für die Tat begründet. Das so weit verbreitete Leugnen dieser Verantwortung ist eine Sackgasse, die uns nirgendwohin führt.

Diese grundsätzliche Verantwortlichkeit ist leicht zu akzeptieren, solange es um eine/n Fremdtäter/in geht. Wie ist das aber mit mir selbst? Was, wenn *ich* diejenige bin, die Gewalt ausgeübt hat? Wenn ich das Gefühl habe, das war keine freie Willensentscheidung von mir, das ist mir versehentlich passiert, eigentlich wollte ich das doch gar nicht! Wenn ich an mir selbst verzweifle, weil mich meine Überlebensstrategien daran hindern, anders zu handeln als nach dem gewohnten, grenzverletzenden Muster? Wenn ich am liebsten im Boden versinken, alles rückgängig machen und meine eigene Verantwortung für meine Tat leugnen würde?! Auch ich würde in dem Moment zu gerne auf mildernde Umstände plädieren. Aber mache ich mich damit nicht wieder selbst zum Objekt, zum pseudo-hilflosen Opfer meiner eigenen Überlebensstrategien? Dabei bin ich handelndes Subjekt! Und wie ginge es erst der Verletzten damit? Sie bliebe mit ihren Gefühlen und Bedürfnissen auf der Strecke. Sackgasse. Wenn ich den Konflikt einigermaßen konstruktiv lösen und meine Tat wiedergutmachen will, muß ich als erstes dazu stehen, daß ich verletzt habe. Und dann um Wiedergutmachung verhandeln (ich versuche, mich nicht noch einmal so zu verhalten; ich erkläre, warum ich so gehandelt habe; ich sage, daß es mir leid tut ...).[16]

Das zweite Hilfsmittel für diese Grauszone ist ein klares Trennen der verschiedenen Ebenen. Zu leicht vermischen sich die Tatsachen (der konkrete Vorfall, die Grenzüberschreitung, die Verletzung, die Gewalttat), die Gefühlsebene (Verletztsein, Schmerz, Wut, Rachegelüste) und die Ebene der moralischen Bewertung der Tat (die ›Täterin‹ ist die ›Böse‹ und wird aus der Lesbengemeinschaft ausgestoßen, das ›Opfer‹ ist die ›Gute‹, mit der sich alle solidarisieren). Ich glaube, daß wir in der Auseinandersetzung mit unserer eigenen Gewalttätigkeit und mit unserer verinnerlichten Opferrolle nur weiterkommen, wenn wir lernen, diese Ebenen auseinanderzuhalten.

Vielleicht ist es auch an der Zeit, andere Begriffe als das polare Paar ›Opfer-Täterin‹ zu entwickeln. Einerseits sind diese Wörter stark vorbelastet und mit heftigen Emotionen verbunden.[17] Andererseits sind bei Konflikten unter Frauen oft beide Beteiligten in beiden Rollen. Es wird von beiden Seiten hin- und hergeschossen und -verletzt, so daß uns diese polarisierende Etikettierung nicht recht weiterbringt.

Das ist alles, was wir in dieser Grauszone von Grenzverletzungen unter Lesben tun können. Ein harter und steiniger Weg. Aber ich kenne keinen anderen. Solche Verletzungen passieren, wir können sie nicht vermeiden. Natürlich wäre es das beste, sie geschähen erst gar nicht. Noch besser wäre es, wir wären nicht alle schon so beschädigt, daß neue Verletzungen um so leichter passieren und um so katastrophalere Auswirkungen haben. Aber so ist es nun einmal. Auch sich liebende Lesben sind nicht unfehlbar. Nicht unverwundbar. Nicht unfähig zur Ausübung von Gewalt. Sehen wir den Tatsachen ins Auge.

11. Oktober

Gestern hat sie mir ihre Geschichte erzählt. Grausam. Es zerriß mir das Herz. Der Vater, der sich für seinen Nachhilfeunterricht von ihr ›bezahlen‹ läßt, dem sie alles verziehen hat und dem sie sich verpflichtet fühlt, von dem sie meint, es sei sein gutes Recht gewesen. Die herzlose Mutter, die sie mit Psychoterror schlimmster Sorte fertig macht. Ich mag sie trotzdem, sagt Ines, ich hab ja sonst keine Eltern. Und sie sei ihnen was schuldig, weil sie sie aus dem Kinderheim geholt hätten.

Ich versammelte meinen ganzen Schmerz und meine Wut über das Gehörte in die eindringlichen Worte: »Niemand darf dir weh tun. Du bist ihnen nichts schuldig. Geh da nicht mehr hin, tu dir das nicht an.«

Es war schrecklich, absolut schrecklich. Sie weinte und sagte: »Ich mag nicht mehr!«, und diese Worte zeigten so viel von der dauernden Last, die sie schleppt, das absolute Die-Nase-voll-Haben von dem Scheiß, der noch gar nicht so lange her ist. Es muß bis vor kurzem gegangen sein. Sie weinte, und schließlich schliefen wir beide erschöpft ein.

Denn zuvor hatte ICH *geweint und geschrien. So war das erst zustande gekommen.*

Ich hatte einen Fehler gemacht. Ich wollte mal wieder mein Gefühl abkoppeln auf die gewohnte Weise und zu ihr ›nett‹ sein (das Wort dafür muß aus meiner Kindheit sein!), weil sie so scharf war auf mich (und ich auch, eigentlich, aber ich wollte eine Pause gestern). Hab nicht auf mein Pause-Gefühl gehört. Und dann konnte ich meine Gefühle nicht abtrennen! Die Scherben sind wieder verschmolzen! Liebe und Sex gehören jetzt zusammen! Und so ging meine Leidenschaft mit mir durch, obwohl ich nicht darauf vorbereitet war. Und das wurde mir plötzlich zuviel. Schlagartig wollte ich nicht mehr, und ich sagte: »Aufhören!« – was sie aber nicht gleich tat. Da kriegte ich richtige Panik, vergewaltigt zu werden, und wäre fast in Lähmung verfallen, schaffte es dann aber doch noch, ihr klar zu machen, daß ich es ernst meine mit dem Aufhören. Ich hatte natürlich Angst, daß sie recht enttäuscht sein könnte, aber in ihrer knappen, treffenden Art meinte sie bloß: »Paßt schon!«

Ich erzählte von dem Vergewaltigungsgefühl, und das traf sie schon sehr. Dauernd fragte sie mich, was sie falsch gemacht hat. »Daß du nicht gleich aufgehört hast, wie ich's gesagt habe.« Etwas später dann wiederholte ich diesen Satz noch mal: »Mach das nie wieder, daß du nicht aufhörst, wenn ich es sage!«

Sie hatte mein Weinen und Schreien auf sich bezogen. Sie meinte, SIE hätte mich durch ihr Nichtaufhören so verletzt. Ich erklärte, daß das nur der Auslöser war, der Schmerz aber ein alter. Es war nur Schmerz, ohne ›Grund‹, ohne Bilder, ohne Zusammenhang. Und ich schrie diesen schrecklichen Schrei. Jenen, den ich bisher in meinem Leben erst drei- oder viermal geschrieen habe. Ich schrie ihn in ihren Arm hinein, der mich hielt, und sie hielt mich einfach nur fest und war da und es war gut. Es war so viel leichter mit ihr, es tat so gut, nicht allein zu sein. Es linderte den Schmerz nicht, aber es machte ihn erträglicher. Es war so gut, daß sie da war! Ich muß ihr das sagen heute, wie gut sie mir tut.

Es hat sie sehr geschlaucht, ich weiß nicht, ob sie sowas verträgt von mir, da muß ich mit ihr drüber reden.

14. Oktober

Wir haben beschlossen, uns nicht mehr von unseren Geschichten zu erzählen. Ihr war meines zuviel (schade, es war schön, in ihren Armen zu weinen) – und auch ich merke, daß ich ihre Geschichte nicht ertrage. Es ist anders als bei meiner letzten Geliebten. Das kommt wohl davon, daß ich jetzt aus meiner Mauer raus bin. Was Ines mit mir teilt, geht mir direkt ans Herz – ich kann mich nicht davor schützen. Es gibt da keine Bremse – außer: nichts zu erzählen und nichts anzuhören. Ich werde ihr nichts mehr erzählen. Wir sind zwei Überlebende, die sich da auf ein großes Wagnis eingelassen haben – dieser (recht große) Abstand ist sicher nicht verkehrt. Schade, aber es geht nicht anders. Und es ist okay für mich.

Wir sind auf unsere Grenzen gestoßen im Drüberlatschen. Gut. Vorsicht ist nicht meine Stärke. Dieses trial-and-error-Verfahren ist zwar schmerzhafter, aber es liegt mir besser. Also fall ich auf die Nase und registriere dann: Ah, da ist ein Stolperstein!

Die unendlichen Weiten der Landschaft

Ein Idealmodell: Das Weichbild

Ich will nun zu erklären versuchen, was ich unter den ›unendlichen Weiten der sexuellen Landschaft‹ verstehe. Dazu benutze ich Modelle und Grafiken – und muß zugeben, daß ich sie hier mit einem gewissen Unbehagen präsentiere. Eigentlich liegt mir nichts ferner, als fließendes Leben in die Schubladen irgendwelcher Systeme sperren zu wollen. Auch halte ich überhaupt nichts von einer Dreiteilung des Menschen in Körper, Seele und Geist. Und doch leistet gerade sie mir jetzt wertvolle Dienste. Mehr nicht. Ungefähr wie ich sage: *Hand* im Gegensatz zu *Fuß*, aber dabei doch vom selben Körper spreche.

Gleiches gilt für die folgenden Illustrationen. Jede beschreibt einen möglichen Zustand der Sexualität einer Frau, und doch bin ich sicher, daß keine der Darstellungen ganz genau auf irgendeine Lesbe zutrifft. In der Grundform des Weichbildes versuche ich, alle Bereiche, die zu meinem Begriff von Sexualität gehören, zusammenzufassen. Allerdings stellt diese Grundform auch eine Art Idealbild dar, das ziemlich unrealistisch ist. Darum entwerfe ich als nächstes als Gegenstück eine echte Horrorvision von zerrissener, zerstörter Sexualität. Diese beiden Extreme sollen die Pole darstellen, zwischen denen sich die Realität bewegt. Das dritte Bild wird deshalb der Versuch sein, in einer Grafik einzufangen, wie beispielsweise die Sexualität einer ›durchschnittlichen‹ Lesbe – einer Sappho wie du und ich – aussehen könnte. Solche Bilder sind immer Momentaufnahmen; der abgebildete Zustand ist nicht statisch, also nicht für immer feststehend und gleichbleibend.[1] Eine Lesbe kann sich zum Beispiel an einem Tag sehr nah am Horror-Pol fühlen – sehr isoliert und zerrissen –, am andern Tag aber genauso nah am Weichbild – harmonisch in sich ruhend und in der Umwelt verwurzelt.

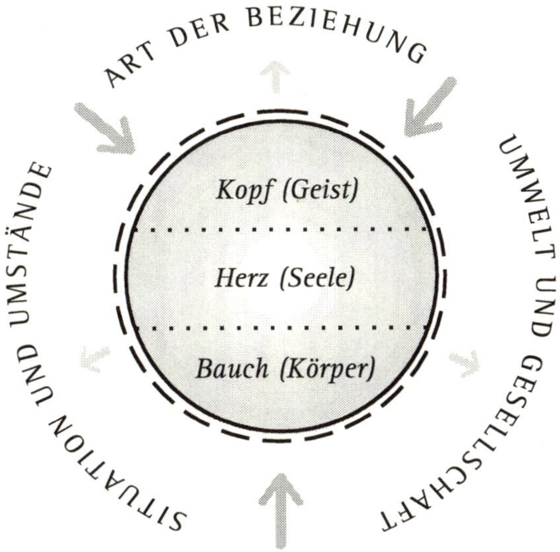

All diese Komponenten sind Bestandteile einer sexuellen Begegnung und haben einen entscheidenden Einfluß darauf, wie ich Sex erlebe: Mein Selbst mit seinen drei Dimensionen Körper, Seele und Geist (bzw. Bauch, Herz und Kopf) und die Einflüsse, die von außen auf mich wirken.

Der innere, dreigeteilte Kreis stellt also die Person dar, die eine sexuelle Begegnung erlebt. Um sie herum zeigt ein Schriftring die Außenwelt mit ihrem Einfluß auf die Sexualität dieser Frau. Der geschlossene Kreis dazwischen symbolisiert ihre Persönlichkeitsgrenzen, die sie idealerweise kennt und nach freiem Willen öffnen, zeigen oder notfalls verteidigen kann.[2] Der gestrichelte Kreis darum herum ist ihre ›Haut‹, also ihre Berührungsfläche zur Außenwelt. Eindrücke und Außeneinflüsse dringen dort ein oder können von ihr eingelassen werden, wenn sie will. Diese Einflüsse – symbolisiert von den großen, nach innen gerichteten Pfeilen – sind ihr idealerweise bewußt.

Außenwelt

Ich habe die Außeneinflüsse in die drei Gruppen aufgeteilt, die mir am wesentlichsten erscheinen: die konkrete Situation, in der die Begegnung stattfindet; die Art der Beziehung, die mich mit meiner Geliebten verbindet; sowie sämtliche gesellschaftliche Einflüsse, die in der Situation eine Rolle spielen – von unser beider Lebensgeschichten bis hin zu (von ihr und mir verinnerlichten) gesellschaftlichen Normen und Werten. Frau / Lesbe hat selbst die Möglichkeit, auf diese Außenfaktoren Einfluß zu nehmen – zum Beispiel in Form von Gesprächen mit der Geliebten (= Einfluß auf die Art der Beziehung), Veränderung der konkreten Situation (= Einfluß auf die momentanen Umstände) oder politische und gesellschaftliche Aktivitäten, wie Outing-Aktionen, Demos wider die Gewalt gegen Frauen oder Engagement in Lesbenprojekten (= Einfluß auf gesellschaftliche Gegebenheiten). Diese persönlichen Einflußmöglichkeiten werden von kleinen, nach außen gerichteten Pfeile angezeigt. Da sie kleiner sind als die Wirkungen der Außenwelt auf eine selbst, sind auch die Pfeile kleiner gezeichnet.

Innenwelt

Die drei Bereiche in der ›Innenwelt‹ der Lesbe bezeichne ich nur äußerst ungern als ›Körper, Seele und Geist‹, wie diese ›menschlichen Grundbestandteile‹ in der patriarchal-humanistischen Tradition üblicherweise heißen. Lieber verwende ich die Wörter ›Bauch, Herz und Kopf‹, die mir emotional wärmer und geistig näher erscheinen. Durch die Doppelbezeichnung wird deutlich, daß diese Bereiche nicht so strikt zu trennen sind, wie die humanistischen Begriffe vorspiegeln, daß sie vielmehr in einer intensiven Wechselwirkung zueinander stehen und die Grenzen zwischen ihnen eigentlich fließend sind. Herz und Kopf sind ja *auch* Teile des Körpers! Außerdem gibt es hierzu einige spannende Erkenntnisse der Medizin und Biologie, die für meine Überlegungen zum Erleben von sexueller Lust äußert interessant sind:

> »Die Organe und das Immunsystem des Körpers besitzen nicht nur Rezeptoren für die neurochemischen Prozesse des Denkens und Fühlens, *sie können diese chemischen Stoffe* (die sogenannten Neuropeptide, das sind Botenstoffe für die Kommunikation von Gehirn und Organen) *auch selbst produzieren.* Das bedeutet also, daß der gesamte Körper Gefühle wahrnimmt und ausdrückt, mit anderen Worten, sämtliche Körperteile können ›denken‹ und ›fühlen‹. [...] Gedanken, Gefühle und Gehirn kommunizieren direkt mit dem Immunsystem, dem Nervensystem und dem endokrinen System und den Körperorganen. Darüber hinaus sind aber all diese Körpersysteme, die normalerweise getrennt untersucht und behandelt werden, tatsächlich Aspekte desselben Systems. Da Gebärmutter, Eierstöcke, weiße Blutkörperchen und Herz genau die Chemikalien produzieren, die das Gehirn zum Denken braucht, stellt sich die Frage, *wo der Geist im Körper angesiedelt ist.* Die Antwort lautet: *Im ganzen Körper.*

Das Konzept des ›Geistes‹ muß also beträchtlich erweitert werden. Man kann den Geist begrifflich nicht mehr länger auf das Gehirn oder den Intellekt beschränken; er existiert in jeder Zelle des Körpers. Jeder Gedanke, jedes Gefühl, hat ein biochemisches Äquivalent. [...] Geist und Seele durchdringen den ganzen Körper in einem Maße, das weit jenseits dessen liegt, was der Verstand erfassen kann. Die innere Stimme spricht nicht zuerst durch den Verstand, sondern durch die Gefühle und das Körperwissen zu uns.«[5]

Ich verwende also nur behelfsweise das Wort *Bauch* als Bezeichnung der körperlichen Dimension. Zum Körper könnte außerdem der Bereich des Gedächtnisses gerechnet werden. Zumindest das sogenannte *Körpergedächtnis*, das vor allem für tief eingeprägte Verhaltensmuster, lang zurückliegende Erfahrungen und für Verdrängtes zuständig ist. Es ist eine Erkenntnis neuester Zeit, daß Erinnerungen im Körper verankert sind.[3] Bisher konnte sich diese Einsicht leider nur in Teilen der alternativen Heilkunde durchsetzen. Ich denke, wenn Allgemeinmedizin und Psychologie diese Erkenntnis erst einmal auf breiter Ebene akzeptieren, wird sich einiges verändern! Zum Bereich des Körperlichen zähle ich auch die Eigenschaft, Sprachrohr für den seelischen Bereich zu sein: Der Körper ist der *Mund des Herzens*.

Unter *Herz* verstehe ich die Seele, die Psyche, den emotionalen Bereich. Hierher gehört die Fähigkeit, Zuneigung zu empfinden, Geborgenheit, Angst, Haß und so weiter, also überhaupt alle *Gefühle*. Dies ist auch das ›Sinnesorgan‹, das Intimität und Nähe wahrnimmt. Bei manchen sitzen diese Gefühle vielleicht eher im Bauch.

Am schwierigsten zu definieren ist der *Kopf*. Dazu gehört zum einen der Verstand, der in seinen Möglichkeiten ja sehr weit gefaßt ist. Das *Verstandesdenken* oder die Kognition (der humanistische ›Geist‹) leistet tausenderlei verschiedene Aufgaben: vom automatisch ablaufenden Alltags-Denk-Geratter über die intellektuelle Kopfarbeit bis hin zur Funktion einer ›Kommandozentrale‹, in der unendlich viele Informationen aus allen Sinnes- und Körperorganen eintreffen und verarbeitet werden. Zum Beispiel wird hier aussortiert, welche Sinneseindrücke ins Bewußtsein vordringen dürfen und welche nicht. Des weiteren gehört zum Begriff ›Kopf‹ das *Wissen*. Das ist sozusagen der Vorratsspeicher, aus dem (nicht nur) das Verstandesdenken schöpft. Außerdem gibt es da noch die schwerer faßbaren Bereiche. Einer davon ist die *Intuition*, die bei zwischenmenschlichen Beziehungen und sexuellen Begegnungen eine wichtige Rolle spielt. Auch Phantasie und Träume werden üblicherweise im ›Kopf‹ angesiedelt. Im Prinzip ist der Begriff ›Geist‹ für mich, bildlich gesprochen, nach oben offen: So wie ein Großteil der Gehirnzellen überhaupt nicht benutzt wird, aber auf einen großen, zusätzlichen Raum ungenutzter Möglichkeiten hindeutet, so existieren auch im geistigen Bereich sehr viele Möglichkeiten, die kaum genutzt werden. Träumen tun noch die meisten Menschen. Einige wenige meditieren oder üben sich in Tiefenentspannung. Vielleicht kennen sie die berühmten Alpha-Wellen-Zustände. Aber darüber hinaus? So wie sich unser Körper in einer Umwelt bewegt, deren Erfaßbarkeit für uns letztlich in den unbekannten Weiten des Kosmos entschwindet, hat auch unser Geist Möglichkeiten, die zwar für uns nicht mehr faßbar, aber nichtsdestotrotz vorhanden sind. Da für mich Sexualität sehr viel mit nicht-alltäglichen Bewußtseinszuständen zu tun hat, sind auch diese schwer greifbaren und schlecht zu beschreibenden Bereiche für dieses Buch von Bedeutung. Und irgendwie sollte frau doch wenigstens mal davon gehört haben – für den Fall, daß ihr eine Spiri-Freak-Lesbe über den Weg läuft und mit ihr die Kundalini-Schlange, die im Sexualitäts-Chakra schläft, aufwecken will.

Das *Bewußtsein* gehört in meinem Modell nicht zum ›Kopf‹ allein. Die bewußte Aufmerksamkeit kann nämlich ebenso bei Körpereindrücken oder Emotionen verweilen wie bei den Gedanken.[4] Die menschliche Wahrnehmung verfügt über ein ausgeklügeltes Filtersystem, das nur den geringsten Teil der Sinneseindrücke ins Bewußtsein vordringen läßt. Der Sinn dieses Filters ist, uns vor Reizüberflutung zu bewahren und uns die jeweils überlebenswichtigsten Informationen auf schnellstem Wege zur Verfügung zu stellen. Das Auge nimmt zum Beispiel Bewegungen eher wahr als ruhende Objekte, die leichter der Wahrnehmungszensur zum Opfer fallen.

Deshalb können wir davon ausgehen, daß auch beim Sex immer viel mehr abgeht, als wir bewußt mitkriegen. Daß wir also mit mehr oder minder großen Scheuklappen in unserer Weiten Landschaft wandern. Diese Vorstellung ist einerseits beängstigend, andererseits aber trostreich für alle, die beim Sex oft das Gefühl haben, etwas nicht zu können oder auf einen ganz engen Ausschnitt von möglichem Erleben eingeschränkt zu sein. Häufig ist es nur eine Frage davon, was ich zulassen, also in mein Bewußtsein einlassen kann, und nicht eine Frage tatsächlicher Unfähigkeit. Ich persönlich finde die

Vorstellung, daß ich nur meine Bewußtseinshaltung, meine Aufmerksamkeit oder meine Offenheit ändern muß, um zu erleben, was ich mir ersehne, viel weniger erdrückend als den Gedanken, irgend etwas mir völlig Fremdes ganz neu lernen zu sollen.

Was diese Erkenntnis außerdem bedeutet, möchte ich am Beispiel des ›schalen Nachgeschmacks‹ erklären. Zu den Zeiten, als ich mich mit unfähigen Liebhabern abfinden mußte und mich selbst oft lieblos behandelt habe, war mir der ›schale Nachgeschmack‹ ein ständiger Begleiter. Manch eine Frau mag ihn zum Beispiel als Folge von Selbstbefriedigung mit masochistischen Phantasien kennen. Dieser Nachgeschmack hat immer etwas Diffuses an sich. Er ist wie eine Nebelbank in der Landschaft beziehungsweise in unserem Kopf. Irgendwie ist mir unwohl, aber ich weiß weder genau, warum eigentlich, noch könnte ich beschreiben, wie sich dieses Unwohlsein anfühlt. Der Hintergrund des Gefühls ist nicht greifbar. Ich hatte doch einen Orgasmus, ich fühle mich doch befriedigt, es war doch alles ganz normal – was stimmt da nur nicht?! Offensichtlich ist irgend etwas passiert, das mir nicht gut getan und so dieses Unwohlsein hervorgerufen hat. Aber was, ist meinem Bewußtsein entgangen. Weshalb das Gefühl auch für meinen Kopf unerklärlich bleibt.

Die Realitäten aller drei Ebenen wirken, egal ob sie ins Bewußtsein vordringen oder nicht.

Auf der anderen Seite hat das Bewußtsein durchaus die Möglichkeit, die Realitäten der Ebenen zu beeinflussen. Der denkende Kopf kommentiert ja ständig unser Erleben. *Wie* er das tut, hat sehr wohl seine Wirkung. In jeder Richtung. Wir haben also Einfluß darauf, was wir denken! Wir können durch bewußte Kontrolle unser Denken verändern. Wir können über Gespräche mit unserer Liebsten abklären, ob unsere geistige ›Kommentatorin‹ auf dem richtigen Dampfer ist oder nicht.

Auch dazu wieder ein paar Beispiele mitten aus dem Leben. Wie oft mag es wohl vorkommen, daß sich blöde Mißverständnisse einschleichen, nur weil wir alle das Hirn mit dummen Sexklischees vollgesch...topft bekommen haben? Wie oft mühen sich wohl Lesben ab, ihrer Liebsten einen Orgasmus abzurubbeln, weil sie felsenfest überzeugt sind, daß sich das so gehört? Dabei will die Liebste gerade gar nicht. Oder lesbe traut sich selbst nicht, einen zu kriegen, weil die andere noch nicht so weit ist und frau ja gleichzeitig kommen muß, wenn es wahre Liebe sein soll. Ein paar klärende Worte könnten diese Mißverständnisse schnell ausräumen. Dann ändere ich meine geistige Einstellung – zum Beispiel von »Ich muß jetzt weitermachen, bis sie kommt« zu: »Nä, ich mag nich mea!« – und prompt wird sich mein ganzes sexuelles Verhalten und Erleben verändern.

Oder wir verändern die Selbstbewertung. Die Kommentatorin kann nämlich ganz schön fies sein. Sie schimpft mitunter: »Jetzt stell dich nicht so an! Bleib endlich bei der Sache! Ah, hast du schon wieder diese miesen Phantasien! So wird das nie was mit dir! Du wirst ewig ein verklemmtes Mauerblümchen bleiben, das keine mag ...« Bei so einer Stimme im Hinterkopf ist es kein Wunder, wenn die Lust auf der Strecke bleibt. Und die Geliebte wird sich *ihren* Kopf zerbrechen, was *sie* denn wohl falsch gemacht haben könnte. Dabei hat sie gegen so eine Kommentatorin überhaupt keine Chance. Aber zum Glück müssen wir diese Niedermachstimme nicht ernst nehmen. Schimpfen wir doch zur Abwechslung lieber zurück: »Ach, halt doch die Klappe!« Oder setzen wir dagegen: »Ich laß mir jetzt so viel Zeit, wie ich brauche, und *das ist okay*, kapiert!?«

Sich selber annehmen. Die Dinge stehenlassen. Abschied vom Perfektionswahn. Nett zu sich sein. Geduld mit sich haben. Nicht nur die Partnerin lieben, sondern auch sich selbst ... Auch diese Bewußtseinshaltung wird unweigerlich ihre Auswirkungen auf die anderen Ebenen haben. Plötzlich ist Platz für Gefühle, die vorher nicht da waren (besser: nicht wahrgenommen wurden). Plötzlich kehrt die Lust in den Körper zurück.

In dem Idealzustand, den meine erste Abbildung zeigt, sind die drei Bereiche Kopf, Herz und Bauch nicht voneinander getrennt, sondern stehen in engem Kontakt zueinander. Dies ist, wie gesagt, ein bißchen theoretisch und geschönt, da wohl keine ständig in einem Zustand lebt, in dem sie in gleicher Weise für ihre Gedanken, Gefühle und Körperwahrnehmungen offen ist und alle gleichermaßen auslebt. Zu den realistischeren Darstellungen komme ich anschließend. Aber vorher möchte ich noch genauer erklären, was ich in dieser ersten Grafik unter den *Außeneinflüssen* verstehe.

Umwelt und Gesellschaft

Es mag manchen an den Haaren herbeigezogen erscheinen, Einflüsse wie die soziale Umwelt und die gesellschaftliche Situation in eine Definition der lesbischen Sexualität miteinzubeziehen. Andere finden diesen Ansatz vielleicht genial revolutionär. Andere nur einfach altbekannt und selbstverständlich, nach dem Motto: »Das Private ist politisch – und umgekehrt!« Ich bin jedenfalls überzeugt von diesem Einfluß. Und wenn es schon eine alte feministische Erkenntnis ist, daß dies für jede (Hetera-)Frau gilt, so muß der Einfluß der Umwelt für Lesben – die ja allein mit ihrer bloßen Existenz schon merklich an die Ecken und Kanten dieser Gesellschaft stoßen – von um so größerer Bedeutung sein.

Zwar blieb mir selbst der zähe Coming-Out-Kampf der Pubertät erspart, mit dem andere sich jahrelang herumquälen müssen. Aber aus vielen Erzählungen weiß ich um die gruseligen Versuche vieler Lesben, entgegen ihrem eigenen Fühlen und Wissen die gesellschaftlich ›korrekte‹ Heterasexualität zu leben: Millionenfache perverse Selbstvergewaltigungen, die nur durch die gesellschaftlichen Normen verursacht wurden.

Ein anderes Beispiel für gesellschaftliche Außeneinflüsse ist meiner Meinung nach auch die große Angst vor dem ›Ersten Mal‹, die ich an vielen jungen Lesben um mich herum beobachten kann (und die bei mir selbst wohl auch untergründig am Werke war). Während die Heterojugend sich zum überwiegenden Teil geradezu gierig auf ihre sexuelle Initiation stürzt und in einer bestimmten Lebensphase fast kein anderes Thema von Interesse ist, sind Lesben oft äußerst findig darin, die lesbische Initiation tunlichst zu vermeiden. Beliebte und weitverbreitete Strategien zum Aufschub der ersten ›richtig lesbischen‹ sexuellen Begegnung sind zum Beispiel:

- Verlieben in eine Hetera oder in eine anderweitig unerreichbare Frau, und dann
- jahrelang nach ihr schmachten, statt die Vergeblichkeit des Begehrens einzusehen und Konsequenzen daraus zu ziehen.
- Gar nicht erst verlieben.
- Ein unerreichbares Bild von einer Traumfrau aufbauen und dann vergeblich nach ihr suchen.
- Sich besaufen.

Natürlich würde keine der Betroffenen zugeben, solche Strategien anzuwenden. Alle beteuern aufs Heftigste, wie sehr sie sich nach einer Geliebten sehnen und wie sehr sie nach ihr suchen und daß sie gar nichts dafür können, keine zu finden. Es ist einfach das Kaff, in dem sie leben, zu provinziell. Oder die Inseratsleserinnen wohnen alle zu weit weg, sind zu alt, zu bi oder sonstwas. Die Szene in ihrer Stadt ist zu klein, zu blöd, zu abgelascht, die Richtige nicht dabei … – es gibt tausend gute Gründe. Ich selbst verliebte mich zunächst einseitig und unerwidert. Zu meinem großen Leidwesen. Denn natürlich wollte ich als ›Spätberufene‹ in meinem fortgeschrittenen Alter jetzt endlich und schleunigst mal Sex mit einer Lesbe (daß ich vielleicht auch ein bißchen Angst davor haben könnte, davon wollte ich lieber gar nichts wissen; ist ja auch äußerst uncool irgendwie). Beim nächsten Mal hatte ich immerhin schon den Fortschritt zu verzeichnen, daß meine Liebe erwidert wurde. Zwar hatte ich dann endlich eine Beziehung, aber leider konnte ich in dieser Beziehung keine Sexualität leben. Wieder Pech gehabt! Erst mit der dritten Angebeteten schlief ich dann tatsächlich auch. Und was ging mir dabei durch den Kopf? Ich dachte: »Komisch, eigentlich müßte ich das doch seltsam finden jetzt: ich mit einer Frau im Bett – aber irgendwie kommt's mir ganz normal und natürlich vor. Als hätte ich nie was anderes gemacht. Sonderbar ...«.

Ich hätte damals zu jedem Zeitpunkt geschworen, daß ich gegen die gesellschaftliche Abwertung der lesbischen Sexualität völlig immun sei, daß ich innerlich völlig bereit sei für die lesbische Initiation und daß ich nach Kräften auf der Suche nach einer Sexualpartnerin sei, die mir nur irgendwelche dummen Umstände ständig verwehren. Aber wenn ich mir meine eigene Geschichte so ansehe, mit der anderer Junglesben vergleiche und feststelle, daß da überall gewisse Parallelen auftauchen; wenn ich mich frage, warum ich mir bei meinem ›Ersten Mal‹ Gedanken über gesellschaftliche Normen mache, wo ich doch so völlig immun bin ... Tja, ich fürchte, daß an den Theorien über verinnerlichte Homophobie (die Angst vor der lesbischen Initiation ist eine mögliche Ausdrucksform dieser ›Angst vor dem gleichen Geschlecht‹) doch etwas dran sein muß. Und daß der gesellschaftliche Einfluß wohl stärker ist, als die einzelne Gita wahrhaben will.

Die Generation junger Lesben, die jetzt in den größeren Städten heranwächst, ist die erste, die auf breiter Ebene die Möglichkeit hat, schon früh eine lesbische Identität zu finden und auch auszuleben. Dank der Infrastruktur an FrauenLesbenprojekten, die die vorherige Generation erkämpft hat, und dank ihres unermüdlichen Drängens an die Öffentlichkeit. Sie ernten quasi die Früchte von zwanzig Jahren Lesbenbewegung. Über Artikel aus dem lesbischen Mittelalter – beispielsweise die verzweifelte, isolierte Suche nach einer Partnerin, die nur über eine Kontaktannonce in Sexmagazinen möglich war (ob sich da nicht mehr Männer als andere Lesben gemeldet haben?)[6] – können die jungen Lesben heute nur noch befremdet staunen. Ich bin mir sicher, daß diese veränderte Situation auch Einfluß auf ihr Sexleben haben wird. Natürlich geht ein Mädchen, das schon als 15jährige die Möglichkeit hat, in einer Coming-Out-Gruppe Kontakte zu knüpfen und Unterstützung zu erfahren, ganz anders an die Sache ran!

Ich will hier auf den Einfluß von sozialer Umwelt (Elternhaus etc.) und Gesellschaft nicht weiter eingehen, da dieses Thema den Rahmen sprengt. Dafür möchte ich über die anderen zwei Bereiche, die ich in der ersten Abbildung dargestellt habe, noch ein paar Worte verlieren. Meines Wissens wurden die nämlich in der Sexliteratur bisher sträflich vernachlässigt.

Situation und äußere Umstände

Das klingt zunächst banal. Um zu verdeutlichen, was ich damit meine, möchte ich – wieder einmal – auf die Lesbenkrimis und auf ihre ach so idealisierten Sexszenen zu sprechen kommen. Der Einfluß der äußeren Umstände ist genau das, was dort nämlich immer wegretouchiert wird. Keine der Heldinnen muß jemals während ihrer Verführungsaktivitäten aufs Klo. Nie verklemmt sich ein Reißverschluß, ist es unerotisch kalt im Raum oder wird bei Cunnilingus (= Oralsex, Schlecken) dazwischengefurzt. Auch sonstige Peinlichkeiten entfallen ganz. Kein heißer Kuß wird durch eine unvorhergesehene Herpes-Attacke verhindert. Vaginale Infektionen und sonstige ansteckende Krankheiten sind kein Thema. Nur wir armen real existierenden Lesben sind mit solcherlei Plagen geschlagen.

Tatsächlich aber kann solch unscheinbarer Alltagskram enormen Einfluß auf das Sexleben haben. Welche kennt beispielsweise nicht das verkrampfte Verstecken vermeintlicher Schönheitsfehler (Ausziehen nur im Dunkeln, Pickel überschminken ...), und sei es als Wermutstropfen in den ansonsten rosaroten Erinnerung an ihre Coming-Out-Zeit? Wenn dann noch ein Kommunikationsproblem dazukommt, können die schönsten Irrungen und Wirrungen entstehen:

Da zieht sich eine nicht aus, weil ihr einfach kalt ist. Die andere leidet an Akne oder Neurodermitis und meint, ihrem Gegenüber gehe es genauso. Rücksichts- und verständnisvoll wie sie ist, akzeptiert sie die Klamotten stillschweigend und streichelt darunter, so gut es geht, während sie tut, als wäre nichts. Dummerweise fährt sie aber total auf den Anblick nackter Haut ab und hat voll die Sehnsucht nach dem süßen Haut-auf-Haut-Gefühl. Sie brütet eine schleichende Unzufriedenheit und Enttäuschung aus. Rücksichts- und verständnisvollerweise sagt sie das natürlich nicht und macht sich statt dessen – wie sie meint: unbemerkt – zum Ausgleich an sich selbst zu schaffen, was die andere natürlich doch bemerkt, aber rücksichtsvollerweise so tut, als merke sie nichts. Die zunächst nur unter unterkühlter Raumtemperatur Leidende zieht aus der Situation den Schluß, daß sie 1. alles falsch macht, so daß sich ihre Sexpartnerin selbst behelfen muß und 2. die andere überhaupt nicht auf sie abfährt, sie nicht attraktiv findet, sie nicht mag ... Der Frust, in dem diese fiktive Szene enden wird, ist abzusehen.

So ironisch überspitzt, mag das etwas lächerlich klingen. Aber ich bin mir sicher, daß genau solche Sachen ständig passieren.

Schwierig wird es, wenn sich die eigentlich oberflächliche und vermeintlich unwesentliche Ebene äußerer Umstände mit anderen Ebenen vermischt. Wenn, wie im obigen Beispiel, falsche Rückschlüsse im emotionalen Bereich gezogen werden, das Selbstwertgefühl oder ähnliche chronisch wunde Punkte berührt werden. Natürlich wäre Abhilfe da ganz einfach. Aber nur, wenn es gelingt, die Sachen entsprechend auseinanderzuklabüstern. Was, wie gesagt, eine einigermaßen funktionierende Kommunikation voraussetzt.

Für die ganz Spontanen und Hellwachen ist ein sofortiges Reagieren möglich. Sie hätten die obige Szene gar nicht so weit kommen lassen, sondern hätten

1. Chance: gleich anfangs gesagt, daß es kalt ist, oder
2. Chance: gefragt, ob sie sich nicht ausziehen (lassen) mag, oder
3. Chance: eigene Bedürfnisse angemeldet und gesagt, daß sie die andere nackt spüren möchte.
4. Chance: statt der eigenen die Hand der anderen zur Möse geführt oder einfach mal gefragt, was die andere sich denn jetzt wünschen würde ...

Aber da ich persönlich eher zur langsameren Sorte gehöre, ist mir so etwas leider viel vertrauter:

1. Versuch: Die inzwischen heulend im Eck sitzende Geliebte trösten und fragen, was los ist.
2. Versuch: Aus ihr herauskitzeln, daß sie sich total ungeliebt und häßlich vorkommt.
3. Versuch: Gemeinsam überlegen, wie das zustande gekommen ist.
4. Versuch: Die eigenen Anteile an dem ganzen Chaos einsehen und eingestehen, das Mißverständnis klären ...

Leider gehöre ich auch zu der Sorte, die besser schwermütig problematisieren als leichtfüßig Schwämme darüber tun kann. Bis ich den simplen Ausgangspunkt, die frostige Raumtemperatur, erreicht hätte, wäre es also ein langer Weg gewesen. Und selbst dann wäre noch nicht gesagt gewesen, ob ich die Sache wirklich mit dem Achselzukken hätte auf sich beruhen lassen, die ihr angemessen wäre.

Zwar ist die obige Situation frei erfunden, aber ich hatte da kürzlich eine ähnliche Geschichte mit einem verbrannten Toast, der von einer Sekunde auf die andere von ekstatischer Leidenschaft direkt in die totale Katastrophe geführt hat. Und tatsächlich habe ich erst ganz am Schluß – bei der heulenden Geliebten – angefangen, das Ganze von hinten aufzudröseln.

Natürlich gibt es auch den umgekehrten Fall. Statt banalen Alltagskram überzubewerten und ganz unnötig in gräßliche Krisen abzudriften, kann so was ein Aufhänger für tatsächlich vorhandene Probleme sein. Dann wäre es ein Fehler, den unscheinbaren Anlaß mit einem Achselzucken zu übergehen. Es gehören ein gewisses Einfühlungsvermögen und Fingerspitzengefühl dazu, die eine Situation von der anderen zu unterscheiden. Also zu wissen, wann ich auf Kleinkram besser einsteigen sollte und mich mal erkundigen, was denn eigentlich für ein Frust dahintersteckt, und wann besser nicht. Ich denke, die Fähigkeit dazu hängt zum einen von einer grundlegenden Bereitschaft ab, und zum anderen davon, wie gut ich meine Partnerin kenne.

Noch ein weiteres Beispiel für den engen Zusammenhang von äußeren Umständen und inneren Ebenen möchte ich erzählen. Ich habe mich einmal über längere Zeit hinweg mit einer Geliebten wechselweise ›bei ihr oder bei mir‹ getroffen. Dabei stellte ich fest, welchen Einfluß der Ort des Geschehens auf unsere sexuellen Begegnungen hatte – und zwar unabhängig von all den anderen zahlreichen Einflußfaktoren. Regelmäßig fühlte ich mich in meinen eigenen vier Wänden sicherer und wohler. Die unverhängten Fenster bei ihr waren für mich im Geiste voller hereinglotzender Nachbarn. Die unverhängten Fenster bei mir bedeuteten schamfreien Blick hinaus auf Sternenhimmel oder Sonnenschein. Unbekannte Geräusche bei ihr störten mich regelmäßig in meinen Erkundungen ihres Körpers. Unbekannte Geräusche bei mir sind selten und können von mir locker ausgeblendet werden; sie stören keineswegs meine Hingabe an andere Bewußtseinszustände. Dieses größere Sicherheitsgefühl hat merkliche Auswirkungen auf mein sexuelles Verhalten. Bei mir zu Hause bin ich regelmäßig mutiger, ergreife lieber und ungenierter die Initiative, probiere öfter Neues aus und kann mich überhaupt tiefer auf die Begegnung einlassen. Unscheinbare Ursache – große Wirkung! Selbiges gilt meiner Meinung nach für alle Aspekte, die mit der äußeren

Situation zu tun haben, von der Zyklusphase bis zum Zeitdruck. Hellhörige Wände, nervige Nachbarn, Hunger, Pickel, Mondphasen – all das gehört genauso zur Sexualität wie Einfühlsamkeit, Wissen über die weibliche Anatomie oder zärtliches Liebesgeflüster. Vielleicht bist du mit deinem Sexleben chronisch unzufrieden, und die Ursache dafür liegt einfach nur im übervollen Terminplan aller Beteiligten. Dann brauchst du keine Sextherapie und keinen Vibrator, sondern Urlaub.

Die Art der Beziehung

Beziehungen. Das ist natürlich ein Thema für Bände, nicht nur für ein paar Seiten. Darum will ich mich hier auf ein paar Punkte beschränken, die ich üblicherweise nicht erwähnt finde, die aber wichtig sind für mein Verständnis von Sexualität und um einige weitverbreitete Vorurteile zu korrigieren.

Zuerst will ich die sexuelle Beziehung von ihrem glorifizierten Sockel herunterholen und sie auf ebener Erde in die gute Gesellschaft der übrigen zwischenmenschlichen Beziehungen stellen. Damit ergibt sich eine ganze Menge Folgerungen wie von selbst. Wir sehen zum Beispiel: Aha, es gelten dieselben Regeln wie für alle Beziehungen. Kein einzelner Mensch, keine einzelne Frau kann alle meine Bedürfnisse erfüllen. Auch die gewissen wohlmeinenden Tips (z.B. zum »Anfachen des sexuellen Feuers« in Langzeitbeziehungen) – meine speziellen ›Lieblinge‹ – haben sich damit erledigt! Menschen sind Herdentiere, sprich: Beziehungswesen. Wir haben eine Menge Bedürfnisse, für deren Erfüllung wir auf andere angewiesen sind – und zwar auf *mehrere* andere, zu denen wir verschiedene Arten von Beziehungen haben. Im Hinblick auf unser Wohlergehen sind all diese Beziehungen im Grunde gleich wichtig, wenn sie im einzelnen auch unterschiedliche Schwerpunkte haben mögen. Sie stillen unsere Grundbedürfnisse nach Nähe, Zuneigung, Akzeptanz, Bestätigung, Sicherheit und Unterstützung.

Die Grenzen zwischen den verschiedenen Beziehungsformen sind fließend. Was erst eine Geliebte war, ist heute eine Freundin. Was erst eine Freundin war, ist heute eine Geliebte. Die Traumfrau meines Lebens ist heute nur noch meine Ex, und ich habe sie völlig aus den Augen verloren. Die lose Bekanntschaft von der Schulbank hält noch heute. Meine beste Freundin sehe ich nur ein-, zweimal im Jahr, aber wir sind uns sofort wieder nahe, wenn wir uns sehen; sie kennt mich besser, als mich meine Liebste kennt. Oder auch: Meine Beziehungswelt ist fein säuberlich geordnet: Ich habe nur eine sexuelle Liebesbeziehung – und die seit zwanzig Jahren – und mehrere Freundinschaften unterschiedlicher Intensität. Und all diese Frauen sind mir verdammt wichtig.

Ich verwende den Begriff ›Beziehung‹ in einem weiteren Sinne als dem üblichen, bei dem ausschließlich die monogame Zweierkiste mit Ehevertrag und Lebensversicherung gemeint ist. Unter der Beziehung verstehe ich einfach die zwischenmenschliche Verbindung, das Verhältnis zueinander. Das ist zunächst völlig wertfrei gemeint. (Das Wort ›Verhältnis‹ zu verwenden, wäre wohl noch mißverständlicher.) Auch Abneigung oder Gleichgültigkeit sind eine Form von Beziehung, die ich zu einer anderen Lesbe haben kann. Eben keine Beziehung zu einer zu haben, ist in diesem Sinne ebenfalls eine Art von Beziehung. Für meine Zwecke sind aber eher die Beziehungen im ›Sympathiebereich‹ von Bedeutung – vorsichtig formuliert.

Die Literatur zur sexuellen Gewalt bezieht sich leider fast ausschließlich auf ›Zweierkisten‹. Speziell in den US-amerikanischen Büchern geht mir die unhinterfragte Idealisierung der (monogamen, oder zumindest eheähnlich-lebenslangen) Zweierbeziehung gewaltig auf den Keks. Meist geschieht das sehr subtil-untergründig, was das Ganze nur noch schlimmer macht.[7] Wenn das Buch aus Heterozusammenhängen stammt, ist so eine Fixierung ja noch verständlich. Warum diese Idealisierung aber auch von lesbischen Autorinnen unhinterfragt übernommen wird, ist mir nach wie vor schleierhaft. Bei nahezu jedem Aufsatz über Sex- und Beziehungsprobleme ist der oberste Tenor – äh, Sopran, meine ich natürlich – der, daß um jeden Preis alles getan werden muß, um die Beziehung zu retten, aufrechtzuerhalten, zu verbessern, zu beleben, einzurenken, zu harmonisieren ... Wenn ich zuviel dieser Aufsätze lese, komme ich mir mit meinen Vorschlägen, sich vielleicht doch manchmal mit gewissen unerfüllten Bedürfnissen an eine andere Geliebte zu wenden, wie eine höchst mutige und revolutionäre Ketzerin vor – dabei ist das doch nur ein naheliegender und selbstverständlicher Gedankengang.

Bei mir sitzt die Zweierkiste jedenfalls nicht auf dem hohen Roß und ist auch weder vergoldet noch verrosarotet, weder unfehlbar noch unantastbar. Für mich sind verschiedene Formen von Beziehungen prinzipiell gleichwertig. Um einzuschätzen, ob eine Beziehung für die Beteiligten wohltuend und förderlich ist, orientiere ich mich an anderen Werten als der ›sexuellen Treue‹. Eine kurze Affäre ist für mich völlig okay, wenn sie auf gegenseitigem Einverständnis beruht.

Nicht in Ordnung finde ich Unfairneß, Lügen, Vorspiegelungen falscher Tatsachen, Mißachtung, Grenzverletzungen. Eine jahrelanges totes Nebeneinanderherleben, in dem sich nichts mehr bewegt, finde ich persönlich gruseliger als einen ehrlichen One-Night-Stand. Meine Werte sind Ehrlichkeit und gleichwertige Absprachen ohne Ausüben von Druck oder Ausnutzen von Machtgefällen.[8]

Ebenso ist für mich nicht der Grad an Nähe ein Maßstab für Beziehungs-›Qualität‹, sondern der Grad der Übereinstimmung. Nicht ›Je näher um so besser‹ (nach dem Motto: Verlieben, Zusammenziehen und Klamotten wie Gedanken miteinander teilen), sondern ›Hoffentlich die gleichen Vorstellungen davon, wie nah es sein soll – oder eben nicht‹. Wieviel Nähe ich bei einer sexuellen Begegnung zulasse und wie weit ich mich auf eine andere Frau einlasse, sollte ja wohl eine freie Willensentscheidung sein, und nicht dem Diktat irgendwelcher Beziehungsnormen folgen (»Wenn ich mit einer schlafen will, muß ich ihr meine ganze Seele und mein ganzes Sein rückhaltlos ausliefern.«). Das ›Gelingen‹ einer Beziehung oder einer sexuellen Begegnung hängt nicht am Austausch von Verlobungs-Doppeläxten oder am Vierundzwanzigstundenamtagaufeinanderkleben.

Außerdem soll an dieser Stelle erwähnt sein, daß die Glorifizierung von Verliebtsein eine kulturelle Größe ist, die nicht unbedingt den gesellschaftlichen Stellenwert haben muß, den sie in unserer westeuropäischen weißen Kultur hat. Nicht nur Jane Rule bezeichnet Verliebtsein in ihrem Buch *Outlander* als Krankheit, die es zu überwinden gilt. Auch die alten GriechInnen sollen angeblich dieser Ansicht gewesen sein. Hätte ich damals einer Nachbarin erzählt, daß ich mich verliebt habe, hätte sie mich bedauernd angesehen und mir baldige Besserung gewünscht.

EIN NEGATIVEXTREM: DIE HORRORVISION

Jetzt will ich den Gegenpol zum idealen Weichbild entwerfen: eine Art Horrorzustand lesbischen Seins mit einem Maximum an Zerrissenheit und Isolation. Auch der ist ein Extrem, das wohl nicht sehr realistisch ist. Zumindest hoffe ich, daß nicht allzu viele dauerhaft in so einem Zustand leben müssen. Die Realität liegt wohl im Dazwischen …

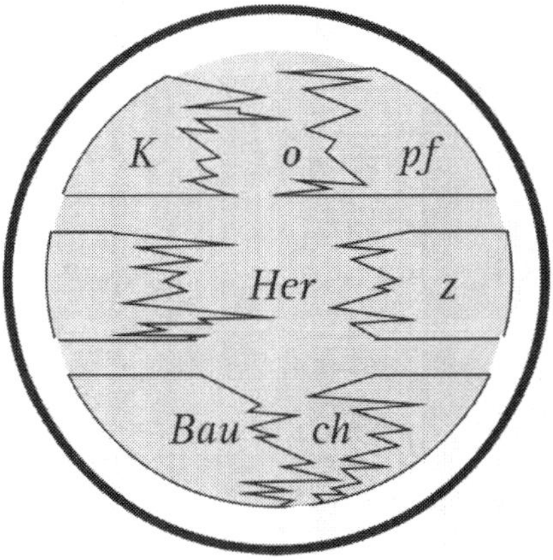

Auch in dieser Grafik stellt der innere Bereich die Persönlichkeit der Lesbe dar. Der dicke schwarze Ring darum herum ist eine Mauer, die jeglichen Kontakt zur Außenwelt verhindert. Es können keine Außeneinflüsse eindringen, und auch die Lesbe selbst kann sich nach außen hin nicht zeigen.[9] Es ist ihr nicht klar, wie sehr sie von ihrer Lebensgeschichte, ihrer Umwelt, Kultur, Schicht, Religion, Körperlichkeit usw. bestimmt ist. Ein Selbstausdruck ihrer Persönlichkeit ist nicht möglich, sie wird in ihrem Wesen von niemandem wahrgenommen und berührt. Sie kann keinen wirksamen Einfluß auf ihre Umwelt ausüben. Zu zwischenmenschlichen Beziehungen ist sie nicht fähig.

Im Inneren ist sie völlig zerrissen. Kopf, Herz und Bauch haben den Kontakt zueinander verloren. Aber auch die einzelnen Bereiche selbst sind in Bruchstücke zersplittert, die nichts mehr miteinander zu tun haben. Das Bewußtsein kann – als Dimension, die praktisch quer zu den Ebenen Kopf, Herz und Bauch liegt – idealerweise alle Bereiche wahrnehmen, im zersplitterten Extremzustand aber nur einzelne ›Scherben‹, und auch das zeitlich versetzt, eine Scherbe nach der anderen. In diesem Fall bleibt das Ganze unzusammenhängend und zerstückelt. Zwischen den einzelnen Bewußtseinsfetzen kann kein Zusammenhang aufgebaut werden. Ein imaginäres Protokoll des Bewußtseins könnte so zum Beispiel lauten: »Ich spüre Kopfschmerzen. – Schnitt. – Ich denke an meine Arbeit. – Schnitt. – Mir ist kalt. – Schnitt. – Ich schreibe meine Einkaufsliste. – Schnitt. – Irgendwie fühle ich mich unwohl, weiß aber nicht, warum. – Schnitt. – Ich nehme eine Kopfschmerztablette.«

Was hat das Ganze jetzt mit Sexualität zu tun? Ich versuche einmal, in zwei Beispielen einen Eindruck davon zu vermitteln, wie sich ein solcher Zustand des eigenen Selbst im Bereich der Sexualität auswirken kann: Es könnte sein, daß diese Lesbe Sexualität überhaupt vermeidet. Vielleicht, weil sie aufgrund ihrer Zerrissenheit ihre sexuellen Bedürfnisse gar nicht wahrnimmt. Das Bewußtsein dringt – aus welchen Gründen auch immer – niemals so weit vor. Dann ist es klar, daß sich diese Frau als asexuelles Wesen empfinden wird. Oder sie beteuert, daß ihr Sexualität nicht wichtig ist und daß sie leicht und gerne darauf verzichten könnte.

Der schwarze Ring, also die Mauer zwischen Innen- und Außenwelt, bedeutet nicht, daß überhaupt keine Sinneswahrnehmungen eindringen. Vielmehr heißt es, daß die Lesbe nicht in ihrem Wesen berührt wird, daß sie nicht wirklich zu erreichen ist und nichts an sich heranläßt. Es kann sehr wohl sein, daß sie in eine Situation gerät, in der sie weiß, daß von ihr sexuelles Verhalten erwartet wird und sie sich dann entsprechend benimmt.

Auch diese Version wäre denkbar: In einem Moment wird ihr das sexuelle Bedürfnis ihres Körpers bewußt. Schlagartig überfällt sie tierische Geilheit, und sie vernascht auf das Leidenschaftlichste ihre Geliebte. Aber auf der emotionalen Ebene bleibt sie dabei wie tot. Ihre Partnerin hat den dumpfen Eindruck, mit einer Zombiefrau zu schlafen. Danach ist für die Lesbe die Begegnung vorbei und vergessen, als hätte sie nie stattgefunden. Das sexuelle Erlebnis hat keine Bedeutung, weil sie nicht in ihrem Wesen davon erreicht und berührt wurde.

Ich habe im Abschnitt über die *Ethik* bereits erklärt, warum ich von Zerrissenheit spreche und die Bilder von *Scherben*, *Fetzen* und *Einzelteilen* benutze. Hier ist nun das konkrete Bild einer von patriarchaler Gewalt zersplitterten Frau. Ihre Spaltungen können sich auf verschiedene Arten auswirken; zum Beispiel so: Charakteranteile, die nicht dem gängigen Rollenbild entsprechen, werden sanktioniert, bestraft, verleugnet, totgeschwiegen oder lächerlich gemacht. Durchsetzungsvermögen, Unabhängigkeitsstreben, Ehrgeiz, Stärke gehören ebenso zu den ›unerwünschten‹ Eigenschaften wie selbstbewußte Sinnlichkeit oder Frauenliebe. So wird die Frau daran gehindert, diesen Teil ihrer selbst auszuleben. Sie muß ihn unterdrücken, verdrängen, sublimieren oder sonstwie von sich abspalten, um Anerkennung und Unterstützung zu erhalten. Und schon geht der erste Riß durch ihre Seele. Damit sind diese Eigenschaften und Gefühle in einen Bereich verschoben, der vom Bewußtsein nicht mehr erreicht werden kann. Sie entwickelt ein Selbstbild von sich, das eine angepaßte, brave, sich mit allem geduldig abfindende Frau zeigt – und merkt nicht einmal, daß dieses Bild mit ihrem wahren Selbst reichlich wenig zu tun hat. Denn natürlich sind die unerwünschten Anteile nicht weg, sondern sie entwickeln wie Untergrundkämpferinnen in den Tiefen der Verdrängung alle möglichen Wirkungen und Folgen.

Ein anderes Beispiel: Brutale körperliche Gewalt – wie Prügel in der Kindheit oder Vergewaltigung – zwingen dazu, sich vom eigenen Körperempfinden zu distanzieren, um den Schmerz aushalten zu können. Wieder ist eine Spaltung geschehen. Zwar erfüllt sie beim Erträglichmachen des Schmerzes einen guten Zweck. Auf der anderen Seite ist diese Überlebensstrategie aber beim Genießen von Lust sehr hinderlich.

Inzwischen wissen wir, daß eine solche Zersplitterung des Ichs bis zur Entwicklung einer sogenannten multiplen Persönlichkeit gehen kann – einem Nebeneinander von Scherbenidentitäten, die keinen Kontakt mehr untereinander haben, obwohl sie sich denselben Körper teilen.[10]

EINE SAPPHO WIE DU UND ICH

Wohin eine die Wanderungen durch die Weite Landschaft ihrer Sexualität führen, hängt vom momentanen Zustand ihrer gesamten Persönlichkeit ab und von ihrer ganzen Lebenssituation. Das Idealmodell und die Horrorvision sind die Pole, zwischen denen sich die ganze Bandbreite lesbischen Daseins und lesbischer Sexualität aus der Sicht der einzelnen Lesbe entfaltet und bewegt. Vor allem bewegt. Denn dieser Zustand kann von Augenblick zu Augenblick wechseln. Oder eine Lebensphase kann stark von einem bestimmten

Zustand geprägt sein, bevor durch eine Weiterentwicklung der Persönlichkeit ein ganz anderer Grundzustand bestimmend wird. Ich denke mir, daß es im gesamten Spektrum aller Möglichkeiten für jede Lesbe einen Bereich gibt, in dem sie sich wohl und heimelig fühlt und in dessen Beschreibung sie sich wiederfindet. Von diesem Grundzustand aus erlebt sie wohl auch Abstecher in Richtung beider Pole, pendelt aber im Endeffekt immer um einen ähnlichen Punkt. Mal fühlt sie sich runder, harmonischer, bewußt und mehr in sich ruhend; mal zerrissener, unruhiger, verdrängender als sonst.

Leider ist es unmöglich, für alle denkbaren Zwischenzustände Beispiele zu beschreiben, da die Möglichkeiten unendlich sind. Ihren eigenen Zustand zu beschreiben, bleibt jeder Leserin sozusagen als Knobelaufgabe selbst überlassen. Ich hoffe, daß das folgende, willkürlich herausgepickte Beispiel die Kombinationsmöglichkeiten meiner Elemente anschaulich zeigt. Hiermit erfinde ich eine Sappho, der es so geht:

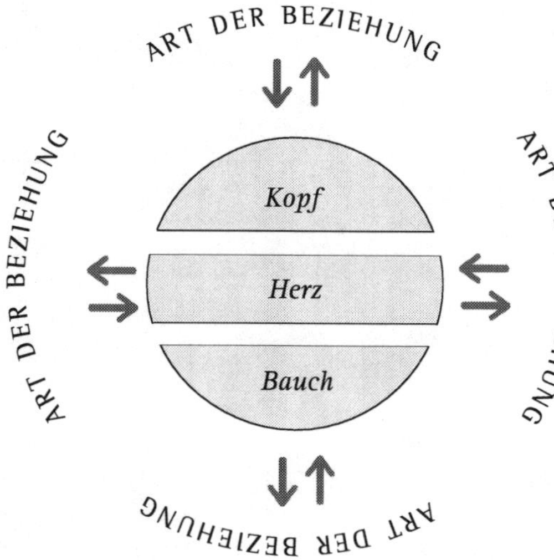

Innenwelt
Wie wir sehen, ist diese Sappho heutiger Tage vor patriarchalen Schäden nicht verschont geblieben: Ihr Zustand zeigt eine gewisse Zerrissenheit der Persönlichkeit. Bauch, Kopf und Herz haben sich – gemessen am harmonischen Ideal – auseinanderbewegt. Das Denken bezieht nicht mehr automatisch die Bedürfnisse von Seele und Kör-

per mit ein. Manifestationen von seelischen Gefühlen im Körper werden nicht mehr als solche erkannt, sondern – persönlich distanziert – als Mißfunktion oder Krankheit abgelehnt und behandelt. Körperbedürfnisse nimmt sie oft nicht ernst und ordnet sie anderen Dingen unter, wie beispielsweise äußerlichen Sachzwängen oder dem beruflichen Ehrgeiz. Das eigene Ich erlebt sie als zwiespältig; es überwiegt ihre Überzeugung, daß die eigenen Gefühle wenig mit dem eigenen Denken und das alles wenig mit dem eigenen Körper zu tun hat. Leicht gerät dabei das Gleichgewicht der drei Bereiche aus dem Lot. Je nachdem, welchen Charakter unsere Sappho hat, werden einzelne Bereiche von ihr überbewertet: sie lebt entweder sehr verkopft oder unheimlich gefühlsbetont oder verbringt all ihre Freizeit mit Körperpflege, Sport und der Gestaltung ihres Aussehens.

Im Vergleich zur Horrorvision ist Sappho relativ ›ganz‹; das Ausmaß ihrer Zersplitterung hat Grenzen. Das bedeutet, daß sie ihren Körper durchaus noch im Ganzen wahrnimmt und nicht für einzelne Bereiche davon kein richtiges Gefühl mehr hat. Entsprechend leidet sie weder an chronischen Verspannungen noch an Durchblutungsstörungen oder Ischias. Emotionale Gefühle können sich im seelischen Bereich ungehindert bewegen: Sie sind nicht aufgeteilt in solche, die zugelassen werden, und welche, die verdrängt werden. Auch dürfen sie spontan auftauchen und werden ausgedrückt. Diese Sappho kann lachen und weinen. Im geistigen Bereich hat sie Platz für Träume und Visionen, sie benutzt ihren Verstand auf verschiedenste Weise, erfreut sich ihres Wissens, ihr Gedächtnis ist kein Sieb und sie ist offen für Intuitionen, auch wenn sie einen gefühlsmäßigen Eindruck nicht mehr mit einer bestimmten Intuition oder bestimmten Gedanken in Verbindung bringen kann und auch nicht bemerkt, daß beides mit einem bestimmten Körpergefühl in Verbindung steht. Es fällt ihr beispielsweise nicht auf, daß sie immer beim Gedanken an ihren Bürojob die Schultern hochzieht und sich verkrampft. Oder daß ein Zusammenhang besteht zwischen ihrem Zyklus und gewissen Stimmungslagen. Sie merkt nicht, daß sie immer zur Menstruationszeit aggressiv und gereizt wird oder auch besonders nähebedürftig.

Außenwelt

Die arme Sappho von heute lebt in einer gewissen Isolation. Zwar hat sie keine Blockaden, die das Berührtwerden von außen verhindern würden. Aber sie leidet unter einer Verzerrung ihrer Wahrnehmung: die Einflüsse der Gesellschaft und der äußeren Umstände auf ihr

Wohlbefinden und auf ihre Sexualität spielen für sie keine Rolle. Statt dessen sieht sie einzig und allein die Bedeutung ihrer Beziehung(en) für sich selbst. Natürlich wird sie diese Bedeutung entsprechend überbewerten. Sappho würde sich an die Stirn tippen, wenn du zu ihr sagst, ein bißchen politisches Engagement oder Pflege von nichtsexuellen Freundinschaften täte ihr gut. Statt dessen wird sie jammern, daß all ihr Unglück in ihrem Single-Dasein begründet liegt, und fände sie nur die Richtige, dann wäre alles gut. Immerhin ist sie – im Vergleich zum Horrorextrem – nicht völlig eingebunkert und guten Argumenten durchaus zugänglich. Aber natürlich nur, wenn sie von ihrer Beziehungspartnerin kommen. Aus dieser Richtung ist die gute Sappho nämlich leicht beeinflußbar, fehlen ihr doch Persönlichkeitsgrenzen, die sie notfalls vor solchen Einflüssen von außen schützen könnten. Ihrer Liebsten zuliebe tut sie wirklich alles, sie glaubt ihr alles, verzeiht ihr alles. Wahrscheinlich stellt sie sie sogar auf einen Sockel und kommt sich daneben klein und mickrig vor.

Diese Sappho ist, wie gesagt, nur *ein* denkbares Beispiel für eine konkrete Frau zwischen den beiden Polen, eine Lesbe wie du und ich. Dann gibt es da sicher auch noch die unheimlich engagierte Politlesbe, die vor lauter Aktionismus sowohl die Pflege ihrer Beziehungskiste vergißt, als auch das Ruhebedürfnis ihres Körpers oder ihrer Seele. Zwischen deren Kopfebene und den anderen beiden (Herz und Bauch) klafft vermutlich eine ziemlich Lücke. Dafür wäre der Pfeil, der von ihrem Kopf auf die gesellschaftliche Umwelt ausgeht, überdimensional dick. Oder die Neurotikerin, die ihr Schlafzimmer erst blitzeblank stäubchenfrei geputzt haben muß, bevor sie mit einer ins Bett gehen kann. Ihr Wohlbefinden hängt einseitig an der perfekten Umgebung. Oder die Waagerecht-Zersplitterte, deren Kopf-Körper-Herz-Koordination noch fit ist, die aber innerhalb dieser Ebenen Brüche hat: Sie weiß, daß sie ihre Liebste geistig-seelisch-körperlich rundum begehrt, aber will sich keinesfalls auf irgendwelche Verbindlichkeiten oder Abhängigkeiten einlassen, weil sie ausschließlich ihr Autonomiebedürfnis lebt und ihre Sehnsüchte nach dauerhafter Nähe und Sicherheit (Herz), nach häufiger Zärtlichkeit (Körper) und nach geistigem Austausch auf sehr persönlich-intimen Niveau (Kopf) völlig abgespalten hat.

Und wo finde ich dich?

Wenn ich das frage, muß ich fairerweise auch mich selbst hierher malen. Oder zumindest eine Momentaufnahme von mir. Puh, gar nicht so einfach. Irgendwas in der Richtung könnte vielleicht hinkommen:[11]

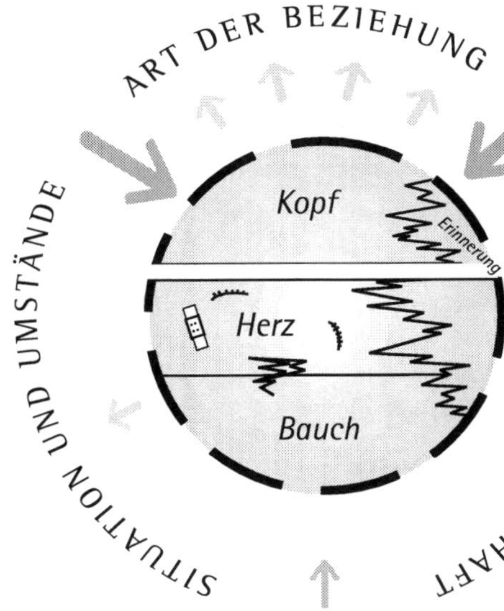

2 x 3 = 9 DIE DIMENSIONEN SEXUELLEN ERLEBENS

Die Feststellung, daß Sexualität in den drei Bereichen Körper, Seele und Geist erlebt wird, erscheint auf den ersten Blick ziemlich platt. Aber machen wir uns klar, daß sicher an die 98% aller Darstellungen von Sex sich auf den rein körperlichen Ausschnitt beschränken! Was bedeutet das? Eines ganz gewiß: eine Menge Mißverständnisse! Denn wir sind unwillkürlich von dieser ständigen einseitigen Verzerrung beeinflußt. Die erste, unzensierte Assoziation zum Wort Sex wird mit Sicherheit immer so etwas sein wie das Bild zweier nackter, ineinander verschlungener Körper. Zum Stichwort Sexbuch fällt uns als erstes ein Katalog anatomischer Beschreibungen und gymnastischer Übungen ein. Dazu gehört natürlich die entsprechende Zielgerichtetheit und Orgasmusfixierung, die der Zweck der Gymnastik und Verschlingung ist. Lesbischer Sex, das sind zwei nackte Frauen, die sich gegenseitig die Genitalien stimulieren, um zum Orgasmus zu kommen. Ist das nicht eine unheimlich reduzierte, einseitige, klischeehafte, unrealistische – um nicht zu sagen: widerliche – Perspektive?

Leider braucht jeder Schritt weg von dieser Verzerrung und hin zu einer realistischeren Anschauung eine bewußte Anstrengung. Die einseitige Überbetonung des Körperlichen ist so eine Art Trägheitsgesetz der Sexualität: Wenn keine Gegenkraft wirkt, landet alles scheinbar automatisch dort. Lade ich eine Lesbe zu einer sexuellen Begegnung ein, muß ich folglich immer damit rechnen, daß sie das zunächst als Aufforderung zum oben erwähnten Gymnastikprogramm auffaßt. Dieses Trägheitsgesetz erklärt auch, warum der Ausspruch: »Du willst nur Sex!« unter Lesben meist abfällig verwendet wird und gleichbedeutend mit einer moralischen Verurteilung ist. Bei geradegerückter Perspektive ist dieser Satz ziemlich sinnlos. Was soll das ›nur‹ bedeuten? Gehe ich davon aus, daß eine Einladung zu einer sexuellen Begegnung immer auch ein Ausdruck von Zuneigung (Herz) ist und von ehrlichem Interesse an der anderen Person (Kopf), kann ich die Aussage: »Ich will Sex mit dir« nur als Kompliment und Nettigkeit verstehen. Als das Versprechen, daß die andere mir nahe sein will und bereit ist, mit mir den Tanz des Sichteilens zu versuchen. Wunderbar! Im Gegensatz dazu setzt die abfällige Bemerkung »Du willst ja bloß Sex!« eine patriarchale Aufspaltung der eigenen Persönlichkeit voraus, in der die Körpergymnastik isoliert ist und nichts mehr mit Gefühlen oder geistiger Aufgeschlossenheit zu tun hat.

Wenn ich mich einer Lesbe nähere in der Absicht, sie zur Sexualität einzuladen, bin ich mir dieser Dinge bewußt. Meine ersten Schritte zielen deshalb sehr oft darauf, die Bedeutung der körperlichen Dimension in ihre Schranken zu weisen und den anderen Dimensionen den ihnen gebührenden Platz einzuräumen. Zum Beispiel, indem wir uns erst darüber austauschen, wie es denn jeder gerade so geht (geistige Annäherung). Oder uns unsere Gefühle füreinander erzählen (emotionale Annäherung). Auch das ist schon Teil der sexuellen Begegnung! Und selbst wenn ich mit meiner langjährigen Liebsten zum fünfhunderteinundsiebzigsten Mal in die Federn hüpfe, kann es gut sein, daß eine solche Korrektur der Perspektive nötig ist!

Doch ich greife voraus. Verschieben wir die spezielle Dynamik einer Begegnung noch etwas, und nehmen wir uns die Muße, diese anscheinende Plattheit der Dreidimensionalität aus der Perspektive einer einzelnen Lesbe und ihrer eigenen, höchstpersönlichen Sexualität zu betrachten.

Sexualität allein

Ich ersetze nun das bisher verwendete Bild des Kreises, der in drei voneinander abgegrenzte Schichten aufgeteilt ist, durch diese Darstellung, mit der sich die möglichen Überschneidungen und Vermischungen besser darstellen lassen. Dadurch kommen wir der Realität näher.

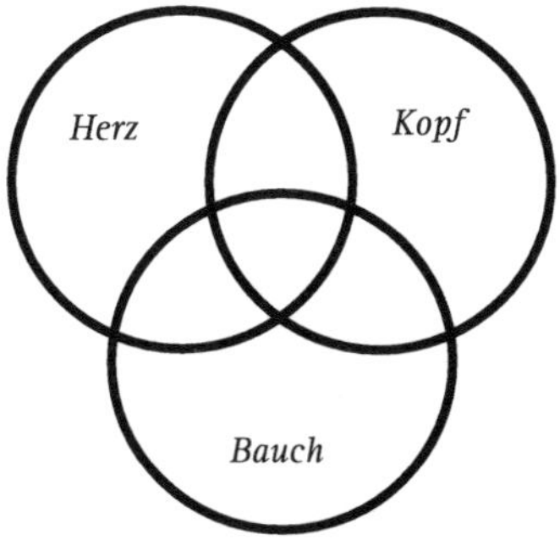

In den vorigen Kapiteln habe ich bereits beschrieben, wie das Verhältnis der Bereiche Kopf, Bauch und Herz zueinander sein kann. Im Grunde ist immer davon auszugehen, daß nicht unbedingt Friede, Freude und Eierkuchen zwischen ihnen regieren. Einige Teile davon sind verschollen, verdrängt, versteckt. Sie können aber unter günstigen Umständen plötzlich auftauchen – als nette oder unangenehme Überraschungen. Andere Teile sind verletzt und empfindlich. Sie brauchen besonders viel Aufmerksamkeit. Untereinander sind sich die Bereiche nicht unbedingt grün. An manchen Fronten herrscht Krieg. Zum Beispiel, wenn der denkende Ratterkopf eine Konzentration auf die körperliche Lust verhindert. Oder wenn plötzlich körperliche Schmerzen das Aufkommen angenehmer Emotionen stoppen.

Es ist die Aufgabe der Kartographin, die Weite Landschaft nach solchen Krisenherden abzusuchen. Nach dem Motto: Hauptsache gewußt wo, dann ist der schwierigste Schritt schon getan. Dann können Strategien entwickelt werden: Umwege suchen, Minenräumerinnen losschicken, manche Gegenden ganz meiden …

Vielleicht geht es einer wie mir, und sie hat auch das Gefühl, daß sich Körperlust und Liebesgefühle praktisch ausschließen und sie immer nur entweder das eine oder das andere spüren kann. Unsere Kartographinnen könnten in den Überschneidungsbereich von Bauch und Herz eine Grau(s)zone malen, die besagt: unbekanntes Gelände, noch zu erforschen.

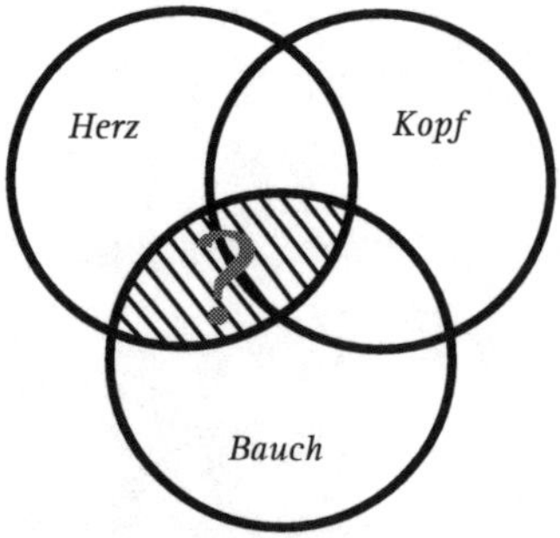

Oder wir malen uns eine Landkarte der Lieblingsgegenden. Nehmen wir zum Beispiel eine Lesbe, die sich unheimlich gern mit erotischen Phantasien antörnt und am häufigsten die Gegenden von Kopf und Bauch bewandert. Ihre Karte sähe vielleicht so aus:

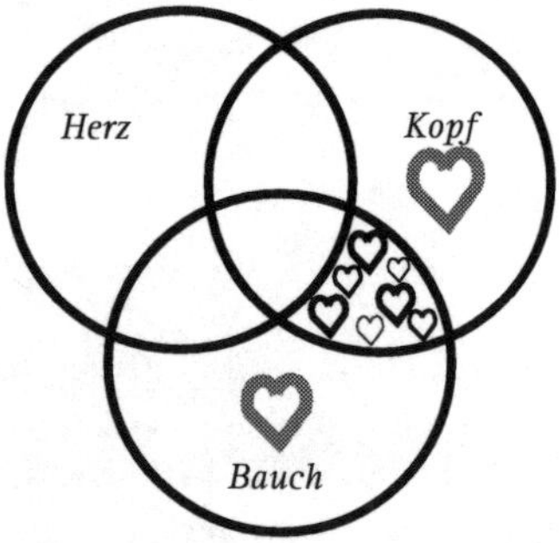

Wie sieht deine Landkarte aus?

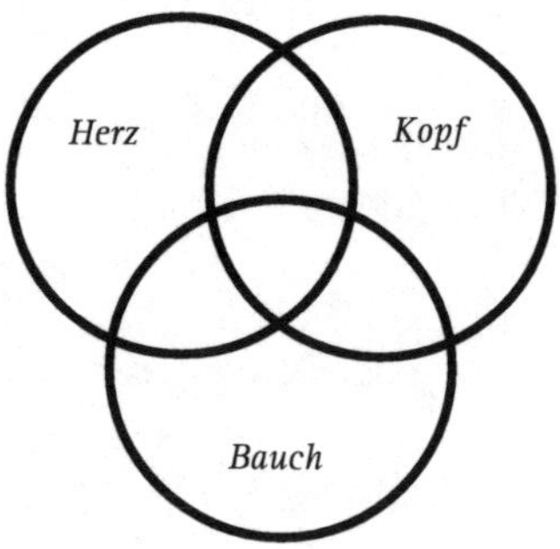

Ich gebe jetzt der Versuchung nach zu idealisieren, und stelle mir der Einfachheit halber eine der nicht existierenden Lesben vor, bei denen alle drei Dimensionen problemlos in totaler Harmonie nebeneinander ihren Platz haben und die ihre Sexualität auf allen Ebenen ungehindert und frei entfalten und in jeglicher Kombination ungetrübt erleben können. Das macht es mir zumindest einfacher, die Aufgabe von Aufmerksamkeit und Kontrolle in diesem Zusammenhang zu erklären.

Aufmerksamkeit und Kontrolle (bzw. Loslassen) sind Wegweiser und Kompaß, mit denen wir den Verlauf unserer sexuellen Wanderung bestimmen können. Dabei müssen wir uns in acht nehmen vor der oben beschriebenen Verzerrung, die ein Magnetfeld in der Landschaft ist, das unsere Kompaßnadel irritieren kann: Unsere Aufmerksamkeit wandert vermutlich automatisch in den Körper oder kehrt dahin zurück, wenn wir sie nicht bewußt auf andere Dinge lenken. Soweit sie im Körper ruht, weil sich dort gerade die allerangenehmsten Empfindungen abspielen, ist das natürlich kein Problem. Aber wenn wir übersehen, daß woanders wichtige Dinge abgehen, oder gar nicht auf die Idee kommen, daß wir auch auf anderes achten könnten, weil unser Kompaß auf Sexklischees hereingefallen ist, dann unterwerfen wir uns einer Beschränkung, die nicht sein müßte, oder übersehen schlimmstenfalls wichtige Signale und laufen deswegen in die Irre.

Ein Beispiel: Angenommen, ich bin bis obenhin vollgestopft mit Lesbenkrimis, habe aber noch nie mit eine Frau geschlafen. Dann endlich interessiert sich eine für mich! Als wir unsere ersten sexuellen Erkundungen wagen, bin ich hauptsächlich damit beschäftigt, mir Sorgen über gymnastik-technische Fragen zu machen, meine heftigen körperlichen Wallungen zu genießen und mich zu sorgen, ob ich denn bei ihr alles ›richtig‹ mache. Dabei übersehe ich ganz, meine Aufmerksamkeit meiner eigenen Gefühlswelt zu widmen, die verzweifelt funkt, daß ich meine Geliebte noch gar nicht gut genug kenne und ihr eigentlich nicht genug vertraue, um körperlich so weit zu gehen, wie ich das tue. Obwohl ich sturzgeil bin, komme ich vielleicht nur schwer zum Orgasmus und habe eigentlich gar keinen Spaß daran. Oder umgekehrt: Es wäre mir lieber gewesen, allein genießen zu dürfen und mich nicht verpflichtet zu fühlen, sie ebenfalls zu befriedigen. Hinterher, als sie wieder weg ist, fühle ich mich verwirrt und unsicher und werde von tausend Ängsten überfallen. Die überhörte Seele meldet sich zu Wort ...

Ein Gegenbeispiel: Ich weiß, daß ich oft vergesse, auf meine Gefühle zu achten. Darum rufe ich mir dies bewußt ins Gedächtnis und übe gezielte Kontrolle aus, indem ich meine Aufmerksamkeit auf die Seele lenke. Wenn diese Überprüfung ergeben hat, daß alles okay ist und ich mich wohlfühle, kann ich mich getrost wieder fallen lassen und die Aufmerksamkeit dahin wandern lassen, wohin sie von selbst geht.

Soweit der Idealfall. In der Realität ist es aber oft so, daß wir uns mit hinderlichen Widrigkeiten herumschlagen dürfen. Zum Beispiel, daß ich es schlicht vergesse, auf meine Gefühle zu achten. Oder es vergeblich versuche, weil sich mein Herz weigert, irgendwelche Infos rauszurücken. Oder daß das Loslassen nicht klappt und ich aussteige in Verkopfung und Überkontrolle. Oder daß ich unheimlich gern hätte, daß sich ein Gefühl großer Zuneigung zu einer Lesbe auch in körperlichen Lustgefühlen ausdrückt, sich in der Richtung aber gar nichts rührt, weil die Kluft zwischen Gefühl und Körper zu groß ist.

Noch ein Beispiel: Stellen wir uns eine Überlebende vor, die lernen will, von ihren Masophantasien loszukommen und körperliche Lust ohne geistige Erniedrigung zu genießen. Sie konzentriert ihre Aufmerksamkeit auf ihren Körper und versucht, sich dort fallenzulassen und in ihren sinnlichen Eindrücken zu baden. Sobald ihr das einigermaßen gelingt und ihre Kontrolle nachläßt, wird ihr Kopf unwillkürlich von Gewaltbildern heimgesucht, die sie ablenken und die Aufmerksamkeit aus dem Körper in den Kopf ziehen. Jetzt spürt sie zwar die (künstlich) erregende Wirkung der Bilder, hat aber eine große Distanz zu ihrem Körper, den sie nur wie aus der Ferne oder durch die Phantasien gefiltert wahrnimmt. Und ist damit wieder einmal in einer Grauszone gelandet, in die sie gar nicht mehr geraten will.

Ich hoffe, durch diese Beispiele ist klar geworden, wie ich meine Modellvorstellungen und Bilder verstanden haben will. Nämlich als Werkzeug und Hilfsmittel zur besseren Orientierung und zum besseren Verständnis des eigenen Erlebens. Sie sind wie Ferngläser auf der Wanderschaft: ich sehe dadurch vieles deutlicher und klarer. Aber das Fernglas kann mir nicht sagen, wie ich dorthin komme, wo ich hin will, wie viele Kilometer das sind und wie das Wetter dort sein wird. Die Aufteilung in Kopf, Bauch und Herz ist wie ein Diagnoseinstrument, das der Selbstuntersuchung dient. Sie ist kein Heilmittel, und ich verschreibe hier keine Rezepte. Ich versuche nur zu erklären, wie diese Hilfsmittel praktisch einzusetzen sind. Die individuelle Anpassung an die eigenen Erfahrungen muß jede Leserin selbst vornehmen. Und die Heilung wunder Punkte auch.

Sexualität zu zweit
So. Und jetzt kommt der Knaller aus dem Wald-vor-lauter-Bäumen-nicht. Anscheinend wird in den ganzen 98% körperbetonter Liebesszenen und in sämtlichen Klischees mitsamt Sexratgebern davon ausgegangen, daß, wenn zwei Liebende sich treffen, um ihre Sexualität miteinander zu feiern, sie sich *auf der gleichen Ebene* treffen. Zumindest habe ich noch nirgendwo davon gehört oder gelesen, daß es da vielleicht Unstimmigkeiten geben könnte. Ist ja auch logisch: Wo Sexualität von vornherein auf die körperliche Ebene beschränkt wird, kann es gar keine Abstimmungsprobleme geben, weil sich zwangsläufig bei allen Beteiligten alles auf derselben Ebene abspielt. Zumindest bei so einer Sichtweise. Probleme kann es darum nur im Rahmen dieser Ebene geben. Solche Probleme sind dann: Eine hat Lust, die andere aber nicht. Oder die Lieblingsgymnastik der einen gefällt der anderen nicht. Oder die eine hat keine Orgasmen, die andere ist dadurch so frustriert, daß sie keine Lust auf Sex mehr hat, oder ähnliches.

Geht frau davon aus, daß Sexualität mindestens drei Dimensionen hat (von der vierten wird später noch die Rede sein), ist automatisch klar, daß eine sexuelle Begegnung bedeutet: Es stehen sich zwei mal drei Dimensionen gegenüber, die versuchen, miteinander Kontakt aufzunehmen. Gerne hätte ich auch das bildlich dargestellt, aber leider versagen hier die zwei Dimensionen flachen Papiers. Frau müßte hierzu zwei solche Kringelbilder ausschneiden und Puzzle damit spielen: Was passiert zum Beispiel, wenn ich nur die beiden Körper-Bereiche sich flüchtig berühren lasse? Ist das dann ein gefühlloser One-Night-Stand?

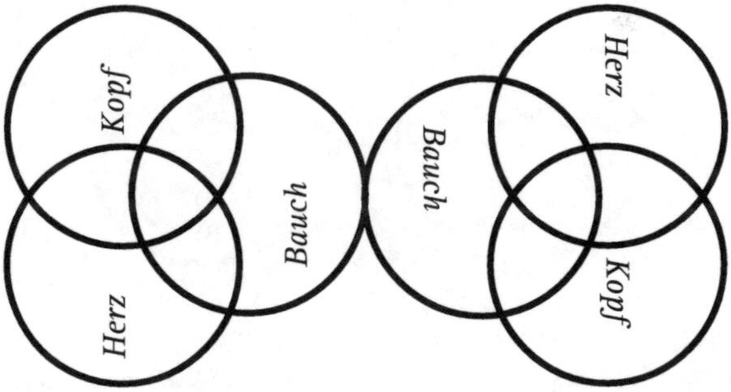

Oder ein bißchen mehr ineinander: Ein Paar, dessen Beziehung auf gutem körperlich-sexuellen Verständnis beruht. Diese zwei haben vielleicht eine Wochenendbeziehung und treffen sich hauptsächlich, um sich zu lieben. Haben dabei aber kaum gemeinsame Interessen, und von großem Romantikzauber halten sie auch nichts:

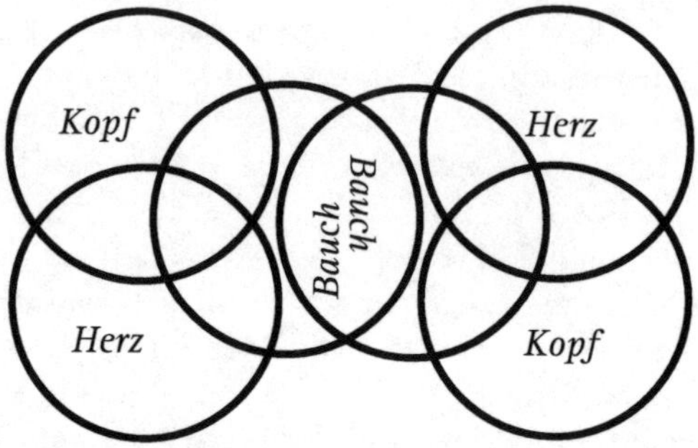

Sind wir gemein und puzzeln uns eine Überschneidung von verschiedenen Bereichen: Treffen etwa die geistigen Bedürfnisse der einen (sie will ins Theater gehen oder weltanschauliche Diskussionen führen) auf die körperlichen Bedürfnisse der anderen (sie will mit ihr ins Bett und drei Tage drin bleiben), so dürfte es zu gewissen Abstimmungsproblemen zwischen den beiden kommen:

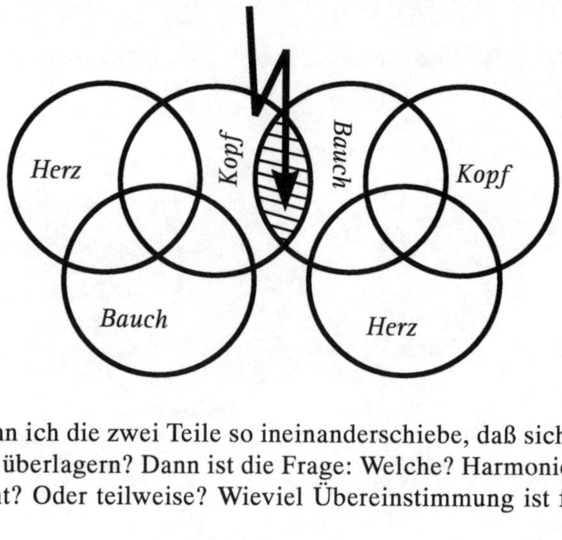

Oder wenn ich die zwei Teile so ineinanderschiebe, daß sich mehrere Bereiche überlagern? Dann ist die Frage: Welche? Harmonieren sie – oder nicht? Oder teilweise? Wieviel Übereinstimmung ist für nötig, um eine stabile Basis für eine wohltuende Beziehung zu haben? 30%? Oder mindestens 50? 100?

Oder ich lege zwei solche Teile exakt aufeinander: Zwei Lesben begegnen sich in vollkommener Harmonie und Übereinstimmung auf allen Ebenen. Uuii! Und dann dreht sich die eine davon um ein kleines Stück – und schon paßt nichts mehr zusammen! Alles schon erlebt …

Eine sexuelle Begegnung ist also ein Zusammentreffen zweier mindestens dreidimensionaler Lebewesen auf (meist) mehreren Ebenen. Wir können nicht selbstverständlich voraussetzen, daß dieses Zusammentreffen automatisch harmoniert. Die Wahrscheinlichkeit, daß unterschiedliche Ebenen (und Erwartungen) aufeinandertreffen, ist weit höher. Die logische Folge davon ist, daß es zu jeder sexuellen Begegnung dazugehört, sich mit der Partnerin abzustimmen. Natürlich liegt hierin eine Menge Zündstoff für Konflikte. Denn üblicherweise wird eine Nichtübereinstimmung in sexuellen Dingen schnell als elementare Katastrophe empfunden; als Hinweis darauf, daß mit der ganzen Beziehung etwas nicht stimmt; oder gar als Beweis, daß die Liebe nicht echt ist. In dem Punkt würde ich lieber langsam machen mit den jungen Pferden. Konflikte im sexuellen Zusammentreffen gehören einfach dazu. Sie sind etwas völlig Normales und einfach das Ergebnis von Wahrscheinlichkeiten in der willkürlichen Kombination von 2 x 3. Die Geschichte vom eben-nicht-nur One-Night-Stand und dem daraus entstandenen Liebesdrama ist ein lesbentypisches Beispiel dafür, das sich nicht nur in Filmen wie *Kommt Mausi raus?* findet. Solche Sachen passieren, wenn sich welche auf zwei verschiedenen Ebenen treffen.

Auf irgendeine Weise müssen die Beteiligten sich immer einigen, auf wie vielen und auf welchen Ebenen die Begegnung stattfinden soll. Wollen sie eine ›Affäre‹, bei der es hauptsächlich um die Befriedigung körperlicher Bedürfnisse gehen soll? Oder einen leidenschaftlichen Flirt, um das Kribbeln der Erotik auf Abstand (und damit geistig) zu genießen? (Bist du sicher, daß deine Angebetete das weiß und deinen Flirt nicht als Aufforderung zum Betthüpfen mißversteht?) Oder das Langzeitpärchen, das keine (körperliche) Sexualität mehr lebt: Haben sie sich einvernehmlich darauf geeinigt, die emotionale und geistige Ebene miteinander zu teilen? Oder zwei frisch Verliebte: Haben sie darüber gesprochen, ob sie von ihren sexuellen Begegnungen einen Austausch auf allen drei Ebenen erwarten?

Diese Absprache ist nicht immer so simpel. Auch ist es mit einem einmaligen Abstimmen nicht getan. Sexuelle Begegnungen sind etwas Lebendiges. Da kann viel passieren. In dem Moment, wo eine der Liebenden die Ebene wechselt, müßte dies eigentlich der anderen irgendwie mitgeteilt werden – und schon ist eine neue Abstimmung fällig. Wenn meine Liebste und ich gerade mittendrin sind in der körperlichen Begeisterung und ich mich auf der Hochebene kurz vor einem Orgasmus befinde, werde ich kaum einverstanden sein, wenn sie meint, mir unbedingt eine tiefempfundene Liebeserklärung sagen zu müssen, und dafür ihre Lippen von den meinen nimmt. Oder: Wenn sie beschließt, erst einmal auf die Toilette zu gehen, bevor sie wieder in meine erwartungsheißen Arme sinkt, sollte ich ihr das tunlichst nicht als Geringschätzung meiner Hingabe und Mißachtung meiner tiefsten Gefühle auslegen, sondern als eine kurzfristige Verschiebung der Prioritäten weg von innigster Nähe mit mir hin zu ihren elementaren körperlichen Bedürfnissen, die weiter keine Bedeutung hat.

Andererseits klingt das jetzt komplizierter, als es ist. In den meisten Fällen kennen sich die Liebenden gut genug, um zu wissen, welche Dimensionswechsel sie wann bringen können oder nicht, wie die Körpersprache der anderen zu verstehen ist und wann es wichtig ist, sich neu aufeinander einzustimmen. Nicht jeder Kuß muß vorher ausdiskutiert werden! Es geht mir hier vor allem um die Momente, in denen die stillschweigende Kommunikation nicht klappt; dann, wenn eine die Ebene wechseln muß, obwohl sie weiß, daß das der anderen nicht passen wird; wenn auf diese Weise Mißverständnisse entstehen; wenn scheinbar unverständliche Probleme die Liebenden ratlos machen.

Mein Anliegen ist nicht, *was* zwei Lesben bei dieser Einstimmung aufeinander aushandeln, und auch nicht, *ob* sie sich einigen können oder nicht. Es geht mir darum klarzumachen, *warum* Kommunikation beim Sex so wichtig ist. In Sexratgebern finden sich ja viele Gründe für die Betonung der Kommunikation – vom technisch-gefühllosen Rationalisierungsargument in *Sapphistrie* (»Direkte Kommunikation erspart Zeit und Energie, die besser zur Steigerung des sexuellen Erlebnisses eingesetzt werden könnten«) bis hin zur lustfeindlichen Mahnung mit erhobenem Zeigefinger, daß angesichts tödlicher Ansteckungsgefahren ein Gespräch vor dem Sex unbedingt sein *muß*. Letzteres ist natürlich richtig, aber der absolute Kern- und Knackpunkt der Kommunikation liegt für mich eben darin, daß Sex Begegnung ist, und zwar eine Begegnung *unterschiedlicher* Wesen. Da ich davon ausgehe, daß diese zwei unterschiedlichen und mindestens dreidimensionalen Wesen die Absicht haben, etwas Gemeinsames miteinander zu erleben, liegt die Notwendigkeit zu kommunizieren auf der Hand. (Wenn zwei nur körperliche Befriedigung suchen, ohne groß weiter Ansprüche an ein gemeinsames Erleben zu stellen, kann sich die Kommunikation natürlich theoretisch bis zum Nullpunkt reduzieren. Aber was dann abgeht, könnte genausogut jede alleine mit sich machen – was will sie dann eigentlich von der anderen?)

Eigentlich ist dies der Kern des ganzen Buches: Sein Sinn ist letztlich der, die Verständigung der Liebenden zu erleichtern und zu präzisieren. Und zwar auf einem weniger oberflächlichen Niveau, als das üblicherweise der Fall ist – von wegen: »Es ist bekanntermaßen schwer, über Sex zu reden, und noch dazu gibt es keine Sprache, also mußt du deine Schüchternheit über Bord schmeißen und eine Sprache erfinden, sonst kannst du deine körperliche Befriedigung vergessen.« Um »Ich liebe dich« zu sagen, muß ich keine Sprache erfinden. Und ein gezeigtes »Da« finde ich persönlich genauso präzise und informativ wie beispielsweise »das Schwellgewebe zwischen Scheide und Klitoris«. Ja, es kann hilfreich sein, den eigenen Wortschatz zu erweitern und damit zu experimentieren. Auch ich bin der Meinung, daß es allmählich Zeit wird, eine schöne Sprache für unsere Weiblichkeit zu schaffen. Aber ich glaube nicht, daß unser ganzes sexuelles Glück daran hängt. Denn, wie Merilee Clunis und Dorsey Green[12] so vernünftig argumentieren, Lesben kommunizieren bereits miteinander – auch im Bett! –, weil es gar nicht möglich ist, *nicht* zu kommunizieren. Allerdings reicht es nicht, nur Botschaften hin und her zu senden. Die Botschaften sollten auch ankommen und verstanden werden. Ich hoffe, daß meine Landkarten dabei hilfreicher sein können als lesbische Sexwörterbücher.

Eine Aussage wie: »Ich habe mich in eine Grauszone verirrt« ist doch um einiges genauer und erfüllt eher ihren Zweck als: »Ich hab' keine Lust« oder die nonverbale Variante: Umdrehen und Schweigen. Auf alle Fälle kriegt eine damit eher die Unterstützung, die sie braucht. Weil das »Ich hab' keine Lust« in der Geliebten garantiert alle möglichen falschen Assoziationen weckt, von »Habe ich was falsch gemacht?« bis hin zu »Liebt sie mich nicht mehr?«.

Bei mir selbst hat die Beschäftigung mit den Dimensionen Herz, Kopf, Bauch und mit ihrem Zusammenwirken eine wahre Revolution ausgelöst. Als ich anfing, diese Modellvorstellungen auszubrüten, fielen bei mir fast wöchentlich neue Groschen. Auch spürte ich eine unheimlich große Erleichterung. Erstmals hatte ich Bereiche auseinandergeklaubt, die ich bisher immer in einen einzigen großen, unübersichtlichen Topf geschmissen hatte! Wenn ich früher irgendein wie auch immer geartetes Problem hatte, das nur im Entferntesten mit Sexualität zu tun hatte, bekam der ganze Sextopf von mir einen dicken Minusstempel verpaßt, oder ein *Pfui! Igittbäh*! oder ein *Furchtbar-kompliziert-unendlich-schwierig!* oder sogar einen Totenkopf mit *Achtung Lebensgefahr!* – jedenfalls ein garantiert lusttötendes Etikett, begleitet von der Empfehlung: »Dringend zu vermeiden!« Die Folge waren meist monatelange Unlustphasen, die nur wiederum den Minusstempel verstärkten. Ein Teufelskreis! In diesem Zustand gab mir mein Modell erstmals die Chance, nicht mehr meine ganze Sexualität en bloc abzuurteilen und so das Kind mit dem Bade auszuschütten. Ich kann nun viel präziser feststellen, in welchem Teilbereich mein Problem liegt. Wenn ich keine Ziege auf Probleme habe, muß ich nun meine Zuflucht nicht mehr bei völliger Enthaltsamkeit suchen, sondern kann viel gezielter ausweichen. Wenn ich darüber reden will, kann ich genauer erklären, womit ich unzufrieden bin, und entsprechend ist es auch leichter für andere, mich punktgenau zu unterstützen.

Auch meine ersten Versuche, mich mit Hilfe dieser Modelle und Landkarten meiner neuen Geliebten zu erklären, hatten gleich ein ziemlich irres Ergebnis. Zum Beispiel das, was ich in dem Text *Sex ist Begegnung* beschreibe. Ich bin mir sicher, daß wir niemals so viel Übereinstimmung, Nähe und spirituelles Fließen zustande gebracht hätten, wenn ich mit ihr über Sex nicht so genau hätte sprechen können. Es macht einen gewaltigen Unterschied, ob ich sage: »Ich habe Probleme mit Sex« oder aber: »Bitte komm nicht in mich rein, weil mir das weh tut und unangenehme Erinnerungen weckt. Aber es gibt viele Möglichkeiten, diese Grauszone zu umgehen, und das kann ich dann sehr wohl genießen. Außerdem wärmst du mir das Herz, und darum liebe ich dich auch, wenn ich nicht mit dir schlafen mag.« Es macht einen Unterschied, ob ich ihr niemals sage, daß ich sie mag, oder ob ich wenigstens mitteile: »Ich tue mich schwer mit Liebeserklärungen und dem Zulassen von Gefühlen, aber ich kann körperliche Leidenschaft leben. Das ist meine Art, Gefühle auszudrücken.« So weiß meine Partnerin viel genauer, worauf sie sich einstellen muß beziehungsweise ob sie sich auf diese Gegebenheiten einlassen will. Und umgekehrt kann ich meine eigenen Bedürfnisse besser einfordern. Anstelle eines diffusen Unwohlseins und des Gefühls, daß mir irgend etwas fehlt, kann ich zum Beispiel sagen: »Du, Liebste, ich genieße es sehr, mit dir zu feiern, aber manchmal habe ich ein Gefühl, als wärst du gar nicht da. Kann es sein, daß du vor allem im Körper bist, wenn du mit mir schläfst, und dein Herz eher zu ist? Oder ist mein Herz so zu, daß ich dich nicht spüre? Was meinst du?« Oder: »Wenn ich mit einer Frau schlafe, ersehne ich mir ein totales Verschmelzen auf allen Ebenen. Willst du das auch?«

Ich habe in dieser ersten Ausprobierzeit auch sehr viel über unser gemeinsames Erleben reflektiert. Oft haben wir statt einer ›Zigarette danach‹ ein ›Gespräch danach‹ zelebriert. Das hat mir sehr geholfen, das Erlebte in meine neue Gedankenwelt einzusortieren, mich selbst neu zu verstehen und meine Liebste kennenzulernen. Und natürlich hat es auch ihr geholfen, mich kennenzulernen. Es war ein umwerfendes Erlebnis, mich selbst plötzlich in so vielen bunten Farben erklären zu können, wo früher alles Grau in Grau war. Wenn ich der einen oder anderen Leserin auch nur einen Hauch davon vermitteln kann, bin ich schon zufrieden; dann habe ich dieses Buch nicht umsonst geschrieben!

Ich habe die üblichen drei Dimensionen sexuellen Erlebens ausführlich auseinanderklabüstert. Ich habe erklärt, wozu es gut ist, diese drei Dimensionen auseinanderzuklabüstern. Und nun will ich es nicht versäumen, sie wieder zusammenzubringen. Denn schließlich liege ich ja mit all diesen Dimensionen auf einmal im Bett. Oder auf der Wiese. Und wenn auch mal die eine, dann die andere in den Vordergrund tritt, so sind doch prinzipiell alle beteiligt und kriegen alle alles mit.

Der denkende und verarbeitende Verstand beobachtet und kommentiert immer. Er ordnet das momentane Erleben in den bisherigen Erfahrungshintergrund ein und bewertet: Ist das neu und besonders aufregend (und bekommt einen Ehrenplatz im Gedächtnis)? Ist es das Altbekannte (und kommt ins Schwimmbecken des Vergessens)? Was war gerade? Was kommt als nächstes? Was erwartet sie von mir? Was will ich von ihr? Soll ich ihr sagen, was ich jetzt grad gern hätte? Wo ist sie überhaupt? Mach' ich alles richtig? Ach ist das schön! Och, bin ich müde! Diese Mulde am Schlüsselbein ist ja total hübsch; daß mir das noch nie aufgefallen ist, na sowas! Hoffentlich kommt sie bald, mir tut schon die Hand weh. Ich wünschte, ich könnte für immer so in ihren Armen liegen, eigentlich hätte ich jetzt gerne ein Päuschen – aber ob sie noch weitermachen mag, wenn ich jetzt unterbreche? ...

Es macht einen gewaltigen Unterschied, mit welcher geistigen Haltung ich etwas erlebe. Deswegen wirken die rein körperlichen Bilder der Medien so platt: Ihnen fehlen die entscheidenden Dimensionen, die dem körperlichen Erleben Tiefe und Bedeutung geben. Wenn ich zum Beispiel an die Sexszene in dem Film *Desert Hearts* denke: Da küßt ein Mund eine Brust. Aha. Doch was bedeutet das für die Beteiligten? Könnten wir in den Kopf von Vivian, die da liebkost wird, hineinsehen, was fänden wir darin vor? Denkt sie: »Ach ja, das hat mein Ex-Mann auch immer gemacht. Also ich find' ja nix dran, eigentlich. Aber wenn's ihr gefällt, dann lass' ich sie halt machen ...« Oder denkt sie: »Hmm, das fühlt sich gut an. Aber sie ist doch eine Frau! Müßte ich das jetzt nicht eigentlich pervers und widerlich finden?« Oder denkt sie: »Wahnsinn, wie ich diese Frau liebe. Noch nie hat mir ein Mensch so viel bedeutet. Noch nie ist mir jemand so nahe gekommen!« Oder denkt sie: »Ich hab' noch nie solche Gefühle gehabt. Irre, ich hab' gar nicht gewußt, daß sich das soo anfühlen kann! Daß in meiner Brust so viel Lust steckt?!« Oder ist sie so im Rausch des Schmelzens und Zerfließens versunken, daß ihr Kopf das Denken aufgehört hat und ihr Bewußtsein ganz und gar von Sinneseindrükken und angenehmen Gefühlen ausgefüllt ist?

Und wie sieht es umgekehrt im Kopf von Kay aus? Würde auch nur irgendeine Kinobesucherin diese Szene erotisch oder romantisch finden, wenn sie wüßte, daß Kay im Geiste gerade ihren Verdienst der letzten Woche zusammenrechnet, während sie an Vivians Brust knabbert? Oder wenn sie denkt: »Immer diese Heteras! Von nix 'ne Ahnung! Alles muß frau selber machen! Und wo bleib' ich dabei?« Oder gar: »Hähä, schon wieder eine Hetera bekehrt. Macht Nummer fünfundneunzig in meinem Roten Büchlein!«

In jedem dieser Fälle ist das, was da abgeht, ein völlig anderes Erleben. Es wäre totaler Unsinn zu behaupten, daß es sich doch immer um dasselbe handelt – nämlich um die sexuelle Stimulierung einer Brust mit einer Zunge. Deswegen sind auch all die wohlmeinenden Techniktips und Gymnastikhinweise vieler Sexbücher so lächerlich. Denn nur eine einzelne Dimension zu beschreiben, sagt im Grunde gar nichts.[13]

Wenn ich dagegen bei einem ›Gespräch danach‹ einzelne Dimensionen herauspicke, sagt ein Satz wie »Bei mir hat es mit dem Orgasmus nicht geklappt, und ich bin deswegen immer noch total unter Spannung« sehr viel aus, weil der Hintergrund der Situation den beiden Liebenden klar ist. Je nachdem, was sie voneinander wissen, kann dieser Satz zum Beispiel ein Vorwurf sein, weil es schon länger Konflikte darum gibt, daß die eine immer möglichst schnell einen Orgasmus haben will und dann keine Lust mehr hat weiterzumachen, so daß die andere mit ihren Bedürfnissen auf der Strecke bleibt. Oder aber auch das ganze Gegenteil: Eine liebevoll-zärtliche Aufforderung zum Weitermachen, weil beide wissen, daß die Sprecherin damit, daß sie oft lange braucht, gar kein Problem hat, sondern das im Gegenteil sogar genießt und ihr Liebesspiel mit Wonne bis ins Unendliche ausdehnt.

Erst mit diesen drei Dimensionen ist so eine Situation vollständig und macht das Ganze Sinn: mit dem *Wissen übereinander*, den *Gefühlen zueinander* und dem, was die *Körper miteinander* erleben. *Das* sagt etwas über Sexualität!

Ich muß mich schon selbst leben

Noch eine weitere Anmerkung zu meiner von Pippi Langstrumpf abgekupferten Formel »2 x 3 = 9«: Das eigene Einlassen auf sich selbst gibt die Grenzen für das Erleben mit der Partnerin vor – und zwar in beide Richtungen. Das heißt, daß ich von ihr nichts annehmen oder mit ihr zusammen erleben kann, was ich selbst bei mir nicht zulasse oder ertrage, und daß sie von mir nichts mitkriegen kann, dem ich keinen Raum gebe. Das ist jetzt leicht mißverständlich, weil es natürlich möglich ist, meine Liebste körperlich zu befriedigen, auch wenn ich meinen Körper gerade ›abgeschaltet‹ habe und mehr meine geistig-seelische Verbundenheit mit ihr genieße. Ich meine mit diesen Grenzen des gemeinsamen Erlebens aber nicht den einzelnen Moment, sondern den grundsätzlichen Zustand einer Lesbe; eben das, was ich mit den ersten Modellbildern und mit meiner Sappho zu erklären versucht habe. Das, was ich als die ganz besondere Chemie bezeichne, die zwei Liebende miteinander brauen. Ein einfaches Beispiel: Wenn ich keine Orgasmen lebe, kann ich dieses Erleben natürlich auch nicht mit einer Liebsten teilen. Wenn ich mich beim Sex in einen Ratterkopf einigle, kann keine Ebene geistiger Verschmelzung zwischen uns entstehen. Wenn mich eine Partnerin innig liebt, kann ich davon doch nur so viel wahrnehmen und zulassen, wie meine eigene Gefühlsarmut erlaubt. Oder wenn ich mich ausschließlich auf der körperlichen Ebene bewege, kann sich mein Gegenüber mit Nachfragen abplagen, bis sie entnervt aufgibt – sie wird doch keine

Gefühlsäußerungen aus mir herausbringen, und eine Gemeinsamkeit oder ein fließendes emotionales Feld kann nur in der körperlichen Dimension zwischen uns entstehen.

Dieser Punkt ist mir wichtig, weil oft versucht wird, das, was einer fehlt, was sie nicht zulassen kann, aber doch gerne erleben würde, über die Partnerin auszuleben: statt selbst Orgasmen zu wagen, der Liebsten tausend O's machen; statt selbst Gefühl zu zeigen, die Partnerin nach ihren Gefühlen fragen; statt selbst aktiv zu werden, das Gegenüber zur Aktivität drängen – ich denke, dieses Phänomen ist ziemlich häufig. Dieser Umweg ist aber eine Sackgasse (und kann schlimmstenfalls zu Verwicklungen, Projektionen und einem Haufen Ärger führen). Denn selbst wenn meine Liebste tausendmal kommt, so weiß ich doch deswegen noch immer nicht, wie sich das bei mir selbst anfühlen würde. Auch wenn ich tausend Liebesgeständnisse zu hören bekomme, bin ich doch noch immer nicht zu meinen eigenen Gefühlen gelangt. Auch wenn ich sie zur Aktivität bewegen kann, habe ich deswegen noch lange nicht den Mut, selbst die Initiative zu ergreifen. Ich muß mich schon selbst leben. Das kann keine andere für mich übernehmen.

Was allerdings möglich ist, sind Anregungen, die ich mir von meinem Gegenüber geben lassen kann. Ich habe schon oft erlebt, daß ich über das Entdecken mir bisher unbekannter Phänomene bei meiner Liebsten erst auf die Idee gekommen bin, mich auch bei mir selbst auf die Suche danach zu machen. Oder ich erfahre über die Reaktionen meiner Geliebten auf mich erst, wie mein Verhalten auf andere wirkt. Das kann mir helfen, Mißverständnisse zu verringern. Geliebte geben mir immer ein Spiegelbild meiner selbst. Diese Anregungen und Spiegelbilder können für mich und meine Entwicklung sehr informativ und hilfreich sein. Ich kann getrost darauf zurückgreifen, weil ich dadurch nichts auf mein Gegenüber projiziere und meine Liebste nicht als Ersatz-Ego benutze.

Wenn sich eine auf ihre Liebste einlassen will, muß sie sich auch auf sich selbst einlassen wollen. Wenn eine wissen will, was Lust ist, muß sie selbst ›lustig‹ werden. Wenn eine wissen will, was Begehren ist, muß sie sich selbst begehren. Mit Haut und Haaren, mit allem Drum und Dran, mit den willkommenen und den unwillkommenen Anteilen. Ohne Umwege und Ausflüchte. Rundheraus. Mittendurch. Da wo die Angst sitzt, geht es lang.[14]

24. Oktober

Ich sagte: »Kann man den Sex nicht weglassen? Ich wünschte, es ginge ohne!«

Ob Sex denn nicht schön ist für mich, fragt sie. Ich weiß es nicht. Ich spüre hauptsächlich, daß es mir zu schwierig ist, das alles. Zu anstrengend. Das Herumschlagen mit der alten Scheiße, das unweigerlich damit verbunden ist. Die Mauern in mir, die Angst, die Schmerzen, die alten, falschen Schienen, die ich nicht mehr befahren will – aber sonst habe ich eben keine Wege. Resignation. Verzweiflung.

Am liebsten würde ich mich drücken. Vergessen wir den Sex. Es lebt sich doch auch ohne ganz gemütlich. Und wenn es tausendmal eine Grausamkeit ist, daß mir das kaputt gemacht worden ist. Und wenn meine Sehnsucht ewig schreit. Und wenn ich dreimal das Beste verpasse!

Sie flüstert mir etwas von der Schönheit des Schmelzens und Fließens ins Ohr – und macht es nur noch schlimmer. Klar weiß ich, wie schön das sein kann. Aber halt eben nicht, wie ich es leben soll.

Die Angst und die Liebe / die Lust, sie sind im innersten Kern der großen offenen Wunde. Am tiefsten verletzt dort, am tiefsten versteckt die drei, am schwersten zu heilen.

Sex, Lust, Liebe und die Angst – tickende Zeitbomben. Hilfe!

15. November

Seltsame Zustände. Ratlosigkeit. Erst eine Phase wilder Lust. Als wäre der Staudamm gebrochen, der sie sonst zurückhält. Tage und Nächte ständigen Begehrens. Bis es ihr zuviel wurde. Jetzt wieder alles eingemauert. Sex? Kenn' ich nicht! Als würde ich nur ein Entweder-Oder kennen. Einen Zwischenweg scheint es da nicht zu geben.

Wachend, in einem Zustand wie zur Zeit, scheint ein ganz großes Verbot meine Lust in Schach zu halten. Grundloserweise. Wie blödsinnig. Das Verbot heißt nicht etwa: »Weil es gefährlich ist« oder »Um dich vor der Angst zu schützen!«, sondern einfach nur: »Das darf nicht sein!« – Ohne Grund. Schön blöd. Wenn ich an meine Lust wieder ran will, bedeutet das Kampf: gegen Zweifel, gegen Angst, gegen die Schmerzen in meinem Körper. In den Garten der Lust zu gelangen erfordert Klettern über dornengestrüppgespickte Mauern. (War da nicht mal ein Tor? Was ist aus dem geworden?) Oft dauert es viele Wochen, bis ich die Kraft und den Mut dazu habe.

Es ist immer noch sehr schwer, ich zu sein.

Grau(s)zonen lesbischer Sexualität

Was ist das nun eigentlich, diese Grau(s)zone der Weiten Landschaft? Was sind das für verhedderungsgefährliche Algenfelder in den Wassern der Lust, die ein Freischwimmen nötig machen? In welchen Momenten wird aus Saus und Braus ein Graus?

Das fängt nicht erst mit Vergewaltigungen unter Lesben an und hört bei selbstzerstörerischen Phantasien noch lange nicht auf. Der ›schale Nachgeschmack‹, die Körpermaschine, Grenzverwischungen und alle nebligen Gefühle gehören hierher. Ebenso Abstürze, Depressionen, Projektionen und Flashbacks. Jede kennt Grauszonen und ist ihnen in der einen oder anderen Form schon begegnet.

Höre ich Protest? Sicher werden etliche Leserinnen jetzt denken: Also mir ist so was nie passiert, ich bin nie vergewaltigt worden, und mein Vater (Opa, Bruder, Klavierlehrer, Bademeister ...) war total in Ordnung. Was soll das also? Natürlich sind in erster Linie die Überlebenden sexualisierter Gewalt vom Kampf mit den Grauszonen betroffen. Aber das heißt weder, daß nicht-traumatisierte Lesben keine Grauszonen in sich tragen, noch, daß (vermeintlich) grauszonenfreie Lesben nicht traumatisiert sind.

Ich selbst war sechsundzwanzig Jahre meines Lebens felsenfest überzeugt davon, nie vergewaltigt worden zu sein und inmitten bester Normalität zu leben. Einige unerklärliche Randerscheinungen an mir ließ ich entweder einfach links liegen oder begründete sie mit vorgeschobenen Erklärungen, die von meiner Umwelt nur allzu bereitwillig übernommen wurden. Es war halt die Scheidung der Eltern, die den armen Kindern so zu schaffen gemacht hat ... sie flippen bloß wegen der Pubertät gelegentlich aus ... die Depressionen liegen in der Familie und sind erblich ... auch Fälle von Wahnsinn gab es ja schon in der väterlichen Linie ... und so weiter. Wenn eine harmlose Erklärung gebraucht wird, dann findet sich schon eine. Kein Problem.

Daß sexuelle Gewalttraumata völlig verdrängt werden können, ist eine wichtige Information, die leider noch zu wenig Verbreitung gefunden hat. Wenn eine Lesbe also meint, nie von mehr als lästiger Anmache betroffen gewesen zu sein und eine der wenigen, glücklichen Unversehrten zu sein, so heißt das noch lange nicht, daß das tatsächlich so ist.[1] Natürlich können Symptome wie Schlafstörungen, Depressionen oder psychosomatische Schmerzen von allen möglichen Ursachen herrühren. Wenn mir allerdings eine Lesbe mit solchen Anzeichen begegnet, denke ich vorsichtshalber sexualisierte Gewalt als einen (gar nicht so unwahrscheinlichen) möglichen Grund mit und verhalte mich ihr gegenüber entsprechend. Was nicht heißt, daß ich mit der Tür ins Haus falle und sie zu einer Therapie oder sonst was zu überreden versuche. Denn *wenn* sie betroffen ist und noch kein Bewußtsein davon hat, hat dies immer gute Gründe. Es bedeutet, daß die Frau / Lesbe noch gar nicht in der Lage wäre, dieses Bewußtsein zu verkraften. Verdrängung ist ein Schutz, der von allen Außenstehenden – und auch von der Betroffenen selbst! – unbedingt respektiert werden muß.[2] Wenn die Zeit gekommen ist und sie genug Kraft und ein sie ausreichend unterstützendes Umfeld hat, wird das Verdrängte von selbst ins Bewußtsein zurückkehren. Auch ohne erneute Gewaltanwendung oder irgendwelche Psychotricks. In so einem Fall gebe ich lieber allgemeine Sachinformationen weiter, empfehle Bücher oder erzähle einfach von mir und meiner Geschichte, überlasse es dabei aber der anderen, was sie aus meinen Informationen macht. Auch das ist eine Form der Achtung von Grenzen. Es ist ein gewaltiger Unterschied, ob ich eine Überlebende in einer depressiven Phase bedränge mit »Du mußt jetzt unbedingt das und das machen!« oder ob ich unverbindlich erzähle, welche Methoden ich selbst anwende, um aus Deprilöchern rauszukommen; sage, was ich an Theorien über Depressionen weiß; oder sie selbst frage, welche Umgangsstrategien sie in solchen Fällen hat, denn vielleicht muß sie nur über einen kleinen Anstoß an ihre eigenen Selbstheilungskräfte erinnert werden.

Bei der Frage »Warum tappen Lesben durch Grauszonen?« landen wir ganz schnell bei den gesellschaftlichen Bedingungen, unter denen wir alle leben, und bei der politischen Dimension von Sexualität. Das Patriarchat ist ein nahezu perfektes Gewaltsystem. In diesem System wird die Erotisierung von Unterdrückung kräftig gefördert: Unterdrückte, die Lust an ihrem Unterdrücktwerden empfinden, werden sich nicht so schnell zur Wehr setzen. Auf einer tiefen seelischen

Ebene werden die Opfer zudem zu Mit-TäterInnen gemacht[3] und so weit in die Unterdrückungsmechanismen hineinverstrickt, daß sie praktisch nicht mehr in der Lage sind, diese Mechanismen zu durchschauen und etwas dagegen zu unternehmen. Genau das ist unsere Situation als Überlebende voller verinnerlichter Gewaltstrukturen.[4]

In konkreten Alltagssituationen helfen uns Etiketten wie ›S/M‹, ›Blümchensex‹ oder ›politisch korrekt‹ reichlich wenig, weil das ja Interpretationen sind, die unseren Erfahrungen nachträglich verpaßt werden. Es sind Namen und Wertungen für das, was ich erlebe. Namen und Wertungen, die mir aber nicht unbedingt weiterhelfen oder die mir schlimmstenfalls sogar Druck- und Schuldgefühle machen. Der Knackpunkt liegt meiner Meinung nach im Perspektivenwechsel. Es gibt einfach verschiedene Ebenen, die Dinge zu betrachten. Ein Wurm kommt hinein, wenn diese Ebenen verwechselt werden und Sachen, die auf die eine Ebene gehören, einfach auf eine andere übertragen werden. Ein solcher Wurm wäre zum Beispiel, die feministische Gewaltforschung von der Ebene der theoretischen Analyse direkt auf die Ebene der individuellen Erfahrungen übertragen zu wollen und sie dort gar in moralische Zeigefinger und Benimmvorschriften umzumünzen.

Die politische Analyse von Gewaltstrukturen ist ein Blick auf die in dieser Gesellschaft HERRschenden Mechanismen und deren Wirkung. Zum Teil versetzt sie sich sogar in die Perspektive der Täter hinein. Ich selbst als ›Alltagslesbe‹ befinde mich aber auf der Ebene der Unterdrückten. Mein Blick zeigt eine andere Perspektive; es ist ein Blick *von innen heraus* auf meine Geschichte und in die Gewaltwelt um mich herum. Aus dieser Sicht ist es wichtig, Erotisierung von Gewalt als Überlebensstrategie zu begreifen. Der Blick auf die Erotisierung von Gewalt als *HERRschaftsinstrument* hilft mir persönlich nämlich nicht weiter bei meinen Problemen. Erst in einer solchen Anwendung auf mein konkretes Erleben kann mir die politische Theorie nützlich werden. Dann weiß ich nämlich, warum es mir so geht, wie es mir geht. Ich kann meine Lage verstehen als das Dasein einer Lesbe im Patriarchat, die per se ein Sandkorn im Getriebe ist und sich deshalb nicht wundern muß, wenn sie von Diskriminierung betroffen ist. Ich kann von der Sinnlosigkeit meines einzelnen Schicksals (»Ich werde nie verstehen, wie mir mein Vater das antun konnte!«) zu einem größeren Zusammenhang kommen (»Er dachte, es ist sein gutes Recht, nach Belieben über mich zu verfügen. Denn es gehört zu den ungeschriebenen ›Rechten‹ eines Mannes im Patriarchat, Frauen und Kinder zu beHERRschen – also auch zu vergewaltigen. Er tat es in der ›guten‹ Absicht, mich auf meine künftige Rolle zuzurichten. Er wollte eine aus seiner Sicht ›bessere‹ – sprich: gefügigere – Frau aus mir machen, als es meine Mutter war, die Analsex verweigerte.«). Ich muß mich nicht mehr selbst geißeln wegen der von mir verinnerlichten Gewaltstrukturen, sondern kann verstehen, daß genau das ja der Sinn des Ganzen war: Ich soll als Frau meine Unterdrückung verinnerlichen, damit ich mich nicht dagegen wehre. Ich soll so zersplittert sein, daß ich Zersplitterung für Normalität halte. Daß sie mir am besten gar nicht mehr auffällt. Ich soll so abhängig sein von den Tätern (materiell über Geldzuwendungen, emotional über Liebe und psychisch über das Selbstwertgefühl), daß ich niemals aufmucken werde und lebenslang bequemer Fußabstreifer, widerspruchslose Bedürfniserfüllmaschine, gefügige Dienstleisterin in allen Lebenslagen, unbezahlte Putzfrau, Prostituierte und seelischer Mülleimer bin.

Wenn ich einmal verstanden habe, daß ich heute so bin, wie ich bin, weil mir eine feindliche Umgebung gar keine andere Wahl gelassen hat, und weil ich mich zum Teil mit der Gewalt identifizieren mußte, um überhaupt zu überleben, dann kann ich anfangen, meine Situation in Richtung größerer Selbstbestimmung zu verändern. Daß ich mich einmal selbst zerstören mußte, um zu bestehen, heißt nicht, daß ich das immer weiter tun muß. Daß ich mich einmal mit der Gewalt identifizieren mußte, um zu überleben, heißt nicht, daß ich dies immer wieder tun muß oder daß ich nicht aufhören kann, mich damit zu identifizieren.

Zum Beispiel: Maso-Phantasien

Masochistische sexuelle Phantasien sind unter Frauen so weit verbreitet, daß sie offensichtlich *jede* kennt.[5] Es gibt verschiedene Ansichten und Interpretationen dieser Tatsache; auf die Interpretation solcher Phantasien als Anzeichen für sexuelle Traumata werde ich in den nächsten beiden Kapiteln eingehen. Hier will ich masochistische Phantasien zunächst als Zeichen der Identifizierung mit Gewaltstrukturen verstehen. Wenn ich auf Bilder von sexueller Erniedrigung, von körperlicher Gewalt, von Riesenschwänzen, von Handschellen, Lederriemen und Ketten, von Peep-Shows, von rammelnden Typen, von Ausgepeitscht-Werden, von Gefesselt-, nackt Beglotzt-, Beleidigt-,

Angemacht-, Bespuckt-, Bepisst- und Vergewaltigt-Werden mit körperlicher Erregung reagiere und mich von ihnen sexuell ansprechen lasse. Wenn dich, liebe Leserin, diese Zeilen bei allem Ekel auch irgendwie anmachen, dann haben wir die Lektion, daß Gewalt Lust bringt, gut gelernt. Dann haben wir eine Gewaltstruktur so gut verinnerlicht, daß wir ihr sogar gegen unseren Willen ausgeliefert sind – wie es scheint, völlig hilflos und ohne Kontrolle.

Aber genau an diesem Punkt können solche Gewaltmuster aufgebrochen werden. Zum einen ist es ein Irrtum, das eigene Selbstbild an der Beobachtung »Gewalt erregt mich ...« festzumachen und dem Trugschluß zu verfallen: » ... also bin ich Masochistin« – was ja nichts anderes heißt als: So *bin* ich halt, das ist mein unabänderliches Schicksal.[6] Das meine ich mit dem Begriff *Identifizierung*. Zum anderen ist die scheinbare Hilflosigkeit und Unabänderlichkeit ein Trugbild, eine Illusion. »Es ist möglich, diese frühe Prägung wieder aufzuheben, die Verbindung zwischen Gewalt, Demütigung, Schmerz und Sex zu unterbrechen. Aber die Überlebende muß dazu bereit sein. Die Veränderung von Körperassoziationen erfordert viel Zeit und Mühe.«[7] Wir haben sehr wohl eine Wahl. Masochistische Erregung ist kein Schicksal, sondern veränderbar. Wir müssen uns nicht damit identifizieren. Und gar so schwer, wie Laura Davis schreibt, muß es nicht unbedingt sein. Bei mir ging's ganz fix. Zwar reagiert mein Körper nach wie vor auf diesen ganzen Mist. Aber ich habe die freie Wahl, ob ich mich darauf einlassen will oder nicht. Ich kann zwar meine ganze frühkindliche Prägung nicht hoppdiwopp über Bord schmeißen, aber ich kann aufhören, mich darauf einzulassen. Und genau das habe ich getan, mit einem einfachen Entschluß meines freien Willens. Ich muß den Weg der ›Plastik-Erregung‹ nicht wieder und immer wieder einschlagen. Ich kann mich aufmachen, andere Wege zu finden.

Der Text *Fotos von Cornwalls Küsten* am Anfang dieses Buches dokumentiert diesen Entschluß, neue Wege sexueller Lust ohne Gewalt zu suchen. Ich hatte mich von einem Tag auf den anderen entschieden, mich nicht mehr an Maso-Phantasien aufzugeilen. Da lag ich dann also mit meinen Bedürfnissen und stand vor dem Problem: Was nun? Was mach' ich jetzt statt dessen? Da fielen mir diese Bilder ein, vergrößerte Fotos, die ich in der Wohnung dieser Lesbe gesehen hatte, in die ich so unheimlich verknallt war. Und genau das geschah dann ...

Selbsternannte Fachleute werden nicht müde zu beteuern, daß sexuelle Phantasien in irgendwelchen analen, genitalen, ödipalen oder sonstwie aaligen Phasen geprägt werden und ein Leben lang wirksam bleiben. Das ist Quatsch. Glaubt ihnen nichts. Jede ist ihre eigene Expertin. Wenn eine Wege finden will, so wird sie sie auch finden. Schwimmt euch frei – allen falschen ProphetInnen zum Trotz!

TRAUMATHEORIE

Was hat eigentlich so Zeug wie ›Flashbacks‹ in einem lesbischen Sexbuch verloren? Was macht die Traumatheorie in meinem Bett?

Zum einen mal das (frau kann es gar nicht oft genug sagen!): Flashbacks sind praktisch so weit verbreitet, daß jede sexuell aktive Lesbe mit hoher Wahrscheinlichkeit damit zu tun hat oder zu tun bekommen wird. Wenn nicht am eigenen Leib, so garantiert indirekt durch Erinnerungsblitze der Partnerin. Und wenn nicht mit der jetzigen Geliebten, so spätestens mit der nächsten.[8] Daraus folgt zum anderen das: Zumindest ein Grundwissen um das Phänomen Flashback gehört zum Liebemachen genauso dazu wie das Wissen um sexuelle Vorlieben, körperliche Gegebenheiten oder den Umgang mit ansteckenden Krankheiten. Jede Lesbe sollte sich bewußt sein, daß sie jederzeit damit konfrontiert werden kann. Je mehr Informationen über Traumafolgen eine hat, um so besser wird sie mit den Flashbacks umgehen können. Darum gehört ›Flashbacks-Begleiten‹ genauso zum Liebemachen dazu wie Küssen, Streicheln, Reden oder der Schutz vor Ansteckungen.

Mich wundert oft, daß in der Sexliteratur alle körperlichen Informationen (»Wo sind die erogenen Zonen?«) so überbetont und breitgetreten werden.[9] Da ich das meiste von meinem eigenen Körperempfinden ableiten kann beziehungsweise durch Fragen von meiner Liebsten direkt erfahre (das kann mir kein Sexlexikon abnehmen!), finde ich diese Aufzählung meist ermüdend und überflüssig. Andere, wichtigere Dinge dagegen fehlen. Eine Nicht-Traumatisierte kann von ihren eigenen Erfahrungen niemals ableiten, was mit ihrer Liebsten los ist, wenn die sich plötzlich so seltsam benimmt. Diese Informationen *müssen* ihr von außen gegeben werden. Und die überlebende Geliebte selbst ist nicht unbedingt in der Lage, das tun zu können.

Ich selbst fand bereits viele dieser theoretischen Informationen unheimlich entlastend und für meinen Alltag durchaus praktisch. Darum werde ich mir und euch hier eine ausgiebige Rundreise durch die Traumatheorie gönnen. Etliche Details davon habe ich noch in keinem Selbsthilfebuch gefunden. Leider ist vieles immer noch sehr unklar; der Forschungsstand alles andere als befriedigend; die Art und Weise, wie sich die Gesamtgesellschaft mit diesem unangenehmen Thema befaßt, trägt selbst alle Kennzeichen eines Traumas.[10]

Die meisten der hier beschriebenen Einsichten verdanke ich einem 1995er Vortrag der feministischen Psychologin Esther Burkert.[11] Sie stützt sich dabei hauptsächlich auf das Buch *Die Narben der Gewalt* von Judith Herman. Wo die offiziellen Erkenntnisse den Boden unter den Füßen verlieren oder meiner eigenen Erfahrung widersprechen, gebe ich denjenigen Gedanken den Vorzug, die ich aufgrund meines eigenen Lebens als zumindest in einem Fall wahr und existent bezeugen kann.

Ein Trauma entsteht durch eine unmittelbare Bedrohung von Leib und Leben, der die Betroffenen hilflos ausgesetzt sind. Auch sexualisierte Gewalt in der Mädchenzeit ist eine solche Bedrohung. Kontrollverlust und Todesangst führen zu einer Art ›Kurzschluß‹ in sämtlichen Bereichen des Ich, die normalerweise das Überleben eines Menschen sichern. Körper und Seele sind überfordert. Freud hat das einen »Verlust der Welt und Verlust des Ich« genannt. Die äußere und die innere Welt brechen zusammen. Das ist eine absolute Grenzerfahrung, eine Begegnung mit dem eigenen Tod.

> »In einem einzigen Moment des Traumas wird dem Opfer gleichsam der Boden unter den Füßen weggezogen. Das bisherige Vertrauen, sowohl in die eigene Stärke und Überlebenskraft und die eigene Fähigkeit zum Selbstschutz, als auch das Vertrauen in andere Menschen wird nachhaltig zum Zusammenbruch gebracht und kann wenn überhaupt nur nach langer Zeit, mit großen Mühen und meist nur in Teilen wiederhergestellt werden« (Burkert, S. 2).

Die Hilflosigkeit wird doppelt erfahren: als eigene Hilflosigkeit und als Hilf-Losigkeit, das heißt als die Abwesenheit von Menschen, die helfen könnten. Der Verlust der sozialen Bindungen und damit das Gefühl totaler Isolation ist ein Symptom, das lebenslang weiterwirken kann und das auch ein typisches Merkmal von Flashback-Zuständen ist. »Ein einziges Erlebnis dieser Art reicht aus, um bei einem vorher psychisch gesunden Menschen nachhaltige psychische, aber auch körperliche Schäden hervorzurufen« (Ebd., S. 1). Das bedeutet also, daß eine einzige zehnminütige Vergewaltigung ausreichen kann, um eine Frau lebenslang zu traumatisieren! An dieser Stelle mag sich vielleicht so manche wundern, wie das sein kann. Dazu sei gesagt, daß sexualisierte Gewalt auf das Brechen der gesamten Persönlichkeit zielt und deshalb den intimsten und verletzlichsten Teil der menschlichen Würde angreift. (Auch bei Folterhaft werden nicht zufällig die Genitalien und der sexuelle Empfindungsbereich angegriffen!) Die Vulva ist ein Tor zur Seele. Das ist einerseits das Wunderbare an ihr. Andererseits gibt es Schandtäter, die genau das brutal ausnutzen.

Bisher bekannte und erforschte Auslöser von Traumata sind beispielsweise: Naturkatastrophen, Flugzeugabstürze, Gewaltverbrechen, Vergewaltigung, sexueller Mißbrauch, Kriegserfahrungen, Folter, Gefangenschaft in Konzentrationslagern. Trotz der Verschiedenartigkeit der Ursachen ähneln sich die Symptome der Überlebenden auffällig. Ich persönlich finde es übrigens sehr entlastend zu wissen, daß mein psychischer Grundzustand in etwa der einer KZ-Überlebenden ähnelt. Das hilft mir, mich nicht ›verrückt‹ zu fühlen.

Eine traumatisierte Person ist nicht selten für den Rest ihres Lebens damit beschäftigt, das zusammengebrochene Ich wieder zusammenzuflicken und das unbegreifliche Erleben zu verarbeiten. Dabei versagen die üblichen psychischen Verarbeitungsmechanismen (Verdrängung, Verharmlosung, Leugnung, Ungeschehen-Machen), obwohl versucht wird, sie anzuwenden. Die typischen Trauma-›Symptome‹ sind nichts anderes als Verarbeitungsversuche der kollabierten Seele. Die feministische Selbstheilungsbewegung bringt diese Erkenntnis dadurch zum Ausdruck, daß beispielsweise Selbstverletzung, Eßstörungen, Abspaltungen und ähnliche Symptome nicht mehr als Krankheit und Störung betrachtet werden, sondern als positiv zu bewertende Überlebensstrategien. Ein Trauma ist eine Münze mit zwei Seiten: einerseits ist die Gewalterfahrung extrem, und der Schaden, den sie anrichtet, spottet jedem Versuch der Beschreibung. Andererseits entwickeln Überlebende oft eine unheimliche Kreativität im Umgang mit den Traumafolgen; ja, schon allein die Tatsache, daß sie überlebt haben, ist ein Wunder.

Überlebende sind wandelnde Katastrophen. Überlebende sind wandelnde Wunder.

Viele Überlebende empfinden sich oft noch Jahrzehnte nach dem auslösenden Erlebnis als ›Lebende Tote‹. Das Paradox des Traumas heißt: gestorben zu sein und eine Auflösung des eigenen Ich erlebt zu haben, und sich dennoch wieder in derselben Welt und immer noch am Leben vorzufinden. Im Versuch, dies Unbegreifliche zu begreifen, dreht und wendet die Seele das traumatische Erleben verzweifelt hin und her und läßt es bruchstückhaft immer wieder ins Bewußtsein zurückkehren. Das sind die Flashbacks. Oder Überlebende suchen immer wieder traumaähnliche Situationen auf (z.B. die geprügelte Ehefrau kehrt zu ihrem Mißhandler zurück), in der Hoffnung, das Unbegreifliche im wiederholten Durchleben irgendwie verstehen und verarbeiten zu können. Das Trauma liegt sozusagen unverdaut und unverdaulich im Magen. Ab und zu stößt es auf, oder es werden Teile davon erbrochen auf der Suche nach Erleichterung, Verstehen / Verständnis und endgültiger Verdauung.

> »Traumatische Ereignisse bewirken tiefgreifende und langfristige Veränderungen in der physiologischen Erregung [also in den Reaktionen des Körpers auf bestimmte Reize, Anm. d. A.], bei Gefühlen, Wahrnehmung und Gedächtnis. Überdies werden diese normalerweise aufeinander abgestimmten Funktionen durch ein traumatisches Ereignis manchmal voneinander getrennt. Der Traumatisierte empfindet beispielsweise intensive Gefühle, kann sich aber nicht genau an das Ereignis erinnern; oder er erinnert sich an jedes Detail, empfindet aber nichts dabei.«[12]

Das bedeutet, ein Trauma ist tief in Körper, Geist und Seele eingebrannt. Gerade in der Sexualität führt deshalb kein Weg daran vorbei.

Trotzdem kann eine Frau jahrelang ›ganz normal‹ und unauffällig vor sich hinleben, ›nur‹ von gelegentlichen Depressionen, Einsamkeitsgefühlen oder psychosomatischen Krankheiten heimgesucht. Im (häufigen) Falle totaler Verdrängung des Traumas werden diese Symptome als unerklärlich empfunden und eben deswegen als ›normal‹ interpretiert. Das ging mir selbst, wie gesagt, auch nicht anders. Die Überlebende denkt: »Ich *bin* halt so«, statt zu wissen: »Ich *leide darunter*, weil mir dies oder jenes angetan wurde.« Oft kommt es gerade bei sexuellen Gewalt-Traumata durch die ständige patriarchale Gewalt rundum zu Wiederholungen und Verstärkungen des Traumas (z.B. die selbstmordgefährdete Depressive sucht in einer Therapie Hilfe und wird von ihrem Therapeuten erneut mißbraucht). Solche Erlebnisse oder auch einschneidende Veränderungen wie Trennung, Tod einer Partnerin oder der Eltern, die Jahrestage des Ereignisses oder der eigenen Geburt können auch viele Jahre nach dem ursprünglichen traumatischen Ereignis ein plötzliches, heftiges Ausbrechen von Trauma-Symptomen auslösen.

Bessel van der Kolk beschreibt den Fall einer Frau, die im Alter mit einem Mal anfängt, in öffentlichen Gebäuden Feueralarm auszulösen und Leute zu evakuieren.[13] Gleichzeitig klagt sie über ständiges Frieren. Erst nach einer Odyssee an Fehldiagnosen wie paranoide Schizophrenie wird die wahre Ursache ihres Verhaltens entdeckt: sie hatte 38 Jahre zuvor eine Brandkatastrophe in einem Kühlschrank überlebt, dies aber völlig verdrängt. Die Frau ist also keineswegs verrückt – sie erinnert sich.

Genausowenig verrückt sind erwachsene Lesben, bei denen sich Traumasymptome bemerkbar machen. Gerade in diesem Zustand, in dem das Ich überzeugt ist, in der Normalität zu leben und niemals traumatisierende Gewalterfahrungen gemacht zu haben, ist ein unkontrolliertes Wiedererleben in Form von sogenanntem neurotischen Zwangsverhalten, Flashbacks, unbewußtem Nachspielen oder Ähnlichem die einzige Möglichkeit der traumatisierten Seele, sich Luft zu verschaffen und ihre Bewältigungsversuche zum Ausdruck zu bringen. Der Wiederholungsdrang wird in der Traumatheorie als Übergangsstadium zwischen totaler Verdrängung und Bewußtwerdung betrachtet. Ich sehe das aber nicht so eindimensional-linear: Ein Trauma wird ja in vielen kleinen Stücken verarbeitet. So ist ein Nebeneinander von zwanghaftem Wiederholungsverhalten (der noch unbewußten Anteile) und bewußtem Verarbeiten anderer Anteile durchaus möglich. Ich lebe seit Jahren so.

Das Wiederholungsverhalten bzw. das Wiederholungsfühlen und Erinnern an sich ist aber noch keine ›Heilung‹! Es ist eine Botschaft, die, wenn sie angenommen und verstanden wird, eine Verarbeitung und Heilungsschritte einleiten *kann*. Genausogut kann es aber passieren, daß durch Wiederholung ähnlicher Erfahrungen das Trauma verstärkt und verschlimmert wird, zum Beispiel, wenn die mit einer Flashback-Psychose ringende Überlebende von Ärzten mit Zwangsjacken und Drogen gefoltert wird. Die dritte mögliche Variante ist, daß weder die Chance zur Verarbeitung genutzt wird noch eine Verschlimmerung des Traumas stattfindet. Dann bleibt die Wiederholung einfach eine Wiederholung. Das kann theoretisch ein Leben lang ablaufen, ohne daß sich am Trauma selbst etwas verändert. Zur Verarbeitung gehört eben nicht nur das Wiederauftauchen des Gewalterlebnisses allein, sondern auch eine unterstützende und vor allem geschützte Umwelt und die eigene Bereitschaft zur Aufarbeitung.

Oft ist das traumatische Geschehen mit Worten nicht in den Griff zu bekommen. Es gibt verschiedene Erklärungsversuche dafür, warum das so ist. Eine Vermutung ist, daß das nur für traumatische Ereignisse gilt, die in den ersten Lebensmonaten – also vor dem Erwerb der Sprechfähigkeit – stattfanden. Eine andere, daß es an der enormen Ausschüttung von Streßhormonen in der traumatischen Situation liegt, wodurch die Koordinierung der Sinneseindrücke mit dem Sprachzentrum im Gehirn unterbrochen wird. Oder liegt es am übermächtigen Schweigegebot der Täter? Oder spielt alles zusammen? Tanja Schmidt[14] vermutet, daß Wahrnehmung ein intaktes Ich voraussetzt: ein Bewußtsein, das die Sinneseindrücke verarbeitet und speichert. In dem Moment, wo dieses Ich zusammenbricht, setzt auch die übliche Verarbeitung des Erlebens aus, und das traumatische Ereignis entzieht sich deswegen der Sprache und der über Sprache erreichbaren Erinnerung. Diese Information ist für die Begleitung von Flashbacks wichtig: wenn die Liebste nicht sagt, was mit ihr los ist, mag es gut sein, daß sie es tatsächlich nicht sagen *kann* und auch nie können wird!

Ein weiteres Kennzeichen für Traumata sind alle Verhaltensweisen, die eher kindlich als dem Alter der Überlebenden angemessen erscheinen, beispielsweise die Verwechslung von inneren Phantasiewelten und äußeren Realitäten; oder überhaupt alle Arten von Schwierigkeiten, die Angemessenheit und Zugehörigkeit von Gefühlen einzuordnen (Spinn' ich? Ist das jetzt ihre Wut oder meine? Warum wissen die anderen nicht, wie es mir geht?). So lassen sich auch das extreme Klammern und die weitverbreiteten Abhängigkeitsgefühle von der Liebsten erklären, die bei lesbischen Liebesbeziehungen oft zu Problemen führen. Ein Erklärungsansatz ist die Vermutung, daß bei Traumata in der Mädchenzeit ein Teil der Persönlichkeit im Alter des Ereignisses stehenbleibt und sich beim Heranwachsen nicht weiterentwickelt.

Eine spannender Ansatz zur Erklärung traumatischer Symptome ist auch die sogenannte Verinnerlichung des Täters: Die traumatisierte Frau übernimmt die Sichtweisen des Täters und sieht die Welt aus seinen Augen.[15] Ich kenne zum Beispiel eine Lesbe, die sich oft verhält, als schaue ihr der strafende Täter-Vater bei all ihrem Denken und Tun ständig über die Schulter. Auch gibt es Bilder von Mißbrauchs-Überlebenden, die sich selbst mit einem Täter im Kopf oder Bauch zeichnen, was solche Gefühle sehr anschaulich darstellt. Überlebende hassen sich oft selbst. Dieser Ansatz versucht auch, alle selbstzerstörerischen Erscheinungen von der Eßstörung bis hin zum Selbstmord als Versuche zu sehen, den verinnerlichten Täter zum Schweigen zu bringen oder loszuwerden. Eine andere Variante ist die Interpretation, daß die Überlebende das Werk des Täters an sich selbst fortsetzt, weil sie seine Weltsicht und seine Absichten vollkommen übernommen hat. Diese beiden Thesen erscheinen mir aber ein bißchen weit hergeholt. Meinen eigenen Erfahrungen nach ist Selbstzerstörung entweder ein Versuch, sich eine Art Ventil zu schaffen, wenn die Heftigkeit der wiederauftauchenden Gefühle von Schmerz, Verzweiflung und Panik unerträglich werden. Oder es ist ein kodiertes Signal an die Umwelt, der Hilfeschrei einer Sprachlosen. Oder es ist ein zwanghaftes Wiederholungsverhalten, das mich darauf hinweist, daß da noch Verdrängtes in mir ist, das in mein Bewußtsein kommen möchte. Oder es ist tatsächlich ein ernstgemeinter Versuch, mich selbst umzubringen, um all den Scheiß nicht mehr aushalten zu müssen. Als ›Umbringen des verinnerlichten Täters‹ oder als ›Fortsetzen seines Werkes‹ habe ich das jedenfalls noch nie empfunden.

Für Außenstehende schier unerklärlich sind oft auch die Schwierigkeiten von Überlebenden, es sich gut gehen zu lassen und sich von einem deprimierenden Weltbild zu lösen. Sie scheinen geradezu alles dafür zu tun, daß ihre Welt chaotisch und ihr Leben unglücklich bleibt. »Muß meine Liebste ihren Täter-Bruder unbedingt pflichtbewußt zum Geburtstag beschenken und sich mit Besuchen quälen, statt ihm die Gurgel umzudrehen? Muß sie ihren Job gleich wieder hinschmeißen, wo sie doch solche Probleme hatte, einen zu finden? Muß sie so verzweifelt an ihrer Ex hängen, wo die sie doch nur mies behandelt hat?« – Aber auch das sind letztlich Überlebensstrategien:

> »Die zerstörte Welt war für die Betroffenen zu ihrer Welt geworden, sie hat es werden müssen, sonst wären sie an der Extremtraumatisierung zugrunde gegangen ... Chaos und Zerstörung sind zum Zuhause geworden – und es ist zwar wünschenswert, aber schwierig und schmerzhaft, dieses Zuhause wieder zu verlassen.«[16]

Allerdings finde ich diesen Aufbruch nicht so dauerhaft-quälsam, wie das jetzt klingen mag. Es sind eher bestimmte Situationen und Momente, in denen die Chance besteht, die chaotische Heimat wieder einen kleinen Schritt weiter hinter sich zu lassen. An solchen Punkten angelangt, wird es wohl schwierig und schmerzhaft. Aber es gibt auch wieder andere Zeiten dazwischen: Zeiten, die neu gewonnene, weniger chaotische Heimat zu bestaunen und zu genießen ...

Carolyn Gammon
UNLUST

Für die Mitfrauen der Selbsthilfegruppe ›Unlust‹,
Berlin, die den Mut hatten, sich zu treffen.

du gehst durch das Haus
ein Handtuch um die Hüften
trägst eine Tasse Kaffee
setzt dich, streckst dich
ich möchte dich
ständig berühren
möchte jeden Zentimeter Haut
an meiner Haut spüren
neben dir im Bett
tagträume ich
lecke jeden Teil von dir
zwischen Zehen
hinter Knien
deinen Bauch rundherum
hebe deine Brüste
küsse dich dorthin, wo es warm ist
aber roll zu mir
Lippen feucht
Bein zwischen meine gepreßt
Panik
ein bestimmter Lichteinfall
eine Hand, die sich bewegt, so
jedes Mal
unvorhersagbar
dein Körper
eine Gefahrenzone
ein Minenfeld
dein Venushügel
plötzlich ein lebendiger Schwanz
unter meinem Streicheln
deine masturbierende Hand
plötzlich er
der sich einen abwichst
elektrischer Schock
meine Hand hält inne
zögert schuldbewußt
wartet
auf den nächsten sicheren Moment
dich zu berühren

FLASHBACKS

Das Thema *Flashbacks* ist eigentlich eine Ansammlung von Paradoxa. Das macht die ganze Sache etwas kompliziert, vor allem für nichttraumatisierte Außenstehende. Ich möchte in diesem Kapitel zu erklären versuchen, was Flashbacks und Wiederholungsverhalten sind; wie sie sich in lesbischen Liebesbeziehungen auswirken können und wie damit umgegangen werden kann. Ich betrachte diese beiden Traumasymptome dabei aus unterschiedlichen Perspektiven: aus der Sicht der Überlebenden, die mittendrin steckt (»Was brauche ich?«) und aus der Sicht der außenstehenden Geliebten, der Zeugin (»Was mach' ich bloß?«). Wobei die außenstehende Geliebte natürlich auch selbst Überlebende sein kann. Ja, es kann sogar passieren, daß durch einen Flashback ihrer Liebsten bei ihr selbst ein Flashback ausgelöst wird, so daß die ursprünglich mittendrinsteckende Überlebende plötzlich zur Zeugin wird, und die Zeugin zur Erinnernden – schon sind wir mittendrin in einem paradoxen Zwirl. (Es ist die Spezialität von Traumafolgen, solche Zwirls zu erzeugen.) Für mich und meine geneigten Leserinnen heißt das, daß wir uns an diese Stelle endgültig von dem allzu menschlichen Bedürfnis nach absoluten Wahrheiten und Klarheiten und allgemeingültigen Patentrezepten verabschieden müssen. Und uns dafür hineinfinden in eine Welt des Sowohl-als-auch, der Widersprüche, der Unsicherheit und der selbstverantwortlichen Entscheidungen. In eine bunte Welt.

Der Körper ist ein Erinnerungsspeicher. Falsche Erziehung und Fehlinformationen (die Folgen von 500 Jahren sogenannter ›Aufklärung‹) lassen manche vermuten, das Gedächtnis säße nur im Gehirn. So sind wir daran gewöhnt, Erinnerungen eben nur über den Kopf und über sprachliche Kommunikation abzurufen (»Weißt du noch …?«). Daß es auch andere Möglichkeiten gibt, wird dabei übersehen, müßte aber im Verlauf dieses Buches bereits deutlich geworden sein. Wir sind ganze Wesen und erinnern somit auch ganzheitlich: mit Körper, Gefühl und Verstand. All das hängt zusammen: Das Lied wieder zu hören, auf das ich an jenem ›ersten Abend‹ mit ihr zusammen getanzt habe, kann in mir die ganze Flut von Frischverliebtseinsgefühlen wieder heraufbeschwören; ein bestimmter Schmerz im Knöchel erinnert mich heute noch daran, wie ich mich vor Monaten mit ihr gestritten und mir dann beim wütenden Davonlaufen den Fuß verstaucht habe.

Als Quelle von Erinnerungen ist der Körper wertfrei. Er zensiert nicht nach angenehm oder unangenehm. Für Körpergefühle gilt im Grunde das Gleiche wie für mein ›Schwimmbecken‹: die Sinneseindrücke werden gesammelt, und der Vorrat an Gesammeltem beeinflußt die neu hinzukommenden Eindrücke. Ich könnte auch umgekehrt sagen: eben weil der Körper auf diese Weise Sinneseindrücke sammelt, kommt es zu solchen Phänomenen wie dem Schwimmbekken der gesammelten sexuellen Erfahrungen. Dabei gelten bestimmte Regeln und Prinzipien. Eines davon ist, daß sich Erlebnisse um so bleibender einprägen, je extremer sie sind – und zwar extrem in beide Richtungen: besonders angenehm oder besonders unangenehm. Ein zweites, daß die Körpereindrücke mit bestimmten Gedanken oder Emotionen verknüpft sein können. Und drittens ist dieses Sammelbecken keine Einbahnstraße: durch äußere Einflüsse (Gefühle, Sinneseindrücke, Gedanken, Gespräche) ausgelöst, können Erinnerungen aller Art wieder daraus auftauchen. Und zwar querbeet durch alle Dimensionen. Esther Burkert drückte das so aus: »Es ist auch eine Liebestechnik, aneinander Erinnerungen zu wecken.«

Vielleicht erinnert das Kitzeln meiner Haare meine Liebste daran, wie ihr im letzten Urlaub am Meer der Sand auf ihre Beine rieselte. Und gleich fühlt sie sich wohlig-warm geborgen und entspannt. Vielleicht liegt sie im Urlaub am Strand, und das Kitzeln des Sandes auf ihren Beinen erinnert sie an meine Liebkosungen. Schon fühlt sie sich wohlig-warm geborgen und sehr geliebt. Oder aber, sie empfindet mein gutgemeintes Streicheln auf den Rippen als unangenehmes Kitzeln, weil ihre Schwester sie als Kind immer damit gequält hat. Und schon ist sie angespannt, wehrt genervt ab und schmeißt mich mit ihrer Krätzgurke von Schwester in einen Topf.

Solche (Körper-)Erinnerungen sind unzensiert. Sie sind vorsprachlich, ungeordnet, sinnlich, chaotisch und gefühlsgeladen. Und sie können aufgrund eines Reizes oder Anstoßes wiederkehren. Darum kann gerade über den Körper und über sinnliche Lust ein Wiedererleben von Gewalterfahrungen und Schmerzen ausgelöst werden, das nicht unbedingt willkommen ist. Das Beispiel mit der Brandkatastrophen-Überlebenden zeigt deutlich, wie dauerhaft und zuverlässig der Körper gerade die mit Traumata verbundenen Körpergefühle bewahren und detailgetreu wiederaufleben lassen kann. Die Kälte des Kühlschranks trägt die alte Frau auch 38 Jahre später noch in sich. Es macht keinen Sinn, diesen Erinnerungs-Mechanismus zu verdammen oder bekämpfen zu wollen. Frau sollte sich einfach bewußt sein, daß es so ist und was darum beim liebenden Körperkontakt alles passieren kann. Zum Trost sei angefügt, daß es durchaus möglich ist, unangenehmen Assoziationen und schmerzhaften Körpererinnerungen angenehme entgegenzusetzen. Zärtliches Streicheln, Handauflegen oder eine Wärmflasche können die besten Hilfsmittel bei Flashback-Schmerzen und Krämpfen sein. Auch hier gelten die Gesetze des Schwimmbeckens: Was im Erinnerungsspeicher Körper bisher angesammelt wurde, beeinflußt, wie das neu Hinzukommende empfunden wird; das, was neu dazukommt, beeinflußt seinerseits die Mischung des bisher Angesammelten.

Ich verwende der Einfachheit halber im folgenden nur zwei Begriffe für die verschiedenen Formen, in denen Erinnerungen an traumatische Erlebnisse wiederauftauchen können: Mit ›Flashback‹ bezeichne ich alle einmaligen, anfallartigen Erinnerungen im Wachzustand; plötzliche psychische ›Abstürze‹ in Grauszonen. Mit ›Wiederholungsverhalten‹ meine ich alle quasi chronischen Formen ritualisierter Erinnerung, die einen festen Platz im Alltag der Überlebenden haben. Beides hat in seinen typischen Merkmalen große Ähnlichkeit, und beides ist für mich ein Versuch des Traumas, an die Oberfläche zu kommen, um von der Überlebenden selbst und von ihrer Umwelt gesehen und verarbeitet werden zu können. Diese Art von Erinnern unterscheidet sich völlig von unserer üblichen Art zu erinnern, von unserem ›Alltagsgedächtnis‹. Über normale Erinnerungen habe ich beispielsweise die Kontrolle. Ich kann mich mit ihnen beschäftigen, wie ich will – oder nicht. Ich kann sie in mein Leben einordnen. Sie sind meist etwas verschwommen und ungenau. Außerdem sind sie veränderlich. Frage eine Frau vor und nach ihrem Coming Out nach ihrer Jugendzeit, und sie wird dir zwei völlig verschiedene Geschichten erzählen! Flashbacks dagegen kommen unkontrolliert und unkontrollierbar. Ihr Zusammenhang zu meiner Identität und meinen bewußten Erinnerungen ist nicht klar. Sie sind gestochen scharf, mitunter bis in winzige Details. Sie können sich wie ein wiederkehrender Alptraum[17] wiederholen und dabei in Einzelheiten immer deutlicher oder als Handlungsablauf jedesmal ein Stückchen länger werden – entsprechend ihrem fortschreitenden Auftauchen aus seelischer Verdrängung. Sie sind mit tranceartigen Zuständen und mit Gefühlen von Kontrollverlust und Hilflosigkeit verbunden.

Das Erinnern in Form von zwanghaftem Wiederholungsverhalten, das ein regelmäßig wiederkehrender Bestandteil im Alltag der Überlebenden ist, unterscheidet sich ebenfalls deutlich von allen anderen

Verhaltensformen. Bei Kindern zeigt sich das Wiederholen von traumatischem Erleben in unveränderlichen, ernsthaft-starren Spielabläufen, denen jegliches Merkmal gewöhnlichen Spielens fehlt: die Lebendigkeit, Heiterkeit, Veränderlichkeit – eben das Spielerische. Bei Erwachsenen findet sich solches Wiederholungsverhalten zum Beispiel unter dem Etikett Neurose / neurotisches Zwangsverhalten. Wiederholungsverhalten ist ein kodierter, hinter symbolischen Handlungen versteckter Hinweis auf die verdrängte traumatische Ursache. Es ist ein Signal an die Umwelt und an das eigene Ich; ein Versuch, Teile des Traumas in eine handhabbare, ›gesellschaftsfähige‹ Form zu packen. Auf den ersten Blick erscheint die Symbolsprache des Wiederholungsverhaltens oft schwierig zu entschlüsseln. Dabei gibt es meist einen sehr direkten Zusammenhang (wie beim Feueralarm-Auslösen der Brand-Überlebenden oder meinem kindlichen Foltern von Stofftieren), der nur deshalb unverständlich scheint, weil die Informationen über das dahinterstehende Trauma fehlen. Ein Waschzwang kann beispielsweise eine Form des Ausagierens von Vergewaltigungserinnerungen sein: der Versuch, sich von gewaltsamer Besudelung zu befreien und dem Bewußtsein mitzuteilen, daß frau sich dreckig und beschmutzt fühlt. Auch hier sind die typischen Merkmale von Flashbacks zu finden: das Gefühl, diesem Zwang hilflos ausgeliefert zu sein, keine Kontrolle darüber zu haben, ein Zurückziehen in Isolation und Heimlichkeit, ein tranceartiger Bewußtseinszustand, fehlender Zusammenhang zum Alltag und zur eigenen Identität; ein immergleicher, unveränderlicher Ablauf; Scham- und Schuldgefühle. Meiner Meinung nach können bestimmte sexuelle Phantasien ebenfalls als zwanghafte Wiederholung traumatischer Bilder auf der geistigen Ebene betrachtet werden; vor allem, wenn sie die erwähnten Merkmale tragen.

Was ein Flashback ist, weiß im Grunde genommen niemand. Diese Erinnerungsblitze entziehen sich der Kontrolle genauso wie einer exakten Definition. Ich würde Flashbacks als ein unwillkürliches Wiedererleben von Teilen des traumatischen Erlebens beschreiben, das sich auf allen Ebenen (in allen drei Dimensionen Körper, Seele, Geist) abspielen kann: Bilder, Gefühle, Gedanken und Körperempfindungen kehren wieder; einzeln oder vermischt, sekundenkurz oder qualvoll lang. Der Flashback trägt alle Kennzeichen des Traumas selbst: Kontrollverlust, Hilflosigkeit und Isolation sind immer seine Begleiter. Auch das Gefühl der Überforderung, des Nichtbewältigbaren, existentielle Angst und Todesnot – eben ein erneuter Zusammenbruch der inneren und äußeren Welt – können auftauchen. Diese Gefühle werden bei häufigen Wiederholungen aber relativiert: Flashback-erfahrene Frauen, denen bewußt ist, daß sie Überlebende sind, lernen im Lauf der Zeit, daß die Welt auch nach dem Flashback weitergeht und daß sie den Erinnerungsblitz überleben werden. Oft entwickeln sie Umgangsstrategien, die solche Ängste eindämmen. Der Verlust von Kontrolle und Kontakt zu anderen sowie das Gefühl von hilflosem Ausgeliefertsein ist meiner Erfahrung nach aber immer dabei und kann nicht durch Routine, Umgangsstrategien oder bewußte Steuerung verändert werden.[18] Allerdings gibt es durchaus so etwas wie eine ›Gewöhnung‹ an den Kontrollverlust, ein Sichabfinden mit den gelegentlichen Weltuntergangsgefühlen.

Wenn sich Frauen ihres Traumas nicht bewußt sind, können sie sich die Flashbacks nicht erklären. Sie erscheinen wie zusammenhanglose Brüche in ihrer Alltagswelt, die sie aus allem Gewohnten herausreißen und keinerlei Sinn machen. Wie das Trauma selbst sind auch die Erinnerungsblitze nicht in die übrige Erfahrungswelt einzuordnen. Die begleitenden Gefühle sind unheimlich beängstigend – eben weil sie nicht eingeordnet werden können. Beim Flashback scheint sich das Bewußtsein zu verengen wie beim Blick durch eine Röhre. Die Fragmente, die durch diese Röhre erspäht werden, können in ihrer Monstrosität unglaubhaft wirken oder widersprechen sogar den bewußten Erinnerungsbildern (z.B. von einer heilen Kindheitswelt) beziehungsweise der üblichen Körperempfindung (»Warum krieg' ich plötzlich keine Luft mehr? Bin ich krank oder bilde ich mir was ein?«). Wie einzelne, voneinander isolierte Puzzlestücke passen diese Fragmente weder zusammen noch sonst irgendwohin. Die einzige Erklärung, die sich anbietet (»Ich muß geisteskrank sein!«), ist ja auch nicht gerade ermutigend. Leider wird diese Erklärung von der Wissenschaft und der Ganz-Normaler-Wahnsinn-Gewalt-Gesellschaft um uns herum immer wieder gern propagiert. Mit Fleiß werden Etiketten verklebt, die alle Schuld und Verantwortung der einzelnen Frau zuschieben. Intuitiv aber wehren sich viele Frauen gegen diese Diagnose, und sie haben völlig recht damit.

Es kann niemand genau sagen, wo die Grenzen zwischen Zwangs- und Wiederholungsverhalten, Alpträumen und Erinnerungsblitzen liegen. Neurologie und Psychiatrie haben viele Namen erfunden für viele nur scheinbar verschiedene Symptome, die sich mit dem Wort Trauma sehr einfach auf einen Nenner bringen ließen – wenn mann nur wollte: Hysterie, masochistische Persönlichkeit, Borderline, Psychose, Neurose ...[19] Ein solches Einsehen wird aber wohl noch dauern. Vor allem ist es ja so viel bequemer, Frauen als krank zu stigmatisieren und sich damit ratzfatz ein gesellschaftliches Problem vom Hals zu schaffen, das ansonsten am Ende gar nach einer totalen Veränderung der gesamten Verhältnisse verlangen würde. Huch!

Wie in Carolyn Gammons Gedicht beschrieben, werden Flashbacks oft von bestimmten Schlüsselreizen ausgelöst: einem Geruch, einem Geräusch, einem Bild, einem Gefühl ... – im Prinzip kann eigentlich *alles* Auslöser für einen Flashback sein. Für den Umgang mit Flashbacks ist es wichtig, Auslöser und Ursache nicht zu verwechseln. Dies ist ein ganz entscheidender Punkt, auf den ich später noch zurückkommen werde!

Die Traumaforschung hat festgestellt, daß dem Flashback ein bestimmter Zustand innerer Anspannung voranzugehen scheint. Ich selbst kenne dieses Gefühl aufgrund jahrelanger Erfahrung sehr gut und kann es inzwischen schnell identifizieren. Ich spüre verdrängte Erinnerungen aus dem Unterbewußten aufsteigen, bevor sie im Bewußtsein anlangen, und lange bevor ich weiß, um welche Inhalte es sich handeln wird. Soll ich dieses Gefühl beschreiben, fällt mir immer der Vergleich von aufsteigender Übelkeit vor dem Erbrechen ein. Vor allem, wenn sich dieser Zustand wochen- und monatelang hinzieht, empfinde ich ihn als ebenso qualvoll wie einen würgenden verdorbenen Magen, der es nicht schafft, seinen giftigen Inhalt loszuwerden. Ein in der Selbsthilfebewegung häufig dafür verwendetes Bild ist auch das Gefühl, auf einem ausbrechenden Vulkan oder zu Füßen eines bröckelnden Staudammes zu sitzen, auf den eine riesige Flutwelle zuschwappt. Ich beschreibe diese Phase deshalb so ausführlich und deutlich, weil sie für die ›Früherkennung‹ sehr wichtig sein kann. Als Flashback-Erfahrene bleibt mir meist etwas Zeit vom Identifizieren dieser inneren Anspannung bis zum Ausbruch der Erinnerungsblitze. In dieser Zeit kann ich mein soziales Umfeld informieren und dafür sorgen, daß der zu erwartende Flashback unter bestmöglichen Umständen stattfinden kann: daß ich beispielsweise auch spät nachts noch bei Freundinnen anrufen kann, die dann zu mir kommen; daß ich mir Urlaub nehme oder daß ich mich vorsorglich mit vielen Sachen umgebe, die mir gut tun.

Ist diese Phase des ›Ausbrütens‹ eingetreten, genügt ein scheinbar banaler Anlaß, um Flashbacks auszulösen. Zusätzlich kenne ich noch eine andere Variante von Flashbacks, die nicht unbedingt so eine ›Brutphase‹ haben müssen: nämlich diejenigen, die über Liebesbeziehungen ausgelöst werden. Wenn ich zulasse, daß mir eine geliebte Person so nahe kommt, wie mir die Täter waren, kann es eben leicht passieren, daß dabei alte Wunden berührt und aufgerissen werden. Dann kann ganz unvermittelt und ohne Vorwarnung oder ›Kotzgefühl‹ die volle Wucht des alten Schmerzes wiederkehren. Vermutlich ist diese Variante bei Lesben, die sexualisierte Gewalt von Frauen oder Mit-Täterinnen erlebt haben, noch häufiger und von noch existentiellerem Ausmaß.

Was ist der Sinn und Zweck von Flashbacks?

Meiner Erfahrung nach liegt im Wiedererleben des Traumas die Chance, das Erinnerte aus heutiger Sicht neu zu bewerten und in mein aktuelles Leben zu integrieren. Die unverdaulichen Paradoxa, die immer wieder aufstoßen, weil das Unterbewußte den Widerspruch nicht auflösen kann, müssen über bewußtes Reflektieren verarbeitet, oder besser gesagt: in ihrer Widersprüchlichkeit angenommen werden. Zum Beispiel ist ein Mädchen mit dem Widerspruch, daß der liebe nette Onkel plötzlich zum Monster wird, völlig überfordert. Erst als erwachsene Frau habe ich die Chance zu erkennen, daß die Nettigkeit nur Fassade war, ein Mittel zum Zweck. Oder daß der Onkel wie alle Täter natürlich beide Seiten haben kann: die ›liebe‹ und die ›böse‹. Außerdem kehren mit den Flashbacks Teile der eigenen Persönlichkeit, die durch die traumatische Erschütterung abgespalten wurden, zurück. Jeder Flashback kann daher als Versuch gesehen werden, die Scherben zu kitten, die verlorenen Teile einer selbst wiederzufinden, und ganz – beziehungsweise: ein Stück weit ›ganzer‹ – zu werden.

Traumafolgen, und insbesondere Flashbacks, sind hochkomplizierte Gebilde. Entschlüsseln kann sie letztlich nur die Überlebende selbst. Traumafolgen durchdringen verschiedene körperliche, geistige und seelische Ebenen, so daß ein einziger Flashback auf jeder dieser Ebenen eine andere Bedeutung und einen anderen Zusammenhang haben kann. Das macht konkrete Erlebnisse mit Flashbacks oft sehr verwirrend und schwer zu verstehen. Ein Beispiel: Eine Überlebende empfindet ihren Flashback als Hilferuf nach außen, kann aber gleichzeitig Hilfsangebote nicht an sich heranlassen, verhält sich abwehrend und stößt ihre Umwelt vor den Kopf. In so einem Fall ist es wichtig aufzudröseln, was wohin gehört: Das Bewußtsein, Hilfe zu wollen, stammt vom ›erwachsenen Ich‹, das willentlich an der Selbstheilung arbeitet. Das abwehrende Verhalten ist wohl eher dem ›verletzten Mädchen‹ zuzuordnen, das felsenfest überzeugt ist: »Mir hilft sowieso niemand!«; oder das zu früh mit Verantwortung überladen wurde und meint, seine Mutter – und damit alle späteren potentiellen Helferinnen – vor sich selbst schützen zu müssen. Dieser Flashback kann also sehr wohl auf der Beziehungsebene einen Hilferuf an die Liebste bedeuten und gleichzeitig auf einer anderen Ebene, daß das verletzte Kind in mir danach schreit, von mir selbst gesehen, angenommen und getröstet zu werden.

Sind Flashbacks vermeidbar? Oder sind sie unabänderliches Schicksal aller Trauma-Überlebenden?

Eine eindeutige Antwort darauf ist schwierig. Fest steht, daß ein deutlicher Zusammenhang zwischen Flashbacks und der momentanen Lebenssituation besteht. Geht es mir gut und fühle ich mich rundum wohl, sicher und geborgen, ist die Wahrscheinlichkeit von Erinnerungsblitzen gering. Laut Traumatheorie erhöht jeder Streßfaktor die Wahrscheinlichkeit von Flashbacks, vor allem, wenn der Streß dem traumatischen Streß ähnlich ist (Einsamkeit, Verlust von Sicherheiten, Feststecken in struktureller Gewalt,[20] eine Krankheit, die hilflos ans Bett fesselt ...). So brechen beispielsweise bei KZ-Überlebenden Traumasymptome im Alter verstärkt aus, wenn durch das Wegsterben des FreundInnenkreises die soziale Isolation zunimmt – und dadurch die Erinnerung an die Isolation während der traumatischen Folterhaft aufgerührt wird. Da die Generation unserer Großmütter einen Krieg überlebt hat, in dem mit Sicherheit genauso vergewaltigt wurde wie in Bosnien, dürften viele solche Fälle aus der eigenen Familie kennen. Alte Frauen, die plötzlich Alkoholismus, scheinbar übertriebene Ängste aller Art oder Verfolgungswahn entwickeln: Sie sind nicht verrückt. Sie erinnern sich.

Das Gemeine an diesem Zusammenhang zwischen Flashbacks und allgemeiner Belastung ist, daß sich die Traumasymptome ausgerechnet dann einmischen, wenn einer sowieso schon das Wasser bis zum Hals steht. So kann das Trauma leicht eine zerstörerische Eigendynamik entwickeln, die eine Frau mit der Macht einer Lawine in den Abgrund ziehen kann: durch äußerliche Streßfaktoren (Arbeitslosigkeit, Beziehungsknatsch ...) wird meine Allgemeinverfassung angegriffen: Ich bin erschöpft und bedürftig; dadurch bekomme ich häufiger Flashbacks, die mich noch mehr stressen und erschöpfen; dadurch wird verhindert, daß ich meinen Alltags-Streß in den Griff kriege, und so weiter, so daß sich die Spirale immer schneller und schneller dreht. Es ist unheimlich schwer, diese Dynamik aufzuhalten, wenn sie mal so richtig in Fahrt ist. Oft beendet erst ein Kollaps diesen Strudel: eine Krankheit, ein Zusammenbruch oder selbstzerstörerische Verzweiflungsaktionen. Leider weiß ich hier keinen Tip, kein Patentrezept zum Entschärfen dieses Strudels. Ich selbst würde mir in so einer Situation wünschen, umsichtige, unbeteiligte Freundinnen kapieren, was da abgeht, und greifen ein: entlasten vielleicht meinen Alltag mit ganz praktischer Hilfe, schicken mich nachdrücklich auf Reisen oder verschaffen mir sonstige Ablenkungen. Sprich: sie übernehmen in dieser Krisensituation vorübergehend einen Teil meiner Verantwortung für mich selbst, den ich in diesem Zustand nicht mehr tragen kann.

Sicherlich könnte ich aus diesem Zusammenhang von Streßfaktoren und Flashbacks einen ähnlichen Ratschlag ableiten, wie er unheilbar Kranken gegeben wird, nämlich tunlichst ihre Abwehrkräfte zu stärken und jeglichen Streß zu meiden. Andererseits frage ich mich, ob ein solches Vermeiden a) überhaupt realistisch und b) wirklich wünschenswert ist. Ich interpretiere Flashbacks ja als Anlauf zur Selbstheilung. Sollte der wirklich um jeden Preis unterbunden werden? Damit würde ich mich auf den Standpunkt jener MedizinerInnen stellen, die zufrieden sind, wenn sie ihre PatientInnen dermaßen mit Psychopharmaka betäubt haben, daß die Flashbacks ausbleiben. Ich plädiere eher für ein Abwägen der einzelnen Situation. Wenn die Lawine am Rollen ist, würde ich sagen: Tu alles, um sie irgendwie zu stoppen und weitere Flashbacks zu vermeiden. Wenn die Umstände aber gerade günstig sind, dein Alltag dir den nötigen Freiraum bietet und dir hilfreiche Freundinnen und Fachfrauen zur Seite stehen, würde ich raten: Geh hindurch und mach das Beste draus!

Es gibt bisher keine Untersuchungen über die Auswirkungen von Heilungsarbeit auf die Häufigkeit und Heftigkeit von Flashbacks. Ich persönlich glaube allerdings, daß ich durch bewußte Auseinandersetzungsbereitschaft und ein Aufgeben der Flucht vor dem Trauma einen Einfluß darauf ausüben kann. Daß ich zumindest phasenweise frei werden kann von unwillkürlichen Erinnerungsblitzen. Allerdings gibt es mit Sicherheit keine Garantie, kein Heilmittel zum 100%igen Abstellen von Flashbacks. Meine Antwort auf die Frage, ob

Flashbacks unabänderliches Schicksal sind, ist also sowohl ja als auch nein.

Bevor ich mißverstanden werde, möchte ich hier allerdings betonen, daß ich mit ›Auseinandersetzungsbereitschaft‹ nicht ein krampfhaftes Hineinvergraben in die Traumasymptomatik meine. Frau kann sich da leicht selbst in die Falle gehen: sich Tag und Nacht nur noch mit dem Ausgraben der Vergangenheit zu beschäftigen, kann gerade den gegenteiligen Effekt haben: Statt Flashbacks zu beenden, können sie verstärkt werden, und sofort haben wir den nächsten Strudel am Kreiseln und Abwärts-Saugen. Solche Erinnerungs- und Heilungsarbeit ist höchst anstrengende Schwerstarbeit. Das ist sogar körperlich deutlich spürbar. Nach jedem Schritt dieser Art fühle ich mich, als hätte ich zu Fuß den Himalaya überquert! Erholungspausen sind darum genauso wichtig wie das Bewußtmachen verdrängter Erlebnisse. Ich habe genug Frauen kennengelernt, die ihre früheren selbstzerstörerischen Mechanismen nahtlos ersetzt haben durch ein selbstzerstörerisches Verbohren in die wiedergefundenen unerquicklichen Erinnerungen. Vom Regen in die Traufe. Mitunter war ich auch selbst in dieser Gefahr.

HEILUNGSARBEIT

Ich durchlebe ein ganzes Kaleidoskop an Gefühlen, wenn ich daran denke, was meiner Lust und meiner Sexualität in der patriarchalen Gewaltgesellschaft angetan worden ist. Oder wenn ich andere Frauen sehe, deren Lust aus Schmerz besteht; die ihre sexuellen Gefühle unterdrücken müssen; die nicht wissen, wie sie sie leben können und darum lieber ganz darauf verzichten; oder die es zwar wüßten, aber keine passende Partnerinnen oder Partner finden, mit denen das möglich ist.

Ich habe keine Ahnung davon, was eine lustvolle Frau sein könnte. Was für ein mächtiges menschliches Wesen, ihrer sexuellen und spirituellen Energien bewußt, kraft- und eindrucksvoll, unabhängig, schöpferisch, einzigartig, wehrhaft, leidenschaftlich in allem, was sie tut. Und nicht erpreßbar.

Betrachte ich dagegen die tausend Grenzen, an die ich immer wieder pralle, wenn ich versuche, meine verstümmelte Sexualität zu entfalten, dann überfällt mich bodenlose Traurigkeit. Und rasende Wut. Ein gerechter Zorn gegen all die Vergewaltiger, Pornographen und gegen die vielen gedankenlosen ›ganz normalen‹ Männer, die ihre Frauen ›ganz normal‹ gebrauchen wie ein Auto oder ein Möbelstück. Beim Gedanken an solche gutgläubigen Opferlämmer-Gattinnen wird mir regelrecht übel. Schließlich war ich selber mal eine. Sich fügen ins scheinbar Unvermeidliche, weil frau gar nicht weiß, daß die lieblose Gymnastik, die sie über sich ergehen läßt, mit Sexualität nichts zu tun hat. Nichts ahnen von unserem urweiblichen Geburtsrecht auf Wollust nach eigenem freien Willen. Nie etwas davon gehört, gesehen oder vorgelebt bekommen. Und die zarten eigenen Ansätze einer intuitiven Sehnsucht danach schon früh zerstört und gestohlen. Was sich trotzdem noch an Urinstinkten rührte, zugeschüttet mit Bildern von halbverhungerten Barbiepuppen in lasziven Posen, zugemüllt mit Erniedrigungsphantasien und mit Strafen und Verboten ausgetrieben.

Trauer. Trauer und Wut. Und ein abgrundtiefes Entsetzen angesichts der Grausamkeit und widernatürlichen, perversen Brutalität des Patriarchats. Und doch auch ein trotziges Aufbegehren gegen den ganzen Schrecken: Nun gut, mir wurde ein halbes Leben meiner Lust gestohlen – so will ich wenigstens aus dem verbliebenen Teil das Beste machen! Ich beweise mir selbst, daß das geht. Daß es trotz allem möglich ist. Entgegen dem unglaublichen Ausmaß an Zerstörung und entgegen der immer noch gewalttätig-feindlichen Umwelt. Es ist nie zu spät, endlich damit anzufangen. Ganz mächtig eigenmächtig sein: Lustig sein. Lüstern sein. Wollüstig sein. Zügellos. Eigenwillig. Leidenschaftlich. Gierig. Bockig. Eigensinnig. Eigen-Sinnlich. Weit sein. Geil sein. Wohl sein. Warm sein. Lebendig sein. Heiß sein. Da sein. Ich sein.

Ein Blick zurück auf die Frauenbewegung

Wenn frau die Entwicklung der Sexualitätsdebatte in der zeitgenössischen westlichen Frauenbewegung verfolgt, so wird sie feststellen, daß diese seit einigen Jahren stagniert. Und zwar genau seitdem Feministinnen begonnen haben, das Ausmaß an sexualisierter Gewalt in unserer Gesellschaft öffentlich zu machen. Kein Zufall, wie ich meine. Ich sehe eine Parallele zwischen dem, was eine Überlebende erfährt, die sich aufmacht, ihre Sexualität zu befreien, und dem, was hier der Frauenbewegung als Kollektiv widerfahren ist.

In den 70er Jahren war ein stürmischer Befreiungsaufbruch im Gange. »Wir entdecken und definieren unsere Sexualität selbst!« war das Motto. Die Lesbenbewegung entstand. Frauen sprachen seit etlichen Jahrhunderten zum ersten Mal wieder miteinander über ihre sexuellen Erfahrungen. Der Coming-Out-Roman *Häutungen* erschien. Dieser Phase entspricht der Moment im Leben einer einzelnen Frau, in dem sie beschließt, ihr persönliches Coming Out als Lesbe zu wagen, sich scheiden zu lassen, zu Hause auszuziehen oder was sonst auch immer nötig ist, damit sie ihre ureigensten emotionalen und sexuellen Bedürfnisse entdecken und ausleben kann.

In den 80er Jahren erkannten frauenbewegte Frauen, daß die Berichte von Vergewaltigung und Mißbrauch in der Mädchenzeit keine Einzelfälle sind, sondern daß diese Ausprägung patriarchaler Gewalt System hat und einer der wirkungsvollsten Unterdrückungsmechanismen ist – wenn nicht sogar der grundlegendste von allen. Frauenhäuser, Notruftelefone und Wildwasser-Initiativen entstanden, und ein großer Anteil der Kraft engagierter Feministinnen fließt seitdem in die Sozialarbeit für Überlebende. Auf der individuellen Ebene entspricht dieser Phase die weitere Entwicklung unserer mutigen Aus- und Aufbrecherin von oben. Sie hat es geschafft, sie hat sich eine Liebste ihrer Wahl gesucht – und was passiert? Statt endlich der Lust frönen zu können, die sie sich eigentlich ehrlich verdient hätte, wird sie von tiefsitzenden Ängsten, von Flashbacks und Gewaltfolgen aller Art blockiert. Oft und oft frißt das reine Überleben all ihre Energien, und für Lebens-Lust bleibt wenig Raum. Heilungsarbeit ist angesagt.

Angesichts dieser Entwicklung mag frau fast verzweifeln. Ja, es ist wirklich eine Gemeinheit, daß die Gewalt und ihre Folgen mit aller Schärfe einbrechen, kaum daß frau sich ein bißchen Luft und Freiraum verschafft hat. Aber das ist kein Wunder. Machen wir uns klar, daß Gewalt ein unnatürlicher Zustand ist, der nur durch ständiges Ausüben von Druck (»Teile und HERRsche!«) aufrechterhalten werden kann. Läßt dieser Druck nach, kommt wie das Schneeglöckchen im Frühling oder der Grashalm im Beton das natürliche Drängen nach Heilung und Ganzwerden zum Vorschein. Es nützt jede kleinste Chance. Verständlicherweise sind wir davon oft nicht begeistert. Viele Frauen lassen sich von dem Ausbruch an Leid und Schmerz entmutigen, der da wie die Faust aufs Auge gerade in dem Moment zuschlägt, in dem sie sich eigentlich der Schönheit des Lebens zuwenden wollten. Sie zögern, bleiben stehen oder kehren gar zurück zu Sucht und Verdrängung. Auch die kollektive Entwicklung einer selbstbestimmten Sexualität stagniert an diesem Punkt seit Jahren. Zu kraß scheint der Widerspruch zwischen den Idealen der Befreiung und Selbstbestimmung auf der einen und den knallharten Realitäten auf der anderen Seite.

Heilungsarbeit hat also eine individuelle und eine kollektive Seite, die sich nicht nur rein zufällig ähnlich entwickeln beziehungsweise momentan eben nicht weiterentwickeln. In meinem Alltag sehe ich das täglich: Ich lebe und arbeite unter Feministinnen und Lesben in einem Frauenzentrum, das seine Räume mit einem Frauennotruf teilt. Anti-Vergewaltigungs- und »Frauen-wehrt-euch!«-Plakate zieren die Wände. Und was machen die Lesben dort, von denen meiner Vermutung nach ein Großteil Überlebende sind? Reden sie über ihre Erfahrungen? Nutzen sie die Selbsthilfegruppen des Notrufs? Die Beratungsmöglichkeit? Ist der Kampf gegen sexualisierte Gewalt ein Thema, hier, an der Basis der FrauenLesbenbewegung? Keineswegs. Ich erlebe täglich, daß das große Tabu ungebrochen ist. Solange die einzelnen Lesben an diesem Punkt hängenbleiben, am Schweigen und in der Hilflosigkeit, solange wird auch die kollektive Entwicklung einer selbstbestimmten weiblichen Sexualität stagnieren. Wo sollte sie auch herkommen? Die Lesben hängen im Tabu und die Heteras an ihren Männern.[21] Beides sind perfekte Blockaden.

Erst seit Beginn der 90er Jahre hat sich ein kleines Häuflein mutiger Pionierinnen aufgemacht, den harten, radikalen Weg der Heilungsarbeit zu gehen. Sie sind die erste Generation, die dies tut. Sie haben keine Vorbilder. Es gibt keine Erfahrungswerte. Alles müssen sie sich selbst erkämpfen, alles Wissen selbst erkunden und zusammentragen, alle benötigten Fähigkeiten selbst entdecken, erfinden, erlernen. Keine gibt ihnen Erfolgsgarantien. In einigen Jahren werden sie diejenigen sein, die ihren Nachfolgerinnen sagen können: »Gib nicht auf! Es dauert lange, aber es ist möglich! Bei mir brauchte es viele Jahre, aber dann kam Licht am Ende des Tunnels! Schau, es gibt diesen und jenen Trick, und oft läuft das so und so. Du kannst es schaffen!«

Die meisten Autorinnen, die bisher über weibliche / lesbische Sexualität geschrieben haben, gehören noch nicht zu dieser Generation. Zwar beschreiben sie typische Gewaltfolgen in ihrer eigenen Sexualität oder der ihrer Klientinnen, aber meist lassen sie diese Beobachtungen ratlos bis achselzuckend einfach stehen, ohne die Konsequenzen zu erkennen.[22] Haben sie einen feministischen Anspruch, erkennen sie zwar den Widerspruch zwischen ihren eigenen theoretischen Idealen[23] und ihrer gelebten Wirklichkeit[24]. Aber in ihrer Hilflosigkeit bleibt ihnen nicht viel mehr, als sich entweder für den ›Ausrutscher‹ zu entschuldigen, oder sie flüchten sich in einen betont selbstbewußten und offensiven Umgang mit der eigenen Sexualität, verteidigen ihre verinnerlichten Gewaltstrukturen und verlangen von anderen Feministinnen, diese gefälligst zu akzeptieren.[25] Aber so kommen wir nicht weiter. Und auch die Frontenbildung in der (Lesben-)öffentlichen Diskussion ist bestenfalls ein Lehrstück in sich austobenden Gewaltstrukturen, aber kein Weg. Die Polarisierung, in der die Diskussion um ›politisch korrekte Sexualität‹ regelmäßig eskaliert, ist eine Sackgasse. Aus diesem Dilemma rettet uns nur eins: Weiterzugehen, statt mit Identifizierung und Verteidigung des Gewaltsystems einerseits und dem Festbeißen am Feindbild andererseits immer nur im Kreis zu rennen.

Schließlich haben die (lesbischen, hetera-, bi-, a-, auto- oder sonstwie-sexuellen) Pionierinnen inzwischen schon ganze Arbeit geleistet. Es wird Zeit, diese Erfahrungen in unser Wissen über lesbische Sexualität zu integrieren. Denn die kollektive Entwicklung wird erst dann weiterwachsen können, wenn das kollektive Augenverschließen vor den alltäglichen Folgen der Gewalt ein Ende hat, wenn wir den Schritt durch den Horror hindurch wagen. Lesbische Sexualität schwebt nicht im luftleeren Raum. Lesbische Sexualität ist auch kein unvollkommenes Imitat patriarchaler Hetero-Strukturen. *Lesbische Sexualität ist eine Begegnung von verwundeten Frauen!* Kein Wunder also, daß solche Berührungen auch schmerzen können …

Verinnerlichte Gewaltfolgen haben eine erkennbare Struktur. Es liegen erste Erfahrungen damit vor im bewußten Leben und in praktischer Heilungsarbeit.[26] Es gibt Ansatzpunkte, wie mit den Symptomen umgegangen werden kann. Fachwissen wurde gesammelt, und es gibt kompetente Frauen, die uns unterstützen können. Es gibt Ratgeber, die hilfreich sein können, auch wenn sie noch an manch blinden Flecken leiden.[27] Gerade die amerikanische Literatur ist hier leider allzu sehr aufs Individuum fixiert und unpolitisch.[28] Beim Lesen hatte ich oft den Eindruck, daß Frauen im luftleeren Raum vor sich hin ›verarbeiten‹. So ist die Realität aber nicht. Das traumatische Erleben muß nicht nur individuell erinnert und verarbeitet, sondern auch von anderen gesehen und verstanden werden. Heilung hat eine individuelle, eine soziale und eine öffentlich-politisch kollektive Komponente.[29] Alle drei sind wichtig! In der Frauenbewegung gibt es inzwischen die nötige Infrastruktur, die nötigen Angebote (zumindest in größeren Städten). Es gibt Gruppen, Symposien, Selbsthilfebewegung, Öffentlichkeit. Jetzt müssen wir sie ›nur noch‹ nutzen. Heilungsarbeit ist angesagt. Für alle.

Ich habe für dieses Buch bewußt die Perspektive einer Überlebenden auf Sexualität gewählt. Zum einen, weil sie meine eigene ist; aber auch, weil sie mir von allen möglichen Perspektiven die umfassendste zu sein scheint, was die Widersprüche angeht, an der sich manche öffentliche Auseinandersetzung die Zähne ausbeißt. Diese Perspektive ist in der Lage, von S/M über durchschnittlichen lesbischen Alltagssex (was immer das sein mag) bis hin zu totaler Asexualität alle Arten gelebter Sexualität zu erklären und verstehen. Aus dieser Sicht sind alle existierenden Erscheinungsformen von lesbischer Sexualität Ausprägungen unseres Verletztseins und unserer Versuche, mit unseren Wunden und Narben zurechtzukommen und dabei trotz aller Schmerzen auch Lust und Wohlgefühl erfahren zu können. Diese Versuche reichen von totaler Identifizierung und dem Weitertragen der Gewaltstrukturen über ein halbbewußtes Ringen oder eine bewußte Auseinandersetzung damit und aktive Heilungsarbeit bis hin zur hoffnungslosen Resignation und zum völligen Verzicht auf sexuelle Lust.

Was macht die Übernahme dieser Überlebenden-Perspektive und die Auseinandersetzung mit den Realitäten der Gewaltfolgen so schwer?

Die allgemeinen Verwirrung kreist vor allem um zwei Probleme: wie kann ich mit dem Widerspruch leben, Gewaltstrukturen abzulehnen und trotzdem in mir zu tragen? Und wie reagiere ich auf Frauen, die mir Gewalt entgegenbringen? Soll ich sie als Opfer verstehen oder als Täterin anklagen?

Der Knackpunkt, der dieses Verwirrspiel auflösen kann, ist die Frage nach der Identifizierung. Jede hat Gewaltmuster verinnerlicht. Worauf es ankommt, ist die Frage nach der Bereitschaft, daran zu arbeiten und sich selbst zu verändern. Ich ertrage meine eigenen verinnerlichten Gewaltmuster (die aktiven, die mich andere verletzen und mißachten lassen, und die passiven, die verhindern, daß ich mich wehre und den mir zustehenden Raum und eine respektvolle Behandlung einfordere), weil ich weiß, daß sie täglich weniger werden. Und wenn mir von anderen Frauen Gewalt entgegengebracht wird, frage ich nach deren Einstellung: Wollen auch sie sich von ihren Strukturen verabschieden? Werden sie bereit sein, die entsprechenden Vorfälle mit mir zu klären? In dem Fall bleibe ich offen für sie und setze mich mit ihnen auseinander. Sind sie mit den Strukturen identifiziert und gedenken nichts an ihrer eigenen Gewalttätigkeit zu ändern, oder sind sie tragischerweise trotz besten Willens nicht in der Lage dazu, so weiß ich, woran ich bin und werde mich genauso zu schützen und zu wehren wissen, als ob ich es mit einem Mann zu tun hätte, der mich mißachten will. Schmeißen wir endlich die Reste feministischer 70er-Jahre-Naivität über Bord, die uns glauben machen, Frauen (bzw. Lesben) seien generell ›gut‹ und harmlos, und wir bräuchten uns nicht vorzusehen, geschweige denn zu schützen! Wir sind alle patriarchal verbogen und folglich ebenfalls – gewollt oder ungewollt, mehr oder weniger, aber eben doch – gewaltfähig und gewalttätig. Wir sollten endlich entsprechend kritisch miteinander umgehen.

Heilungsarbeit heißt, die blockierten und verdrängten Gefühle zu befreien. Der Grund für die Blockaden liegt in der scheinbar unerträglichen Intensität der Gefühle: herzzerfetzender Schmerz; Finsternis, Leere und Einsamkeit; wilde Panik bis hin zur blanken Todesangst sind der Stoff, aus dem die Alptraumata sind. Heilungsarbeit heißt, mit Hilfe anderer Frauen, die diesen Weg bereits gegangen sind, das Unerträgliche zu durchwandern und es so zu wandeln – statt den Kopf davor in den Sand zu stecken und all die Unerträglichkeiten fruchtlos oder gar zerstörerisch im Unbewußten herumzutragen. »Stephen Levien bezeichnet diese Erfahrung als ›Schmerz, der den Schmerz beendet‹.«[30] Von der Fremdbestimmung und dem Leben als Spielball der eigenen Überlebensstrategien gelangt frau so zu wahrer Selbstbestimmung:

> »Es ist ein Stück Freiheit, wenn eine Frau lernt, den inneren Schmerz zu befreien. Es ist auch ein Stück Freiheit, dafür zu sorgen, daß ihr kein weiterer Schmerz zugefügt wird. Wirkliche Freiheit ist es, wenn sie lernt, den Schutz ihres Selbst wie einen Mantel zu tragen, den sie an- und ausziehen kann, der aber niemals mehr mit ihrem Wesen, ihrer Natur, ihrem Selbst verwächst, bis sie wieder im eigenen Panzer eingesperrt ist.«[31]

Individuelle Heilung ist nicht von den Lebensumständen einer Frau und der Veränderung der gesamten Gesellschaft zu trennen. Entweder wir sind konsequent bis ins letzte Eck unseres ganzen Lebens, oder wir können uns die Mühe der Heilungsarbeit gleich sparen. Ohne die Beendigung patriarchaler Gewalt im Sinn zu haben, macht das Ganze keinen Sinn. Meine Überlebenshilfen ablegen und mich trotzdem weiterhin irgendwie mit den Gewaltstrukturen der Gesellschaft arrangieren zu wollen, ist masochistischer Wahnsinn und letztlich unvereinbar. Eigentlich haben wir doch nichts zu verlieren. Warum also nicht wagen? – Und gewinnen!

Für Heilungsarbeit gibt es keine Rezepte. Entscheidend ist, daß eine Frau ihr Ziel klar vor Augen hat! »Wahre Veränderungen finden immer zuerst im Kopf statt, als Wunsch, Traum und Vision, und dann mit kleinen Schritten im Leben einzelner Menschen. Das ist die große Kraft der Gedanken.« (Ebd, S. 14). Wenn eine die Richtung weiß, findet sie auch den Weg. Vorausgesetzt natürlich, sie hält danach Ausschau. Angelika Aliti nennt das die »Unbequemlichkeit, bei Sinnen zu bleiben, d.h. in Verbindung mit der eigenen Wahrnehmung und der Wahrnehmung anderer Frauen.« Daraus folgt auch, daß Heilung niemals allein für sich im stillen Kämmerlein stattfinden kann, sondern daß die Hilfe anderer Frauen dazu unbedingt notwendig ist. Wir brauchen ›Außenkriterien‹, also den Spiegel, den uns andere Frauen vorhalten, um uns nicht in der eigenen Betriebsblindheit zu verheddern. Wir brauchen Unterstützung. Eine Grenzen wahrende, achtsame, nichtbevormundende Unterstützung durch Frauen, die sich dessen bewußt sind, daß sie keine allwissend-übermächtige Ärztin-Helferin sein können, sondern höchstens Begleiterin und Zeugin.

Gerade was uns Überlebende betrifft, haben mich meine jüngsten Erfahrungen zu der Vermutung geführt, daß wir wohl beides brauchen: die Nähe, das Verständnis und die Unterstützung von anderen Überlebenden, aber genauso auch die von nichttraumatisierten Frauen. Vielleicht gehören zu einer umfassenden, konsequenten Heilungsarbeit von Überlebenden beide Erfahrungen. Und es kann gut sein, daß dies auch umgekehrt der Fall ist: daß nicht-traumatisierte Frauen von Überlebenden lernen müssen, was es bedeutet, Überlebende zu sein. Sie werden sonst einiges, was in dieser westlichen Welt unter Frauen und speziell unter Lesben abgeht, niemals verstehen können, geschweige denn sich so verhalten, wie das für das Weiterkommen aller Frauen in Richtung ›Matriarchat‹ wichtig wäre.

Einige Grundthemen von Heilungsarbeit, in heilsame, wandlungsfördernde Bilder gepackt

Falsche Verknüpfungen lösen
Die ungute Verbindung von Liebe und Schmerz ist wohl das am weitesten verbreitete Gewaltmuster. Daneben gibt es aber zahllose andere. Immer wenn zum Beispiel Angst in Verbindung mit eigentlich angenehmen Gefühlen auftaucht (und zwar so heftig, daß sie eine daran hindert, die angenehmen Gefühle zu genießen), kann etwas nicht stimmen und ist vermutlich so eine Verknotung am Werk. Mit gefällt das Bild der falschen Verknotungen sehr gut, weil sich leicht heilsame Rituale daraus entwickeln lassen. Wenn ich mir vorstelle, daß jedes Gewalterleben in mir Gefühlsfäden und zwischenmenschliche Verbindungen zerreißt und daß beim Versuch, diese Fäden wieder zusammenzuknüpfen, an manchen Stellen etwas schiefgegangen ist, werde ich bei der Heilungsarbeit zur Meisterin meiner Wollknäuel, entwirre und knote auf und bestimme die Verbindungen künftig selbst.

Die Waage
Zu diesen Verknotungen gehört auch die Waage, die auf den ersten Blick ein Fluch zu sein scheint: Mit gnadenloser Berechenbarkeit schlägt sie nach beiden Seiten aus: Liebe -|- Schmerz, Lust -|- Angst. Aber sie ist auch eine Chance als Waage der Heilungsarbeit, nämlich in umgekehrter Richtung: Ich öffne mich meinem Schmerz – und setze ihm genug Liebe entgegen, um das Gleichgewicht halten zu können. Ich riskiere den Blick ins Gesicht der Angst – und gebe mir selbst genausoviel Zeit und Raum dafür, Lust, Freude, Schönheit und Genuß zu sehen. So kann ich die Angst ertragen. Ich weiß um den Himmel in der einen Waagschale, und das gibt mir die Kraft, mich mit der Hölle auf der anderen Seite zu konfrontieren.

Die Scherben kleben
Das kann vom kleinen Heilungserfolg einer wiedergefundenen Erinnerung reichen bis hin zum Abschied vom patriarchalen Weltbild mit seiner Gut-Böse-Spaltung und den hohlen Erlösungsversprechen. Die sieben Jahre Unglück sind abgelaufen, der Spiegel zeigt ein neues Bild. Altes ausmisten, Neues aufnehmen in das Bild vom Selbst. Verlorenes wiederfinden, Wunden schließen, Gräben überwinden, heilen.

Das Schweigen brechen und aus der Isolation herausfinden
Das Schweigegebot der Täter überwinden. Die eigenen Geschichten austauschen. Faire und achtsame Kommunikation lernen. Aus der Einsamkeit in die Gemeinsamkeit und in die Gemeinschaft finden. Aus dem Loch klettern. Kontakte knüpfen. Netze spinnen. Wieder ins Loch fallen. Sich nicht entmutigen lassen. Lernen, um Hilfe zu rufen, zu bitten und auch Hilfe anzunehmen. Sich eine Leiter reichen lassen und wieder aus dem Loch klettern. Vertrauen wagen. Enttäuscht werden, die (Selbst-)Täuschung verabschieden und mit mehr Vorsicht und besserem Schutz neu vertrauen.

Umgehen mit Flashbacks, Lebensstrategien lernen
Das Unerträgliche ertragen. Leben trotz Tod. Eine Zeugin finden. Vom Überleben zum Leben gelangen. Grenzgängerin sein. Die Angst verlieren. Freiheit gewinnen. Nichts mehr zu verlieren haben und so alles wagen können. Den eigenen Mut spüren und leben. Radikal werden: das Übel an der Wurzel anpacken. Aufbruch und Rückkehr zu sich selbst:

> »So manche (aber nicht jede!) widersprüchliche, vielleicht sogar selbstzerstörerische Überlebensstrategie, die andere vielleicht gar nicht verstehen können, entpuppt sich am Ende als Hilfe zum Quantensprung in der eigenen Entwicklung, wenn wir ihr Achtung entgegenbringen und den richtigen Augenblick zum Sprung erwischen. Sie war daher kein Widerspruch, sondern die Tür hinaus ins Freie.«[32]

Das Leben in Netzen lernen
In der Wirklichkeit ankommen: Ich bin eine Frau, ein soziales Wesen. Ich will in Gemeinschaft leben. Keine kann ohne die Unterstützung anderer auskommen, und auch die anderen brauchen mich. Realitätssinn kriegen: Wie wirkt mein Verhalten auf andere, wie meinen andere ihr Verhalten in bezug auf mich? Die Gleichwertigkeit von Gefühlen und Bedürfnissen anerkennen. Wir haben alle das gleiche Recht darauf, unseren Hunger zu stillen, aber keine hat das Recht, andere dazu zu zwingen, sie zu füttern. Wir müssen immer wieder neu darum ringen, wie alle am besten zu ihrem Recht kommen; wie alle bekommen können, was sie benötigen, ohne daß einzelne dabei überfordert oder übergangen werden. Soziale Intelligenz.

Selbstwert aufbauen, Selbstliebe lernen
Das Mantra für morgens, mittags und abends: Ich mag mich. Ich

schätze mich als einmaliges, unwiederbringliches, wertvolles Wesen mitsamt meinen Fettpolstern und Pickeln und Charaktermacken. Ich mag mich sogar mitsamt meinem Mangel an Selbstwertgefühl. Ich mag mich, auch wenn ich mich manchmal nicht ausstehen kann. Ich mag sogar, daß ich mich nicht ausstehen kann ...

DIE ZEUGIN

Vom Umgang mit Traumafolgen in Liebesbeziehungen

Das war jetzt eine Menge Theorie. Was bedeutet diese ganze Theorie für meine und deine Praxis? Für den Alltag allein oder zu zwein oder auch zu mehreren im Bett und am Tisch? (Außer: eine Menge Chaos?!) Ich gehe davon aus, daß dir als Leserin dieses Buches vor allem solche Fragen auf den Nägeln brennen:

- Bei uns geht dauernd sowas ab, so Flashbacks. Wie komme ich / wie kommen wir damit klar?
- Ich fühle mich total überfordert davon. Was mach' ich bloß?
- Aus lauter Angst vor Erinnerungsblitzen mag ich mich gar nicht auf Sex einlassen. Kann lesbe nicht auch ohne Sex einigermaßen zufrieden leben?
- Meine Liebste sieht in mir ihren Täter. Das tut mir so verdammt weh. Kann ich nichts dagegen tun?

Inzwischen dürfte klar geworden sein, daß solche Traumafolgen wie Flashbacks bei allen Beteiligten ans Eingemachte gehen. Das Ausmaß dieser Tiefe ist vor allem für nicht traumatisierte Lesben schwer zu verstehen. Sie haben vielleicht Probleme, die sonderbaren Zustände ihrer Liebsten ernst zu nehmen und werfen ihr schnell vor, sich hängen zu lassen oder gar nicht ernsthaft zu wollen, daß es ihr besser geht. Woraufhin die Überlebende sich natürlich unverstanden und alleingelassen fühlt und schnell ein Knatsch perfekt ist, bei dem Mauer gegen Mauer prallt. Oder die Nichttraumatisierte fühlt sich ungenügend, weil sie spürt, daß sie da nicht hinkommt, wo die Liebste ist;

möchte ihr helfen und meint, nicht zu können. Und kriegt obendrein fehlendes Einfühlungsvermögen vorgeworfen.

Das sind nur zwei Beispiele dafür, in welch grundsätzlicher Weise die Existenz eines Traumas die Basis jeder Beziehung ausmacht. Sobald mindestens eine der beiden Überlebende ist, wird die Beziehung vom Trauma diktiert. Und zwar unabhängig davon, ob das den beiden bewußt ist oder nicht, ob sie es ernst nehmen oder leugnen, ob sie dem Raum geben oder ob sie es lieber aus der Beziehung heraushalten wollen. Ist eine der beiden nicht betroffen, so werden sich höchstwahrscheinlich Konflikte um den Themenkomplex Ernstnehmen / Verstehen / Einfühlenkönnen / Helfen / Mißtrauen entspinnen. Sind beide Überlebende, kämpfen sie häufig mit Problemen um Symbiose / Abgrenzung / Projektionen / Gegenseitiges Auslösen von Flashbacks und extreme Verlustängste (Klammern, Eifersucht). Auf der Kehrseite der Probleme finden sich die Vorteile der jeweiligen Kombinationen: Die Überlebende wird an ihrer nicht traumatisierten Geliebten die Sicherheit und relative psychische Stabilität zu schätzen wissen; vielleicht auch ihre Klarheit, was Emotionen und Grenzsetzungen angeht. An ihrer ebenfalls überlebenden Geliebten dagegen genießt sie das tiefe gegenseitige Verstehen- und Einfühlen-Können auch in Bereichen, an die sie sonst keine ranläßt und die Nichtbetroffene tatsächlich nicht nachfühlen können. Wie es zwei Liebenden geht, denen beiden ein Trauma erspart blieb, entzieht sich meiner Kenntnis. Ich kenne kein solches Pärchen.

Die Herausforderung für Überlebende heißt: Abgrenzen lernen, Sich-selbst-leben (die eigenen Grenzen verteidigen, die eigenen Bedürfnisse einfordern, Verantwortung für sich selbst übernehmen) und das Trauma bewältigen. Die Aufgabe für Nichttraumatisierte: Verstehen lernen und die Hilflosigkeit aushalten.

Alles, was mit der Bewältigung von Traumafolgen zu tun hat, geht an und über Grenzen, ist strapaziös und häufig eine Überforderung. Denn welche könnte schon behaupten, mit den richtigen Umgangsstrategien ließe sich solch eine kleine Wiederholung des persönlichen Weltuntergangs locker wegstecken? Es gibt zwei Perspektiven: die von innen (ich erlebe einen Flashback) und die von außen (ich erlebe den Flashback meiner Liebsten mit). Aus beiden Perspektiven sind Flashbacks Grenzerfahrungen, die das Äußerste von allen Beteiligten fordern – und mehr. Es sind Ausnahmesituationen, die nicht bei der Überlebenden halt machen, sondern die ihr ganzes Umfeld miterschüttern. Darum ist jedes Durchleben eines Flashbacks – egal ob als

Betroffene oder Zeugin – eine Art Krisenmanagement, eine Notfallsituation. Dabei kann es nicht darum gehen, das ganze besonders perfekt oder elegant zu handhaben. Dabei nur irgendwie den Kopf über Wasser zu behalten und günstigenfalls noch Schadensbegrenzung betreiben zu können, ist schon ein Kunststück und eine große Leistung.

Auf die Dauer kann keine Frau als einzelne Geliebte und einzige Vertraute eine Überlebende auffangen. Und keine Überlebende kann mit den Traumafolgen ganz allein fertig werden. Also braucht sie sich keine Vorwürfe zu machen oder sich selbst unter Druck zu setzen, wenn sie das nicht schafft! Es gibt keine Patentrezepte dafür, wieviel Unterstützung nötig ist oder welche. Auf den Märtyrerinnen-Helfetrip zu gehen oder sich dem Größenwahn à la »Ich schaff' das schon!« hinzugeben, kann ich allerdings keiner empfehlen. Damit tut sie weder sich noch der Liebsten etwas Gutes. Du kannst die Überlebende nicht von ihrem Leid erlösen. Es muß immer mit einem Scheitern gerechnet werden. Eine Überlebende zu lieben heißt oft, immer wieder ganz knallhart mit dem drohenden Verlust der Geliebten konfrontiert zu werden. Durch Krankheit, Selbstzerstörung, Lebensmüdigkeit oder durch Überforderung, wenn die Probleme um das Trauma zu heftig werden. Es gibt keine Sicherheit, keine Garantie – allerdings gibt es diese vermeintliche Sicherheit, in der wir uns so gerne wiegen, eigentlich nie. Ich kann *jede* geliebte Person jederzeit verlieren. Der Unterschied bei Überlebenden ist, daß es hier nicht so leicht verdrängt werden kann. Daß jeder Flashback mir den drohenden Verlust und die Sterblichkeit meiner Geliebten sehr drastisch vor Augen führen kann. Unübersehbar. Ob ich es sehen will oder nicht. (Ich habe selbst einmal eine Geliebte verlassen, weil ich es nicht ertragen konnte, nie zu wissen, ob ich sie abends lebend wiedersehe, wenn sie morgens aus dem Haus geht.) Andererseits kann so eine Konfrontation mit dem Tod sehr fruchtbar sein und große Kraft und Lebendigkeit geben.

Eine Überlebende zu sein, heißt allzu oft: mit dem Tod tanzen. Eine Überlebende zu lieben, heißt allzu oft die Begegnung mit der Frage: Tanze ich mit?

Die Dynamik von Traumafolgen in Liebesbeziehungen[33]

Die spezielle Dynamik, die Traumafolgen in Beziehungen entwickeln, dreht sich um zwei Kernpunkte des traumatischen Erlebens: um

Hilflosigkeit / Hilfsbedüftigkeit und Isolation (nicht gesehen / nicht verstanden werden). Das Auftauchen von Flashbacks hat meiner Erfahrung nach sehr viel mit der Nähe zu Menschen (sprich: Geliebten) zu tun. Meine Entscheidung, einer Frau zu vertrauen, hat einen entscheidenden Einfluß darauf. Wenn ich mit einer Frau schlafe oder mich auf eine nahe Beziehung zu ihr einlasse, bedeutet das, daß ich sie in meinen seelischen Intimbereich einweihe – und zu dem gehören eben auch all meine alten Verletzungen. So brauche ich meist nicht lange auf den nächsten Ausbruch derselben zu warten. Manchmal habe ich das Gefühl, daß die alten Schmerzen und all das Verdrängte dort in den Tiefen meiner Seele nur auf eine Chance warten, gesehen zu werden. Sobald sich eine Frau in meine Nähe wagt, die eventuell als Zeugin in Frage kommen könnte, bricht es in mehr oder minder heftigen Flashbacks hervor. Auf einer Ebene ist das immer eine Art Test, ein Versuch, das Gegenüber zu finden, das ich zum Heilen brauche. Jeder Flashback ist ein Vertrauensbeweis, eine Bitte um Zusammenarbeit: »Bist du die Richtige? Läßt du dich auf mich ein? Hältst du mich aus? Bist du für mich da? Kannst du mir geben, was ich brauche?«

Ich bin zu dem Schluß gekommen, daß bestimmte Teile meiner persönlichen Trauma-Heilung not-wendigerweise eine solche Zeugin brauchen.[34] Deren Aufgabe ist ganz einfach – und doch so schwer. Sie soll eigentlich nur da sein und die ›erbrochenen‹ Trauma-Teile wahrnehmen und aushalten. Nichts weiter. Das ist das Geheimnis der Heilung. In dem Moment, wo ich meinen verdrängten alten Schmerz zeigen kann und spüre, daß eine andere Frau ihn wahr- und annimmt, beginnt die Veränderung, kann ein Riß gekittet werden. In dem Moment, wo ich Bilder erinnere, muß ich sie sofort erzählen, um nicht daran zu ersticken: ich brauche eine Zeugin. Im Erzählen wird das Geleugnete Realität – und damit verdaubar. In dem Moment, wo ich in liebevollen Armen geborgen bin, kann mein Körper den unerträglichen Schmerz hochkommen lassen, der mich allein und unberührt nur verzweifeln ließe und sich nicht verändern würde. Die Geliebte, die dem Schmerz Zärtlichkeit entgegensetzt, macht ihn mir erträglich.

Die Zeugin muß also nichts ›tun‹. Sie kann den Schmerz nicht lindern, sie kann nichts davon ungeschehen machen, verhindern oder wegnehmen. Die Zeugin muß ›nur‹ einfach da sein, mit offenen Sinnen, offenem Herzen und echter Zuneigung. Und im Mitansehen, im Anhören, im Einfühlen das Unerträgliche mitertragen.

Warum ist es oft so unsäglich schwer, einfach nur Zeugin zu sein?

Ich könnte viele, viele Flashbacks und Szenen aus meinem Leben schildern, in denen mein Gegenüber überfordert war. Ich könnte ebenso viele Erlebnisse erzählen, in denen ich selbst als Gegenüber überfordert war. Nach gegenteiligen Beispielen muß ich suchen wie nach der Stecknadel im Heuhaufen. Kein Wunder. Warum? Neben dem schon erwähnten Grund – nämlich daß Traumafolgen und Flashbacks von Haus aus schlauchige Extremsituationen sind – habe ich bis jetzt folgende Gründe dafür gefunden:

- Es ist schon unter ganz normalen Umständen schwer auszuhalten, wenn es der geliebten Person nicht gut geht, wenn sie krank oder traurig ist oder ein ätzendes Erlebnis hatte. Schwer genug, sich selbst nicht mit runterziehen zu lassen, sich nicht für die andere verantwortlich zu fühlen, nicht in Helfetrips zu verfallen und sich nicht in deren Selbstverantwortlichkeit einzumischen (z.B. sie mit gutgemeinten Ratschlägen zu nerven). All das potenziert sich natürlich gewaltig, wenn es der Geliebten nicht nur schlecht geht, sondern sie vor den eigenen Augen total zusammenbricht oder gar davon redet, sterben zu wollen. Das bringt wohl jede Liebende an ihre eigenen Grenzen.
- Aus einem falschen, aber weitverbreiteten Verständnis von Liebe heraus möchte frau der Liebsten natürlich ›helfen‹ – sprich: irgend etwas *tun*. Flashback-Situationen haben es aber oft an sich, daß die Überlebende keine Signale und Anweisungen geben kann, was denn zu tun ist, oder sich sogar heftig gegen solche Hilfe wehrt (»Laß mich in Ruhe! Geh weg!«). Die natürliche Reaktion ihres Gegenübers ist verzweifelte Hilflosigkeit. (Womit wir ja eigentlich mitten im Thema wären, aber welche Lesbe weiß schon, daß sie in diesem Moment die ›Hilf-Losigkeit‹ eines Traumas mit ihrer Liebsten teilt?) Sie fühlt sich zurückgestoßen und abgelehnt; sie reagiert mit einer Flut eigener, durchaus verständlicher Gefühle, für die aber in der akuten Krise kein Platz ist. Es folgt: Frust. Chaos.
- Ist die Zeugin selbst Überlebende, kann jede Schwingung, die sie von der anderen aufnimmt, ihre eigenen Saiten zum Klingen bringen. Ist eine dabei, die sie selbst noch nicht verarbeitet hat, wird es ihr höchstwahrscheinlich zuviel, die Gefühle der Erinnernden zu ertragen und dann noch mit den eigenen herumzukämpfen. Es sollte sich keine überlebende Zeugin einen Vorwurf machen, wenn sie mit so einer Situation nicht zurecht kommt.

Andererseits kann sie an Punkten, die sie selbst schon verarbeitet hat, eine nahezu ideale Zeugin sein, weil sie die Schwingungen kennt, versteht und aushält.

- Wenn die Geliebte zur Zeugin wird, tut sie das oft unfreiwillig. Schließlich hat sie sich unter dem Vorzeichen ›Liebe‹ auf die Überlebende eingelassen und nicht als unbezahlte Laien-Therapeutin. Wenn mit wachsender Nähe und zunehmendem Vertrauen auch das Trauma immer deutlicher und schließlich unübersehbar auf den Tisch kommt, muß diese Veränderung in ihrem ganzen Ausmaß und mit all ihren Folgen erst einmal verarbeitet werden können: Will ich das überhaupt in unserer Liebesbeziehung? Wie weit will ich mich darauf einlassen? Was halte ich aus?

Die Zeugin, die ich bräuchte, müßte viele Bedingungen erfüllen: Sie sollte es ertragen können, dem Tod ins Auge zu sehen. Sie sollte meinen unendlich großen Schmerz tatenlos, aber voller Mitgefühl mitansehen und sich darauf einlassen können. Sie sollte ein gutes Gespür für Grenzen haben. Da ich als Erinnernde die Fähigkeit zur Selbstverantwortung vorübergehend verlieren kann, muß die Zeugin das große Problem des »Soll ich eingreifen oder nicht? Übernehme ich die Verantwortung für sie oder nicht? Wenn ja, wie lange? Was darf ich tun, wie weit kann ich gehen?« für sich auf die Reihe kriegen können.

Manchmal kann es sein, daß die Zeugin zur Projektionsfläche für die Täterrolle wird, und sie sollte auch das aushalten können, ohne in Verwirrung zu geraten und es persönlich zu nehmen. Überhaupt sollte sie verdammt gut auf ihre eigenen Grenzen aufpassen können. Oft bringt es die besondere Streßsituation nämlich mit sich, daß die Zeugin ihre eigenen Grenzen übertritt. (Welche schafft es schon, ihre heulende Geliebte einfach hängenzulassen und zu gehen, wenn sie das Gefühl hat, daß sie es nicht mehr packt? Und wenn sie es schafft, was macht sie mit den anschließenden Schuldgefühlen??) In diesem Fall sollte die Zeugin, die das wahrscheinlich erst hinterher überhaupt bemerkt, diese Grenzübertretung ebenso verarbeiten können wie die Frage, was das für die ganze Beziehung bedeutet. Auch sollte sie in der Lage sein, sich selbst die Hilfe zu verschaffen, die sie dafür braucht ...

Aber bleiben wir realistisch: *Die* ideale Zeugin gibt es wohl genauso wenig wie die Traumfrau fürs Leben. Jedenfalls nicht, solange wir in patriarchalen Umständen leben müssen.[35] Bestenfalls ist eine

Frau mal in *einer* Situation eine gute Zeugin. In der nächsten kann sie aber schon wieder überfordert sein. Es spielt auch eine Rolle, wie häufig die Flashbacks sind, wie oft sich also akute Krisensituationen abspielen. Ist dazwischen genug Zeit, sich zu erholen und das Geschehene zu verarbeiten? Auch die Art der Beziehung ist von Bedeutung: Ist es möglich, zu Zwecken der Erholung und Verarbeitung eine Weile auf Distanz zu gehen? Oder ist dadurch gleich die ganze Beziehung bedroht? (Und wird durch die Panik vor dem Verlassenwerden am Ende gleich der nächste Flashback ausgelöst?)

Das Vernünftigste angesichts dieser erschlagenden Anforderungen an Zeuginnen erscheint mir, die eigenen Ansprüche herunterzuschrauben. Denn auch für die Zeugin gilt im Grunde: Wenn sie die Situation überhaupt übersteht, ohne selbst bleibenden Schaden zu nehmen oder der Erinnernden Schaden zuzufügen, dann hat sie es gut gemacht. Verlange keine Perfektion von dir! Keine kann riechen, was eine Überlebende in dem Moment braucht! Oft weiß sie es ja selbst nicht. Es gibt kein ›Richtig‹ und kein ›Falsch‹. Gefühle von Hilflosigkeit, Unsicherheit, Überforderung und eigenem Ungenügen sind traumabedingt und bedeuten nicht, daß du als Zeugin versagt hättest. Immerhin hast du einen Weltuntergang mitgemacht! Am besten klopft ihr euch beide auf die Schultern hinterher und gratuliert euch für die gute Zusammenarbeit – und dann gibt's ein stärkendes Festessen und eine Erholungspause! Danach könnt ihr immer noch bequatschen, was da abgegangen ist, am besten in Ruhe und mit ein bißchen Abstand.

Auch ein Abschied von der gemeinsamen Nähe sollte kein Tabu sein. Lieber einmal eine gute Zeugin gewesen und dann getrennt, als sich in einen zerstörerischen Kreislauf von gegenseitiger Überforderung verheddert! Lieber die Rolle der Zeugin ganz verweigern, als an der Liebsten zur Täterin zu werden oder sich selbst schaden zu lassen! Ja, ich weiß, auch das ist wie so vieles leicht gesagt und schwer getan. Wenn aber die ehrliche Antwort auf die Frage: »Kommst du mit der Existenz von Traumafolgen in eurer Beziehung zurecht?« ein Nein ist, ist jedes Hinauszögern einer Trennung oder eines Abstandnehmens nur Selbstbetrug und ein masochistisches Verschieben des Unvermeidlichen. Richte die Wut über dein Scheitern nicht gegen deine Liebste oder gegen dich selbst, sondern als gerechten Zorn dahin, wo sie hingehört: gegen die Täter und die Gewaltstrukturen dieser Gesellschaft.

Noch ein kleiner Trost für die Zeugin: Wenn eine Überlebende mit deiner Hilfe zu heilen versucht, ist das ein Vertrauensbeweis. Auch wenn sie auf den ersten Blick eher als Zumutung erscheinen mögen, heißt das Auftauchen von Trauma-Bruchstücken im Grunde, daß deine Liebste dir vertraut, daß sie bereit ist, dich nah an sich heranzulassen, daß sie gerne deine Hilfe in Anspruch nehmen würde und dich damit ehrt, daß sie dir die Rolle der Zeugin anbietet. Überlebende stecken voller Angst und Mißtrauen. Jeder Schritt auf andere zu ist eine große Mutprobe für sie.[36] Das wird sie dir kaum so deutlich sagen. Vielleicht ist es ihr auch gar nicht bewußt. Trotzdem ist so ein Flashback eigentlich ein Anlaß zur Freude! Bedenke, welches Risiko sie eingeht. Immerhin kann es sein, daß du sie enttäuschst. Ihr wißt beide nicht, ob es gut geht, bevor ihr es nicht ausprobiert habt. Aber sie hat dabei unendlich mehr zu verlieren. Und: Eine Zeugin kann gehen, wenn es ihr zu viel wird. Die Überlebende nicht.

Zur Gefahr, in Flashbacks wiederum Gewalt auszuüben

Paradoxerweise können Liebesbeziehungen um so mehr Gewaltfolgen tragen, je freier sie sind. Das ist nicht verwunderlich, wenn wir uns klar machen, daß es sich oft genug an Fragen der Abgrenzung und der inneren Distanz entscheidet, ob Liebende mit Flashbacks zurechtkommen. In dem Moment, wo Projektionen ablaufen, sich die Gefühle der Beteiligten verheddern und frau sich gegenseitig aufschaukelt, wird leicht die herabziehende Dynamik des Traumas in Gang gesetzt (Beziehungsstreß fördert Flashbacks, die die Beziehung stressen, was Flashbacks fördert ...). Ich kann gar nicht oft genug betonen, wie wichtig es ist, sich als Zeugin um innere Distanz zu bemühen – auch wenn ich es selbst in der Realität so selten geschafft habe.

Meine Tagebuchausschnitte vom 11. und 14. Oktober beispielsweise zeigen deutliche Anzeichen von Projektionen: Ich berichte zuerst von den Leiden meiner Liebsten. Danach erst rücke ich damit raus, was eigentlich *mit mir* alles passiert ist. Wie schon in der vorherigen Beziehung habe ich auch in dieser auf die Geschichte meiner Geliebten mehr Gewicht gelegt als auf meine eigene, sie mehr unterstützt, als selbst Unterstützung eingefordert, und ihren Schmerz ›schlimmer‹ empfunden als meinen eigenen. Statt meine eigenen Sachen anzuschauen, habe ich mir vieles bei ihr angeschaut: eine Projektion. Eine Schieflage, die entsprechende Folgen hatte ... Aus heutigem Abstand besehen sage ich mir, daß ich den Spiegel wohl gebraucht habe, den Ines mir auf diese Weise geboten hat. Daß ich meine eigenen Gefühle in ihrer ganzen Schärfe nicht ertragen hätte und ich mich ihnen so auf Umwegen annähern konnte. Das war einfach mein Weg. Punkt. Wichtig ist, daß ich ihr damit nicht geschadet habe und daß ich mir von ihr keinen Schaden habe zufügen lassen.

Wie bitte? Welche fragt da, wie ich das behaupten kann? Ob nicht solche Projektionen indirekt auch eine Ausübung von Gewalt sind? Ob ich sie nicht als Spiegel benutzt und damit auch auf gewisse Weise mißbraucht habe? – Tja, da sind wir wieder mittendrin in der Grau(s)zone. Wie definiere ich Gewalt? An welche Regeln fühle ich mich gebunden? Was ist gut, was ist böse? Was ist richtig, was ist falsch?

Fragen, die schwer zu beantworten sind – siehe Ethik-Kapitel. Aus einer objektiven Distanz heraus ist es relativ einfach, Gewalt zu definieren. Ich habe kein Problem damit, jede Art von Grenzüberschreitung / Grenzverletzung als Gewalt zu bezeichnen und persönlich aus tiefstem Herzen abzulehnen. Auch ist es einleuchtend zu sagen: Wenn Flashbacks ein Wiedererleben von traumatischen Ereignissen sind in dem Versuch, sie zu verarbeiten, muß unbedingt vermieden werden, daß das Trauma verstärkt wird, indem wieder in die gleichen Kerben gehauen wird.[37] Logisch, daß meine Liebste sofort aufhören muß, mit mir zu schmusen, wenn ich das plötzlich als unangenehm und bedrohlich empfinde. Aber was ist mit der verdammten Grauszone? Wenn ich mir selber dabei zusehen muß, wie ich Grenzen übertrete / bei mir selbst überlatschen lasse? Ich kann meine verinnerlichten Gewaltstrukturen[38] doch nicht alle über Nacht loswerden, oder? Daß Ines nicht gleich aufgehört hat, war das wirklich so schlimm? Sie hat's ja dann doch noch gemacht, oder? Und wenn ich mit meiner Liebsten unheimlich liebe- und gefühlvollen Sex habe, und ich mach' mir dabei nur eine ganz kleine, harmlose Masophantasie – das kann doch nicht *so* schlimm sein, oder?

Für mich ist und bleibt die Frage der Identifizierung der entscheidende Wegweiser in der Nebeln dieser Grauszonen. Als Überlebende und als Frau im Aufbruch versuche ich, meine verinnerlichten Gewaltstrukturen nach und nach zu verändern, loszulassen und durch wohltuendere Verhaltensweisen zu ersetzen. Das bedeutet, daß die Basis meines Lebens der Wunsch nach Achtsamkeit, Gewaltverzicht und Respekt ist. Mein tatsächlicher Alltag ruht auf diesem Ideal wie auf einem wunderschönen Teller, auf dem sich leider zum Teil vergammeltes Essen befindet. Und mitunter auch erbrochene Unverdaubarkeiten. Ja, natürlich habe ich Ines' Grenzen übertreten, und das war nicht in Ordnung. Aber unsere Beziehung basierte auf ehrlicher Zuneigung und auf dem Ringen um Grenzachtung und Respekt, so daß ich trotz der Momente, in denen uns kein gewaltfreier Umgang miteinander gelungen ist, sagen kann: Wir haben uns gut getan.

Der Unterschied liegt in der Offenheit und Lernbereitschaft. Wenn Ines sich beschwert, daß ich einen Helfetrip an ihr auslebe oder Sachen auf sie projiziere, die nicht ihre sind, so werde ich mir diese Beschwerde zu Herzen nehmen und mich mit ihr zusammen auf eine Auseinandersetzung mit diesem Thema einlassen. Wäre ich mit meiner Ausübung von Gewalt identifiziert, würde ich schlichtweg alles leugnen oder gar nicht verstehen, was sie meint.

Wo fängt Gewalt an? Zur konkreten Praxis

Was bedeutet aber die Forderung, während eines Flashbacks nicht erneut Gewalt auszuüben, in der ganz konkreten Praxis? Was ist da Gewalt, was nicht? Wie ist das zum Beispiel mit der Selbstverantwortlichkeit? Wenn meine Liebste sich selbst verletzt oder sich umbringen will – heißt das, daß ich tatenlos zuschauen muß, um nur ja ihren persönlichen Verantwortungsbereich nicht zu verletzen? Wieviel muß ich sie sich selbst antun lassen, bevor ich eingreifen darf? Darf ich sie ›entmündigen‹? Wenn sie einen ›Anfall‹ hat und wild um sich schlägt, darf ich sie dann festhalten, damit sie sich nicht verletzt? Darf ich sie überhaupt berühren – oder verletze ich damit schon ihre Körpergrenze? Wenn sie mich ausdrücklich wegschickt, ich aber das Gefühl habe, daß das jetzt nicht gut wäre, darf ich dann ihren Wunsch mißachten? Und so weiter …

Wie findet sich die Zeugin in diesem Nebel zurecht? Der Wegweiser, den ich für sie aufstellen kann, heißt: Schau, daß du durchkommst, so gut es geht, und vergiß dabei nicht, auf dich selbst zu achten. *Nimm deine Gefühle ernst!* Die Überlebende hat schon viel überstanden und wird auch diesen Flashbacks höchstwahrscheinlich überstehen. Wenn du nicht mitansehen kannst, wie sie sich verletzt, dann hindere sie daran oder gehe. Wenn du das Gefühl hast, daß du dich besser nicht wegschicken läßt, dann bleibe auch gegen ihren Willen. Wenn du sie gerne berühren möchtest, riskier's einfach und schau, was passiert. Schlimmstenfalls kannst du ja wieder auf Abstand gehen. Wenn du Verantwortung für sie übernimmst, ist das deine freie Entscheidung und damit prinzipiell in Ordnung. Wichtig ist nur, ihr die Verantwortung für sich selbst nach der akuten Krise wieder zurückzugeben!

Mach dir keinen Perfektionsdruck, sondern betrachte dein Verhalten einfach als Entscheidungen mit unterschiedlichen Folgen. Es tut der Überlebenden gut, wenn du als Zeugin einfach *da* bist und den Flashback mit ihr teilst, ohne dich groß einzumischen. Wenn du die Intensität der Gefühle nicht mehr auszuhalten meinst, denk daran, *daß dein Dasein genug ist,* daß du *nichts tun mußt.* Laß dich von deinem Gefühl der Hilflosigkeit nicht irre machen. Versuche, den Kontakt zu ihr zu halten. Wenn du es nicht schaffst, einfach da zu sein, dann geh'. Es ist dein gutes Recht. Glaube nicht, daß du dadurch ihren Schmerz verschlimmerst. Glaube nicht, daß du dadurch ihren Schmerz nicht verschlimmerst. Du bist nicht für die Überlebende verantwortlich. Wenn sie sich wirklich umbringen will, wird sie Wege finden, so oder so. Es ist nicht deine Aufgabe, sie um jeden Preis daran zu hindern.

Obwohl ich diese allgemeinen Empfehlungen aufstelle, muß ich doch daran erinnern, daß es für die einzelne Situation keine Patentrezepte gibt. Jeder Flashback ist anders und hat seine eigenen Erfordernisse. Was das eine Mal erwünscht war, kann das nächste Mal gerade verkehrt sein. Auf die Stimme der Gefühle zu horchen ist allemal sinnvoller, als sich an starren Regeln festzuhalten. Trau deiner Intuition!

Die einzig allgemeingültige Regel für Zeuginnen ist vielleicht, tunlichst die eigenen Gefühle von Angst, mitfühlendem Schmerz und Verzweiflung in dieser Situation nicht auszuleben. Das bringt höchstens noch mehr Chaos, weil in dem Weltuntergang wirklich kein Platz dafür ist. Aber auch diese Empfehlung hat Grenzen. Wenn du ihr zeigst, wie schlimm ihr Schmerz für dich ist, indem du anfängst zu weinen, kann vielleicht genau das der Punkt sein, an dem sie plötzlich wieder aufmacht und den Kontakt zu dir findet, an dem sie sich dann aus dem Loch hangeln kann.

Damit sind wir bei den Möglichkeiten der ErInnernden in ihrem Flashback. Eine Überlebende ist ja trotz allem in erster Linie *eine für sich selbst verantwortliche Frau.* Das heißt, daß sie ihren Anteil hat an der Situation. Sie hat einen Einfluß auf und eine Mitverantwortung für den Verlauf und die spätere Aufarbeitung der Flashback-Krise. Auch für die Überlebende gibt es daher einiges, was sie tun kann, um es sich selbst und ihrer Begleiterin leichter zu machen. Der wichtigste Grundsatz ist: Immer so viel Verantwortlichkeit für sich selbst zu behalten wie nur irgend möglich, und der Zeugin nur den Teil zu übertragen, der beim besten Willen nicht mehr selbst getragen werden kann. Das heißt zum Beispiel ganz konkret, der Zeugin möglichst viele Signale, Hinweise und genaue Anweisungen zu geben, was von ihr gewünscht wird. Soll sie bleiben oder gehen? Darf sie berühren oder nicht? Ist ein Sprechen nicht möglich, so kann vielleicht ein Zeichensystem oder Ähnliches entwickelt werden. Auch dafür ist es wichtig, sich außerhalb der akuten Flashback-Situationen darüber zu unterhalten, was da abging, wie es jeder ergangen ist, und was frau anders besser machen könnte. Es ist möglich, ganz konkrete Wünsche zu äußern und so der Zeugin die Verunsicherung zu nehmen: »Wenn ich nichts mehr sagen kann und sich mein ganzer Körper verkrampft, brauche ich eine, die mich möglichst schnell aus diesem Zustand herausholt. Rede mit mir, massiere mich, gieß mir meinetwegen kaltes Wasser drüber – aber *mach* irgendwas!« oder: »Wenn ich weine und schreie, dann halt mich nur einfach in den Armen und sei einfach bloß da. Du mußt dann nichts Großartiges tun oder sagen.«

Flashback-Heilungsarbeit ist Zusammenarbeit.

Wiederholungsverhalten und ein möglicher Umgang damit

Im Gegensatz zu den Flashbacks ist beim Wiederholungsverhalten keine Zeugin nötig. (Im Gegenteil: Ich habe Einmischungen anderer in diese Symptomatik bei mir immer nur als äußerst lästig und überhaupt nicht hilfreich empfunden.) Wo der Flashback ein Auftauchen von verdrängtem traumatischem Erleben ins Bewußtsein ist, ist das Wiederholungsverhalten eine Art vorbewußter, latenter Lauer-Zustand, in dem das Verdrängte noch nach einem möglichen Weg ins Bewußtsein sucht. So entstehen durch Wiederholungsverhalten auch nicht solch akute, extrem dramatische Krisen wie durch Flashbacks. Das Wiederholungsverhalten ist eher unauffällig in den Alltag integriert. Oft identifiziert sich die Überlebende völlig damit und sagt: ich bin halt so, ich mach' das halt so, Punkt.

Masochistisches Sexualverhalten ist zum Beispiel so eine Art von Wiederholung. Das traumatische Muster (z. B. bei einer Vergewaltigung körperliche Erregung verspürt zu haben) wird wieder und wieder durchlebt. Auch die verschiedenen Formen von Selbstverletzung (Schneiden, Ritzen, sich mit Zigaretten brennen) sind ein solches Wiederholungsverhalten und unter Lesben sichtlich weit verbreitet. Die Wiederholung wird begleitet von einem Gefühl des Ausgeliefertseins und Nicht-anders-Könnens, der Abspaltung von der eigenen Identität, vom Nicht-einordnen-Können in den Alltag, Isolation, Scham- und Schuldgefühlen, Heimlichtuerei, einem tranceartigem Bewußtseinszustand.

Was tue ich, wenn mir so etwas begegnet? Wie gehe ich mit den Wiederholungsmustern meiner Geliebten um?

Eine junge Lesbe – nennen wir sie Sarah – hat mir folgendes erzählt. Ihre erste Freundin war sehr zärtlich, geduldig und liebevoll mit ihr. Sie haben sich viel und oft gestreichelt und liebkost. Eines Tages wünscht sich diese Freundin, Sarah möge ihr doch weh tun, weil sie Schmerz geil finde. Was sollte Sarah nun tun? Sie hat sich geweigert, diese Bitte zu erfüllen. Die Beziehung dauerte dann nicht mehr lange, und die Freundin wandte sich anschließend mehr und mehr der SM-Szene zu, während Sarah sich eine Liebste suchte, die keine solchen Wünsche an sie herantrug. Ich bin froh, daß sie auf die Stimme ihrer Gefühle gehört hat. Wie leicht aber hätte es passieren können, daß Sarah – aus falsch verstandener ›Liebe‹, oder um in der Junglesbenszene nicht ›out‹ zu sein – entgegen ihren eigenen Gefühlen mitgemacht hätte!

Während es für Sarah wichtig war, sich nicht in das Muster ihrer Freundin hineinverstricken zu lassen, ist das Problem beim Mitanschauen-Müssen von Selbstverletzung oft eher das, sich nicht *selbst* einzumischen. Die schnippelnde Geliebte Tag und Nacht vor sich selbst zu bewachen, kann nicht der Weg sein. Auch bringt es nichts, mit Gewalt in ihren Seelentiefen herumzubohren oder sie in Therapie zwingen zu wollen. Ich weiß, daß es unheimlich schwierig ist, hilf- und tatenlos danebenzustehen. Das einzige, was die Zeugin hier tun kann, ist, die eigenen Gefühlsreaktionen, das eigene Entsetzen, Mitgefühl, Schmerz … zum Ausdruck zu bringen. Aber setze die Überlebende nicht unter Druck!

Wiederholungsverhalten hat seinen Hintergrund und Sinn, seine eigenen Gesetzmäßigkeiten. Um zu heilen, braucht es seine Zeit und Freiheit, also Freiwilligkeit. Wenn es dir schwerfällt, die Symptomatik deiner Liebsten mitanzusehen, denk' daran, daß es vielleicht auch für die Überlebende nicht einfach ist, damit zu leben. (Statt ihr Vorschriften zu machen, frag sie doch lieber mal, wie es *ihr* denn damit geht!) Dazu ein Beispiel von mir selbst:

Obwohl ich schon vieles er ..., nein: ichinnert habe, ist da doch noch ein großer Bereich, der mir bisher verborgen blieb. Und das ist auch gut so. Ich weiß: Ich würde die volle Macht der verdrängten Gefühle nicht ertragen. Ich habe ein autoaggressives Wiederholungssymptom, das mich auf das noch Verborgene hinweist und an dem ich seit vielen Jahren herumknabbere. Inzwischen bin ich so weit, daß ich andeutungsweise weiß, wofür es ungefähr steht. In Millimeterschrittchen habe ich ihm diese Andeutungen in jahrelanger Kleinstarbeit entlockt. Ich hätte also einen Ansatzpunkt. Ich hätte auch die Entschlossenheit, das selbstzerstörerische Verhalten loswerden zu wollen. Was ich bisher noch nicht gefunden habe, ist die nötige Zeugin, die mir hilft, das Erinnern zu ertragen. Genau deswegen hänge ich an diesem Punkt und malträtiere mich weiter – gegen meinen Willen. Einmal dachte ich, ich hätte eine Partnerin gefunden, die mir helfen kann. (Mit Therapeutinnen ist mir persönlich diese Zusammenarbeit nicht möglich.) Doch als ich nach einer wochenlangen ›Übelkeit-vor-dem-Kotzen‹-Phase den ersten Flashback hatte, zeigte sich, daß sie von der Macht meiner Erinnerungen überfordert war. Sie hielt meine Gefühle nicht aus; sie ertrug es nicht, mitansehen zu müssen, wie schlecht es mir geht. Nachdem ich sechs Wochen apathisch die Wand angestarrt hatte, während mich meine Freundinnen bewachten und versorgten wie ein hilfloses Baby, hatte ich die Erinnerungen endlich so weit niedergerungen und verdrängt, daß ich mein Alltagsleben wiederaufnehmen und an diesem Buch weiterarbeiten konnte. Aber irgendwann werden diese Erinnerungen wiederkommen. Ich spüre die Sehnsucht des Verdrängten, endlich befreit zu werden. Möglich wird diese Befreiung erst sein, wenn ich die passenden Umstände und die Begleitung / Unterstützung gefunden habe, die ich dazu brauche.

Hinabtauchen und die Klippen spüren, die ich haarscharf umschiffe. dich zu schmecken, zu schlecken, zu kosten – du Kostbare! – mich an dir zu laben …

Der Weg dorthin ist mit bösen Erinnerungen gepflastert, mit Erniedrigung und bitter-ranzigen Männerschwänzen. Aber da ist noch etwas anderes. Eine Ahnung, eine Spur, der ich folge. Irgend etwas zieht mich magisch an, lockt mich hinab zu deiner Vulva, ruft meine Lippen zum Kuß. Ein unsichtbarer Magnet muß das sein, mit wundersüßen Versprechungen. Also wag' ich's und mach' mich auf den Weg.

Es ist eine Gratwanderung. Immer wieder merke ich, wie die Denkmaschine anspringt, wie mein Kopf zu flüchten versucht, wie eine Dumpfheit in mein Bewußtsein kriechen will. Wenn ich im Nebel deine Spur aus den Augen verliere, bin ich verloren, verschluckt mich das Höllendunkel! Soll ich aufhören? Soll ich aufgeben?

Ich wage das Vertrauen. Ich folge der magischen Anziehung und der tiefversteckten Sehnsucht in meinem Herzen. Ich finde dich, ja, ich sauge mich an dir fest mit all meinem Hunger und meiner Gier, ich koste von deinen Strömen und labe mich am Tor des Lebens.

Warme Energie fließt von dir in mich hinein wie ein Lichtstrahl, der das Dunkel meiner Ängste vertreibt. Aus den Augenwinkeln sehe ich sie noch, die Spukgestalten alter Zeiten, aber sie bedrohen mich nicht mehr. Ich lasse sie sein, ich weiß um sie, sie sind Teil von mir, Teil der universellen Geschichte der Frauen, auch deiner Geschichte – vielleicht sind ja auch ein paar Gruselmonster von dir dabei, wer weiß?

Ich habe dich nicht gefragt in diesem Moment. Aber vielleicht ist es ja auch dir schwergefallen, dich zu öffnen und zu vertrauen? Vielleicht war es nicht nur mein einsamer Kampf um Liebe, Freude, Schönheit und mich selbst, sondern auch deiner? Zwei sind es, die an diesem Netz weben, und zwei sind es, die sich darin verheddern können. Oft ist es befreiend zu fragen. Oft nimmt es mir die Last, mich unfähig, verklemmt und versagerisch zu fühlen, wenn ich von dir höre, daß auch du am Kämpfen bist. Warum habe ich es diesmal nicht getan?

Du warst so tief versunken. Hingeflossen und zerschmolzen. Und ich sah nur von außen dieses Bild, das sprach: ungetrübter Genuß.

Ob dieses Bild getäuscht hat?

Das ist ja gerade der Mist: Bin ich ganz bei mir, so bin ich auch ganz bei dir und spüre wie von selbst, wo du bist und wie es dir geht.

Dann wird Reden überflüssig, weil unsere Körper ihre viel ehrlichere, viel direktere Sprache miteinander sprechen.

Aber ausgerechnet dann, wenn ich diese Nachrichten bräuchte von dir – »Hilfe, wo bist du?« –, wenn ich mit Grauszonen kämpfe, mein Kopf abwandert und Nebel mich umhüllen, wenn ich Schwierigkeiten habe, mich und dich zu finden, gerade dann spüre ich all das nicht mehr. Dann bin ich auf Worte angewiesen und auf Bilder, die doch so viel mißverständlicher und irreführender sind, so viel schwerer auszusprechen, so viel schwerer zu durchschauen, und die so viel weniger sagen.

Wochen später erst erzähl' ich dir davon, wie es mir ging. Erzähle von den lauernden Monstern.

Entsetzt schaust du mich an: »Warum in aller Welt hast du denn nichts gesagt?«

TAGEBUCH

Montag, 25. Mai

Wir unterhielten uns über den unter Frauen und Lesben so beliebten Anspruch, die Liebste / die Freundin möge tunlichst riechen, was eine will.

Das ist ja ein doppeltes Problem, von dem meist nur die eine, psychologische Seite gesehen wird: nämlich das Sichdrücken vor der Verantwortung, dem eigenen Empfinden, den eigenen Wünschen und Bedürfnissen Ausdruck verleihen zu müssen.

Aber es ist auch ein Problem der Sprache!

Welche kennt das nicht: verzweifelt um Worte ringen, im Geiste Satz für Satz ausprobieren und verwerfen im Versuch, sich der Geliebten mitzuteilen – und schließlich enttäuscht aufgeben, ohne etwas gesagt zu haben. Ent-täuscht: befreit von der Täuschung, diese (Männer-)Sprache wäre dafür geeignet, Botschaften von Frau an Frau zu überbringen.

Ich habe – von mir selbst ausgehend – viele Beispiele von Lesben gebracht, die Probleme mit der Rolle der passiv Genießenden haben. Wenn ich mich umhöre, scheint das Problem allerdings oft umgekehrt zu sein: Ich kenne viele Lesben, die unheimlich schüchtern sind; die sich nicht trauen, eine Bewunderte anzusprechen oder zu berühren; die nicht wagen, sexuell die Initiative zu ergreifen.[39] Warum ist das so? Natürlich kann die heterosexistische Erziehung eine mögliche Ursache dafür sein: Die verinnerlichte Norm, daß brave Mädchen zurückhaltend sein müssen, während nur Männern und Nutten die Initiative erlaubt ist. Das erklärt eine gewisse Hemmschwelle. Aber der Zeitgeist der 90er hat hier doch eine Menge verändert, und im Prinzip müßte es relativ leicht sein, solche Hemmschwellen zu überwinden. Das ist es aber offensichtlich nicht. Auch der gutgemeinte Rat der Psycho-Sex-Literatur, sich halt *einfach* zu trauen und *einfach* aus der anerzogenen Rolle zu fallen, fruchtet offensichtlich nicht. Woher kommen diese massiven Schwierigkeiten und heftigen Widerstände?

Ich habe da so meine Vermutungen. Den heftigsten Widerstand leistet meiner Meinung nach die tiefsitzende ›Angst vor der Täterin‹ – von mir oft scherzhaft als ›Weißes-Westchen-Syndrom‹ bezeichnet. Dabei handelt es sich um ein höchst sensibles Thema. Ich bin heftigste Abwehrreaktionen gewohnt, wenn ich Lesben darauf anspreche. Vor allem das – mit voller Absicht von mir gewählte – Wort ›Täterin‹ ist vielen ein Dorn im Auge. Für mich ein Zeichen, daß ich auf der richtigen Spur bin.

Eine Überlebende sexualisierter Gewalt zu sein bedeutet, traumatische Konfrontationen mit Tätern erlebt zu haben. Das hat nicht nur Folgen für das eigene Selbstbild (z.B. Verlust des Selbstwertgefühls, Selbsthaß ...), sondern frau versucht auch, das Bild des Täters auf irgendeine Weise zu verarbeiten – sei es, daß er verständnisvoll entschuldigt wird; sei es, daß er abgrundtief gehaßt wird. In jedem Fall ist aber klar, daß er ein unmenschliches Verbrechen begangen hat. Die logische Folge: Frau beschließt, um keinen Preis je selbst so zu sein.[40] Also niemals anderen dasselbe anzutun. Dies ist eine existentielle Überlebensstrategie, und eben deshalb ist das Ausmaß des Widerstandes so groß.

Nun haben heterasexuelle Frauen wohl selten das Problem, in eine Position zu kommen, die der des Täters ähnlich sein könnte. Sie werden eher achtgeben müssen, nicht immer wieder in der Opferrolle zu landen.[41] Was Lesben natürlich genauso passieren kann (mit Männern oder Frauen). Zusätzlich aber geraten Lesben als Liebhaberinnen genau in die Position, die ihr Unterbewußtsein als ›täterähnlich‹ identifiziert. Wenn sie mit einer Frau schlafen, hätten sie prinzipiell die Möglichkeit, die aktive, kontrollierende, mächtige, ›männliche‹ Rolle einzunehmen und dabei auch – willentlich oder versehentlich – Grenzen zu überschreiten, Gewalt auszuüben. Genau das ist meiner Meinung nach der Punkt, der Lesben vor zuviel Initiative im Bett zurückschrecken läßt.

Eine solche Behauptung provoziert eine Menge Einwände. Natürlich besteht ein großer Unterschied zwischen der Möglichkeit zur Tat und der Gewalttat selbst. Natürlich ist die Handlung, eine Frau sexuell zu erregen, nicht gleichbedeutend mit der Ausübung von Gewalt. Die Rolle der Liebhaberin ist nicht automatisch eine Täterinnenrolle. Entscheidend ist aber, daß in den tiefen, größtenteils unbewußten Seelenschichten, in denen die Verletzungen lagern, all dies sehr eng verknüpft ist. Auch wenn das noch so unlogisch erscheinen mag. Die Ähnlichkeit der Situation und der Rolle genügt, um angsterfüllt alles zu meiden, was im Entferntesten die Möglichkeit einer Grenzüberschreitung in sich bergen könnte. Also lieber völlig passiv sein, als etwas falsch machen. Also lieber die Liebste gar nicht anlangen, als Gefahr laufen, sie auf eine Art zu berühren, die ihr nicht gefällt. Also lieber keine eigenen Bedürfnisse äußern – sie könnte sich ja unter Druck gesetzt fühlen. Solche Aussagen habe ich oft von meinen Geliebten gehört.

Diese Ängste scheinen einiges zu vergessen. Zum Beispiel die menschliche Fähigkeit zum Kommunizieren. Vergessen wird auch, daß nichts zu tun manchmal genauso falsch sein kann, als etwas vermeintlich Falsches zu tun. Außerdem ist ein solches Verhalten, auch wenn es Grenzverletzungen gerade vermeiden möchte, bereits selbst eine Grenzverletzung. Die Überverantwortlichkeit, für die andere mitzudenken und ihre Reaktionen vorweg zu nehmen, ist ein bevormundender Eingriff in ihre persönliche Sphäre und verletzt ihre menschliche Würde.

Viele dieser Ängste klingen paradox. Unlogisch und widersprüchlich. Solche Mechanismen sind tatsächlich nicht logisch, beziehungsweise: Sie haben eine ganz eigene Logik. Eben die Logik ihrer Entstehungsgeschichte. Nicht so sein zu wollen wie dieser ☠💣☹-Täter ist sehr logisch. Selbst keine Gewalt ausüben zu wollen, wenn frau die Folgen davon am eigenen Leib erfahren hat, ist auch logisch. Es ist die Logik einer sehr tiefen Seelenebene, und die entspricht einer bestimmten Situation und Erfahrung. Die Widersprüchlichkeit entsteht, wenn die Lehren, die frau aus dieser prägenden Situation gezogen hat, auf ganz andere Situationen angewendet werden, in denen sie nicht (mehr) angebracht sind. Das geschieht unbewußt-automatisch und kann auch gar nicht so leicht verhindert werden.

Ich erinnere mich an das erste Erlebnis dieser Art, kurz nach meinem Coming Out. Da war ich zum ersten Mal bewußt in eine Lesbe verliebt, die diese Liebe aber nicht erwiderte. Ich versuchte trotzdem, mich ihr zu nähern, und das erzeugte bald Konflikte. Als ich das erste Mal bemerkte, daß ich sie verletzt hatte (im Gespräch und durch mein Verhalten – mit Sex hatte das noch gar nichts zu tun!), stürzte ich seelisch in ein tiefes Loch und hatte ungeheuer heftige selbstzerstörerische Anwandlungen. So etwas war mir noch nie passiert. Ich verstand gar nicht, was da los war. Der einzige Gedanke, den ich mitten in diesem Chaos klar im Kopf hatte, war: Eher tue ich mir selbst was an, bevor ich *ihr* weh tue! Die Erkenntnis, daß ich – ohne es zu wollen – eine geliebte Frau verletzt hatte, machte mich völlig fertig. Ich entzog mir deshalb fast selbst die Existenzberechtigung, so hart war mein Urteil über eine solche Missetat!

Diesen ersten Absturz nannte ich meine ›Begegnung mit der Inneren Wildsau‹. Er war der Beginn eines jahrelangen Prozesses, in dem ich lernen mußte, daß es ganz normal und unvermeidlich ist, geliebte Frauen zu verletzen; daß ich deswegen kein Unmensch bin, daß ein Unterschied besteht zwischen dem, was mir widerfahren ist, und einer Verletzung durch Mißverständnisse unter Freundinnen; daß es Möglichkeiten der Entschuldigung und Wiedergutmachung gibt ... – Kurz: ich mußte die unpassende Logik meines Entschlusses »Ich will keine Täterin sein« den Gegebenheiten meines Lebens als erwachsene, selbstverantwortliche Lesbe anpassen. Es war ein sehr langer und harter Prozeß. Es *ist* ein sehr langer und harter Prozeß.

Ich habe sowohl bei mir selbst als auch bei Geliebten die Erfahrung gemacht, daß dieses Grundmuster sich nicht auf den sexuellen Bereich beschränkt. Lesben, die ich als stark gehemmt oder unfähig erlebt habe, die sexuelle Initiative zu ergreifen, konnten auch nicht damit umgehen, wenn ich mich von ihnen verletzt fühlte.[42] Sie leugneten heftig jegliche Verantwortung dafür und führten meine Gefühle von Verletztsein auf eigene Irrtümer zurück. (»Es stimmt gar nicht, daß ich dich verletzt habe. Das bildest du dir ein. Du tust mir Unrecht. Du schiebst mir da was unter.«) Gleichzeitig beschwerten sie sich bitterlich, daß in Wirklichkeit *ich sie* verletze dadurch, daß ich sie ›anklage‹. In die Logik der traumatisierten Seele übersetzt: Sie beeilten sich, in die (positiv bewertete) Opferrolle zu flüchten, und leugneten alles, was im Entferntesten nach Ähnlichkeit mit der (negativ bewerteten) Täterinnenrolle riechen könnte.[43] All dies spielte sich nicht im sexuellen, sondern im emotionalen Bereich ab. Das ist kein Widerspruch, da bei sexualisierter Gewalt die Gefühle genauso vergewaltigt werden wie der Körper. Auffallend ist aber, daß mir solche emotionalen Verwicklungen nur mit Lesben passieren, mit denen ich auch Sexualität lebe oder gelebt habe.

Hier werden einige typische Überlebens-Strukturen sichtbar. Vor allem das Verwischen der Grenzen, also die Unfähigkeit, sich der Situation entsprechend abzugrenzen (»Was ist meines? Was gehört nicht in meinen Verantwortungsbereich?«). Gefühlsäußerungen der einen können nicht als das stehengelassen werden, was sie sind. Die andere fühlt sich davon so bedroht, daß sie sich sofort verteidigt und die Gefühle der ersten verleugnet (ein Gewaltmuster: Sie leugnet Gefühle, wie auch ihre eigenen Gefühle einst vergewaltigt und übergangen wurden). Das Lehrbuch respektvollen zwischenlesbischen Umgangs würde hier wohl vorschlagen, daß jede den Raum bekommen sollte, ihre Sicht der Dinge und ihre Gefühle zu erklären, und daß beide sich gegenseitig in ihrer Unterschiedlichkeit stehenlassen und achten – also der anderen ihre Gefühle auch *glauben* – sollten. Aber solche idealen Lehrbuchverhaltensweisen sind erst möglich, wenn die überwältigende Bedrohlichkeit der vermeintlichen ›Anklage‹ ausgehalten werden kann. Und das setzt wiederum voraus, daß Lesbe sich sehr intensiv mit dem äußerst unangenehmen Thema der ›Angst vor der Täterin‹ befaßt hat. In meiner eigenen Lebenspraxis ist mir in solch verwickelten Situationen bisher nur die Flucht in totalen Abstand gelungen. Nach einer Zeit des Abwartens zwecks Beruhigung der Gefühle ist mir dann ein langsames, vorsichtiges Wiederannähern möglich, und wenn alles gut läuft, kann unter Umständen im Nachhinein aufgedröselt werden, was da schiefgelaufen ist. Vielleicht sollte ich mir das Lehrbuch respektvollen zwischenlesbischen Umgangs unter mein Kopfkissen legen? (Allerdings muß dieses Buch erst noch geschrieben werden ...)

Auf den ersten Blick wirkt die Strategie »Bevor ich Gewalt ausübe, tue ich lieber gar nichts« ganz sinnvoll und vernünftig. Und doch ist sie nur ein scheinbarer Schutz. Ebenso wie die Übernahme der aktiven Rolle nur scheinbar gefährlich ist. Beides sind die zwei Seiten ein und derselben Medaille. Und die Medaille heißt: Flucht vor (Selbst-)Verantwortung.[44] Eine Lesbe, die sich völlig passiv verhält, verzichtet damit ohne Not auf die Möglichkeit, den Verlauf des Geschehens in ihrem Sinne zu beeinflussen. Damit steigt das Risiko, daß die Begegnung weniger befriedigend für sie verlaufen wird, als das möglich wäre, wenn sie ihre Wünsche zum Ausdruck bringt und ihre Grenzen klar macht.

Auf der anderen Seite steht der alte Irrtum, Macht mit Machtmißbrauch zu verwechseln. Ein Irrtum, an dem die Frauenbewegung schon seit langem zu knabbern hat und der immer wieder wie Phoenix aus der Asche aufsteigt. Es kann gar nicht oft und deutlich genug gesagt werden: Nur weil wir immer und immer wieder die Erfahrung machen, daß die Mächtigen im Patriarchat ihre Macht zur Ausübung von Gewalt mißbrauchen, heißt das noch lange nicht, daß beides zwangsläufig zusammengehört! In der ›mächtigen‹ Position der aktiven Rolle zu sein beinhaltet nämlich beides: die Möglichkeit, Gewalt auszuüben, genauso wie die Möglichkeit, Gewaltausübung zu verhindern.

Warum? Betrachten wir diese andere, die ›matriarchale‹ Art von Macht. Sie ist eine Macht, die auf Erfahrung und Wissen beruht und immer mit Verantwortlichkeit gepaart ist. Diese Art von Macht wächst, wenn sie geteilt wird. Eine sexuelle Begegnung ist ein Teilen, ein Wechselspiel von Geben und Nehmen. Somit eine Gelegenheit, Wissen und Erfahrungen auszutauschen und dadurch weibliche Macht zu mehren. Lehren und Lernen.

Bin ich in der aktiven Rolle, so kann ich bestimmen, wo und wie ich meine Geliebte berühre, mit welchem Tempo wir uns näherkommen, welche ›Techniken‹ ich anwende, und so weiter. Aber ich kann auch beschließen, die Rolle zu wechseln und meiner Liebsten die Führung zu überlassen. Wenn die Täterinnen-Angst dabei schreit: »Vielleicht gefällt ihr das jetzt gar nicht?« oder »Woher willst du wissen, ob sie überhaupt Lust hat?«, so vergißt sie, daß ich Möglichkeiten habe, mich dessen zu vergewissern. Ich könnte ja einfach fragen. Außerdem merke ich an den Reaktionen der anderen, was ihr gefällt. Meine eigenen Empfindungen erzählen mir ebenfalls, wie es um mein Gegenüber bestellt ist: Für mich ist sexuelle Erregung wie ein (elektrisches, magnetisches, magisches) Feld, das gemeinsam aufgebaut wird. Wenn der Anteil der einen dabei fehlt, bleibt es keiner von beiden verborgen. Vorausgesetzt natürlich, daß beide grundsätzlich darauf achten und ihre Aufmerksamkeit im Verlauf der Begegnung hin und wieder darauf richten. Es passiert mir selten, daß mir die Stute durchgeht und ich übersehe, daß die andere ausgestiegen ist. Zumindest habe ich den Anspruch an mich, so etwas nicht zu übersehen. Diese Achtsamkeit gehört zur Verantwortung der Liebenden.

Meine Intuition erspürt die feinen Schwingungen der Atmosphäre – auch die Störungen darin. Wenn ich aufmerksam und offen bin, spüre ich, ob meine Liebste plötzlich von einer Wolke düsterer Traurigkeit erfaßt wird. Ich spüre ihre geistige An- oder Abwesenheit. Wenn ich zum Beispiel den Eindruck habe, daß ihr Denkhirn zu rattern anfängt, frage ich einfach nach, weil Fragen in solchen Momenten nicht stört. Die Konzentration auf Sinnlichkeit und Lust ist durch das Denken sowieso schon unterbrochen. Absolut bewundernswert finde ich es übrigens, wenn eine Lesbe die Fähigkeit hat, von sich aus ein Feedback zu liefern und mich ab und an zu informieren, wie es ihr gerade geht. Von: »Ich brauche ein bißchen Zeit« bis »Ich hab' grad den totalen Liebesflash für dich«. Sowas ist unheimlich angenehm und nimmt viel Verunsicherung weg. Aber es ist nicht jederfrau Sache. Meine leider auch nicht (Neid!). Manche äußern sich lieber nonverbal oder gar nicht.

Natürlich bin ich nicht bei jeder sexuellen Begegnung so offen, daß sich diese Probleme praktisch intuitiv von selbst erledigen. Und je mehr ich ›zu‹ bin, um so unsicherer werde ich. Wahrscheinlich bewirkt die ›Täterinnen-Angst‹ auch so eine Blockade, die eben genau die Offenheit verhindert, die wiederum verhindern könnte, Grenzen zu übertreten, weil die Grenzen erspürt werden können. Anders gesagt: je mehr Angst, etwas ›falsch‹ zu machen, um so höher die Wahrscheinlichkeit, daß tatsächlich etwas schiefläuft.

Wenn ich offen bin, habe ich auch das Selbstvertrauen, Grenzen erkennen zu können. Ich traue mir zu, sie nicht zu überschreiten. Daher kann ich meiner Liebsten wiederum die Sicherheit vermitteln, sich getrost bei mir fallenlassen zu können. Ich finde es ein unheimlich schönes Gefühl, wenn eine Lesbe mir so vertraut, daß sie mir den aktiven Part überläßt in der Gewißheit, daß ich ihr Gutes tun werde. Ich genieße die Macht, ihr Genuß bereiten zu können. Ein Teil meiner Verantwortung dabei ist, darauf zu achten, wie es ihr dabei geht. Der andere Teil ist, darauf zu achten, wie es *mir* dabei geht. Denn die aktive Rolle birgt auch gewisse Fallstricke. Zum Beispiel ist sie nur allzu gut dafür geeignet, sich hinter den Aktivitäten zu verstecken. Es ist kein Problem, die Liebste zu deren Zufriedenheit zu liebkosen, dabei selbst aber klammheimlich emotional und/oder körperlich auszusteigen. Oder vor lauter Beschäftigtsein ganz einfach zu vergessen, sich selbst ebenfalls innerlich einzulassen, hinzugeben, fallenzulassen, den Gefühlen zu öffnen. Zumal wenn meine Liebste sich darauf eingestellt hat, daß ich mich mit ihr teile und sie vergeblich auf meinen Anteil warten muß.

Ich hoffe, daß diese Ausführungen das Schreckgespenst ›Aktive Rolle‹ ein bißchen relativieren konnten. Ich könnte im Prinzip noch genauso gründlich erklären, wie schrecklich ich mich in der scheinbar ungefährlichen passiven Rolle fühle. Würde ich meine diesbezüglichen Ängste hier breittreten, so würden die Liebhaberinnen der passiven Rolle sich wohl entweder prächtig amüsieren ob meiner – aus ihrer Sicht absurden – Ideen und Ängste, oder sie würden vor lauter Kopfschütteln gar nicht mehr weiterlesen können. Dann ginge es ihnen ähnlich wie mir, wenn ich mich wundere, wie eine nur Angst davor haben kann, die Initiative zu ergreifen – wo das doch eine so angenehme, sichere und beruhigende Rolle ist!

TAGEBUCH

Mittwoch, 2. Dezember

Ines, auf der Heimfahrt ihren Panzer ablegend, ihre Verzweiflung zeigend. Wieder Schmerz, der mich ungehindert mittrifft.

Meine ganze eigene Scheiße – und ihre dazu, das ist zuviel. Aber was soll ich machen? Theoretisches Wissen rät: mehr Abstand. Ich quäle mich rum und kann mich nicht entscheiden. Gestern abend schläft Ines schnell ein, unter Psychopharmaka. Ich bin ziemlich scharf auf sie.

Dann dieser entsetzliche Vater-Traum: Ich treffe ihn wieder, so alt, wie ich jetzt bin, und er grinst mich an. Ich verstehe: Er will weitermachen. Kampf und Flucht, schreckliche Angst, es war einfach widerlich.

Ich habe Angst, an Ines zur Täterin zu werden: die Fähigkeit dazu plötzlich so nah, als ich mich über ihren schlafenden Körper beuge. Panik! Visionen von Gita, der Vergewaltigerin. So scheußlich!

Angst, ich könnte zur Täterin werden.

Schließlich sagte ich ihr heute, daß es mir zu viel wird, daß ich irgendwie bremsen muß, aber nicht weiß wie, daß ich keine Idee habe, nicht mehr weiter weiß. Ich bitte sie, heute nicht bei mir zu schlafen.

Wortlos steht sie auf und packt ihre Klamotten ein. Mir kommen die Tränen. Sie schweigt. Ich flehe sie an: »Sag was!« Mein Herz schnürt sich zusammen. Was dann passiert, ist eine totale Überreaktion. Ich habe nicht gewußt, daß ich Abschiede so ganz und gar nicht packe, daß ich soo große Verlassenheitsängste habe.

Ich breche in Geheule aus und sie muß mich auch noch in den Arm nehmen! »Es ist schrecklich, dich wegschicken zu müssen, obwohl ich das gar nicht will!« Dann gehe ich selbst, weinend, weil ich es nicht aushalten würde zurückzubleiben, während sie geht. Weine im Auto bis zur Uni.

Theoretisch klingt es so leicht: Abstand. Aber ich habe von Anfang an Angst gehabt vor diesem Punkt; war immer froh, wenn ich merkte: Es geht noch, ich muß sie noch nicht wegschicken. Jetzt war er da, und es tut so tödlich weh. Ich will ja beides! Ich will die Nähe! Aber Nähe heißt auch, ihre Schmerzen wahrzunehmen, und das wird mir zuviel.

Es tut so weh zu sehen, daß das nicht geht.

LIEBE UND SCHMERZ

Die unselige Verknüpfung von Liebe und Schmerz ist eines der grundlegendsten Gewaltmuster, die tief in die Seelen von Überlebenden eingebrannt sind. Wenn nicht *das* Grundmuster überhaupt. Letztlich läßt sich ja sogar das ebenso existentielle Grundproblem des Selbsthasses und fehlenden Selbstwertgefühls darauf zurückführen: Selbstwert wird aufgebaut, wenn ich als Kind Bestätigung von anderen erfahre. Wenn die tiefsten Erfahrungen von Geliebtwerden aber mit Erniedrigung, Schmerz und Gewalt verbunden sind, ist der Schluß nur logisch, daß ich es wohl nicht anders verdient habe – sprich: daß ich nicht liebenswert und folglich nichts wert bin.

Diese Verknüpfung verwirrt oft die Öffentlichkeit und Lesben, die keine Betroffenen sind und denen die entsprechenden Hintergrundinformationen fehlen. Wenn in Frauenkreisen über sexualisierte Gewalt gesprochen wird, sind sich alle einig: Das ist Gewalt, das ist schlimm, die Opfer sind zu bemitleiden, die Täter zu verdammen. Von außen besehen, scheint es ganz einfach. Von innen gesehen, ist es das überhaupt nicht. Wenn ich beschließe, einer Geliebten von meiner Geschichte zu erzählen, und zwischen meinen Flüchen auf die diversen Täter plötzlich so Sätze fallen lasse wie: »Mein Papa war aber auch ein ganz lieber Kuschelbär«, dann fällt ihnen regelmäßig die Kinnlade runter. Haß und Rachegelüste können sie leicht nachvollziehen. Aber die andere Seite – die Erinnerung an schöne Erlebnisse oder die Sehnsucht nach der Liebe der TäterInnen – scheint da so ganz und gar nicht hineinzupassen. Dabei macht es ja nicht nur Außenstehenden Schwierigkeiten, all das unter einen Hut zu bringen, sondern am meisten den Überlebenden selbst. Alles scheint soviel einfacher, wenn es nur gelänge, dieses Paradox aufzulösen und mit einem festen, einseitigen Bild zu leben: Papa war entweder *nur* lieb oder *nur* böse, Männer sind entweder blöd oder bemitleidenswerte Gefühlskrüppel ... In der Heilungsarbeit (individuell wie kollektiv) ist es aber wichtig, mit diesem Paradox leben zu lernen, beide widersprüchlichen Bilder stehenlassen zu können und keines davon wegzuleugnen. Das einseitige Hängen am ›schönen‹ Anteil ist dabei ebenso fatal wie das einseitige Verbohren in Schmerz und Wut. Oft mußte ich beobachten, wie sich Frauen durch ein Festhalten am liebenswerten Täterbild in ihrer Heilungsarbeit blockierten: Wenn sie es nicht schaffen, die Liebe zum Täter / zur (Mit-)Täterin loszulassen und das Festhalten an der ›Schokoladenseite‹ der Gewalterfahrung aufzugeben, müssen sie die ›andere‹ Seite weiter verdrängen, bleiben in der Spaltung hängen und opfern letztlich wieder und wieder sich selbst zugunsten anderer (z.B. um das Heile-Welt-Bild vom Lieben-Gott-Papi nicht vom Sockel stoßen zu müssen).

Wenn von der Verknüpfung von Liebe und Schmerz die Rede ist, denkt natürlich jede gleich an sadomasochistische Sexpraktiken. Hier soll es aber um weniger plakative Erscheinungen gehen, die wohl jede von sich oder aus ihrem Umkreis kennen dürfte. Mögliche Folgen dieser Verknüpfung sind zum Beispiel: eine pessimistische Erwartungshaltung; eine scheinbare Überempfindlichkeit für Verletzungen; körperliche Schmerzsymptome oder die Erfahrung, sich in ›Psychokisten‹, Mißverständnissen und Vertrauensproblemen zu verheddern, ohne zu verstehen, wie das passieren konnte. (Willkommen in der Grauszone!)

Das Stichwort Self-Fulfilling Prophecy (sich selbst erfüllende Prophezeiung) beschreibt die Wirkungsweise einer pessimistischen Erwartungshaltung: Wenn eine Frau im Grunde ihres Herzens davon überzeugt ist, daß nach jedem schönen Erlebnis von Lust und Geliebtwerden unweigerlich früher oder später der ›Gegenschlag‹ in Form von Frust und Schmerz kommen *muß*, steigt natürlich die Wahrscheinlichkeit, daß sie sich entsprechend benimmt. Ihr Pessimismus wird die Atmosphäre schleichend vergiften. Je besser es ihr geht und je mehr angenehme Erlebnisse sie hat, um so mißtrauischer wird sie ihre Liebste beäugen, wo denn jetzt da der Haken bleibt. Und kaum ergeben sich die ersten, vielleicht gänzlich harmlosen Unstimmigkeiten, ist sie endlich bestätigt: Nun ist die erwartete Katastrophe eingetroffen. Die ganze Liebe war doch nur Heuchelei, natürlich ist sie wieder nur benutzt worden, und nie wieder wird sie einer vertrauen!

Ich selbst bin eigentlich keine Anhängerin solcher ›Self-Fulfilling‹-Ansichten. Ich hasse die Vorstellung, für Mist, der mir passiert, auch noch verantwortlich gemacht zu werden und die Schuld in die Schuhe geschoben zu kriegen. Dieser Ansatz läßt sich so leicht mißbrauchen. Aber wenn ich ehrlich bin und auf die Stimme meiner logischen Vernunft höre, muß ich doch zumindest zugeben, daß die Wahrscheinlichkeit solcher Zusammenhänge sehr hoch ist. Selbstverständlich hat eine solche Erwartungshaltung ihre Folgen – wie die auch immer aussehen mögen. Ich verwehre mich aber heftigst gegen den Umkehrschluß: »Tja, hättest du diese Erwartungshaltung nicht gehabt, dann wäre das alles gar nicht passiert!« (Zum Beispiel: »Hättest du mir vertraut, hätte ich dich nicht verletzt!«) So funktioniert das nämlich nicht.

Überlebende erwecken für Außenstehende oft den Eindruck großer ›Empfindlichkeit‹, weil aktuelle Verletzungen aus einem unscheinbaren Anlaß oft den ganzen alten, tiefen Schmerz mitberühren.

Natürlich erscheint eine Reaktion wie die beim ›Self-Fulfilling‹ gerade beschriebene als übertrieben, weil sie der Situation nicht angemessen ist. Im Empfinden und in der Logik einer Überlebenden ist sie aber sehr wohl angemessen.

Nehmen wir dazu ein Beispiel aus meinem Leben: Ich bin schlecht drauf und krank und äußere den Wunsch, gepäppelt und gepflegt werden zu wollen. Eine Geliebte lädt mich zu sich ein, kümmert sich dann aber nicht so um mich, wie ich mir das vorgestellt hätte, weil sie selber ziemlich fertig ist und inzwischen unvorhersehbare Probleme bekommen hat. Ich bin tief enttäuscht und fühle mich verarscht, erst eingeladen und dann links liegen gelassen zu werden. Ich spüre, wie mich eine tiefe, dunkle Depression einzufangen droht, die mir selbstzerstörerischen Quatsch einflüstert (wie zum Beispiel, ich sei ihr ja sowieso egal, und am besten sollte ich einfach gehen. Nachts, im Finstern, krank, allein, zu Fuß und kilometerweit von zu Hause weg!). Ein plötzlicher Flashback überfällt mich ohne Vorwarnung, bodenlose Gefühle von Mißachtet-und-in-meinem-Elend-alleingelassen-Werden. Gerade noch kann ich die Kurve kratzen, den Einflüsterungen dieses Flashbacks nicht zu folgen. Ich schaffe es in letzter Not, die zerstörerischen Kräfte von mir selbst abzuwenden, wütend zu werden und meine völlig verdatterte, ahnungslose Geliebte mit einem Schwall bitterer Vorwürfe zu überfallen. Für mich persönlich ein kleiner Triumph, über die Selbstzerstörung gesiegt zu haben (wenn auch auf ihre Kosten), der all meine Kraft aufgezehrt hat. Auch wenn das Ergebnis weder fair noch elegant war. Für sie ein absolutes Rätsel, ein scheinbar unmotivierter, ungerechtfertigter und völlig übertriebener Angriff. In meiner inneren Logik jedoch war mein Verhalten nicht nur angemessen, sondern das Beste, was ich unter großer Anstrengung aus einer schwierigen Situation machen konnte.

Eine scheinbar harmlose alltägliche Reiberei kann bei Überlebenden jederzeit in solch existentiell bedrohliche Katastrophen ausarten. Zum Teil ist das den Gesetzen der Selbstheilungskräfte zu ›verdanken‹: Der verdrängte alte Schmerz sucht nach Wegen, herauskommen zu können. Er ist wie eine schwärende Wunde, die nicht heilen kann. Sobald wir uns nur leicht stoßen, platzt sie wieder auf und blutet wie frisch. Die Reaktion anderer: »Was stellst du dich so an? War doch nur ein kleiner Rempler!« hilft uns da gar nicht weiter, und unsere Schreie sind dem Ausmaß des Schmerzes durchaus angemessen – wenn auch nicht dem Ausmaß des Remplers. Hier besteht die Heilungsarbeit darin, in mühseliger Kleinarbeit die verschiedenen Anteile auseinanderzuklabüstern und sich mit den anderen Beteiligten auseinanderzusetzen: die eigenen Gefühle und Reaktionen erklären, die Eindrücke der anderen anzuhören, auf Verständnis hoffen und selbst erkennen, daß nicht aller Schmerz dem ›falschen‹ Verhalten, von dem ich mich verletzt gefühlt habe, anzulasten ist. Kein Grund, die Verletzerin auf ewig zu verdammen oder ihr gar ein: »Du behandelst mich wie mein Vater!« vorzuwerfen!

Wie an diesen Beispielen zu sehen ist, zieht sich das Grundmuster von Liebe unter Schmerzen durch alle Bereiche. Sexualität, Gefühle, Beziehungen – alles ist davon betroffen. Im sexuellen Bereich wird es häufig am deutlichsten und extremsten. Schließlich ist die Verknüpfung hier entstanden. Was aber auch heißt, daß lesbe beim Sex dem Kern der Sache gefährlich nahe kommt, so daß vielleicht gerade hier besonders viel verdrängt werden muß. Und wohin wegverdrängt? Natürlich landet es im Körper, dem zuverlässigen Erinnerungsspeicher. Schon sind wir geplagt von psychosomatischen Schmerzen aller Art. Der Körper kennt tausend Wege, die Botschaft ›Schmerzen bei der Lust‹ auszudrücken. Und er beschränkt sich oft nicht auf die einzelne sexuelle Begegnung. Myome, Krämpfe, Menstruationsbeschwerden, Kreuzschmerzen, Infektionen, Pilze ..., alles spricht eine deutliche, dauerhafte Sprache. Dergleichen schlicht loswerden zu wollen, ist eine Sackgasse. Kosmetik und Symptombekämpfung führen uns nirgendwohin. Wir brauchen Verständnis. Zuallererst Verständnis für uns selbst! Wir brauchen offene Ohren, die diese Botschaft hören. Zuallererst unsere eigenen Ohren! Wir brauchen ein mitfühlendes Herz. Zuallererst unser eigenes Herz! Dann tun sich Wege auf.

Als wäre die Empfindlichkeit dieser schwärenden Wunde ›Schmerz, der raus will‹ nicht genug, kann es noch größeres Chaos geben, wenn auch noch die ›Angst vor der Täterin‹ mitmischt. Zur Verknüpfung von Lust und Schmerz, zu den alten Gefühlserinnerungen gehört ja auch ein Täter dazu. Wenn nun meine Geliebte diesen alten Schmerz aufreißt, kann schnell eine Identifizierung mit der Rolle des Täters passieren, so daß die Geliebte in meinen Augen zur Täterin wird. Gelingt es nicht, diese Projektion aufzudröseln, ist eine Sackgasse vorprogrammiert. Dann geht gar nichts mehr. Eine abgeklärte, unbeteiligte Außenstehende kann locker sagen: »Hey, du bringst da was durcheinander. Ich hab' dich vielleicht verletzt, okay. Aber ich wollte dich doch nicht umbringen, und so mies wie dein Onkel bin ich deswegen noch lange nicht, hörst du? Komm, verschließ dich nicht vor mir. Zeig mir deinen Schmerz, und ich bleibe bei dir, bis du durch ihn durchgegangen bist, ja? Bitte vertrau mir!« In dem Fall stehen die Chancen gut, die Situation wieder hinzukriegen, ohne daß Leichen den Weg pflastern. Aber stellt euch vor, es kommt noch dazu, daß die Partnerin ebenfalls Überlebende ist und eine unbewältigte ›Wildsau‹ in sich hat – sprich: Sie wird sich mit Händen und Füßen dagegen wehren, diese Täterinnenrolle reingedrückt zu bekommen, weil sie das existentiell bedroht. Stellt euch vor, sie geht aus reiner Notwehr zum Gegenangriff über. Damit bestätigt sie für die andere natürlich die Identifizierung mit dem Täter: »Aha, erst verletzt sie mich, und jetzt leugnet sie es auch noch. Und statt mir zu helfen, macht sie mich noch mehr fertig. Jetzt ist endgültig Schluß, die kann mir gestohlen bleiben!« So kann ein perfekter Kreislauf von Verletzung, Gegenverletzung und Schuldzuschreibung entstehen, der dazu führt, daß beide völlig dicht machen, sich hinter fetten Mauern verschanzen, und entweder aus der Deckung schießen oder sich in Leid und Depression verkriechen – oder gar alles beides. Dann bricht die Kommunikation zwischen den Geliebten zusammen, die ja die einzige Chance bietet, solche zerstörerischen Muster aufzuhalten. Und dann ist wirklich Sense.

Soweit zu den Beispielen für Auswirkungen, die die Verknüpfung von Liebe und Schmerz im Alltag haben kann. Ich glaube, daß diese Grundmuster verantwortlich sind für unheimlich viel Chaos und Katastrophen unter Lesben und vor allem in lesbischen Liebesbeziehungen. Fragt mich lieber nicht, warum ich mir da so sicher bin. Es war oft ziemlich bitter, das zu lernen. Eine viel bessere Frage ist: Wie kommt frau da raus?

Um *raus*zukommen, muß eine natürlich erst mal bemerken, daß sie überhaupt *drin*steckt. Und das ist gar nicht so einfach. Das Enttarnen des Musters ›Liebe = Schmerz‹ ist der erste schwierige Schritt und Stolperstein. Was mir übrigens auch meine Therapeutin mit ihrer 25jährigen Berufserfahrung bestätigt hat: »Das ist das Schwierigste überhaupt!« rief sie spontan wie selten. Darum habe ich die obigen Beispiele auch so ausführlich breitgetreten. Denn oft ist das Grundmuster so unbewußt oder so tief verborgen, daß wir auf ›Indizien‹ an der Oberfläche angewiesen sind, wenn wir enttarnen wollen, was mit uns los ist. Mein erstes Beispiel – nicht ungetrübt verliebt oder glücklich sein zu können aus Angst vor dem erwarteten Folgeschmerz – kann sich zum Beispiel auch nur in einem diffusen Unbehagen äußern. Lesbe weiß selbst nicht, warum sie sich trotz bester Bedingungen immer ein bißchen bedrückt fühlt. Sich nicht frei durchzuatmen und an ihr Glück zu glauben traut. Oder warum sie ihrer Liebsten gegenüber so mißtrauisch ist. Oder warum sie immer nur an Lesben gerät, bei denen sich sehr schnell herausstellt, daß sie sie gar nicht wirklich lieben. Auch in einem geliebten Beruf (Selbstverwirklichung!) oder in der finanziellen Situation (existentielles Sicherheitsgefühl!) kann sich dieses Muster zeigen: an Erfolge nicht glauben können, immer Angst haben vor Fehlschlägen und Mißerfolgen, nur auf Sparflamme arbeiten und damit – selbsterfüllend – einen möglichen Erfolg selbst behindern, rechtliche Möglichkeiten nicht ausschöpfen, sich scheinbar selbst im Weg stehen ohne zu wissen warum ... Leben unter dem Damoklesschwert, immer in der Angst, daß alles zerbricht, daß die unvermeidliche Katastrophe bald eintrifft und die Welt sowieso demnächst untergeht.

Am schwersten zu enttarnen ist diese Verknüpfung, wenn eine gefühlsmäßig zugemacht hat, um sich vor dem Schmerz zu schützen. Das ist als Überlebensstrategie mitunter sinnvoll. Aber als automatisierter Selbstläufer kann diese Strategie irgendwann hinderlicher werden, als sie nützlich ist. Wenn eine keine Gefühle an sich heranläßt, spart sie sich zwar eine Menge Schmerz, aber sie verpaßt auch eine Menge Freude. Außerdem ist diese scheinbare ›Ersparnis‹ ein Trugschluß: sie funktioniert ja nur auf der Basis von Verdrängung. Das heißt, daß ich zwar nichts mehr davon wahrnehme, aber trotzdem alles da ist. Die Folge kann zum Beispiel sein, daß mich Menschen in meinem engen FreundInnenkreis verletzen, und ich merke es nicht. Und weil ich es nicht merke, kann ich nicht entsprechend reagieren, verteidige mich nicht und kläre auch das Problem nicht, sondern sammle nur tief im Unterbewußten verborgen einen geheimen Groll an. Irgendwann ist dieses Grollfaß voll und läuft unkontrolliert über – und zwar garantiert an der völlig falschen Stelle. Diese Strategie ist also auf die Dauer sicher nicht das Gelbe vom Ei. Ganz zu schweigen von den verpaßten Freuden. Dem Mangel an tiefen, bewegenden Gefühlen. Dem Eindruck, eher zu funktionieren als zu leben. Der Einsamkeit. Der eigenen Unnahbarkeit. Der Unverständlichkeit gewisser zwischenmenschlicher Verhaltensweisen bei den anderen, die sich nach irgendwelchen unbekannten Regeln zu benehmen scheinen. Dem eigenen Anecken, weil eine diese Regeln eben nicht kennt. Dem häufigen Gefühl von Orientierungslosigkeit und Verwirrung: Wonach soll ich mein Leben ausrichten? Was ist falsch, was richtig? Denn mit den Gefühlen fehlt auch ein wichtiger Wegweiser im eigenen Leben.

Risiken und Nebenwirkungen lassen es also empfehlenswert erscheinen, sich nach besseren Umgangsstrategien mit dieser Verknüpfung umzusehen, als es die Verdrängung ist. Nur: wo und nach welchen? Nehmen wir an, daß der erste schwierige Schritt der Enttarnung bereits geschafft ist. Gut, ich weiß jetzt, daß bei mir Liebe und Schmerz verknüpft sind. Daß ich den Folgen dieser Verknüpfung nicht so leicht entkommen kann, habe ich auch bereits erfahren. Und nun? Wie werde ich den ganzen Krempel los?

Tja, leider nicht so einfach. Der Heilungsweg, der letztlich dazu führt, diese unselige Verknüpfung lösen zu können, ist ein scheinbar widersprüchlicher, ja geradezu paradoxer: Zunächst muß frau nämlich akzeptieren, daß es so ist. Daß Freude und Schmerz eben immer im Zweierpack daherkommen. Das Akzeptieren ist – wie das Enttarnen – so eine Sache. Leicht gesagt, aber nicht immer genauso leicht getan.

Die Geschichte der G. oder Eine Medaille mit zwei Seiten

Ein heftig einschlagendes, tief aufwühlendes Verliebtsein ergreift unsere Beispielfrau – sagen wir mal, sie heißt G. – mit Haut und Haaren. Sie hat schon lange nicht mehr (oder überhaupt noch nie) solche intensiven Gefühle erlebt. Sie freut sich und will diesen Rausch gründlich auskosten. Sie wird offen, weich und weit in ihrer Seele. Ist es Zufall oder logische Folge ihrer Offenheit, daß sie eines Tages von ihrem alten, verdrängtem Schmerz eingeholt wird? Sagen wir mal, auf die gemeinste Art: Mitten beim Liebemachen ereilt G. ein Flashback. Sie stürzt in ein bodenloses Loch und versteht die Welt nicht mehr. Oder sie kennt diese Dinger schon, wundert sich nicht, ist aber tief enttäuscht, daß ihr Liebesglück nicht in der Lage war, den Absturz aufzuhalten. Hatte sie doch insgeheim gehofft, mit der neuen Liebe den alten Dreck loszuwerden. Oder wenigstens nicht mehr ganz so arg heimgesucht zu werden.

Was nun? Unserer armen G. steht jetzt ein langer, schwerer Kampf bevor um die Einsicht, daß sie die Schokoladenseite nicht ohne ihr Gegenstück, den bitteren Sumpfschleim, bekommen kann. Vielleicht müht sie sich noch Monate oder Jahre ab in dem Versuch, die beiden Teile auseinanderzubekommen. »Es muß doch möglich sein, nur die

Schokolade zu essen!« Vielleicht wechselt sie die Geliebte und hofft, daß es irgendwann einmal klappt, wenn sie nur die richtige Frau findet. (Eine Konditorin?) Oder sie ist unheimlich mutig und tapfer, wappnet sich mit einer dicken Rüstung und reitet wild entschlossen dem bösen Sumpfmonster entgegen, um es ein für alle Mal fertig zu machen und dann endgültig Ruhe vor ihm zu haben. Hoffen wir, daß sie sich in dem Fall nicht noch nach Jahren bei Windmühlengefechten mit schleimigen Etwassen wiederfindet, denen der Nachschub scheinbar nie ausgeht.

Aber nehmen wir einmal an, G. schafft es. Sie sieht ein, daß die Medaille zwei Seiten hat und sie wohl oder übel nur die eine Wahl, nämlich zu sagen: Ich nehme entweder beide oder ich kriege gar nichts. Damit ist sie auf dem harten Boden der Tatsachen gelandet. Die rosaroten, aber schmutzbesprenkelten Wölkchen verziehen sich, Donna Quixotta zieht ihre Rüstung aus, und G. wird realistisch. Sie versucht, mit den Unabänderlichkeiten zu leben. Wenn sie jetzt eine Lesbe kennenlernt, erklärt sie ihr gleich, was Sache ist: »Wenn du mich haben willst, mußt du auch Sumpfmonster in Kauf nehmen. Ich hoffe, du weißt, worauf du dich einläßt!« Sie freut sich, wenn eine so mutig ist, daß sie nicht davonläuft. Eines Tages trifft sie eine. Sagen wir mal, sie heißt Z. Und Z. sagt: »Macht nix, ich hab' auch so ein Monster.« Da sind beide glücklich, lassen ihre Monster zusammen sumpfplanschen, und wenn sie nicht gestorben sind …

G. hat sich also mühsam ein Akzeptieren erkämpft. Sie weiß jetzt, daß Liebesglück für sie immer auch Schmerz bedeutet, hat sich darauf eingestellt und versucht, einigermaßen mit dieser Waage zu leben, die äußerst zuverlässig immer nach beiden Seiten ausschlägt. Das ist eine großartige Leistung von ihr. G. entwickelt ein bißchen Optimismus und will sich das Leben so schön wie möglich machen. Sie hat in Z. eine Partnerin gefunden, die ihr gut tut. Gemeinsam versuchen sie sich gegenseitig das Ertragen der unvermeidlichen Schmerzanfälle leichter zu machen. Das klappt auch, und G. ist ganz happy. Die Anfälle werden im Lauf der Zeit weniger und sind nicht mehr so kraß. Nach dem schweren Durchringen zum Akzeptieren des Urschmerzes scheint ihr das wie eine Belohnung, ein Erfolgserlebnis.

Jetzt kommt die nächste schwierige Aufgabe auf G. zu: das Trennen der Verknüpfung von Liebe und Schmerz und der Abschied vom diesem Prinzip der Waage. Das Paradoxe an der Sache ist nämlich, daß dieser Schritt erst angegangen werden kann, wenn aufgegeben worden ist, ihn gehen zu wollen. Solange G. krampfhaft versucht, nur die Schokoladenseite zu kriegen – sprich: die Kehrseite aus Angst und Schmerz *ganz* loswerden zu wollen –, wird sie mit Sicherheit nichts erreichen. Die Verknüpfung aufzudröseln bedeutet eben nicht, den Schmerz loszuwerden, sondern: die *scheinbare Unvermeidlichkeit der Verbindung zwischen Liebe und Schmerz* loszulassen. Es bedeutet, den unangenehmen Gefühlen den Platz und die Aufmerksamkeit zuzugestehen, die sie brauchen – *unabhängig* vom Erleben angenehmer Gefühle. Und vor allem unabhängig von den Menschen, die diese Gefühle in ihr auslösen. Es bedeutet: zu wissen, daß es im Leben beides gibt. Alles zu seiner Zeit.

Das eine ist nicht notwendig die Folge des anderen. Es gibt keine Möglichkeit, eins über das andere zu kontrollieren, zu umgehen oder gar zu verhindern – etwa nach dem Motto: »Ich will mich nie wieder verlieben, dann kann mir auch nie wieder wehgetan werden!« So läuft das nicht.

Diese Verknüpfung loszulassen relativiert die Angst vor dem ›Rückschlag‹. Sie ermöglicht ein echtes, tiefes, umfassendes, lustvolles Genießen in der Gegenwart – in dem Wissen, daß Zeiten des Schmerzes und der Angst nicht dadurch verhindert werden können, daß ich mir die Lust verkneife. *Weil beides nicht zusammenhängt.* Wenn ich das Leid so und so nicht verhindern kann, warum lasse ich es mir dann nicht einfach gut gehen? Allerdings ist dazu immer wieder eine bewußte Anstrengung nötig: Es sich willentlich gut gehen zu lassen, ist für Überlebende ein hartes Stück Arbeit!

Diese Verknüpfung loszulassen, macht mich zumutbar. Ich muß andere nicht mehr vor mir warnen, weil ich den Schmerz nicht mehr notgedrungen an der Person auslassen muß, von der ich Liebe bekomme.

Diese Verknüpfung loszulassen, gibt Freiheit. Ich muß mich nicht mehr von einer Frau abhängig fühlen, die den Urschmerz zu lindern scheint.

Die Verknüpfung loszulassen, ermöglicht die Trennung von altem und neuem Schmerz. Es wird möglich zu unterscheiden, welche Anteile von Verletzungen der konkreten Situation entsprechen, und welche Anteile alter eigener Sachen sich dazugemischt haben. Ich kann nach Absichten differenzieren: Plötzlich macht es einen großen Unterschied, welche Gründe hinter einer verletzenden Bemerkung oder einem unachtsamen Verhalten meiner Liebsten stehen. Es werden nicht mehr alle Arten von Schmerzgefühlen und deren Ursachen in einen Topf geworfen, in dem sich alles heillos vermischt.

Diese Verknüpfung loszulassen, erfordert Hilfe von anderen. Die Erfahrung, geliebt zu werden, kann ich mir nicht selber geben. Daß mein Mißtrauen unangebracht ist, kann ich nur erkennen, wenn sich eine Partnerin mir gegenüber tatsächlich als vertrauenswürdig erweist. Diese unselige Verknüpfung werde ich nur los, wenn ich das Gegenteil erlebe; wenn ich ein konkretes Vorbild und Gegenbeispiel habe als Beweis, daß es auch anders sein kann; wenn ich tatsächlich geliebt werde, ohne dafür mit einem Teil meiner Selbst bezahlen zu müssen.

Das Geh-Gut

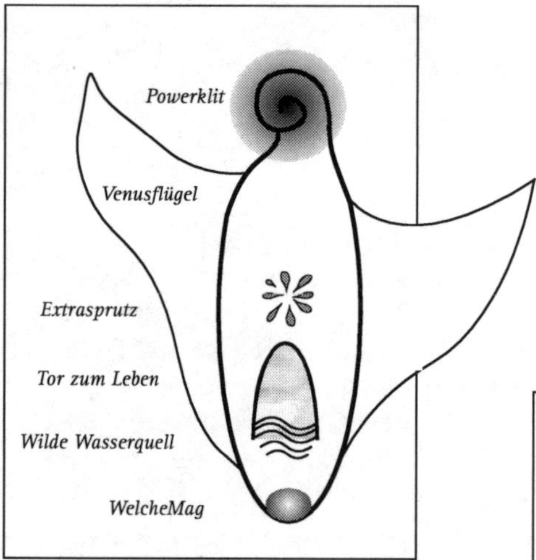

Das Ge-Schlecht

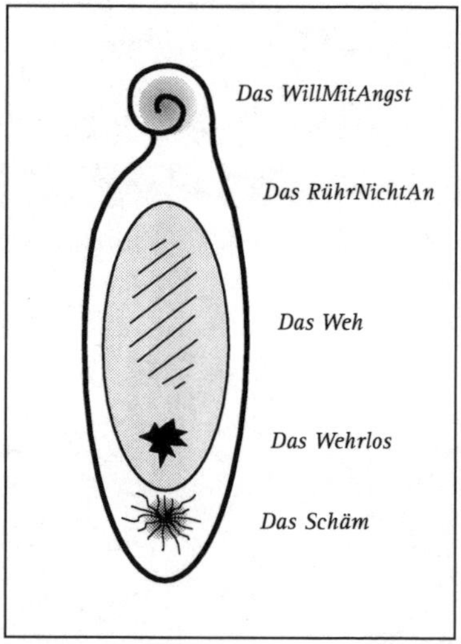

Aus der Reihe »Erogene Zonen neu gelernt«:
Das Gehgut

DIE BONBONS ZUM SCHLUSS

DIE SPIRITUELLE DIMENSION LESBISCHER SEXUALITÄT

Dieses Kapitel zu schreiben freut mich am meisten, weil ich so etwas noch nirgendwo gehört, gesehen oder gelesen habe. Dieses Kapitel zu schreiben fällt mir am schwersten, weil hier die Wörter zur Neige gehen und ich weitgehend Neuland betrete, für das erst eine Sprache geschaffen werden muß. Auch gibt es kein ›gesichertes‹ Wissen über spirituelle Sexualität – dafür um so mehr offene Fragen. Das einzige Wissen, auf das ich mich beziehen kann, ist mein persönlicher Erfahrungsschatz und eine intuitive Ahnung. Meine persönliche Geschichte erklärt vielleicht zum Teil, warum ich mich schon von Kindheit an mit dem beschäftigt habe, was ich heute die spirituelle Dimension von Sexualität nenne. Aber sie erklärt nicht, wo diese Ahnung herkommt.

Als Heranwachsende war mein Spiritualitäts-Begriff stark von meiner christlichen Erziehung geprägt. Damals hätte ich wohl eher ›religiöse Sexualität‹ gesagt (wenn ich das Wort Sexualität überhaupt rausgebracht hätte und wenn ich eine gehabt hätte, mit der ich über Sex hätte reden können). Mir scheint, daß das – wie der Sinn des Lebens – eine menschliche Grundfrage ist: Kann Sex eine religiöse Erfahrung sein? Daran beißt sich das lustfeindliche Christentum natürlich die Zähne aus. Umgekehrt finde ich diese Frage noch interessanter: Ist Religion ursprünglich aus den Grenzerfahrungen, die Sexualität ermöglicht, entstanden? Spannende Fragen, die schwer zu beantworten sind. Aber zum Glück sind solche Antworten für meine Zwecke nicht nötig. Ich will hier keine neue Religion begründen.[1] Ich will mein eigenes Erleben beschreiben und verstehen können.

Die sexuellen Begegnungen, bei denen ich Zugang zu meiner Spiritualität finde, nehmen in meinem Erfahrungsschatz eine Sonderstellung ein. Ich empfinde sie als die intensivsten und schönsten Erlebnisse. Sie sind mein Heiligstes, Persönlichstes, Intimstes und Verletzlichstes. Ein Grund mehr, nicht darüber zu reden. So scheint es nicht nur mir zu gehen. In vielen Büchern und Artikeln über Sexualität finden sich kurze Andeutungen und Erfahrungsspuren, die in Richtung Spiritualität weisen. Aber immer nur am Rande, in Nebensätzen, auf die nicht weiter eingegangen wird. Das sagt mir, daß ich nicht die einzige bin, die solche Dinge kennt. Was mir übrigens auch der gesunde Menschenverstand sagt – wieso sollte ich, nur weil ich angeblich anders(rum) bin, gleich *so* anders sein als andere? Ich bin überzeugt, daß wir gut daran tun, diese Erfahrungen zu schützen und uns sehr genau zu überlegen, wann wir sie preisgeben. Aber die Kehrseite der Medaille ist das Schweigen, mit all seinen Folgen von Tabuisierung über Informationsmangel bis zur Einsamkeit. Und das Fehlen von Ideen und Bildern, die dem patriarchalen Wahnsinn entgegenstehen und Hoffnung machen, daß eine andere Welt möglich ist.

Trotz dieser besonderen Stellung spiritueller Erfahrungen heißt das nicht, daß solche sexuellen Begegnungen höherwertiger oder erstrebenswerter wären als andere. Obwohl mein allzu menschlicher Drang nach dem jeweils Schönsten, Angenehmsten und Besondersten natürlich danach schreit, möglichst viel davon zu bekommen. (Allerdings ist sehnsüchtiges Quengeln der beste Weg, sich selbst zu blockieren und damit garantiert keine spirituellen Erlebnisse zulassen zu können.)

Die spirituelle Dimension ist für mich die Sonne der Weiten Landschaft. Wenn sie scheint, ist es das Vernünftigste, das schöne Wetter in vollen Zügen zu genießen. Wenn sie hinter dicken Wolken verborgen ist, dann ist das eben so und wir können sie nicht hervorzwingen. Das Wetter ist, wie es ist. Und nur in seiner Unterschiedlichkeit macht es Sinn. Auch ein bedeckter, stürmisch-wilder Wolkentag hat seine Schönheit. Auch ein wärmendes Feuerchen an einem Bindfaden-Regentag kann unheimlich gemütlich sein. Es wäre unsinnig, spirituelles Erleben von Sexualität über die anderen Arten zu erheben oder irgendwelche Wertmaßstäbe aufzustellen. Denn der besondere Genuß von Sonnenschein liegt im *Kontrast* zu den Kälteeinbrüchen und nebelgrauen Tagen, nicht in der Hitze an sich. Alles hat seinen Platz und seine Bedeutung an ebendiesem Platz: die ›Highlights‹ und erinnerungswürdigen ›Weißtdunochs?‹ genauso wie die vielen untergegangenen Begegnungen im Schwimmbecken des Vergessens.

Um keine Mißverständnisse aufkommen zu lassen, möchte ich klarstellen, was ich mit Spiritualität *nicht* meine: Sie ist keine Religion, keine Lehre. Sie hat nichts mit Auserwähltheits-Privilegien oder Erleuchtung zu tun. Sie ist kein HERRschaftsinstrument. Sie eignet sich nicht, um Kriege damit zu gewinnen. Sie ist keine Gnadengabe, sondern allen zugänglich. Sie erfordert keine Werkzeuge oder rituellen Handlungen. Sie braucht keine Vorschriften und Gesetze. Sie eignet sich nicht zum Vermarkten und Geldscheffeln. Sie beugt sich keinem – patriarchalen, ideologischen, kapitalistischen oder sonstigen – Zweck. Sie ist nicht mit Esoterik zu verwechseln, die immer mit Geldmachen, geheimen Heilslehren, privilegierten Eingeweihten, einer hierarchischen Weltanschauung und sehr oft mit Machtmißbrauch einhergeht.

Was ist Spiritualität dann? Sie ist natürlich, bunt und hat tausend Gesichter. Sie ist verschieden, wie die Menschen sind, und doch im Grunde eins. Sie ist politisch, anarchisch, chaotisch und frei. Am Besten läßt sich Spiritualität für mich mit Offenheit und Verbundensein beschreiben. So gesehen ist Spiritualität eher ein bestimmter persönlicher Zustand, eine Bewußtseinshaltung, als irgend etwas Abstraktes, das unabhängig von mir existiert. Sie ist eng verknüpft mit meiner ganzen Art zu leben. Ich kann nicht zehn Pfund Spiritualität im Wochenend-Schnellkurs-Verfahren erwerben. Wenn ich mich ernsthaft mit meinen spirituellen Anteilen beschäftige, wird das Konsequenzen haben, die mein ganzes Leben verändern.

Naturerleben kann zum Beispiel sehr spirituell sein. Die Erfahrung, sich dem Gefühl von Verbundenheit mit allem Lebendigen mitten in der Natur zu öffnen, steht allen Menschen gleichermaßen offen, muß nicht unterrichtet werden, kostet kein Geld, eignet sich nicht zum Unterdrücken anderer, ist weder gut noch böse ... und ist rundum wohltuend! Wenn ich solche Erlebnisse ernst nehme, haben sie die unmittelbare Konsequenz, mich zur politisch radikalen Öko zu machen. Ich werde nie diese Lesung von Luisa Francia vergessen, in der die Zuhörerinnen gebannt auf Hexengeschichten und geheime Zauberrituale warteten, aber Luisa ihnen stundenlang von umweltgiftbedingten Allergien erzählte und von ihrem mitunter komplizierten Alltag mit schulpflichtiger Tochter auf dem Dorf und – aus Überzeugung – ohne Auto. Spiritualität ist sehr erdig, handfest-praktisch und alltagsnah.

Damit habe ich auch schon nahegelegt, daß Spiritualität nicht notwendigerweise mit Lust oder Sexualität zu tun hat. Umgekehrt muß auch Sexualität nicht unbedingt mit Spiritualität zu tun haben. Aber sie *kann* sehr wohl. Die Stichworte Offenheit und Verbundensein weisen dabei die Richtung.

Spirituelle Sexualität ist im Grunde nichts anderes als eine besonders große Offenheit in der sexuellen Begegnung, die Erfahrungen von Verbundenheit und Verschmelzung mit der Partnerin ermöglicht. Sexuelle Spiritualität ist ein Fließen von Energien über scheinbar naturgegebene Grenzen hinweg. Das Öffnen von Toren, die normalerweise[2] geschlossen sind; Tore zu anderen Wahrnehmungswelten.

Die Offenheit, von der ich spreche, hat zwei Seiten. Auf der einen Seite die Bereitschaft, sich selbst zu erleben, in die eigenen Tiefen zu steigen beziehungsweise die eigenen Tiefen unvoreingenommen aufsteigen zu lassen, und sie mit einer anderen zu teilen. Hier ist das Loslassen gefragt, das bewußte und gewollte, freiwillige Fallenlassen. Hingabe. An den Augenblick, an die andere, an sich selbst. Das ist der Punkt, an dem uns Angst blockiert: die offene Bereitschaft zu allem, was da kommen mag, erfordert eine Bereitschaft zur Auseinandersetzung mit all meinen Ängsten und Schmerzen, die eventuell aus diesen Tiefen auftauchen können. Können. Nicht müssen. Und dazu wiederum muß ich das Vertrauen haben, mit allem zurechtkommen zu können – allein oder mit Unterstützung der Geliebten – was da so zu erwarten ist.

Die andere Seite betrifft die Offenheit für das Gegenüber. Die Bereitschaft, sich wirklich auf die Begegnung mit einem anderen Menschen einzulassen, auch das mit aller Konsequenz. Die Offenheit für die Geliebte fragt: Bin ich bereit, sie mit allem anzunehmen, was kommen mag? Achte ich ihre Würde? Kann ich ihre Grenzen respektieren? Vertraue ich ihr? Habe ich Sehnsucht, sie zu spüren? Bin ich bereit, mich mit ihr zu teilen? Mich zu zeigen? Sie an mich ranzulassen? Begehre ich die Nähe zu ihr? Bin ich bereit zu dieser Verbundenheit und ihrer Auswirkung, die über den Augenblick hinausreichen wird?

Den Begriff der Offenheit in Zusammenhang mit Sexualität finde ich überhaupt sehr schön und nützlich. Ich muß dabei an die hierzulande übliche Sexualerziehung denken und deren biologistisch-mechanischen Lehrbuchansatz. Von Kinderkriegen, Verhütung und Orgasmuskurven ist da die Rede. Von Lust sowieso nicht. Und von Gefühlen schon überhaupt nicht mehr. Stell dir vor, unsere Heranwachsenden würden mit den Worten an Sexualität herangeführt: »Öffne dein Herz und genieße, was passiert.« (Beziehungsweise für Jungs: »Wenn ihr beide die Vereinigung ausprobieren wollt: Zieh ein Kondom über, öffne dein Herz und genieße, was passiert.«) – Unsere Welt sähe ganz anders aus.

So wie die Zeit als eine vierte Dimension die drei Dimensionen des Raumes durchdringt (und nicht unabhängig davon existiert!), so durchdringt die spirituelle Dimension alle Ebenen sexuellen Erlebens, die ich schon beschrieben habe. Zumindest stelle ich es mir so vor, weil ich Erfahrungen gemacht habe, die ich als spirituell empfinde und die aber untereinander wieder unterschiedlich sind. Ich ordne diese unterschiedlichen Erlebnisse den bekannten Ebenen Kopf, Herz und Bauch zu. Das heißt, in jeder dieser Ebenen kann ich spirituelle und nicht-spirituelle Erfahrungen machen. Und da ich mir so gerne ein Bild von allem mache, hier meine endgültige Grafik lesbischer Sexualität, inklusive der spirituellen Dimension:

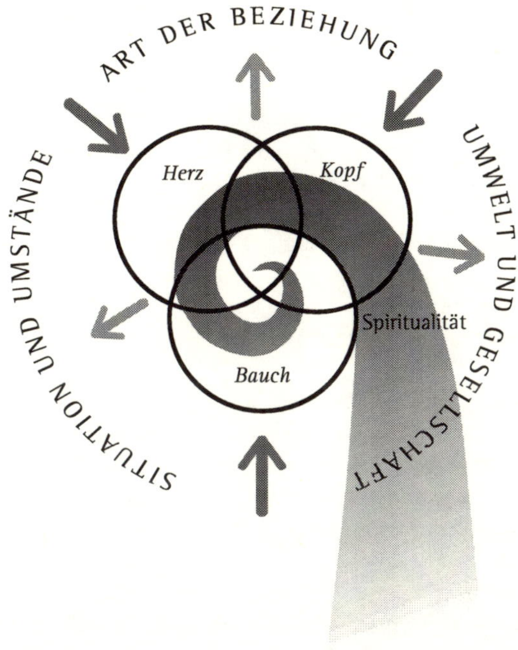

Mein sexuelles Erleben bewegt sich in diesen Ringen. Bewegt sich! Das heißt, daß ich bei jeder sexuellen Begegnung wandere: Von mehr Offenheit zu weniger, von Körperlust zu Liebesgefühlen, von Kopfgedanken zu Gefühlen von Nähe und Verbundenheit ... Und auch von einer Begegnung zur nächsten kann ich mich plötzlich in einem ganz anderen Teil meiner Landschaft wiederfinden als da, wo ich sie zuletzt verlassen habe.

Die Spirale, die alle anderen Ebenen sowie deren Überschneidungen durchquert, symbolisiert ein Erleben dieser Ebenen (und ihrer Kombinationen) in einem Zustand spiritueller Offenheit und fließender Energien. Wie schon bei den Ebenen der drei üblichen Dimensionen, kann ich spirituelle Erfahrungen nur auf der körperlichen Ebene machen, nur auf der seelischen oder nur in der geistigen. Außerdem in jeder Mischung davon. Je weiter innen auf der Spirale, um so mehr Bereiche werden berührt. Das Ende der Spirale im mittleren Feld symbolisiert eine Idee totaler Ganzheitlichkeit: ein Fließen von Energie, das die Grenzen von Kopf, Bauch und Herz beider Liebender überwindet. Das wäre wohl so etwas wie die völlige Verschmelzung, der Kern des Seins, das pure Leben, der Tod? ... – Zugegeben, das klingt ziemlich utopisch. Ob es das überhaupt gibt? Und unerträglich. Denn wie soll so eine Erfahrung mit unserem sonstigen Erleben und Alltag in Einklang gebracht werden können? Zumindest heutzutage und in unserem Kulturkreis. Dazu bräuchte es wohl eine andere Gesellschaft. Allerdings kenne ich Erfahrungen aus den äußeren Bereichen der Spirale. Die gibt es mit Sicherheit.

Der Spiralbogen im ›Körperfeld‹ der Grafik bezeichnet das *Tor zwischen den Körpern*:
Auf der Körperebene bewirkt das spirituelle *Fließen* eine Auflösung der Körper- und Empfindungsgrenzen. Es gibt graduelle Unterschiede: vom feinen Kribbeln, das die Impulse in den Energiebahnen der Liebsten erspürt, bis hin zum völligen Verschmelzen der Körperempfindungen. Ich glaube, daß dieses *Strömen* ziemlich vielen Lesben bekannt sein dürfte: Nichts anderes ist es nämlich, wenn ich beispielsweise auf den Orgasmus meiner Liebsten – immerhin eine sehr heftige Energie-Explosion! – körperlich (oder auch emotional: dann berührt es den seelischen Bereich mit) reagiere, ihn in irgendeiner Form mitzuspüren scheine. Solche Erlebnisse müssen nicht unbedingt während einer unheimlich bewegenden, tiefgründig-ekstatischen Begegnung und auch nicht unbedingt während eines Orgasmus passieren. Das kann ganz unvermittelt auch bei unleidenschaftlichem Kuscheln auftauchen. Übrigens habe ich in Anja Meulenbelts *Frauensexualität* einen Hinweis auf solch körperliches Verschmelzen gefunden. Zwar bezieht er sich auf heterosexuelle Erfahrungen, aber ich möchte ihn hier dennoch zitieren: »Einige wenige Male hat sich sogar herausgestellt, daß eine Frau mit seinem Orgasmus ebenfalls einen Höhepunkt erreicht, weil sie sich offensichtlich so mit seiner

Erregung identifiziert, daß ihre eigene Erregung schritthält. Ein solches Phänomen wurde bei Männern übrigens nie wahrgenommen« (S. 97).

Der Spiralbogen im ›Seelenfeld‹ der Grafik bezeichnet das *Tor zwischen den Seelen*:
Hierher gehören alle Gefühle von großer Nähe zum innersten Wesen der anderen (und auch zu sich selbst): der Liebsten ›ins Herz sehen‹. Auf eine nicht erklärbare Weise die Gefühle der anderen erspüren und intuitiv verstehen. Eine Art nonverbale Kommunikation auf tiefer Seelenebene, die dem Kopf-Verstehen unzugänglich bleibt. Ein tiefes Wissen, das plötzlich einfach da ist. Außerdem glaube ich, daß hier die bleibende Verbundenheit begründet wird, die wir oft zu Menschen verspüren, mit denen wir unsere Lust geteilt haben. In der spirituellen Dimension erfahren wir die Auflösung der Getrenntheit der Seelen, des innersten Wesens. Auch das, was von der Psycho-Ecke als symbiotische Sehnsucht nach dem Wieder-Verschmelzen mit der Mutter bezeichnet wird, würde ich hier einordnen. Mit dem Unterschied, daß ich im Gegensatz zur Forderung der Psychos, diese Bestreben müsse überwunden und aufgegeben werden, behaupte: Diese Sehnsucht kann sehr wohl durch die Nähe zu einer geliebten Seele gestillt werden!

Solche Momente kenne ich nur als kurze, und sie sind selten. Ob das an meinen persönlichen Schwierigkeiten mit Gefühlen liegt oder ob dieser Bereich wirklich schwerer zu öffnen ist, kann ich nicht sagen. Meine Erfahrung reicht gerade so weit, daß ich weiß, wie es sich anfühlt: nämlich unheimlich beglückend und reich beschenkt. Auch hat es wirklich etwas von Heimkehr, Geborgenheit, Vertrauen und Sicherheit. Aber auch von ehrfürchtigem Schauer und dem Gefühl, daß sich ein Schleier zwischen Welten und Zeiten hebt. Meist erlebe ich so etwas mit einer Geliebten nur einmal, ganz zu Anfang. Es ist wie ein tiefes, tiefes Kennenlernen: ein Blick in ihre Seele, der sich in meine brennt und diese eine einmalige Frau für ein Leben oder mehr in mein Herz schließt. Es kann sogar sein, daß ich die Seele nicht neu kennenlerne, sondern wiedererkenne, daß ich eine sekundenkurze Vision habe von anderen Leben in anderen Zeiten, in denen wir uns schon einmal begegnet sind.[3] Oder einfach nur das Wissen: Ich kenne dich. In der Bibel – in all ihrer Leibfeindlichkeit und bei allen berechtigten Einwänden – findet sich spannenderweise zur Andeutung sexueller Kontakte der schöne Ausdruck »Und sie erkannten sich«.

Ich weiß nicht, welchem Übersetzer wir diese feinfühlige und treffende Wortschöpfung verdanken. (Nun ja, seit es das Patriarchat gibt, haben sich Frauen – und Lesben ganz besonders! – als Männer verkleidet, um es besser zu haben. Zum Beispiel um Fremdsprachen lernen und sich mit Bibelübersetzungen Geld verdienen zu können??)

Der Spiralbogen durch die ›geistige‹ Ebene bezeichnet das *Tor zwischen den Welten*:
Dazu kann ich nur wenig aus eigener Erfahrung sagen. Der ›Kopfbereich‹ beinhaltet ja viele verschiedene Sachen: Intuition, Wahrnehmungsfilter, Träume ... Was das normale, rationale Denken angeht, kenne ich Gedankenübertragung als Form von Grenzauflösung. Auch die eben beschriebenen Visionen aus der Vergangenheit gehören zum Teil in den geistigen Bereich, wenn sie mit Bildern verbunden sind, die vor dem inneren Auge auftauchen. Ich habe diesen Teil jedenfalls ›Tor zwischen den Welten‹ genannt, und nicht ›Tor zwischen den Köpfen‹, weil ich glaube, daß es sich hier um so etwas wie die ›nach oben offene Richter-Skala für Erdbeben‹ handelt. (Weshalb die Spiri-Spirale hier auch die Kringel, welche die einzelne Lesbe darstellen, verläßt, die gesellschaftliche Umwelt durchquert und sich in die Weiten des Kosmos ausbreitet, der irgendwo jenseits dieser Buchseiten liegt.) Du weißt nie, wie heftig es dich erschüttern kann, wenn die Ströme ins Fließen kommen. Es gibt ja viel Gemunkel über Alphawellenzustände des Gehirns, über Geist und Geister, über Astralkörperreisen, Traumwelten und Heilige Hochzeiten. Spekulationen oder Tatsachen? – Ich werde mich, sofern ich jemals solche Sachen erleben werde, einfach überraschen lassen! Und wenn nicht, dann eben nicht. Auf alle Fälle müßte ich vorher noch die Frage klären, wie ich es schaffen könnte, von so einem Trip zurückgekehrt wieder an meinem heimatlichen Schreibtisch zu arbeiten, meine Wohnung zu putzen, mit meinem Vermieter zu streiten und das Anhören der täglichen Nachrichten zu ertragen.

Was ich hier noch erwähnen möchte, ist die Auflösung der Rollen, die ich im Kapitel *Die Weite Landschaft der lesbischen Sexualität* analysiert habe. Im Zustand spiritueller Verschmelzung verliert auch diese Trennung in aktiv und passiv ihre Bedeutung. Ein bißchen davon habe ich in der folgenden Geschichte zu beschreiben versucht. Wenn meine Lust mit deiner Lust verschmilzt, wird gleichgültig, ob ich berühre oder du, welche oben oder unten liegt, gibt oder nimmt, tut oder läßt – weil alles ein einziges, gemeinsames Fließen wird ...

Unsere Brüste verstehen sich prächtig.

Einmal unterhielten sie sich auf allen Ebenen in völliger Einigkeit bis zur totalen Verschmelzung. Und ich dich Berühren Knabbern Kosen war dasselbe wie du mich Streicheln Schmeicheln Schlecken. Gigantische Ströme in einem gemeinsamen Fluß. Kein Unterschied mehr zwischen dein und mein.

Meine spirituellen Antennen müssen voll ausgefahren gewesen sein. Denn meine Finger und meine Lippen spüren durch deine Haut hindurch, wo du empfindlich bist und ich dir guttun kann. Das ist mein persönlicher Zauber, auf den ich stolz bin und den ich dir heute schenke. Mein Seismograph, der jedes leichte Beben in dir spürt. Ich folge mit der Zunge den Spuren deiner Tollheit, und dein Vulkan antwortet mir mit Ausbruch.

Die physikalischen Gesetze außer Kraft. Die Lehren des Biologieunterrichts ad absurdum geführt. Es kann normalerweise nicht sein, daß ich beim zarten Biß in deine Brustknospe fühle, als saugtest du an meiner – obwohl du, tief versunken und high in Extase, meine Brüste nicht einmal berührst. Es kann normalerweise gar nicht sein, daß ich die Ströme spüre, die elektrischen Impulse, die du als Antwort auf mein Beißen durch deine Nervenbahnen schickst. Und doch spüre ich sie so genau, als wären es meine eigenen Nerven, meine eigene Spannung und Tollheit. Ja, es sind meine eigenen. Denn auch durch meinen Körper zuckt die Antwort hochgeladen. Ganz von selbst, obwohl du immer noch aufs Genießen konzentriert bist und deine Hände sich höchstens haltsuchend in diesem irren Taumel an meine Hüften krallen.

Als wir die Rollen tauschen, ich mich zurückhaltend befrausche und dich lasse, du mich naschst, da ist es umgekehrt dasselbe. Wir teilen ein Gefühl, ein Starkstromkörpergefühl: das einmalige gemeinsame Fließen. So können wir fliegend Rollen tauschen, und es wird doch zur Nebensache, ist egal, weil dein Körper wie meiner fühlt und beide einer sind.

(Doch meine Seele halte ich zurück. Dir jetzt auch innen drin noch zu begegnen, in den Traumwelten, die diese Ströme auftun können, das wär mir echt too much. Bin so schon gut beschäftigt, die Körperenergien noch zu schnaufen!)

Ich habe meine Mens. Das macht mich sinnlich und offen. Ihrer Magie schreibe ich den Rausch unserer Verschmelzung zu, die selten so umfassend ist wie heute. Vielleicht ist es auch der Reiz des Neuen, der uns mitreißt. Wieder was entdeckt. Wie gut wir uns verstehen. Wie gut sie sich verstehen, unsere Brüste … body talk … ein Busen-Kaffeeklatsch. Nur ohne Kaffee. Dafür mit einem Extraspritzer Milch zum Schluß, auch eine Art von Freudenfluß, bevor es uns zu heftig wird und wir ganz widerstrebend notgedrungen voneinander lassen. Wie gut, daß du es nicht gemerkt hast. Es hätte dich sicher erschreckt. Du hast noch nie geboren und gestillt, und auch gar kein Verlangen danach … Ich kannte das auch nicht bisher – ein Freudenfluß der Brüste? Doch ich erschrecke nicht, sondern lecke mir die Lippen, dir die Knospen und genieße still. Ich kenne den Geschmack. Er wirft so viel Ichinnerungen auf, macht dich mir irgendwie vertraut plötzlich, an einem Ort in meiner Seele, den wir zuvor noch nie betreten haben …

Oh, so viel Neues! Doch mit dieser Magie ist alles möglich. In diesem Sog der Ströme fließen Milch und Honig und Wilde Wasser.

Jetzt fällt mir wieder ein, wie ich überhaupt darauf verfallen bin, das Ganze zu beginnen. So zu beginnen, auf deinen Oberkörper konzentriert. Du hattest einen Pilz, eine Infektion, irgendsowas. Ich sollte deiner Gehgutgegend nicht zu nahe kommen. So waren unsere Möglichkeiten eingeschränkt. Genauer gesagt, war der Beginn ja eher frustig und bedrückt, als du meintest, daß da mit Sex nicht recht viel laufen wird in deinem Zustand. Doch ich, menssturzgeil, wollte das nicht einsehen. Und schon gar nicht die Finger von dir lassen. Da habe ich halt trotzig beschlossen, mich an deine obere Körperhälfte zu halten. Schließlich habe ich mich selbst mal mittels Liebkosen meiner Brüste auf die Hochebene begeben und für mich entdeckt, daß das auch ohne die sogenannte ›genitale Stimulation‹ (grauenhaftes Wort!) ganz gut möglich ist. Und wenn es bei mir geht, warum nicht auch bei dir? Du kannst mir tausendmal erzählen, daß deine Brüste nicht viel spüren und dir nicht viel bedeuten. Probieren geht über Studieren. Also probierte ich's. Du hattest nichts dagegen.

*

Wochen danach.

Unsere Brüste verstehen sich prächtig. Und die Erinnerung an diesen einen, ganz speziellen Busen-Rausch meiner vorletzten Mens ist noch hellwach in uns. Darum versuchst du wohl, mich grade dort herauszukitzeln aus meiner müden Trägheit. Der Streß der Woche steckt uns beiden in den Knochen. Ich bin voll seelischer Bedürftig-

keit nach Geborgenheit, Wärme, Trost und gemütlichem Kuscheln. Weltflucht.

Geduldig streichelst du mich stundenlang. Ich merke wohl, daß du nichts einzuwenden hättest gegen einen Trip in andere Sphären. Du hast zwar recht damit, daß das die schönste Art von Kurzurlaub ist an einem Donnerstagabend im Herbst. Aber ich bin in dieser Streichel-mich-bis-ich-einschlafe-Stimmung, an der sich bis jetzt noch jede Geliebte die Zähne ausgebissen (bzw. die Finger wundgestreichelt) hat. Wenn ich fitter wäre, wär ich längst bei mir zu Hause, nicht immer noch hier bei dir und zu faul zum Aufbruch.

Mein Körper ist erschöpft, mein Geist schläft und meine Gefühlswelt befindet sich auf halbem Weg zurück in Mamis Schoß. Also mach dir mal nicht allzuviel Hoffnung!

Natürlich sage ich das nicht. Trick 17 schweigt und genießt und wendet alle Mittel an, damit du weitermachst. Hauptsächlich wohliges Seufzen.

Es ist wohl eher Zufall, daß dein Oberschenkel zwischen meine rutscht beim Kuscheln. Und dann noch etwas höher. Und wären da, wie weiter oben, Kleiderstoffe zwischen uns gewesen, so hätte ich gar nicht bemerkt, wie angenehm sich das anfühlt, Haut auf Haut. Deine weiche Haut auf meiner weichen, feuchten Haut. Die zarte weiche Haut deiner gigantisch schönen Schenkel, auf die ich so ganz speziell abfahre, auf meiner feuchten … – hoppla! Was ist das? Feucht!?! Es kommt mir gar so vor, als hätte ich klammheimlich meine Flügel ausgebreitet da unten, meine Lippen geöffnet, still und leise, von mir selbst ganz unbemerkt. Und so glutschig, wie sich die Berührung anfühlt, und so warm, wie mir da wird, scheint doch etwas im Gange zu sein. Das paßt jetzt aber gar nicht in mein Bild von mir! Ich drück' mein Becken unmerklich nach unten, deinem Bein entgegen, das schon wieder abhauen will, und versuche, trotzdem nichts zuzugeben.

Ich hatte eigentlich schon länger den Verdacht, daß irgendwas nicht stimmt mit meiner ach so platonischen sex-und-lustlosen Vorstellung von mir selbst in dieser Streichelstimmung. Daß da irgendwo Scheuklappen am Werk sein müssen. Ein Abschalten von Wahrnehmung, ein Selbstbetrug. In meinem Kopf ist eine strikte Grenze zwischen Sex und Kuschelstreichel. Dabei ist mir doch klar, daß das gar nicht so streng auseinanderzuhalten ist, wie ich das gerne hätte. Das muß ein Relikt meiner gräßlichen Kindheit sein: mein Tätervater wußte sehr geschickt sich bei mir einzuschleichen. Mit harmlosem Streicheln und lustigen Auf-die-Haut-mal-Spielchen. Das war sehr schön, und ich spür's heute noch, als ob es gestern war. Aber ich ahne auch, daß er weiter gegangen ist. Und daß das gar nicht mehr schön war für mich. Aber all das habe ich so perfekt verdrängt und abgeschottet, daß ich bis heute keine klare Erinnerung daran habe.

In der Theorie ist alles klar: Es ist vorbei; ich könnte doch ruhig loslassen und heute meine eigenen freien Wege geh'n. Doch in der Praxis bleibt die alte Kluft. Aus tief eingeprägter Gewohnheit. So hat mein Körper zu empfinden gelernt. Und so tut er es weiter, ob's mir paßt oder nicht. Ich lebe nach wie vor die alten Muster. Da wo die sexuellen Lustgefühle anfangen, beginnt das große Pfui. Und dort wird streng zensiert. Bis heute. Zumindest in dieser ganz speziellen Stimmung, auf halbem Weg zurück zum Kind in mir. Eine häufige Stimmung.

Unsere Brüste verstehen sich gut. Und du machst dir noch immer Hoffnungen, meine Lust doch noch wecken zu können. Ob du die leisen Anzeichen von Entgegenkommen bemerkt hast? Trotz meiner Versuche, sie zu verstecken? Jedenfalls näherst du dich meinen Gazellenhügeln von Gilead, und ich merke, daß es das heute nicht ist für mich.

Ich merke auch, daß deine langmütige zärtliche Geduld mich in einen durch und durch entspannten Zustand versetzt hat, sehr weich, sehr breit und sehr bereit. Bemerkt oder unbemerkt von meinem dummen Kopf – egal. Es ist so, ich kann's nicht mehr übersehen (beziehungsweise: überfühlen) und wünsch' mir deine Hände jetzt woandershin. Nur wie? Im Geiste teste ich verschiedene Sätze und verwerfe sie wieder. Entscheide mich lieber für die direkte Körpersprache: Ich nehme einfach deine Hand und schiebe sie nach unten. Au ja, das isses! Sehr angenehm. Jawohl, seeeehr angenehm. Aber ich bleibe so locker entspannt liegen wie zuvor, ausgegossen wie ein nasser Schwamm, vollgesogen mit gemütlichem Genuß, und rühr' mich nicht. Du fragst nach einer Weile, ob ich schon schlafe. Weit gefehlt, aber das merkst du nicht!

Da plötzlich schießt was durch mich durch. Ich weiß gar nicht, wie mir geschieht. Auf einmal spür' ich kurz die Antwort deines Körpers, und hör' sie auch an deinem Atem. Mit einem Schlag hat sich das Tor geöffnet und mich auf die Hochebene katapultiert. Anscheinend bei uns beiden gleichzeitig. Denn während meine Stute mit mir durchgeht, merke ich grade noch am Rande, so quasi aus dem Augenwinkel, daß deine mitrennt neben mir. Die Hochebene ein weites, offenes Feld. Mal wiehert deine Stute, dann schlägt meine Funken – da ist sie wieder, die magische Verständigung. Hier enden auch die Worte, zu beschreiben, was da vor sich geht. Sind das Orgaskanns, die ich habe, oder nicht? Vier, fünf, sechs Antworten auf dich. Egal wie du sie nennst. Sie haben keine Namen, sind alle verschieden, sind Kapriolen, die die Stute schlägt im wilden Lauf, und bremsen sie kein bißchen. Mit der Erregungskurve aus dem Lehrbuch hat das jedenfalls nichts mehr zu tun. Und du hast keine Orgassolls, und doch strömst du mit mir gemeinsam. Ich merke an meinen explodierenden Antworten auf dich, daß du dabei sein mußt, und daß deine Tollheit nicht geringer ist als meine. Wäre mein Geist jetzt wach, könnte ich auch in dieser Anderswelt noch sehen, so sähe ich uns galoppieren, Seite an Seite.

Und noch was spüre ich, einen gar seltenen Wunsch. Ich will dich einladen zu mir herein, will deine zarten Finger in mir spüren. Das hab ich dir noch nie erlaubt. Sicher wird es dich total kirre machen. Ich liebe es, dich kirre zu machen. Vor allem jetzt, wo du eh schon fast platzt. Und bin auch neugierig auf mich. Es kommt so selten vor, daß ich so offen bin, so weich entspannt, daß ich Gefühle zulassen kann am Wilden Wasserquell oder gar an der Extrasprutz, der Sonderkick. Normalerweise ist die Klit allein genug für mich.

Jedoch ich krieg schon wieder das Problem der Sprache. Telepathie klappt leider nicht, und Wörter sind so plump. Ich habe Angst, das auszusprechen, was ich will. Angst, daß in diesem Augenblick der Traum wie eine Seifenblase platzt, die Muskeln wieder krampfen und nur Schmerzen folgen. Daß ich dir sage, was ich wünsche, du es tust, und ich dann merke: Es gefällt mir gar nicht. Ich ringe mit der Angst, will mich nicht unterkriegen lasse. Ich wähle wieder body talk – wortlose Verständigung – und schiebe deine Hand ganz tief zu mir. Ich glaube, du bist leicht verwirrt. Ich habe dir gesagt, daß ich empfindlich bin an dieser Stelle Weh, dem weichen Fleisch dort zwischen Klit und Vagina. Daß ich Berührung da nur selten schätze. Etwas verunsichert tastest du dich vor. Fast trifft schon ein, was ich befürchtet habe. Doch ich bin locker heute. Es tut nicht weh.

Aber so schön, wie der ungetrübte Wunsch am Anfang mich glauben machen wollte, ist es nu auch wieder nicht. Ich bin dir nicht böse, als du wieder gehst. Zu viele Zweifel haben uns den Spaß verdorben, dir wie mir. Ist nicht so schlimm. Ich werde später noch mal drüber reden. Erkläre dir, wann du mich ruhig berühren darfst, und daß es schon Momente für mich gibt, wo ich auch das genießen kann. Das nächste Mal müssen wir beide nicht mehr so viel Angst davor haben.

Ich beende die Situation damit, daß ich mich auf dich stürze. Jetzt werde ich aktiv – du warst es lang genug – und mach dich halt auf andren Wegen kirre, kein Problem. Du singst wie zuvor ich in höchsten Tönen. Ich habe meinen Körper etwas ausgeklinkt, um mich voll auf dich konzentrieren zu können und darauf, wie ich dir guttue. Ich muß mich dazu sogar von meiner eigenen Tollheit entfernen. Sonst ginge wieder alles mit mir durch, wie gehabt. Ich unterbreche die magische Verbindung, auch weil's mir für den Moment eh genug ist. Statt dessen horche ich auf mein Gefühl, das ich sehr selten frage während Sex. Meist ist mir lieber, da nicht hinzuspüren. Jetzt habe ich grad Lust dazu. Viel warme Zuneigung für dich finde ich in mir. Ich schick sie mit hinüber. Von Herz zu Herz und von Hand zu Möse, sozusagen. Fern von mir bist du irgendwo auf einem irren Trip, soviel krieg ich noch mit, du nimmersatte Frau der Hochebenen. Ich freue mich für dich und summ dir warme Töne ins Ohr. Irgendwann hast du mich dann doch wieder angesteckt, kann ich dem sonderbaren, magischen Sog der Ströme nicht länger widerstehen. Schwuppdiwupp bin ich gleich wieder mit dabei. Wir singen nun im Chor. Was denkt jetzt wohl die neugierige alte Nachbarin hinter der dünnen Wand? Wie unwichtig so vieles wird in diesen Sphären!

Endlich beschließe ich, daß es jetzt reicht. Ich lasse meine Hände langsam ausklingen bei dir und warte, bis dein Atem ruhiger wird. Sehr selten stoßen wir an Grenzen, die uns zwingen aufzuhören. Meist ist es einfach freie Wahl: Nochmehr oder Esreicht, ganz wie wir wollen. Ein Weilchen liegen wir noch still und staunen. Dann irgendwie müssen wir beide lachen über uns, und über alles.

KARMA UND KONSORTEN

Nun ein Wort zu sexualisierter Gewalt aus matriarchal-spiritueller Sicht. Das hat zwar nicht direkt mit dem Thema dieses Buches zu tun, liegt mir aber trotzdem sehr am Herzen. Mit den sensiblen Fragen der Glaubensüberzeugungen und Weltanschauung wird viel Mißbrauch getrieben, und manche Dinge kommen in so guter Tarnung daher, daß sie einer leicht in den falschen Hals geraten. Vor allem, wenn sich eine gerade mit ihrer Gewaltgeschichte auseinandersetzt und deshalb eine Phase großer Unsicherheit in allen Bereichen durchmacht. Auf der Suche nach irgendeinem tröstlichen Sinn hinter der Gewalt gerät frau leicht an patriarchale Propaganda im esoterischen oder sektenartigen Gewand. Zwei Kandidaten habe ich dabei besonders auf dem Kieker: die Soundsoviel-Punkte-Programme und die Karmapropheten.[4]

Zu letzteren zuerst. Ich habe mich selbst lange mit Zweifeln herumgeschlagen, was ich mit der Tatsache anfangen soll, daß ich schon kurz nach meiner Geburt in so viel Scheiße hineingeraten bin. Meine selbstgebastelte Weltanschauung hält Sachen wie Wiedergeburt und gewisse Teile der Karmalehre[5] für überlegenswert und plausibel. Aber der Logik vieler Vertreter dieser Anschauungen folgen hieße, den Giftapfel zu schlucken, daß ich mir den Mißbrauch quasi selbst eingebrockt hätte. Wahlweise als Strafe für Verbrechen in früheren Leben oder als frei gewählten Pfad zur Erleuchtung oder mit irgendwelchen ähnlich gelagerten Begründungen. Ich bin in Glaubensfragen lieber zurückhaltend, weil das ja alles nie mit Sicherheit zu sagen und überhaupt sehr subjektiv und wandelsam ist. Aber an diesem einen Punkt sagte mir ein deutlicher innerer Aufschrei sehr klar, daß das, was diese Herren Karmapropheten da verbreiten, glatter Schwachsinn ist. Oder, wie Angelika Aliti es in ihrer wunderbar drastisch-handfesten Formulierkunst ausdrückt: »Scientologen waschen Gehirne wie Geld, und im Bereich Esoterik tummeln sich große und kleine Gurus, die ihr Männchengehabe mit Karma erklären.«[6] Ein Täter könnte sich doch wohl keine bessere Entlastung für sein schlechtes Gewissen wünschen (so er eines hat) als die religiöse Überzeugung, seine Verbrechen wären der verlängerte Arm des Schicksals und er vergewaltige im Auftrag göttlicher Prinzipien. Das kennen wir zur Genüge aus der Geschichte. Und wie frau sieht, gedenkt das Patriarchat keineswegs, diese seit der Hexenverfolgung bewährten Methoden aufzugeben.

Das Problem bei der Sache ist, daß ein tieferer Sinn hinter der Gewalterfahrung so unheimlich tröstlich wäre. Die Augen zu öffnen, ist hart. Den Realitäten ins ungeschminkte Gesicht zu sehen, ist grausam und nur schwer auszuhalten. Wie sehr verlangt es uns dabei nach ein bißchen Rouge oder rosa Brille, um die Dinge erträglicher zu machen! Gerade auf den absoluten Tiefpunkten, auf dem Grunde einer Depression oder im tödlichen Taifun eines Flashbacks, wäre jeder rettende Strohhalm so verdammt wichtig. Irgend etwas, das meinem Leid, meinem Schmerz, dem ganzen Wahnsinn einen Sinn gibt – und *mir* einen Grund, durchzuhalten, auszuhalten, weiterzuleben. Irgend etwas, was das Unerträgliche erträglich macht.

Ich sage es nicht gern, aber die Gewalt hat keinen Sinn.

Der einzig echte Trost, den ich in all dem finde, ist: daß es mir Tiefe gibt. Aber nicht in dem Sinne, daß ich vor meiner Geburt beim Weihnachtsmann eine Bestellung aufgegeben hätte nach dem Motto: »Laß mir auf der Erde etwas ganz unerträglich Schreckliches widerfahren, damit ich Seelentiefe bekomme!« Sondern in diesem Sinne: »Wenn die Gewalt schon so grausam und dann auch noch sinnlos ist, dann will ich – da ich nun mal überlebt habe – das Beste draus machen. Mal schau'n, was ich dem ganzen Dreck an Gutem abgewinnen könnte.« Und da habe ich einiges gefunden.

Zum Beispiel eine Menge Wissen. Um die Abgründe in der menschlichen Seele. Um die widerliche Wahrheit hinter manch schnieker Fassade. Um die Verlogenheit patriarchaler Propaganda (»Die Familie als Grundpfeiler der Gesellschaft ...« Ha!). Um die Lächerlichkeit der sogenannten Zivilisation.

Zum Beispiel eine Menge Verständnis. Die Fähigkeit, sehr großes Leid anderer Menschen nachfühlen zu können, weil ich selber so große Tiefen von Leid kenne. Ein weites Herz.

Zum Beispiel eine ständig wachsende Radikalität, die ich von der Hagazussa gelernt habe – der Zaunreiterin zwischen den Welten, der Hexe an der Grenze zwischen Leben und Tod. Jeder Absturz, jeder Flashback, jedes Wieder-nur-mit-knapper-Not-Überleben macht mich radikaler, rückt meine Prioritäten zurecht und sagt mir, daß ich eigentlich nichts zu verlieren habe. Im Prinzip könnte ich es auch so formulieren: Ich werde deutlicher, öfter und unausweichlicher als manch andere an meine eigene Sterblichkeit erinnert. Das kann eine Chance sein zu einem viel entspannteren Umgang mit dem unausweichlichen Ende dieses Lebens, als es die meisten Leute haben.

Ich kann nicht oft genug betonen, daß solche Selbst-Tröstungen nicht durch Umkehrung mißbraucht werden dürfen. Die absolute Grenzerfahrung eines Traumas hat einerseits sehr viel mit spirituellen Grenzerfahrungen am Tor zwischen Leben und Tod zu tun – andererseits aber auch wieder gar nichts. Schamaninnen gehen wohlvorbereitet, bewußt, willentlich und in voller Selbstverantwortlichkeit auf solche Reisen. Sie tun das nur, wenn sie in der Lage sind, diese Grenzerfahrung psychisch auszuhalten und zu verarbeiten. Sie gehen nicht allein, sondern werden von Verbündeten unterstützt und begleitet. Beim Trauma dagegen wird eine Frau mit brutaler Gewalt, gegen ihren Widerstand und unvorbereitet in eine Situation geworfen, die sie nicht erträgt und in die sie nie geraten wollte. Ihr Selbstgefühl und ihr Weltbild werden zerstört. Sie verliert die Kontrolle und ist in all dem ganz allein. Auch hinterher hilft ihr meist niemand bei der Bewältigung – im Gegenteil.

Welch ein Hohn, wenn Täter und deren SympatisantInnen ihre Untaten zu höherer Gewalt verdrehen nach dem Motto: »Siehst du, zu welch spirituell erleuchtenden Grenzerlebnissen ich dir verholfen habe!?« (So platt sagt das natürlich niemand, aber im Endeffekt meinen sie genau das.)

Die Gewalt hat keinen Sinn. Auch keinen höheren.

In der christlichen Variante dieses Schwachsinns finden wir schicksalsergebenes Leiden, verHERRlichtes Märtyrerinnentum und das Versprechen von Erlösung. Nagelt die Frauen fest in ihrem Leiden und erzählt ihnen, das sei gut für sie – dann werden sie unter Garantie niemals aufmucken. Erzählt den traumatisierten Frauen, die sich sowieso für alles die Schuld geben, daß sie eine Erbsünde zu sühnen hätten, und sie sind willige Fußabstreifer für die Verantwortungslosen.

Die Gewalt hat keinen Sinn. Und es gibt keine Erlösung.

Das Leben ist hier und jetzt, nicht im Jenseits.

Nun zum zweiten roten Tuch: Den 7-, 9-, oder sogar 12-Punkte-Programmen. Inzwischen arbeiten viele Frauen mit diesen Methoden, und einige sind sogar des Lobes voll dafür. Aber wir wissen mittlerweile ja, daß nicht alles unbedenklich konsumiert werden kann, nur weil Frauen es anpreisen.

Ein Großteil der auf Deutsch erhältlichen (mehr oder weniger) feministischen Literatur besteht aus Übersetzungen aus dem Amerikanischen. Mit diesen Büchern exportieren die USA auch zunehmend die Soundsoviel-Schritt-Programme für jeden Zweck, die sich in ihrem Herkunftsland großer Beliebtheit erfreuen. Kaum eine Ratgeberin, sei sie medizinisch, zur Sexualität, oder zu Gewalt gegen Frauen, die nicht für jegliches Problem ein entsprechendes stufenweises Programm empfiehlt oder entwirft. Für Überlebende von sexualisierter Gewalt in der Mädchenzeit gibt es ISA-Gruppen (Incest Survivors Anonymous = die anonymen Inzest-Überlebenden; entsprechend den bekannteren Anonymen Alkoholikern, Anonymen Eßsüchtigen usw.).

In *Weiterleben nach dem Inzest* von Karen Lison und Carol Poston werden »vierzehn Entwicklungsschritte für Inzestüberlebende« entwickelt.[7] Auch *Frauenkörper Frauenweisheit*, das ansonsten empfehlenswerte, umfassende Buch zur Frauengesundheit der ganzheitlich arbeitenden Gynäkologin Christiane Northrup, kann sich einen Hinweis wenigstens auf die ersten drei Schritte solcher Programme nicht verkneifen. Nicht gerade das, was frau in so einem Buch erwarten würde. Auch in dem wohl meistgelesenen Selbstheilungs-Leitfaden für »sexuell mißbrauchte Frauen«, *Trotz Allem*, finden sich Heilungsschritte – hier immerhin in Stadien umbenannt und mit einem erläuternden Text versehen, der leicht von dem üblichen Programmschema abweicht. Fast als ob die Autorinnen gute Gründe für diese Abweichung hätten, die sie aber leider nicht erklären.

Was finde ich nun an diesen Programmen so graus(zon)ig?

Ursprünglich wurden diese Programme zur Therapie von Alkoholismus entwickelt. Es ist also ein Konzept zur Behandlung von Süchten! Und obwohl viele Überlebende mit Suchtproblemen zu kämpfen haben, kann doch beides unmöglich in denselben Topf geworfen werden! Bei Überlebenden ist Sucht ein Dämpfer, eine Verdrängungsmethode, die Heilungsarbeit verhindert. Sie muß mit völlig anderen Strategien angegangen werden als die Aufarbeitung der Gewalterfahrung selbst. Willenskraft, Disziplin (eine gewisse Härte gegen sich selbst) und ein gewisser (Leidens-)Druck sind unabdingbar, um clean zu werden. Für die Aufarbeitung von Traumafolgen sind solche Sachen aber das reinste Gift! Statt Härte gegen sich selbst sind Nachsicht, Verständnis und Mitgefühl angesagt. Mit Druck geht da gar nichts, und gelitten ist wahrlich genug geworden. Es sollte besser ohne Reue genossen werden, was das Zeug hält! (Diese Empfehlung wiederum wäre als Suchttherapie denkbar ungeeignet ...)

Ich habe einen Blick in das Programm der deutschen Incest Survivors Anonymous geworfen, und mir standen förmlich die Haare zu Berge. Dieses Programm hat sämtliche Eigenschaften einer Sektenlehre – mit Ausnahme höchstens der finanziellen Interessen. Hier werden Überlebende aufgefordert, alle Schuld auf sich zu nehmen, den Tätern zu verzeihen, die Verantwortung für sich selbst einem ›Höheren Wesen‹ zu überlassen, einen perfekten Täterschutz zu betreiben[8] und dieses Programm aktiv missionierend zu verbreiten. Ein Vergewaltiger könnte sich kein entlastenderes Therapieprogramm für seine Opfer wünschen. Sie werden ihn nie verraten, geschweige denn anzeigen; noch andere davon abhalten, so etwas zu tun; nie seine Untaten benennen; bei ihm angekrochen kommen und ihn um Verzeihung bitten – und sich dann wahrscheinlich umbringen, weil sie unter der Last der Schuldgefühle zusammenbrechen.

Es ist mir absolut unverständlich, mit welcher Unbekümmertheit diese Schritt-Programme in den USA auf ständig neue Anwendungsbereiche ausgedehnt werden. Irgendwann gibt es sicher auch die ›Anonymen Täter‹, die nach Schritt eins bis zehn besprechen, welche heilsamen Kleinkinder ihnen ihr höheres Wesen letzte Woche wieder zum Vernaschen über den Weg geschickt hat.[9]

Doch nicht alle tabellarischen Aufzählungen von Heilungsschritten in der Literatur enthalten so krasse Eigentore wie das ISA-Programm. Manche Versuche, eine Bestandsaufnahme von Überlebens-Phänomenen zu machen, verallgemeinerbare Erkenntnisse zu suchen und Heilungsstrategien entwickeln zu wollen, sind durchaus anerkennenswert und können zur groben Information und Orientierung ganz nützlich und hilfreich sein. Aber auch bei besten Absichten hat jede Auflistung dieser Art eine normative Kraft – und die bedeutet einen Schuß in den Ofen! Meist sind solche Bücher ja von sogenannten Fachleuten mit einer deutlichen (wissenschaftlich verbrämten) Distanz zum Thema geschrieben. Folglich wird in jeder Leserin, die als Überlebende (nicht als Fachfrau) ein solches Buch liest, der Eindruck erweckt: Hier erklärt dir Onkel Doktor / Tante Doktra, was mit dir nicht stimmt und was du dagegen tun mußt. Es genügen scheinbar harmlose Formulierungen wie »Wenn sich eine Überlebende auf diese Reise begibt, deren Ziel die Heilung ist, durchläuft sie dabei mehrere Entwicklungsphasen«[10], um der Leserin zu suggerieren: Nur wenn du dich mit den aufgezählten Phasen identifizieren kannst, bist du auf dem richtigen (Heilungs-)Weg. Da die genannten Phasen meist sehr unrealistisch sind, ist ein solches Nicht-Identifizieren-Können praktisch vorprogrammiert. In Verbindung mit dem meist stark angeschlagenen Selbstwertgefühl von uns Überlebenden kann bei einer solchen Mischung von Normdruck und subtiler Beeinflussung nur eines herauskommen: Die Schlußfolgerung, daß – wieder einmal, das kenn' ich ja! – mit mir selbst etwas nicht stimmen kann.[11] Daß ich so krank, gestört, daneben und sonstwas bin, daß mir nicht einmal die Heilungsbücher helfen können.

Ein weiterer Haken an diesen Programmen ist ihre starre Linearität. Heilung verläuft zyklisch, in Spiralform und nicht entlang einer geraden Linie von Punkt eins bis zehn. Wenn ich solche Punktlisten durchlese, denke ich meistens: »Ah, ja, Punkt 5 kenne ich, da bin ich gerade. Aber Punkt drei ist mir ganz fremd. Komisch. Bei Punkt 12 bin ich schon ein paarmal vorbeigekommen, und den 7. habe ich praktisch abgehakt. Äh – irgendwas mache ich wohl falsch?!« Aber nicht ich bin es, an der etwas falsch ist, sondern diese Listen, die einer vorgaukeln, Heilungsarbeit ließe sich wirklich so einfach durchnumerieren. Ich stelle es mir unheimlich frustrierend vor für Frauen, die solchen Anleitungen das erste Mal begegnen und zunächst verständlicherweise alles für bare Münze nehmen. Wenn die dann irgendwann erkennen, daß sie plötzlich wieder bei Punkt 1 gelandet sind, den sie doch vor drei Monaten bewältigt zu haben glaubten ... Da muß eine wohl oder übel das Gefühl kriegen, überhaupt nicht voran zu kommen und wahrscheinlich alles falsch zu machen! Außerdem ist die Reihenfolge der ›Heilungsschritte‹ oft unrealistisch. Was, wenn Schritt Nummer 10 lautet: »Ich kann Intimität genießen«[12] und ich das einfach nicht schaffe: Muß ich dann jahrelang warten, bis ich mir Schritt 11 vornehmen darf, oder was?

Weitere Mankos solcher Bücher:

Eine der wichtigsten und schwierigsten Aufgaben einer Selbstheilungsarbeitenden ist es, die Verantwortung für sich selbst zu übernehmen. Jede Art von Anleitung und Heilslehre in diesem Rezept-Stil verführt dazu, die Verantwortung für sich selbst hinzuschmeißen und nach außen zu verlagern. (»Ich mache alles streng nach Anleitung, also mache ich es richtig – egal wie es mir damit geht.«)

Gesellschaftliche Zusammenhänge werden viel zu oft ausgeklammert oder nicht in aller Konsequenz miteinbezogen. Schließlich habe ich nicht nur sexualisierte Gewalt überlebt, sondern muß auch heute noch in einer Umgebung klarkommen, die mich täglich weiter damit bombardiert. Ist es in dieser Welt wirklich so uneingeschränkt empfehlenswert, alle meine Schutzmechanismen einfach über Bord zu werfen?[13]

Außerdem implizieren alle Schritt-Programme und Stadien-Aufzählungen ein ideales, abstraktes Endziel ›Heilung‹, das in Wirklichkeit gar nicht existiert. Überlebende zu sein ist keine Krankheit, die kuriert werden kann und deren Symptome beseitigt werden müssen, sondern Teil meiner Identität und will in meine Persönlichkeit und in meinen Alltag integriert werden. Es gibt kein Happy End!

Das klingt jetzt vielleicht hart und desillusionierend. Ist aber realistisch. Auf den ersten Blick sind solche Worte natürlich nicht so ermutigend wie manch euphorische Heilungsanpreisung, und sie geben auch nicht die (scheinbare) Sicherheit einer schrittweisen Heilungsanleitung. Aber ich kann garantieren, daß mit so einer Einstellung keine Frau je einen harten Aufprall auf dem Boden der Tatsachen erleben muß, nachdem sie von rosa Wolken gepurzelt ist. Auch die Pseudo-Sinngebungen der Suche nach einer höheren Bedeutung hinter den Gewalterlebnissen sind wackelige Rosa Wolken. Die Wahrheit ist, daß wir Gewalt erleben, weil die Welt von Gewalttäter(Inne)n bevölkert ist. Das ist keine naturgegebene, gottgewollte oder schicksalhafte Tatsache, sondern das Ergebnis der Verbreitung patriarchaler Gesellschaftsstrukturen in den letzten 5 000 Jahren. Es gibt Gewalt, weil Männer mit Gewalt Frauen unterdrücken, um sie auszubeuten, weil Weiße Schwarze unterdrücken, um sie auszubeuten, weil Christen Juden unterdrücken, ja, weil selbst Frauen andere Frauen und auch Kinder unterdrücken. Genauso wie es Naturzerstörung gibt, weil Menschen der Erde Gewalt antun, um sie auszubeuten. Und dafür sind sie voll verantwortlich. Die aktiven TäterInnen ebenso wie die passiven NutznießerInnen. Der Sinn sexualisierter Gewalt ist der, Frauen unten zu halten. Sonst nichts. Keine Erleuchtung, keine Erlösung, kein Trost im Jenseits. Punkt.

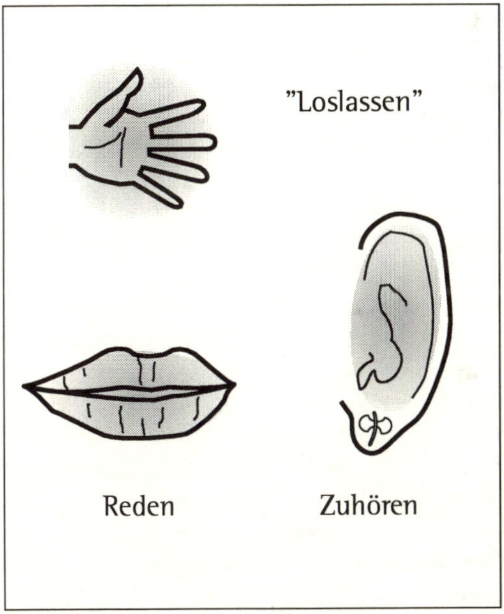

Aus der Reihe »Erogene Zonen neu gelernt«:
Geheime Sextechniken

In letzter Zeit komme ich zunehmend schwerer zum Orgasmus. Egal ob allein oder zu zweit. Das ist eine von diesen Überraschungen, die das Leben manchmal so bereithält ... Wie soll ich das verstehen? Und wie geht das weiter? Wenn sich in den USA Frauen, die noch nie einen Orgasmus erlebt haben, ›prä-orgasmisch‹ nennen, bin ich dann demnächst ›post-orgasmisch‹? Muß ich dann in sexuelle Verhaltenstherapie? Oder sollte ich mich lieber als Briefträgerin bewerben?

Ich empfinde diese Entwicklung als einen weiteren Schritt von ›Näher zu mir finden‹. Abschied von der immer funktionstüchtigen Orgasmus-Körpermaschine, hin zu größerer Authentizität – sprich: Echtheit. In der Theorie bin ich schon lange eine Fan von »Nieder mit Orgasmusfixierung und Leistungsdruck im Bett!« Vielleicht folgt ja die Realität schön langsam nach?

Noch etwas anderes ist neu: Ich ejakuliere[14] immer häufiger. Zum Glück haben mich die Informationen über dieses Phänomen schon länger erreicht, und ich glaube nicht mehr wie früher, noch zu Hetera- und Ehezeiten, daß ich an einer Blasenschwäche leide. Aber ich habe mich bisher nicht weiter darum gekümmert. So umwerfend revolutionär, wie manche tun, finde ich diese Entdeckung nun auch wieder nicht. Rein organisch gesehen sind die männlichen Geschlechtsorgane ja nur eine kleine Abwandlung der weiblichen, aus denen sie im Embryonalstadium entstehen. Wenn Männer aufgrund dieser Tatsache Brustwarzen haben, warum sollen Frauen nicht auch aus Bartholinischen oder sonstigen Drüsen Flüssigkeiten vergießen? Den offensichtlichen Stolz mancher Lesben, es hier den Männern in einem weiteren Bereich gleichtun zu können, kann ich nicht teilen. Die Assoziation zu Männern ist mir sogar unangenehm. Gleichtun will ich es ihnen sicher nicht! (Außerdem haben die Ärmsten ja sonst nix. Soll ich ihnen das bißchen auch noch wegnehmen?) Und die Pfützen im Bett finde ich ziemlich unpraktisch. Ich könnte gut darauf verzichten. Kommt eine Missionarin der Ejakulation wie Christina Wons[15] auf der Berliner Lesbenwoche 1997 zu dem Schluß, jede Lesbe *müsse* diese Ergüsse unbedingt erlernen – und welche wird bei einem Liter schon aufhören wollen? –, so kann ich nur müde gähnend feststellen, daß ich keine Lust habe, mir da irgendeinen Streß zu machen, und daß ich ohne diese Litermassen genauso glücklich (oder unglücklich) bin wie mit.

Was mir diese Veränderung allerdings bedeutet, hat mit lesbischen

Leistungsvorschriften wenig zu tun. Aber viel mit meiner Geschichte. Ich bemerke nämlich neben der wachsenden Häufigkeit (früher vielleicht alle ein oder zwei Jahre mal, jetzt beinahe immer, wenn es mir besonders Spaß macht und ich auf dem Rücken liege[16]), daß ein ganz bestimmtes, wiederkehrendes Körpergefühl dazugehört. Es ist eine Art kleiner Höhepunkt an Lustgefühlen, aber nicht so heftig und den ganzen Körper miteinbeziehend wie ein Orgasmus. Und ich spüre mich dabei intensiver als bei meinem Orgasmuserleben. Irgendwie bin ich mir selbst näher. Auch merke ich ganz deutlich, daß dieser Lusthöhepunkt ausschließlich mit angenehmen Emotionen assoziiert ist. Das bedeutet mir verdammt viel. Auf diesem neuen Terrain fühle ich mich um einiges unbelasteter und unbeschwerter als bei meiner bisherigen ›Orgasmuskurve‹, die allzu oft mit Leistungsdruck, Abspaltung und Gefühllosigkeit verbunden ist.

Spannend an der Sache ist auch, daß zu Beginn dieser zunehmenden Häufigkeit Ejakulation und Orgasmus noch eng verknüpft waren. Mittlerweile bekommen beide Gefühlserlebnisse mehr und mehr Unabhängigkeit voneinander.[17] Kürzlich habe ich sogar meine Liebste verwirrt, weil sie dachte, ich sei schon gekommen – aber es war eben ›nur‹ so eine kleiner Lusthöhepunkt ohne Orgasmus. Allerdings zeigten meine nonverbalen Botschaften so deutlich mein Vergnügen, daß ich an ihrer Stelle genauso gedacht hätte.

Für mich bedeutet diese Veränderung, erstmals einen Bereich meiner Empfindungsfähigkeit ganz ungestört und staunend selbst entdecken zu können. Endlich mal eine Gegend meiner Landschaft, in der sich keine Spukgespenster der Vergangenheit tummeln! Selbstentdeckung ohne gewaltsame Einmischung und ohne auf den Erwartungsdruck anderer reagieren zu müssen! Aah, wie erholsam! Früchte meines Bemühens, meiner Heilungsarbeit. Aber ach, das Wort Arbeit klingt so arg unerotisch in dieser Gesellschaft, in der Arbeit gleichbedeutend ist mit Unlust, ja sogar Qual. Dabei will ich doch von der Erfüllung und Befriedigung sprechen, die Arbeit auch bringen kann. Vom berechtigten Stolz auf vollbrachte Leistung (›Leistung‹, igitt, schon wieder so ein mißverständliches Wort!). Von der Selbstbestätigung, dem Genuß, etwas aus eigener Kraft geschafft und geschaffen zu haben. Eine Veränderung bewirkt, etwas Schönes in die Welt gesetzt. Kein zufälliges Sterntalergeschenk, sondern eine Folge meiner ganzen Persönlichkeitsentwicklung, meines Wünschens und Wollens und natürlich auch die Folge von meinen Begegnungen mit hilfreichen, liebevollen, achtsamen und mich unterstützenden Freundinnen und Geliebten. Und meiner Entscheidungen, mit welchen Freundinnen und Geliebten ich mich umgebe – oder auch nicht (mehr)!

Vielleicht ist diese Entwicklung aber auch ein Beweis dafür, wie unbewußt und unbemerkt Einflüsse von außen die Sexualität prägen. Sicher spielt es eine Rolle, daß das Phänomen Freudenfluß immer mehr ins Blickfeld der (lesbischen) Öffentlichkeit gerät. Sicher hat auch Christina Worns Ausstellung ihre Wirkung auf mich gehabt. Ich sehe und spüre zwar keinen direkten Zusammenhang. Aber ich könnte genausowenig behaupten, ein solcher Zusammenhang bestünde *nicht*. Diese Vorstellung hat andererseits auch etwas Erschreckendes. Wenn tatsächlich der Besuch einer Ausstellung genügt, um meine Sexualität dermaßen zu verändern – was macht dann die tägliche sexistische, frauenverachtende Bilderflut mit mir? Wie sähen zum Beispiel die sexuellen Phantasien von Frauen aus, wenn es diese Bilder nicht gäbe?

Ich habe da eine Vision. Beim Tagebuchschreiben stehe ich häufiger vor dem Problem, schöne Worte und treffende Bilder für besonders bewegende sexuelle Erlebnisse zu finden. So verglich ich das Ansteigen meiner Erregung öfter mit dem Erklimmen eines Berges. Irgendwann einmal wurde mir blitzartig zwischen Abspülen und Gartenarbeit die Bedeutung solch unschuldig-ahnungslos benutzter Bilder bewußt.[18] Und ich träume mir eine Welt ...

Eine Welt wie die unsere. Voller Meere, Ebenen und Berge. Jeder Berg ein Bild für den Orgasmus einer Frau. Jeder Hügel wie lockende Brüste. Jeder Gebirgszug eine Geschichte von den Abenteuern zweier Liebender. Jede Frau, die in dieser Welt wohnt, ist offen und erlebt die Landschaft mit ihrem Körper. Ihre Augen sehen die Gegend und ihre Seele assoziiert Lust. Sie ersteigt einen Berg und findet tief zu sich selbst. Sie liebt eine Frau, und ihr Kopf ist erfüllt von der Ehrhabenheit einer Gebirgslandschaft. Stell dir vor, wir würden unsere Welt hier und heute so erfahren! Oder vielmehr: erspüren. Auf einmal ist mir die Vorstellung nicht mehr so wahnsinnig weit weg, daß es früher keine Trennung gab zwischen der Erde, der Göttin und dem eigenen Sein als Frau. Jede Quelle ein Schoß. Jeder Bach ein Freudenfluß. Was mag das für ein Lebensgefühl sein, sich mit so einem Bewußtsein durch die Welt zu bewegen? Es muß unglaublich sinnlich, prall, erfüllend und sättigend sein! Schlaraffinland. Erotik in jedem Vogelzwitschern. Nicht umsonst sind vielen Völkern dieser Welt die Berge heilig. Sitz der Göttin.

Und die Göttin bin ich.

Lust kann um so unbeschwerter genossen werden, je weniger Druck auf ihr lastet. Sollte mich jemals eine fragen, was ich ihr zur Verbesserung ihres Sexlebens und zur Steigerung ihres Lustempfindens empfehlen kann, so griffe ich in mein Zauberschächtelchen mit dem Namen ›Erotica, die keine kennt‹ und spräche zu ihr: Lade dein Boot aus!

Allzu oft mißbrauchen wir Sexualität in der Praxis zu allen möglichen Zwecken. Das ist nicht besonders nett von uns, nimmt doch jeder Mißbrauch ein Stück von der Fülle weg, die Sexualität sein kann, und pervertiert sie – und damit auch uns selbst. Jeder Druck, den ich meiner Lust auflade, jeder Leistungsstreß, den ich mir mache, spaltet meine Sexualität von mir ab und zerstückelt meine Seele.

Leider, leider fallen mir auf Anhieb eine ganze Menge solcher Funktionalisierungen von Sexualität ein, die unter Lesben üblich sind. Zum Beispiel der Lesbentest. Nur welche mit einer Frau schläft, ist eine richtige Lesbe. Also muß ich erst mit einer Lesbe ins Bett, um dort mir und der Welt zu beweisen, daß ich auch dazugehöre, oder wie? Erst eine solche Initiation macht mich akzeptabel? – Sexualität als Schlachtfeld des Identitätenkampfes.

Oder auch als Kampfinstrument gegen die Heteroklischees, um zu beweisen, daß lesbischer Sex genausogut ›richtiger‹ Sex sein kann. Daß bei Lesben nichts fehlt, obwohl (nicht nur) die völlig inkompetente Männerwelt das frech behauptet. Dabei braucht echte Lust überhaupt keine Rechtfertigung. Sie *ist* einfach.

Oder als olympischer Wettbewerb: Leistungsdenken, Orgasmen-Marathon, Image-Politur, Selbstwertersatz – all der patriarchale, verinnerlichte Heteromüll, auf den wir eigentlich locker verzichten könnten.

Oder als Ersatz für soziale Sicherheit. Sich an Geliebte klammern, statt sich ein Netz von Freundinnen zu schaffen; im Sex alles suchen, was an Geborgenheit, Rückhalt und Unterstützung fehlt.

Viele dieser Dinge haben mit unserer gesellschaftlichen Situation als diskriminierte Minderheit zu tun. So gesehen ist die sinnvollste Gegenmaßnahme, ein gesundes Selbstwertgefühl und eine stolze lesbische Identität zu entwickeln, um unsere Lust von diesem ganzen Ballast zu befreien.

Auch ein bedachtsamer Blick auf die äußeren Umstände kann entlasten. Entledigen wir uns der Sorge um unsere vermeintlichen

Schönheitsfehler, indem wir dazu stehen! Sorgen wir vorsorglich für genügend Zeit, dann brauchen wir uns nicht stressen! Entsorgen wir Ängste, indem wir (vorher!) darüber reden! Bauen wir uns mit Bedacht ein gemütliches Nest im wörtlichen oder übertragenen Sinne, statt uns an Straßenecken preiszugeben und es uns unnötig schwer zu machen! Ich bin es mir wert, auf mich zu achten, also versorge ich mich mit allem, was ich brauche.

Dann gibt es noch den ganzen Beziehungsmüll, der sich so gern auf die Sexualität niederschlägt. Also raus aus dem Bett mit allem, was viel eher an den Küchentisch gehört oder in ein offenes Gespräch in ruhiger Minute. Und Schluß mit dem krampfhaften Versuch, aus unerfülltem Begehren und Einsamkeit mit Lesben zu feiern, zu denen ich gar nicht den entsprechenden Draht habe, und dabei das große Liebesglück fürs ganze Leben zu erhoffen. Sowas *muß* in einem frustrierenden Wust unerfüllter Sehnsüchte enden, kein Wunder! Aufhören damit, sexuelle Begegnungen mit unrealistischen Erwartungen zu überladen. Lieber erst zusammensetzen und klären: Wie stehen wir zueinander? Was will ich von dir? Und was bin ich bereit zu geben und zu zeigen? Hier können mitunter ganze Tonnen von Ballast ausgeladen werden!

Und dann gibt es noch die beim *Schwimmbecken* erwähnten Strudel, die auch ganz bös dazwischenfunken können. Diese vorgefertigten Muster vom üblichen Verlauf sexueller Begegnungen. Denkfallen, die mich davon abhalten, im momentanen Augenblick aufmerksam und offen zu sein. Die mich dazu bringen, mich wie eine Compute dem Programmablauf zu überlassen, statt in einen lebendigen Austausch mit meiner Partnerin zu treten. Da gibt es die Fast-Hirnfood-Fertigbilder und Klischees, die uns die Medien frei Haus liefern. Manch eine wähnt sich erhaben über solchen Mist und wird doch, eh sie sich's versieht, von eben diesem Mist schneller eingeholt, als sie sich hätte träumen lassen. Da hilft nur regelmäßige, sorgfältige Inventur und Entrümpelung. Immer wieder.

Oder die selbstgebastelten Strudel: Eingeschliffene Abläufe des Zusammenseins mit der Geliebten, die entstehen, wenn ein Paar über das gemeinsame sexuelle Erleben zu reden und zu reflektieren aufhört. Wenn es Veränderungen verschläft und dem Trägheitsgesetz zum Opfer fällt. In solchen Fällen wird oft Langeweile wegen Langzeitbeziehung diagnostiziert und als Abhilfe so aufregende Tips vorgeschlagen wie sich doch mal mit Schlagsahne einzuschmieren und abzuschlecken (analog zu dem Hetero-Therapievorschlag, frau solle sich neue Reizwäsche zulegen). Was natürlich am eigentlichen Kern der Sache völlig vorbeigeht. Außer das Paar fängt in so einer ungewohnten Situation an, wieder miteinander zu reden. Aber das könnte frau doch auch ohne den Umweg über Schlagsahne und Spitzenstrapse, oder?

Nebenbei ließen sich so die Mißverständnisse und Probleme vermeiden, die entstehen, wenn zwei Liebende unausgesprochen von verschiedenen Abläufen ausgehen. Zum Beispiel die eine von: »Nach einem romantischen Spaziergang im Mondschein kommt als nächstes ein romantisches Essen bei Kerzenschein und eine Liebeserklärung.« Und die andere von: »Daß sie mit mir so spazierengeht, heißt, daß sie nachher mit mir schlafen will. Scheiße, ich hab heut nämlich gar keine Lust! Viel eher bräuchte ich ein bißchen Seelenpäppel.« Wahrscheinlich wird sie während des Spaziergangs schnell einen Streit vom Zaun brechen, um dem Sog des Strudels irgendwie zu entgehen. Voll das Eigentor! Wahrscheinlich ist der lesbische Liebesalltag voll von solch kleinen und größeren klischeebedingten Mißverständnissen. Oft lösen sie sich unter Lachen auf in einem: »Ach so! Und ich dachte, du willst ...!« oder in einem: »Also ich habe das jetzt aber ganz anders verstanden. Gut, daß du mir das noch mal erklärt hast!« Aber mitunter, wie gesagt ...

Der letzte Punkt, der mir zum Thema Müll und Ballast noch einfällt, hat – wie so vieles andere auch – mit patriarchalen Spaltungsmechanismen zu tun. Es geht um Abspaltungen vom eigenen Ich und von der eigenen Sexualität, die auf andere projiziert werden. Das ist eine heikle Sache. Solche Projektionen kommen nämlich gerne im Mäntelchen festgefügter, unabänderlicher Tatsachen daher, nach dem Motto: Ich bin halt so, und sie ist halt anders, so isses nun mal – fertig, Punkt, aus! Gar nicht so leicht, ihnen dieses Tarnkäppchen abzureißen.

Nehmen wir als Beispiel die sexuellen Rollen. Wenn meine Geliebte immer den aktiven Part übernimmt und ich mich ihr anpasse, so denke ich schnell von mir selbst: »Ach, ich bin halt schüchtern. Ich würde mich das nie trauen, was sie da macht. Da kann ich nichts machen, ich bin halt so.« In dem Moment, wo ich so etwas von mir denke, spalte ich alle aktiven, mutigen, Initiative ergreifenden Anteile meiner selbst ab und projiziere sie auf die andere. Damit beraube ich einerseits mich selbst um den natürlichen Reichtum meiner sexuellen Facetten. Und zum anderen bürde ich meiner Liebsten die Last auf, diese abgespaltenen Teile für mich mit ausleben zu sollen. Es ist nicht nur völliger Quatsch, sich selbst auf diese Weise ohne Not zu berauben und auf Scherben zu reduzieren, sondern es kann auch unendliche Kuddelmuddel in der Beziehung hervorrufen.

Das Phänomen des Projizierens kann nur entstehen, weil sich bei der sexuellen Begegnung eben zwei Menschen begegnen. In der Beziehung, die zwei auf diese Weise aufbauen, brauen sie eine ganz eigene Chemie. Genauso wie jede Lesbe einmalig ist, ist es auch einmalig, was zwischen ihr und ihrer Geliebten entsteht. Um zu verstehen, was ich damit meine, muß jede Leserin nur auf ihre eigene Geschichte zurückblicken. Sie wird feststellen, daß sie sich mit jeder Geliebten irgendwie anders gefühlt hat. Daß jede andere Seiten, andere Gefühle, andere Verhaltensweisen aus ihr hervorgelockt hat. Die meisten mögen diese Unterschiede der Zeit zuschreiben, die uns natürlich auch verändert. »Ach, damals war ich ja noch so jung und dumm – heute würde das ganz anders laufen!« Ich glaube aber, daß das nicht der ganze Grund dafür ist.

Jede Lesbe ist eine einmalige Farbe, und jedes Zusammenkommen zweier Lesben wird eine neue, nie dagewesene Mischfarbe hervorbringen. Ich betone das so, weil in dieser Erkenntnis das Heilmittel gegen die Fallstricke der Projiziererei liegt. Denn wäre all dieser Illusionsgaukel tatsächlich so wirklich, wie er behauptet – wäre ich also tatsächlich von Natur aus unabänderlich schüchtern und passiv – so müßte ich mich doch mit *jeder* Geliebten so fühlen. Was war dann aber damals mit meiner Jugendfreundin, die noch viel schüchterner war als ich? Bin da nicht *ich* äußerst mutig auf sie zugegangen und habe sie geküßt? Äh, also entweder war das damals nicht ich, oder …? Tja, oder ich habe Vorurteile gegen mich selbst!

Nein, eigentlich ist jede Lesbe nicht nur eine einmalige Farbe, sondern ein ganzer Regenbogen. Und ich wähle bei jeder Geliebten neu, welche Farben ich mit ihr teilen will. Zusammen lassen wir ein Feuerwerk hochgehen, meine Liebste und ich: aus den Farben, die sie gerade erreichen kann, und aus denen, die ich gerade erreichen kann. Es wird immer einmalig sein, dieses Feuerwerk. Jede Begegnung ist anders. Und es wird mit jeder Geliebten anders sein, denn jede hat ein anderes Repertoire an Farben, die ihr zur Verfügung stehen. Aber keine kann mir eine Farbe von sich geben, wenn sie mir fehlt. Ich kann sie bestenfalls ausleihen, aber der Preis dafür ist hoch, und irgendwann wird sie mir wieder genommen werden. Nein, wenn ich eine neue Farbe möchte, muß ich sie bei mir selbst suchen.

Auch das kann eine Menge Müll ersparen.

Liebe in Freiheit, das bedeutet, bei sich selbst zu bleiben. Liebe in Freiheit heißt Vertrauen statt Kontrolle, die andere sein zu lassen, wie sie ist, und eine Liebe ohne Besitzanspruch. Es gibt viel zu lernen – fangen wir an!

Warum?

Weil genau aus dieser so schwer zu lebenden Freiheit die Schönheit und Intensität entsteht, die wahre Lust ist. Und sie ist genau der Abstand und Freiraum zwischen zwei Liebenden, der nötig ist, um die Gewaltfolgen aushalten und bewältigen zu können. In einer projektionsverstrickten, funktionalisierten, eifersüchtigen und klammerängstlichen Beziehung ist das meiner Erfahrung nach kaum möglich.

Genau darum müssen wir den Mut zur Freiheit aufbringen, wenn Liebe trotz all der Gewalt möglich sein soll.

EROTICA, DIE KEINE KENNT

Kein Sexbuch ohne Techniktips! Darum will auch ich nicht hintenanschwimmen, und unterbreite Euch hiermit die neuesten, revolutionärsten, aufsehenerregendsten (!) und originellsten Sextechniken der lesbischen Sexkultur. Als da wären:

Humor

Ab sofort wird Humor zum absoluten *Muß* im sexuellen Standardrepertoire jeder Lesbe ernannt. Solltest du Vorschriften wie diese lächerlich finden, bist du genau auf dem richtigen Weg ...

Das Boot entladen

Raus mit dem ganzen Beziehungs-, Strudel-, Projektions- und Funktionalisierungsmüll aus dem lesbischen Lotterbett! Für eine achtsame, ehrliche Liebe in Freiheit ...!

Die Ebenen versöhnen bzw. -töchtern

Wenn die Lust schal schmeckt, führen die üblichen Ratschläge und Techniktips nur in die Sackgasse eines Exzesses, der nichts am eigentlichen Gefühlsmangel ändert. Also raus aus dem Bett mit den Pornos und dem teuren Zubehör, und her mit der eigenen Tiefe! Machen wir uns lieber auf die Suche nach den anderen, nicht-körperlichen und offensichtlich irgendwo verschütt' gegangenen Ebenen. Lust ist ein Gefühl. *Mehr* Lust sitzt im Herzen, nicht zwischen den Beinen.

Ganzsein wagen
ist die logische Folge vertöchterter Ebenen. Welche in ihren Ansprüchen nicht mehr von den drei oder vier Dimensionen zurück möchte auf eine müde einzelne, die wird nicht darum herumkommen, von ihrer Geliebten zu fordern, sie mit all ihren Dimensionen anzunehmen und ihrem Dasein auf allen Ebenen ein Gegenüber zu bieten. Und wenn das nicht möglich ist? Bevor du dich aus lauter Verlustängsten selbst amputierst, such dir lieber eine andere (oder eine weitere) Geliebte, die deine Fülle zu schätzen weiß!

Da sein
mit allem, was gerade ist. Das bedeutet, zu allem bereit zu sein und zugleich nichts zu erwarten. Platz zu haben für alle Gefühle bei sich und bei der Liebsten. Auch für Wechselbäder: von der rauschenden Ekstase über das alberne Kleinkind bis zu Unlust, die gar keinen Sex will.

Die Pause
ist eine hilfreiche Methode zum Enttarnen von Strudeln, zum Wiedereinsammeln plötzlich verlorengegangener Ebenen, zum Innehalten und Sich-selbst-Gewahrwerden. Zum *Spüren*. Ich habe diese Technik von einer Geliebten gelernt. Selbst wäre ich nie darauf gekommen. In einem schönen Gefühl stehenbleiben und in Ruhe zu genießen, statt sofort zum nächsten Sinnenkick zu rennen, kann unheimlich spannend sein. Wie der Unterschied zwischen einer Autofahrt und einer Wanderschaft. Unglaublich, was frau da am Wegesrand alles entdecken kann, wenn sie sich nur die Zeit dazu nimmt!

Außerdem bietet so eine Pause die Gelegenheit, die folgende Technik anzuwenden, nämlich:

Die Kommunikation
Okay, zugegeben, der Tip ist nicht neu. Von der Bedeutung der Kommunikation ist in fast jedem Sexbuch die Rede. Aber ich möchte doch

daran erinnern, daß Kommunikation auf vielen Ebenen und in vielen Sprachen möglich ist. Das fängt bei: »Sag mir, was du gerne hast« grad erst mal an und hört in der spirituellen Verschmelzung noch lange nicht auf. Ich mache nicht Sex mit irgendeiner Art von Verständigung, sondern sexuelle Begegnungen *sind* Kommunikation.

Kein Sexbuch ohne erotische Phantasien! Darum möchte auch ich nicht verschweigen, was mir kürzlich beim Schmusen durch den Kopf ging. Keine Ahnung, wie ich mitten in den Armen meiner Liebsten ausgerechnet auf so eine Idee verfallen bin.[19] Irgendwie malte ich mir nämlich plötzlich aus, ich würde eine Stiftung ›Urwald für Deutschland‹ gründen. Ich schwelgte in der Vorstellung, gleich hinter meinem Zuhause begänne echter bayrischer Urwald. Im Geiste pumpte ich sämtliche Ökos an, derer ich habhaft werden konnte, um mit dem Geld immer weiteren Grund aufzukaufen, den ich dann voller Genugtuung einer besitzerlosen Freiheit übergebe. Die Erde sich selbst zurückgeben ... wie hocherotisch! Ist euch schon einmal aufgefallen, daß es im dichtbesiedelten Europa kaum noch Brachen gibt – Land, das einfach nur *ist* und keinen Zweck erfüllt!? Manchmal habe ich den Eindruck, in Deutschland ist es am extremsten. Da hat nicht nur jeder Fleck irgendeinen Nutzen zu haben, nein, er soll tunlichst auch noch entsprechend ordentlich, sauber, gepflegt und nützlich *aussehen*. Wißt ihr, daß es Gesetze gibt, die über jedes Quadratzentimeterchen dieser Erde Bestimmungen festlegen? Kein Reservat so geschont und kein Nordpol-Eckchen zu entlegen, als daß der Arm des Gesetzes nicht darauf zugreifen würde. Alles unter Kontrolle, alles geregelt, alles wird ausgebeutet.

Je länger ich nach meinen Überzeugungen lebe, um so tiefer senken sie sich in alle Bereiche meines Seins. Gerade bin ich an dem Punkt, wo sich die Illusion meines Getrenntseins von ›der Umwelt‹ nicht mehr lange aufrechterhalten lassen wird. Auch dies ist schließlich eine patriarchale Spaltung, ein künstlicher Riß im Bewußtsein. Wir sind nicht getrennt von der Welt um uns herum – wir sind ein Teil von ihr, Teil der *einen* Welt. Ich glaube darum, daß eine Parallele besteht zwischen der streng überwachten Ausbeutung und Inbesitznahme der Erde und der streng kontrollierten Ausbeutung und Inbesitznahme von Frauen durch Männer.[21] Das mag sich für manche etwas weit hergeholt anhören. Aber wenn ihr jetzt denkt: »So eine abgehobene Spinnerei!«, dann vergeßt bitte nicht, daß ich gerade sehr handfest dabei bin, genau das in meinem Alltag zu *fühlen*. Und darum fand ich die Vorstellung eines wilden, freien, unkontrollierten, nichtbesessenen Landes auf einmal unheimlich erotisch: Weil es sich für mich genauso anspürt wie eine wilde, freie, losgelassene, von patriarchaler Besessenheit geheilte sexuelle Lust.

Und zu guter Letzt: Kein Sexbuch ohne sexuelle Gymnastik-Stellungen! Darum möchte auch ich mich nicht hintanstellen und präsentiere Euch hiermit die ultimative erleuchtungspotentiellste Ultrageheimstellung, die ich eigens zu Zwecken des Angebens aus den geheimen Schriften des letzten, im Asiatischen Hochland versteckten matriarchalen Stammes geklaut habe, bei dem die Frauen mittels tantrischer Sextechniken noch echte Besenflüge zustandebringen. (Naja, also um ehrlich zu sein: in Wirklichkeit habe ich sie von meiner eigenen Möse gelernt.)

Dabei möchte ich gleich die Gelegenheit nutzen, mich selbst vom Sockel zu schubsen, auf den eine leicht gestellt werden kann, nur weil sie ihre Meinung über Sexualität öffentlich äußert. Ich bin keine ›Sexpertin‹. Und ich bin stolz darauf. Stolz auf mich, daß ich meine Sinne weit genug beisammen habe, um nicht dem Irrtum zu verfallen, ich wäre die auserwählte Sexprophetin, die der bemitleidenswert unterbelichteten und unterentwickelten breiten Masse die erlösende Botschaft bringt.[21] Ich mag bestenfalls auf dem Weg dazu sein, mich relativ gut mit Traumata und Gewaltfolgen auszukennen (zumindest mit denen, die den meinen ähnlich sind) – aber mit Lust?!? Auch ich brauche Austausch, auch ich habe Probleme und bin auf die Rückmeldungen wohlwollender Freundinnen angewiesen. Darum möchte ich meinen hoffentlich ebenfalls wohlwollenden Leserinnen hier – nun ganz im Ernst – eines meiner Probleme anvertrauen mit der Bitte um Anregungen und Lösungsvorschläge, da meine Weisheit hier am Ende ist:

Ich habe für diese Stellung keinen Namen. Wie soll ich sie beschreiben? ›Muschel-Kuscheln‹ klingt ein bißchen zu harmlos dafür. ›Reiben der Genitalien aneinander‹ zu gefühllos-technisch. ›Verschmelzung der Venusdeltas‹ zu vage, obwohl die Assoziation zu Sintfluten schon ganz treffend ist. ›Die erotische Beinschere‹? ›Klitoris-Küsse‹?? Rumpelstilzchen???

Nun ja, egal, wie ich es nenne, solange nur rüberkommt, was gemeint ist. Mein Problem ist, daß in ganz bestimmten, seltenen und ganz intensiven Momenten meine Klit (und zwar die Ganze, vom vordersten Venushügelknochenende bis zum letzten Arschmuskel, der noch mit der Klitoris verbunden ist – also eigentlich der ganze Beckenboden) anfängt, voller Sehnsucht nach der Vulva meiner Liebsten zu rufen. Es sind die absoluten Energiezentralen unserer beider Körper, die sich da rufen. Als wären sie magnetisch gegensätzlich gepolt und zögen sich mit einer unwiderstehlichen Macht an. Und Macht ist auch das Gefühl, das ich intuitiv dazu habe. Eine große Macht ist es, die in einer solchen Vereinigung liegt, das sagen mir die Tiefen meines Unterbewußtseins. Und doch erfahre ich mich selbst als unfähig, diese Macht zu ertragen. Denn entweder ich klettere mich-umdrehenderweise im Bett herum und verliere dabei den geistigen und gefühlsmäßigen Kontakt zu meiner Liebsten, der sich leichter halten läßt, wenn wir uns Kopf-an-Kopf lieben. Dann ist die Verbindung zerrissen, und die Intensität schwindet deshalb. Oder ich schaffe es, die Verbindung aufrechtzuerhalten, werde aber von der schlagartig ansteigenden Intensität der Gefühle regelrecht überschwemmt und steige gefühlsmäßig aus, weil es mir zu viel wird. Dann habe ich es auch geschafft, die mächtige Verschmelzung zu verhindern. So hänge ich in einem Dilemma von Sehnsucht und den Grenzen meiner Gefühlswelt. Liebe lesbische Briefkastentante, was soll ich bloß machen?

Mich damit abfinden, daß hier meine Grenzen sind und die Heilung meiner emotionalen Scherben geduldig weiterpflegen? Bei einer Gura in die Lehre gehen? Beim Freien *om* singen? (Ach ja, warum nicht mal sowas ausprobieren? Ist sicher witzig. Und vielleicht bringt gerade das Lachen den Durchbruch?)

Jedenfalls glaube ich, daß hier ein Schlüssel zu großer, großer Frauenmacht liegt. Schließlich ist es das seit Urzeiten verehrte Tor zum Leben, das sich hier selbständig macht und mir etwas beizubringen versucht, was ich mit meinen beschränkten Gefühlen nicht auf die Reihe kriege.

Hat irgendeine Erfahrungen damit gemacht? Bitte schreibt mir:

Gita Tost
Türklmühle 3
93164 Laaber

Anhang

MEINE GESCHICHTE

Nein, ich bin keine ›Sexpertin‹. Wenn ich überhaupt von etwas eine Ahnung habe, dann von den Dingen, die jede Lust vergraulen und Spaß an Sex im Keim ersticken. Fast jeden denkbaren Mist in der Richtung habe ich erlebt: Sexuelle und psychische Folter durch den Vater von klein auf; eine Mutter, die – noch nicht volljährig – von ihren Eltern verheiratet wurde und allen Ernstes glaubte, beim Küssen werde eine Frau schwanger (entsprechend sah ihre Erziehung und die eben nicht stattfindende Aufklärung aus); isoliertes und einsames Aufwachsen in einer miefigen Kleinstadt in Niederbayern; die Verlogenheit einer ›Heilen Mittelschichtswelt‹; eine christliche Klosterschule; eine ›rumhurende‹ Jugend (unter Verachtung meiner Sexualität wahllose Anmache als Mittel zur Selbstbestätigung benutzend); einen vergewaltigenden Ehemann; psychosomatische Schmerzen beim Sex; Flashbacks und Panikattacken …

Wenn ich mich mit etwas identifizieren können müßte, dann am ehesten mit Carolyn Gammons Unlust-Gedicht. Wie komme also ausgerechnet ich dazu, ein Buch über Lust zu schreiben? Angesichts meines Lebens müßte ich eher ein Buch über die Wonnen sexueller Enthaltsamkeit und die spirituellen Möglichkeiten einer asketischen Lebensweise verfassen. Oder fundamentalistische Predigten der Art, daß ›so etwas‹ überhaupt nur in Verbindung mit Fortpflanzung erlaubt sein sollte. Statt dessen beschäftige ich mich mit wachsender Begeisterung mit der Erforschung meiner Weiten Landschaft (und den Landen meiner Geliebten); und die einzige Askeserichtung, die ich halbwegs akzeptabel finde, ist tantrischer Sex. Da muß der Göttin wohl ein Schuß zuviel Granatapfelsaft in den Sud geraten sein, als sie mich in ihrem großen Kessel zusammengebraut hat. Oder so. Oder die Lust entfaltet automatisch in jeder Frau diesen Freiheitsdrang, sobald sie unterdrückt wird. Na, jedenfalls hat sich mein Wille zu echten Sinnenfreuden durch all den Müll und Mist hindurchgebuddelt, den alle möglichen Scheißkerle über mir ausgeschüttet haben; wieder und immer wieder; so wie ein zubetonierter Grashalm, der trotz allem ans Licht drängt. Meine Neugierde und Sehnsucht ruhen und rasten nicht, bis sie herausgefunden haben, was hinter dem Horizont liegt. Meine Lust ist eine Delphinin. Sie sucht das Weite Meer.

Was wir brauchen, wenn wir über uns selbst und unsere Sexualität selbst bestimmen wollen, sind Erfahrungen. Ganz einfache, unaufgeplusterte, alltägliche, ungeschönte Erlebnisse. Wir brauchen sie als Spiegelbild und als Informationsquelle, um die eigenen Erfahrungen mit denen anderer vergleichen zu können und – idealerweise – um uns gegenseitig anzuregen und voneinander zu lernen. In dieser Hinsicht hänge ich den ursprünglichen Ansätzen und Ideen der Neueren Frauenbewegung an, die mit Selbsterfahrungsgruppen, sprich: *mit dem Austausch von Erfahrungen* angefangen hat. Ein positives Bild von weiblicher Sexualität ist ungefähr so weit verbreitet wie der Frauenschuh (eine aussterbende Blume) und ihr Aussehen ungefähr so bekannt wie die Rückseite der Mondin. Ein Bereich also, der genauso unerforscht ist, wie es die Mechanismen patriarchaler Unterdrückung vor der Frauenbewegung waren. Wir stehen ganz am Anfang damit, Verschüttetes und Vergessenes wiederzufinden und Neues über unsere Sexualität dazuzulernen. Fangen wir darum am besten damit an, uns gegenseitig unsere Erfahrungen und Erlebnisse zu erzählen!

Im Prinzip gibt es *nur* subjektive Aussagen über lesbische Sexualität – auch wenn sie im pseudo-objektiven Gewand daherkommen. Leider machen die Autorinnen dies selten deutlich. *Sapphistrie* beispielsweise ist ebenso ein Spiegelbild der Sexualität einer gewissen Pat Califia, wie die *FreiSchwimmerin* das Spiegelbild der Sexualität einer gewissen Gita Tost ist.

Aus diesem Grund erzähle ich jetzt die Geschichte meiner Sexualität in den Wörtern und Bildern dieses Buches. Damit möchte ich jeder Leserin die Gelegenheit geben nachzuvollziehen, wie ich von meinen Erfahrungen zu meinen theoretischen Schlußfolgerungen gelangt bin, und welcher Lebenshintergrund mich geprägt hat. So kann sich jede gegebenenfalls dort distanzieren, wo unsere Erfahrungen verschieden sind.

Gemordete Lust

Meine Geschichte fängt mit dem traurigen Kapitel an, daß ich nie die Möglichkeit hatte, meine Lust – sprich: angenehme, lustvolle, erotische Körperempfindungen – selbst zu entdecken. Lange war das für mich selbstverständlich und wäre mir auch gar nicht weiter aufgefallen. Es ist wie mit so vielen Dingen, mit denen wir aufwachsen. Sie bleiben den Rest unseres Lebens unhinterfragte Selbstverständlichkeiten, wenn uns nicht entsprechende andere Erfahrungen darauf stoßen, daß die Welt unseres Elternhauses nicht das letzte Maß aller Dinge ist.

Was nun mein sexuelles Körperempfinden anging, kannte ich nichts anderes als eben mein Empfinden und meine Geschichte, und machte mir folglich keine Gedanken darüber. Erst als eine andere Lesbe mir ihre Selbst-Entdeckung offenbarte, merkte ich durch den Vergleich mit ihren Erlebnissen, daß da bei mir etwas fehlt. Sie erzählte, wie sie in der Pubertät angefangen hatte, ihren Körper zu erforschen und die Wonnen der Selbstbefriedigung zu entdecken. Ich wurde bei ihren Worten schlagartig todtraurig und spürte, was mir da genommen worden ist. Für mich war sexuelle Erregung irgendwie ›immer schon da‹. Ich habe sie nie selbst entdeckt, sondern mir wurde von Geburt an eine bestimmte Art von Empfinden eingebleut, die irgendwann aus dem Nebel der verdrängten Vergangenheit auftauchte und sagte: »Ich bin deine Sexualität.« Aber was für eine verstümmelte Art von sexueller Empfindung! Seit ich denken kann, war für mich (genitales) Lustempfinden mit Erniedrigung, Gewalt, Verachtung und Schmerz gekoppelt. So sehr, daß ich es immer als eins empfunden habe. Und zwar als etwas Erregendes, aber ganz und gar nicht Lustvolles, geschweige denn Angenehmes.

Zu dem Zeitpunkt, als mir jene Freundin ihre ersten Lustgefühle beschrieb, hatte ich zwar schon begonnen, meine Sexualität von Folgen der Gewalt zu befreien und echte Lust zu entdecken. Dennoch war mir klar, daß dieses späte Neu-Entdecken kein Ersatz sein konnte für die unschuldige Lust, die ich als Kind nie kennenlernen durfte. Unendliche Trauer.

Körpermaschine

In meiner ältesten Erinnerung an Selbstbefriedigung finde ich mich etwa achtjährig in der zwar abgeschlossenen, aber schutzlosen Heimlichkeit meines Zimmers im Bett liegend – diesem Tatort der Gewalt – und mit Gefühlen von Arbeit, Anstrengung und Leistungsdruck unter Zuhilfenahme eines Kissens den Berg körperlicher Erregung erklettern, um dieses lästige körperliche Drängen loszuwerden, weil das irgendwie so sein mußte. Ich brachte mir erst mit 26 bei, mich selbst liebevoll mit meinen Händen zu berühren. Das Mädchen damals aber mied seine Hände. Denn Hände waren es, grobe, haßerfüllte Vaterhände, die in meinem Leib herumstocherten; und wenn sie gingen, und der Alptraum wieder einmal überstanden war, dieses lästige Drängen zurückließen, das ich nur noch loswerden wollte irgendwie.

Mit Lust hatte das nichts zu tun.

Mit dreizehn fesselte ich mich selbst, um das ungeliebte Drängen loszuwerden. Im Geiste sah ich mich gefangen, erniedrigt, in Käfige gesperrt, zur Prostitution gezwungen, wie ein Tier gehalten, von Riesenschwänzen vergewaltigt. Ich überlegte, ins Kloster zu gehen; ich betete jeden Abend inbrünstig um Erlösung. Vater vergewaltigte mich, und Gott-Vater erhörte mich nicht. Ich lernte, daß sexuelle Ausbeutbarkeit meine einzige Existenzberechtigung ist und übernahm die Regeln dieses Scheißspiels.

Mit Lust hatte das nichts zu tun.

Mit fünfzehn versuchte ich einen Aufbruch zu mir selbst. Ich kam sogar dem Trauma sehr nahe, aber da war keine Hilfe, und so ging es wieder verschütt'. Da war ein Junge, der mich nicht bedrängte, und den ich richtig begehren konnte. Da war ein Aufflackern von eigenem Wollen, ein Kämpfen um und für mich, und Ahnungen von Lust. In dieser Zeit verschwanden die Maso-Phantasien. Erst als die Gewalt erneut über mich hereinbrach und mein Aufbruch gescheitert war, kehrten sie wieder.

Noch heute ringe ich mit der Körpermaschine. Jedesmal, wenn ich diesen geistigen Schritt zur Seite tue und mich beobachte, statt ich zu sein, mache ich mich selbst zum Objekt, wird mein Körper zu etwas, das unabhängig von mir funktioniert. Immer wieder Ringen darum, die Gefühle und Verbindungen wiederzufinden, in meine Haut wieder hineinzuschlüpfen, *Nein* zu sagen zur gutgeölten, Bestätigung verschaffenden Körpermaschine.

Ganz spannend an meiner Geschichte finde ich diesen Teil:

Als sich mit Beginn der Pubertät meine Sexualität entfalten wollte, traf sie auf tausend Hindernisse und verbaute Wege. Und doch fand sie, aller Zerstörung zum Trotz, einen ganz genialen Ausweg. Der Bereich körperlichen Lustempfindens mit anderen war mir verwehrt. Selbstbefriedigung betrieb ich nur masochistisch und lieblos. Seelische Empfindungen von Zuneigung und Liebe waren von sexuellen Empfindungen völlig abgespalten. Auch dieser Bereich war hauptsächlich schmerzbeladen, verdrängt und zerstört. Es gab nur einen Teil meines Wesens, in den die Täter nicht hineingepfuscht hatten – und genau in diesem Teil begann ich, meine Sexualität zu leben: im geistig-spirituellen Bereich.

Was soll sich frau darunter vorstellen?

Wenn ich an meinen ersten Jugendfreund zurückdenke – der erste Mann, mit dem ich schlief (ohne eigentlich zu wollen, auf sein Drängen hin) –, so kann ich mich an keinerlei körperliche oder emotionale Empfindungen dabei erinnern. Aber ich weiß, daß ich eine enge geistige Verbindung mit ihm gepflegt habe und im Bett mit ihm die irrsten Flashs und Visionen hatte. Zwar zog ich mich gänzlich in meinen Kopf zurück und schaltete meinen Körper praktisch ab, aber dort in meinem Bewußtsein hatte ich ganz für mich allein die vergnüglichsten Erlebnisse. Eines davon war zum Beispiel die Vision meines Beischläfers in Frauengestalt (und das 1980, lange vor der Erfindung der Transsexualität!). Viele Jahre habe ich über die Bedeutung dieser Erscheinung gerätselt. Erst zehn Jahre später, nach meinem Coming Out, fiel mir der Groschen!

Später schämte ich mich für diese Art sexuellen Erlebens. Mein nächster Freund (und späterer Ehemann) meinte nämlich, es sei ja schrecklich, daß ich noch nie mit einem Mann einen Orgasmus gehabt hätte. Er gab sich redlich Mühe, mir dieses ach so idealisierte Erleben zu verschaffen – und mir damit das Gefühl, ich müsse endlich lernen, sexuell wie eine richtige Frau zu funktionieren und mir diese pubertären geistigen Visions-Spirenzchen abzugewöhnen. Zwar hatte ich dann ordnungsgemäß den angeordneten Orgas-Muß, aber ich trauerte um den Verlust von etwas, das mir viel mehr bedeutet hatte. Es war ein Gefühl, als würde mich jemand aus paradiesisch-himmlischen Sphären gewaltsam auf den harten Boden der Tatsachen herunterholen. Denn ich mußte die eine Ebene für die andere eintauschen. Als ich auf der Körperebene angekommen war, hatte ich die geistige verloren und war um ein Gewalterlebnis reicher.

So fand ich mich wieder in der Norm der Normalität, die uns Frauen Glück verspricht: monogam und sexuell funktionstüchtig – und war doch sturzunglücklich dabei. Heute arbeite ich daran, diese geistig-spirituelle Ebene wiederzufinden, die ich damals verloren habe. Nicht nur sexuell, sondern überhaupt in meinem Leben. Inzwischen ist mir schon längst aufgegangen, daß der angebliche Gewinn einer ›normalen‹ Sexualität eher ein Verlust war und daß ich wegen meiner angeblich so defizitäre Art, spirituell zu lieben, keine Scham- und Schuldgefühle hätte haben brauchen.

Besehen aus dem Abstand zweier Jahrzehnte, erkenne ich heute, welch geniale Leistung mein Unterbewußtes und meine Sexualität da vollbracht haben. Bei so viel Zerstörung noch einen Weg zu finden, sich auszudrücken und auszuleben! Einen Bereich aufzutun, in dem Glück- und Wohlgefühle ohne Schmerz und Selbstzerstörung möglich sind! Wie weise ist doch die Seele, die ganz von selbst nach dem strebt, was wirklich gut tut. Aller Irrwege zum Trotz, die mitunter nötig werden.

Orgas-Muß

Was mir damals als große Errungenschaft verkauft wurde – nämlich die Fähigkeit, beim Kopulieren mit einem Mann einen Orgasmus zu haben (was bei den Liebhaber-Qualitäten der meisten Männer ja tatsächlich ein großes Kunststück von uns Frauen ist!) –, beschäftigt mich heute unter einem ganz anderen Gesichtspunkt. Wenn ich bedenke, wie ich unter Druck zu dieser Erfahrung gedrängt wurde, frage ich mich, welche Folgen das bis heute für mein Orgasmus-Erleben hat. Genau genommen mißtraue ich meinen Orgasmen. Wie würden sie sich heute anfühlen, wenn ich sie damals frei und ohne Druck für mich selbst entdeckt hätte? Sind sie nun ›meins‹, oder soll ich sie eher in die Schublade ›Gewaltfolgeschäden‹ einsortieren? Gefällt mir das überhaupt? Finde ich das Gefühl wirklich schön? Wie gehe ich heute damit um? Will ich Orgasnie, Orgasmanchmal, Orgasoft? Lohnt es die Mühe, mir selber welche zu verschaffen? ... Sicher ist nur eins: daß ich bis heute ein sehr zwiespältiges Verhältnis habe zum Orgas-Muß.

Auch die Probleme mit dem verinnerlichten Leistungsdruck und den dazugehörigen psychosomatischen Schmerzen begleiten mich bis zum heutigen Tag. Es gibt keine Rezepte mit Erfolgsgarantie für die Heilungsarbeit. Vieles braucht seine Zeit.

Heilungsarbeit

Die falschen Verknüpfungen, das Wiederfinden verlorener Scherben, das Wandern durch die Heilungsspirale – das sind Bilder, die mich und andere Heilende um mich herum immer wieder bewegt haben. Liebe und Schmerz, das Abspalten von Gefühlen … – es sind meine subjektiven Schwerpunkte, die ich in diesem Buch als Beispiele genommen habe, weil ich mich mit ihnen am besten auskenne. Andere Lesben mögen andere Schwerpunkte haben oder andere Bilder für ähnliche Dinge. Viele kämpfen mit Süchten. Damit habe ich keine Probleme. Viele sind »zu nah« an ihren Gefühlen, wie sie sagen. Ich bin ihnen eher zu fern. Manche wenden sich mit ihrer Bedürftigkeit ganz ungeniert an andere, ich halte mich eher zu stark zurück und bin in mich verkrochen. Wäre das anders, würde dieses Buch ganz anders aussehen. Wir sind alle einzigartig.

Liebe und Schmerz habe ich oft und oft durchkreist. Ein hartnäckiges Thema. Ich habe große Schwierigkeiten damit. Immer wieder versuche ich, das Geschehene im Wiederholen ungeschehen zu machen nach dem Motto: Wenn ich nur alles richtig mache und mir genug Mühe gebe, dann muß ich doch irgendwann mal verhindern können, daß der Mensch, der mir sexuell nahe kommen darf, mich verletzt. Obwohl ich weiß, daß das Blödsinn ist, ertappe ich mich immer wieder beim Neu-Durchleben. Ich kann's anscheinend einfach nicht fassen.

Dafür habe ich die Loslösung von meiner Mutter sehr schnell geschafft. Diese falsche Verantwortung für ein erwachsenes Wesen, das doch wohl für sich selber sorgen kann, habe ich mit aller Konsequenz abgeworfen. Andere haben da große Schwierigkeiten und quälen sich mit einem faulen Kompromiß nach dem anderen herum. Ich kann kaum zusehen. Ob es ihnen genauso geht, wenn sie mir dabei zusehen müssen, wie ich mich wieder und immer wieder in katastrophale Liebesbeziehungen verstricke?

Manchmal könnte ich mir selbst in den Arsch treten. Liebevoll, natürlich. Ich habe ja gelernt, mich trotz allem zu mögen.

GLOSSAR

Was ist Gewalt?

Gewalt ist eine Grenzüberschreitung, die nicht einvernehmlich erfolgt. Gewalt ist mit dem Ausüben von Druck und dem Mißbrauch von Macht verbunden. Es gibt Gewalt auf allen Ebenen: von der Gehirnwäsche über Psychoterror bis zur körperlichen Gewalt. Das direkte oder indirekte Ausüben von Gewalt hat vorübergehende oder bleibende körperliche oder geistig-seelische Verletzungen zur Folge. Gewalt kann zwischenmenschlich ausgeübt werden oder gegen eine selbst. Auch das Übertreten eigener Grenzen und ein Sich-selbst-unter-Druck-Setzen sind Formen von Gewalt, die Schaden anrichten.

Das Gegenteil von Gewalt sind Achtung, Respekt und das Wahren von physischen und psychischen Grenzen bei sich selbst und bei anderen.

Was sind Gewaltstrukturen?

Gewaltstrukturen sind die Folgen von Gewalt auf der kollektiven Ebene – sowohl gesamtgesellschaftlich als auch tiefenpsychologisch. Es sind Verselbständigungen; die vom einzelnen, gewalttätigen Individuum unabhängigen Auswirkungen ursprünglich individueller Einzeltaten. Eine Gewaltstruktur ist am Werke, wenn ein Mann seine Frau nur noch mit einem bestimmten Blick bedenken oder gar nichts mehr tun muß, um ihren Widerstand zu brechen, und diese Frau ungefragt ihrer Tochter beibringt, sich Männern zu unterwerfen. Oder wenn ein Lesbenpärchen es nicht wagt, sich in der Öffentlichkeit zu berühren, aus Angst vor verbalen oder tätlichen Angriffen oder vor der sprichwörtlichen ›Begegnung mit dem Chef‹. Sämtliche gesellschaftliche Diskriminierungen von Frauen (und genauso die von bestimmten gesellschaftlichen Gruppen) sind Gewaltstrukturen.

Die Ausbeuterei des Kapitalismus, die Menschenverachtung des Rassismus und der lebensfeindliche Technikwahn sind Erscheinungsformen unterschwelliger Gewaltstrukturen. Das ganze Patriarchat mit seinen HERRschaftlichen Hierarchien und seinem verantwortungslosen Machtmißbrauch ist eine Gewaltstruktur.

Verinnerlichte Gewaltstrukturen sind die geistig-seelischen Folgen eines Lebens in einer Gewaltgesellschaft: der ahnungslos-unreflektierte, als Naturrecht empfundene HERRschaftsanspruch und die emotionale Verkümmerung von Männern genauso wie die Minderwertigkeitsgefühle, die seelische Zerstückelung und die blockierte Gegenwehr von Frauen. Verinnerlichte Gewaltstrukturen sind normalerweise nicht bewußt; gerade ihr unbewußter Automatismus garantiert ihre ›Funktionstüchtigkeit‹. Ihre Bewußtmachung und Veränderung ist darum mit willentlicher Anstrengung verbunden.

Was sind Überlebensmuster (Überlebensstrategien)?

Überlebensstrategien sind Selbstschädigungen, die ein Überleben in einer lebensfeindlichen, gewalttätigen Umwelt ermöglichen. Sie sind die individuellen Arrangements mit den äußeren und den verinnerlichten Gewaltstrukturen. So kann eine Frau zum Beispiel auf die ihr von der Umwelt reingewürgte Message »Du bist nichts wert« ganz verschieden reagieren. Sie verinnerlicht die Gewaltstruktur »Frauen sind nichts wert, Männer alles« und rettet sich in eine der möglichen Überlebensstrategien: Trotzige Selbstbehauptung, die zu einer Kluft zwischen ihrem scheinbar selbstsicheren Auftreten und ihrem inneren Minderwertigkeitsgefühl führt; oder Unterwerfung und Anbiederung an einen Mann, der ihr einen Ersatzwert als ›Frau an seiner Seite‹ gewähren soll (um den Preis ihrer Selbstachtung und ureigensten Entfaltungsbedürfnisse); oder sie imitiert nach Kräften die männliche Rolle und verleugnet ihre weibliche Identität; oder …

Es gibt so viele Überlebensstrategien, wie es Frauen gibt. Jede Überlebensstrategie ist eine Folge der speziellen Lebensgeschichte einer Frau und ihrer ganz individuellen Reaktion darauf. Schon deswegen kann es keine allgemeingültigen Patentrezepte geben, und genau deshalb muß jede Frau ihren eigenen Heilungsweg finden, wenn sie selbstzerstörerische Verhaltensmuster durch wohltuendere ersetzen will.

Überlebensstrategien sind immer ein Bruch in der ursprünglichen

Einheit des Selbst, ein Abspalten von Teilen. In einer lebensfreundlicheren, gewaltarmen Umgebung sind Überlebensstrategien unangebracht, laufen aber auch dort automatisch weiter. Sie wirken sich für die Trägerin der Überlebensstruktur selbst wie auch für andere schädlich aus. Diese Selbstläufer erzeugen eine Art von ›Sekundärgewalt‹: Grenzverletzungen, die Frauen begehen oder zulassen, weil sie selbst die Fähigkeit zur Grenzwahrung und -verteidigung verloren haben, als Preis für ihr Überleben im Patriarchat.

Ein Beispiel für Überlebensstrategien sind alle Formen von Dissoziation, also Spaltungen des Bewußtseins und der Wahrnehmung (z.B. aus dem Körper ›aussteigen‹), sowie das Abspalten, Verdrängen und Nichtwahrnehmen von Gefühlen (in dessen Folge oft Süchte entwickelt werden, die der dauernden Aufrechterhaltung dieses gefühlsarmen Zustands dienen).

Eine Folge solcher Abspaltungen sind Projektionen. Das bedeutet, daß die bei sich selbst verleugneten Anteile anderen Personen zugeschrieben werden – und dann wird entsprechend auf diese Personen reagiert: meist ablehnend bis aggressiv, aber mitunter auch hochverliebt. Projektionen sind eine Form von Grenzverletzung und somit ebenfalls Gewalt.

Was ist Heilungsarbeit?

Nach Laura Davis ist Heilungsarbeit eigentlich keine Arbeit, sondern das Bemühen zu lernen, den eigenen Selbstheilungskräften nicht mehr im Wege zu stehen. Heilungsarbeit bedeutet nicht, die Gewaltschäden notdürftig zu reparieren und sich selbst zum gutgeölten Funktionieren im kaputten System zu zwingen. Heilung im matriarchalen Sinn heißt ›ganzer‹ werden, authentischer werden, sich selbst leben. Sie ist das Gegenteil von Abspaltung und seelischer Zerstükkelung, nicht von Krankheit. Ziel der Heilung ist es, mit dem Leben zu fließen, in Bewegung zu sein, ein Gespür für Veränderungen zu entwickeln und dem Fluß des Lebens möglichst wenig Widerstand entgegenzusetzen. Auf der anderen Seite schreit Heilungsarbeit geradezu danach, der Gewalt-Gesellschaft möglichst *viel* Widerstand entgegenzusetzen!

Heilung verläuft nicht in Schritten entlang einer Geraden auf ein Endziel zu, sondern zyklisch. Die Brüche, Abspaltungen und Blockaden, die heilen wollen, werden oft auf verschiedenen Ebenen in zeitlichen Abständen immer wieder durchlaufen, bis sie schließlich ganz (auf)gelöst sind. Die Spirale ist ein Bild für Heilung.

Was ist eine Überlebende?

Das Patriarchat macht Frauen ›krank‹, weil die allgegenwärtige Abwertung und Männer-Gewalt sie verletzt und blockiert. Ein Überleben im Patriarchat ist für Frauen nur mit Hilfe von Überlebensstrategien möglich. Das bedeutet, daß *alle* Frauen in patriarchalen Gesellschaften mit selbstschädigenden Blockaden leben müssen. So gesehen könnte ich den Begriff ›Überlebende‹, den ich in diesem Buch ausschließlich für Frauen mit sexualisiertem Gewalttrauma verwende, durchaus auf *alle* Frauen / Lesben anwenden. Die Grundstrukturen der Schädigungen und Überlebensstrategien sind ja dieselben. Der Unterschied liegt eben nicht im *Wesen* der verinnerlichten Gewaltmuster, sondern in ihrem *Ausmaß* und in manchen besonderen traumaspezifischen Erscheinungsformen (wie beispielsweise Flashbacks). Trotz aller Gemeinsamkeiten ist es mir deshalb wichtig, hier eine Unterscheidung treffen zu können, weshalb ich mich bewußt für die Begriffe ›Überlebende‹ und ›Nicht-Traumatisierte‹ entschieden habe. Die Selbstbezeichnung ›Überlebende‹ – ursprünglich *survivors* – stammt aus der US-amerikanischen Selbsthilfebewegung von Frauen, die sexualisierte Gewalt in der Mädchenzeit überlebt haben. Sie wurde von Teilen der deutschsprachigen Selbsthilfebewegung in der direkten Übersetzung übernommen. Der Ausdruck ›nicht-traumatisiert‹ ist dagegen eher eine Verlegenheitslösung, da ›nicht-überlebend‹ genauso unsinnig wäre wie ›nicht-betroffen‹.

Anmerkungen

Aufbruch zur Wanderschaft

1 Anja Meulenbelt: Frauensexualität. S. 44 ff. Hervorhebungen in diesem und den folgenden Zitaten stammen von mir.
2 Dorchen Leidhold: Freie Sklavinnen? In: Alice Schwarzer (Hg.): Sexualität. S. 199.
3 Christiane Northrup: Frauenkörper Frauenweisheit. S. 239.
4 Karen Lison / Carol Poston: Weiterleben nach dem Inzest. S. 189. – Natürlich ist ein Begriff wie ›gesund‹ in diesem Zusammenhang mit Vorsicht zu genießen!
5 Internationales Frauenplenum West-Berlin 1988-1991: Den Faden weiterspinnen. S. 63.
6 Lynne Segal: Sensual uncertainty, or why the clitoris is not enough. In: Helen Crowley / Susan Himmelweit (Hg.): Knowing Women. Feminism and Knowledge. S. 117-131.
7 Jane Rule: Outlander. S. 197.
8 Jutta Heinrich: Was ist an der Sexualität sexuell? In: Beiträge zur feministischen Theorie und Praxis. Bd. 45 (1997): Eigen Sinn Lich. Sexualität und Feminismus. S. 20.
9 Angelika Aliti: Mama Ante Portas. S. 249 f.
10 Lea Morrien: Meine Suche nach Literatur zum Tabu im Tabu. In: Beiträge zur feministischen Theorie und Praxis. Bd. 25/26 (1989): Nirgenwo und Überall – Lesben. S. 46-48.
11 Auf der Basis dieses Prinzips arbeiten Ratgebe-Bücher wie das berühmte *Joy of Sex* von Lonnie Garfield-Barbach. Sie ermutigen zur Selbsterforschung und sehen darin den Schlüssel schlechthin für eine erfüllte Sexualität. Aus meiner Perspektive ist das aber nur ein möglicher Ansatzpunkt von vielen, und entsprechend begrenzt ist sein Wirkungsbereich – wenn nicht noch andere Ansätze hinzukommen (Reflektion der gesellschaftlichen Situation und der eigenen Rolle, Umgehen mit den Folgen von Gewalterlebnissen, Erlernen und Verbessern der Fähigkeit zur Kommunikation mit der Geliebten, oder auch ein Wechsel der Geliebten).
12 Gedanken zu diesem Thema finden sich beispielsweise in den Kapiteln: *Sex ist Begegnung, Versuch einer Feministischen Ethik, 2 x 3 = 9* und *Die spirituelle Dimension.*

Regionen einer Landkarte …

1 Margaret Nichols: Lesbische Sexualität. S. 85.
2 Pat Califia: Sapphistrie. S. 166. Dieses Buch macht unterschwellig Druck, eine Pseudobefreiung der eigenen Sexualität durchzuführen, die keine Grenzen mehr

kennt und achtet. Es wird beispielsweise versichert, daß »eine liebevolle Beziehung zwischen einer/m Erwachsenen und einem Kind auch eine erotische Komponente enthalten kann« (S. 187) oder daß sexuelle Handlungen mit Tieren letzteren »keinen emotionalen oder physischen Schaden zufügen« (S. 230). (Woher sie das weiß!? Ob sie die Tiere gefragt hat?)

3 Um die Aufzählung abzurunden, könnte ich hier noch den *Abbruch einer Beziehung/ Bindung* erwähnen – ein Bereich, der nicht erwähnt wird, weil hier Sexualität höchstens indirekt eine Rolle spielt nach dem Motto: »Ich enthalte dir meine Sexualität vor und gebe sie demonstrativ einer anderen« – und die *Pflege und Festigung einer bestehenden, nicht bedrohten Bindung*, bei der Sexualität durchaus eine Rolle spielt, aber so unspektakulär, daß die Ratgebeliteratur dies nicht für erwähnenswert hält.

4 Ich verweise hier auf Angelika Alitis Buch *Die wilde Frau.* Dort wird unter den Stichworten Elektra- und Medea-Mythos ausführlich die Stärke der angeblich so schwachen Opfer gezeigt, und ihre subtilen Kampfstrategien werden entlarvt. Auch Claudia Heyne beschreibt in *Täterinnen* ähnliche Strategien.

5 Daneben sind junge Mädchen die einzigen, die eine gewisse Närrinnenfreiheit genießen, was zärtlichen Körperkontakt mit gleichaltrigen Freundinnen betrifft – aber nur, weil das als vorübergehende Pubertätserscheinung betrachtet wird.

6 Siehe Kapitel: *Erotica, die keine kennt.*

7 Zum Beispiel in Teil 2 meines Modells: *Horrorvision* und im Kapitel: *Versuch einer Feministischen Ethik.*

8 Eine Freundin von mir bevorzugt für sexuelle Begegnungen das Wort ›feiern‹ und zeigt damit ein intuitives Bewußtsein für den Zusammenhang von allgemein-erotischem Austausch in Audre Lordes Sinn und sexuell-erotischem Austausch beim ›genitalen Sex‹.

9 Heteras zeigen erstaunlicherweise oft ein größeres Geschick im Feiern. Ob ein Zusammenhang besteht dazu, daß ihr Bewußtsein vor den sexuell-erotischen Untertönen (bzw. den dadurch bei Lesben anscheinend ausgelösten Ängsten, Hemmungen und sonstigen unliebsamen Rattenschwänzen) auf Frauenfesten verschont bleibt?

10 Es gibt massenhaft Psycholiteratur darüber, wo dieses Harmoniebedürfnis herkommt und wie es mit der weiblichen Sozialisation zusammenhängt, z.B. in *Lesben, Liebe, Leidenschaft.*

11 Zum Weiterlesen: Polina Hilsenbeck: Verbunden, verwoben, verkracht – Gruppendynamik in lesbischen Gemeinschaften. in: Waltraud Dürmeier (Hg.): Wenn Frauen Frauen lieben ... und sich für Selbsthilfe-Therapie interessieren. S. 115-159.

12 Siehe Kapitel: *Heilungsarbeit*

13 Siehe hierzu Joan Nestle, die in *Kesse Väter und femmes* beschreibt, daß die Imitation von gesellschaftlich ›männlichem‹ Aussehen und Verhalten durch die butches auch und vor allem ein sexuelles Signal war: »Die Fähigkeit genießen, eine andere Frau zu erregen: in den fünfziger Jahren war dies ein Politikum.« In: Emma / Alice Schwarzer (Hg.): Sexualität. S. 147.

14 »Wir machten uns lustig über die Verkehrungen von Rollenerwartungen: ›Nimm einen KV mit nach Hause und er legt sich auf den Rücken.‹« Ebd., S. 148.

15 Sie kann natürlich auch abwandern zu äußerlichen ›Störfaktoren‹ – aber das lasse ich hier mal außer acht.

16 Über die Definition »Wann ist eine Sexszene ›lesbisch‹?« ließe sich natürlich endlos streiten, klar. Ich verweise hier auf den Cartoon *Bestseller Poker* von Andrea Keller in *Lesben Komisch.*

17 Sie finden sich im Vorwort unter dem Titel *Die Lust am Text: eine Art Einleitung.* S. 9-33.

18 Erst nach einer längeren Entwicklungsphase des Beschreibens persönlicher Erfahrungen in der lesbischen Literatur könnten aus vielen, vielen einzelnen Geschichten speziell lesbische Klischees und Versatzstücke entwickelt werden, die dann irgendwann in ferner Zukunft von Autorinnen eingesetzt werden könnten, so wie jetzt notgedrungen – mangels Alternative – oft auf Heteroklischees zurückgegriffen wird. Dann wäre so ein direkter Rückschluß auf die Autorin selbst nicht mehr zulässig.
19 Das machen interessanterweise die meisten Autorinnen in der deutschsprachigen Anthologie *Flüchtiges Begehren.*
20 Ich liebe den Humorwert des Kniffs, das Wort ›normal‹ auf einen Erfahrungsbereich wie lesbische Sexualität anzuwenden!
21 Siehe Kapitel: *Die Angst vor der ›Täterin‹.*
22 Schichtenzugehörigkeit, Wohnort, Ethnie, Religion, wirtschaftliche Lage ...
23 Hierher gehört zum Beispiel das unerfreuliche Thema der Gewalt- und Abhängigkeitsbeziehungen unter Lesben. Ich kann mir vorstellen, daß es ziemlich lange dauern kann, bis eine Lesbe erkennt, daß sie in einer Gewaltbeziehung mit einer *Frau* steckt, wenn sie bisher immer felsenfest davon überzeugt war, daß Gewalt nur von Männern ausgehen kann.
24 Siehe auch Kapitel: *Liebe in Freiheit.*
25 Frau beachte den bewußt gewählten Doppelsinn: Im Becken(knochen) sitzen oft tatsächlich die deutlich spürbaren, körperlichen Ausdrucksformen des Schwimmbeckeninhalts, z.B. Verspannungen und psychosomatische Schmerzen.
26 Margaret Nichols spricht von *Scripten*: Margaret Nichols: Sex-Therapie mit Lesben. In: Margaret Nichols / Monica Streit u.a.: Lesben, Liebe, Leidenschaft. S. 111-134.
27 Ein Typ namens Pawlow hat es einmal geschafft, einen Hund ziemlich zu verarschen, war unheimlich stolz darauf und ist dafür auch noch berühmt geworden. Er bimmelte anfangs jedesmal mit einem Glöckchen, wenn er seinen Hund fütterte. Irgendwann sabberte der Hund los, wenn Pawlow nur noch mit dem Glöckchen schellte, es aber gar kein Chappi gab. Echt fies.
28 Siehe die Anekdote im Kapitel: *Orgastralala – Nachtrag.*

Versuch einer feministischen Ethik der lesbischen Sexualität

1 Andrea Baier / Stephanie Soine: Sex ohne Grenzen: Die lesbische Variante des Neoliberalismus. S. 75.
2 Editorial. In: Beiträge 45 (1997), S. 16.
3 In: Sex, Macht und Lust. S. 22.
4 Dieser Begriff wurde in seiner Geschichte leider mit faschistischen Inhalten verknüpft. Ich möchte ihn hier ohne entsprechende Assoziationen in der von mir definierten Bedeutung als Gegenstück zum Patriarchal-Spalterischen verstanden wissen.
5 Dieses Grundprinzip und seine Folgen erklärt z.B. Angelika Aliti in *Mama Ante Portas* ganz wunderbar.
6 Ich empfehle an dieser Stelle die inspirierende und hilfreiche Lektüre all der Matriarchatsforscherinnen von Monika Sjöö über Luisa Francia und Angelika Aliti bis zum Schiran-Clan. Die Geschichte der Frauen wiederzuentdecken kann viel Kraft geben.
7 Wie könnte ich die Grenzen anderer übertreten? Wie könnte ich meine Grenzen von anderen übertreten lassen? Wie könnte ich selber meine eigenen Grenzen mißachten?
8 Die Wirkung der Wahrnehmungsfilter habe ich im Kapitel: *Von der Rolle* schon beschrieben.

9 Siehe Christiane Northrup: Frauenkörper Frauenweisheit. »Seit Jahrhunderten werden Frauen dazu erzogen, unter Einsatz ihres Körpers zwischenmenschliche Beziehungen unter allen Umständen aufrechtzuerhalten, die für sie und ihr Wohlbefinden keineswegs förderlich sind« (S. 243). Nach einer von ihr zitierten Untersuchung täuschen von 486 Frauen 310 bei *jedem (!)* Geschlechtsverkehr einen Orgasmus vor, 124 meistens und 52 manchmal. Das heißt: keine einzige Frau tut das *nie*! Ob das auch für Lesben gilt? Eine grausige Vorstellung!
10 Claudia Heyne: Täterinnen. Offene und versteckte Aggression von Frauen. S. 59.
11 Aus dem Kapitel: Der Weg zur eigenen Sexualität. In: Frauenkörper Frauenweisheit. S. 244.
12 Wenn ich mich beispielsweise verliebe, spüre ich keineswegs eine heftige Zuneigung zu dieser Frau, sondern hauptsächlich ein bis zur Quälsamkeit starkes körperliches Begehren. Inzwischen weiß ich, daß hinter diesem Begehren durchaus eine Menge Liebe steckt – auch wenn ich sie nicht spüre. Oder wenn ich verletzt bin: Auch das nehme ich ungern direkt wahr. Ich werde auch nicht wütend. Sondern ich fange an, hinter einer coolen, ungerührten Fassade hervor mit verbalen und sonstigen Pfeilen um mich zu schießen.
13 Siehe die Kapitelanordnung von Andrea Thamm in ihrem Buch *Tabuzonen lesbischer Sexualität*: »Nicht reden«, »Nicht merken«, »Nicht tun« und »Nicht zeigen«.
14 Literatur zu Gewalt in lesbischen Beziehungen: Constanze Ohms: Mehr als das Herz gebrochen; zu Gewalttätigkeit von Frauen im Nationalsozialismus und gewalttätigen Müttern: Claudia Heyne: Täterinnen; zu sexualisierter Gewalt durch Frauen und Mädchen: Michele Elliott (Hg): Frauen als Täterinnen; Dr. Barbara Kavemann / LAG Autonome Mädchenhäuser NRW e.V.: Täterinnen – Frauen, die Mädchen und Jungen sexuell mißbrauchen; und: Sexuelle Gewalt durch Frauen und Mädchen – Wahrnehmen, Weiterdenken, Handeln. Dokumentationen der Fachtagungen 1993 und 1996.
15 Susanne Kappeler: Der Wille zur Gewalt.
16 Spannend sind hier auch die aktuellen Diskussionen und Überlegungen der AG Feministische Rechtstheorie des Feministischen Rechtsinstituts Bonn (Barbara Degen, Malin Bode u.a.) zu Normen unter Frauen.
17 Wenn du dich mal echt gut amüsieren willst: Wirf mal in eine beliebige feministische oder lesbische Diskussionsrunde die Bemerkung ein: »Ich bin Täterin« und schau, was passiert! (Aber vergiß deine Rüstung nicht!)

Die unendlichen Weiten der Landschaft

1 Der Faktor ›Zeit‹ ist in der Sexualität so wichtig, daß ich ihm fast ein eigenes Kapitel gewidmet hätte. Alles, was ich bisher über lesbischen Sex gelesen habe, klingt nämlich unheimlich feststehend und höchstens per Therapie im Laufe von Jahren veränderbar. In Wirklichkeit aber ist doch jede Begegnung anders, wobei Zeit, Partnerin und wechselnde Umstände eine wichtige Rolle spielen.
2 Zu dieser Art der Darstellung habe ich mich von Ursula Kornfelds Artikel *Lesbische Paarbeziehungen – Auswirkungen von und Umgangsweise mit sexuellem Mißbrauch in der Kindheit* anregen lassen.
3 Näheres hierzu findet sich im Kapitel: *Flashbacks.*
4 Ich habe diesen Unterschied bereits im Kapitel: *Von der Rolle* klarzumachen versucht.

5 Christiane Northrup: Frauenkörper Frauenweisheit. S. 51.
6 Gerda Bierwagen: Meine Erste hieß Ingeborg. In: Anke Schäfer, Kathrin Lahusen (Hg.): Lesbenjahrbuch I.
7 Wieder so ein Fall unterschwellig reingedrückter, nicht deutlich benannter ethischer Normen und Werte.
8 In dem Film *Kommt Mausi raus?* von Angelina Maccarone benutzt zum Beispiel die alteingesessene Szenelesbe die Hilflosigkeit der Landlesbe Mausi in der fremden Stadt, um sie abzuschleppen. Mausi sucht eigentlich soziale Kontakte, keinen Sex.
9 Es gibt noch eine andere Form von Horrorzustand, der in der Realität von Überlebenden leider häufig vorkommt: nämlich von außen her unzugänglich zu sein für wohltuenden und hilfreiche Einflüsse, dabei aber gleichzeitig ungeschützt offen zu sein jedem neuen Eindringen von Gewalt gegenüber.
10 Ein empfehlenswerter Artikel hierzu, in dem auch die Problematik der Definition / Diagnose und des Umgangs mit ›Multiplen Frauen‹ klar wird, stammt von Claudia Heinze: *Der Kaiserin neue Kleider.*
11 Die genaue Deutung verrate ich nicht...
12 In: Geliebte, Freundin, Partnerin. S. 167.
13 Bestenfalls hat es im Detail einen Informationswert, wie z.B.: »Es gibt die Möglichkeit, das Venusdelta einer Lesbe mit dem Mund zu verwöhnen« oder »Es kann vorkommen, daß eine Frau bei großer Erregung ejakuliert, und das bedeutet nicht, daß sie in die Hose gemacht hat (bzw. in keine Hose)«. – Aber was sagt das schon über Sexualität?
14 Alte schamanische Weisheit, frei nach Angelika Aliti.

Grau(s)zonen lesbischer Sexualität

1 Dieser Ansicht ist auch Ursula Kornfeld in ihrem Aufsatz *Lesbische Paarbeziehungen* (In: Dürmeier u.a.: Wenn Frauen Frauen lieben.). Sie kritisiert die Untersuchungen von Jo Ann Loulan zum Anteil der Überlebenden unter Lesben (38%) an diesem Punkt: hier wurden nur die Lesben erfaßt, die *sich selbst als Überlebende bezeichneten.* –
Quatsch ist natürlich umgekehrt auch das weitverbreitete Vorurteil, daß Gewalterfahrung und Lesbischsein in einem direkten Zusammenhang stehen, à la: »Du bist ja nur andersrum, weil du schlechte Erfahrungen mit Männern gemacht hast.« Erstens ist laut Umfragen der Anteil an Überlebenden unter Heteras etwa gleich groß wie unter Lesben, nämlich zwischen 30 und 40%. Zweitens müßte es, wenn dem so wäre, weitaus mehr Lesben geben. Und drittens hatte ich selbst zum Zeitpunkt des ersten Gewalterinnerns höchst deutlich das Gefühl, daß inmitten dieses Scherbenhaufens ›Ich‹ meine lesbische Identität das einzig Ganze, Echte und Heile weit und breit war – und nicht etwa Teil der Gewalt-Folgescherben. Das heißt, daß es bei mir offensichtlich genau umgekehrt war: Das Verdrängen der Gewalterfahrungen hatte mein Coming Out blockiert; mein Heterasein war Folge der Gewalt! (Übrigens war ich nicht die einzige in meiner Selbsthilfegruppe, die im Laufe ihrer Heilungsarbeit lesbisch wurde.) Viertens und letztens halte ich es für völlig überflüssig, sich für die eigene Identität in irgendeiner Weise zu rechtfertigen, und greife dieses Vorurteil hier nur auf Wunsch meiner Lektorin auf, um es noch mal ausdrücklich zu widerlegen.
2 Genau aus diesem Grund kriege ich regelmäßig Anfälle, wenn sich eine hypnotisieren lassen will, um herauszufinden, »ob da was war«.

3 Dies ist ein universeller Trick von direkter Gewaltherrschaft: Derselbe Mechanismus wirkte beispielsweise, wenn in Sträflings- oder Konzentrationslagern Gefangene zu Aufsehern über Mitgefangene gemacht werden.

4 Es gibt hierzu eine Fülle empfehlenswerter Literatur, z.B. das Editorial zu: Ihrsinn Band 16 / 1997: *gegenGewalt*; das Editorial zu: Beiträge Band 37 / 1994: *Gewalttätig* (das große Manko beider Schriftenreihen, nämlich daß die Sprache oft zu wissenschaftlich und arg fremdwortgespickt ist, hält sich bei diesen beiden Vorworten einigermaßen in Grenzen); oder auch das Emma-Buch *Sexualität.*

5 Beim Schmökern in Büchern über sexuelle Phantasien von Frauen (z.B. Nancy Fridays *Sexuelle Phantasien* oder auch Pat Califia: *Sapphistrie*) erzählten Phantasien nicht masochistisch ist. Das sagt wohl alles. Wenn ich mir klar mache, was das letztlich bedeutet, kommt mir das kalte Grausen ... (Willkommen in der *Graus*zone, Gita!).

6 »Wie viele Frauen diese Gefühle kennen, wissen wir spätestens seit Nancy Fridays Untersuchung sexueller Phantasien. [...] Wir Frauen sind damit aufgewachsen, daß die Sexualität, genauer: unsere sexuelle Bestimmung der Kern unseres Wesens sei, das Wahrste in uns. So ist die Gefahr groß, daß wir aus unseren sexuellen Phantasien auf eine ganze Lebensbestimmung schließen. Das ist falsch.« Maria Marcus: Ich war Masochistin. S. 203.

7 Laura Davis: Verbündete, S. 171. Sie empfiehlt an dieser Stelle das Buch *The Sexual Healing Journey* von Wendy Maltz, das unter dem Titel *Sexual Healing* inzwischen als Taschenbuch auch auf deutsch erhältlich ist.

8 Das folgt aus verschiedenen Untersuchungen, die besagen, daß ca. 30-40 % aller Lesben durch sexualisierte Gewalt in der Mädchenzeit traumatisiert sind. Dazu kommen die Folgen von Vergewaltigungen im Erwachsenenalter. Selbst wenn ich berücksichtige, daß nicht alle Überlebenden ständig an Flashbacks leiden, sondern nur ein Teil dieses Symptom entwickelt – und das eher phasenweise als durchgehend –, dürfte ich bei der Mindestens-ein-Drittel-Schätzung doch ungefähr richtig liegen. (Siehe auch Ursula Kornfelds Artikel *Lesbische Paarbeziehungen.*)

9 Lynne Segals Artikel *Why the clitoris is not enough* zufolge verdanken wir diese einseitig-körperliche Betrachtungsweise vor allem der verzerrten Perspektive in den Forschungsarbeiten von Masters & Johnson sowie im Hite-Report, die noch immer die Grundlage der meisten – auch feministischen – Ansichten über Sexualität sind. Die unseligen Folgen davon habe ich ja bereits im Kapitel *2 x 3 = 9* unter dem Stichwort ›Trägheitsgesetz‹ beschrieben.

10 Die Erkenntnisse werden verdrängt oder in ihrer Bedeutung verharmlost, die Forschenden behindert und lächerlich gemacht. Trotzdem erhebt sich die Traumaforschung flashbackartig alle paar Jahrzehnte wie Phoenix aus der Asche. Es ist sicher kein Zufall, daß die individuelle Erscheinungsform der kollektiven so ähnlich ist. Eine vergleichbare Parallele ist mir auch bei der Entwicklung eines kollektiven Selbstverständnisses weiblicher Sexualität aufgefallen – siehe Kapitel: *Heilungsarbeit.*

11 Esther Burkert: Einführung in die psychologische Traumatheorie. – Auch sie berichtet von heftigen Widerständen gegen ihre Arbeit. Seit Sigmund Freud, der Ende des letzten Jahrhunderts gezwungen wurde, seine Erkenntnisse über Ausmaß und Folgen von sexuellem Mißbrauch zu widerrufen, scheint sich nicht viel geändert zu haben ...

12 Judith Herman: Die Narben der Gewalt. S. 55.

13 Bessel van der Kolk / S. Kadish: Amnesia, Dissociation and the Return of the Repressed. In: Bessel van der Kolk: Psychological Trauma. S. 173-190.

14 Tanja Schmidt: Auf das Opfer darf sich keiner berufen. Bielefeld 1996.

15 Auch ich hatte lange das Weltbild meines Täter-Vaters übernommen, alle Frauen wären dumm, geschwätzig und verachtenswert.
16 David Becker: Ohne Haß keine Versöhnung. S. 25.
17 Apropos Alptraum: Auch Alpträume können eine Form von traumatischer Erinnerung sein. Wörtlich – beziehungsweise bildlich – oder symbolisch. Auf Träume gehe ich hier jedoch nicht näher ein.
18 In dem Moment, in dem es mir während eines Flashbacks gelingt, Kontakt zu einer Frau aufzunehmen (durch Reden oder gefühlsmäßig), klingt der Flashback erfahrungsgemäß ab.
19 Ich schließe mich der Meinung der Therapeutinnen vom Münchner Frauentherapiezentrum an, daß Psychosen nichts anderes sind als Flashbacks und genau so behandelt werden sollten. Das ›Borderline-Syndrom‹ ist meiner Meinung nach nichts anderes als ein Sammeltopf, in den SchulmedizinerInnen alle Symptome von Überlebenden schmeißen, die sie sich nicht erklären können.
20 Wie zum Beispiel jeden Tag den sexistischen Witzen eines blöden Chefs ausgeliefert zu sein …
21 Nur allzuoft habe ich in meiner Selbsthilfegruppe erleben müssen, wie Frauen zu hoffnungsvollen Aufbrüchen ansetzten, aber letzten Endes dann doch die Interessen ihres Mannes wieder wichtiger nahmen als ihre eigenen.
22 Anja Meulenbelt in dem Buch *Frauensexualität.*
23 Wie zum Beispiel dem Anspruch, sich nicht mit den Gewaltstrukturen dieser Gesellschaft zu identifizieren …
24 Ratlos stehen sie der Beobachtung gegenüber, daß sie selbst masochistische Reaktionen zeigen und von sexualisierter Gewalt erregt werden. Oder sie schreiben sich ihre Schuldgefühle von der Seele, wie Mariana Valverde in ihrem Buch *Sex, Macht und Lust* Kate Miletts autobiographischen Roman *Sita* interpretiert.
25 Pat Califia in *Sapphistrie,* Margaret Nichols in *Lesben, Liebe, Leidenschaft.*
26 Ich empfehle hier die Schriftenreihe *Namenlos*, die über Anlaufstellen für Überlebende (*Notrufe*, *Wildwasser*) oder in Frauenbuchläden erhältlich ist.
27 Die Bücher schwanken zwischen Extremen: Während die einen das Leiden und den Opferaspekt überbetonen, sind andere allzu rezeptmäßig oder neigen zu hyperoptimistischem Heilungs-Aerobic nach Art des amerikanischen Machbarkeitswahns.
28 Siehe dazu auch die mir aus der Seele sprechende Kritik von Gisela Medzeg an der ›Selbstheilungsbibel‹ *Trotz allem* von Ellen Bass und Laura Davis: Wider den feministischen Machbarkeitswahn. In: Namenlos e.V. (Hg.): Namenlos 1 / 2 (1992), S. 198-203.
29 Viele Folteropfer von Militärdiktaturen betonen, wie wichtig gerade das Öffentlichmachen der Regierungsuntaten für sie ist (siehe: Burkert).
30 Christiane Northrup: Frauenkörper Frauenweisheit, S. 75.
31 Angelika Aliti: Mama Ante Portas. München 1997, S. 177.
32 Ebd., S. 176.
33 Es müssen natürlich nicht notwendigerweise Liebesbeziehungen sein, aber vermutlich sind es in den meisten Fällen welche. – Die folgenden Überlegungen zur Bedeutung der Zeugin habe ich aus meinen persönlichen Erfahrungen abgeleitet. Auch wenn ich sie noch in keiner Veröffentlichung bestätigt gefunden habe, glaube ich doch, daß sie durchaus verallgemeinerbar sind.
34 Vermutlich ist dieser Schluß verallgemeinerbar auf die Heilungsarbeit aller Überlebenden.
35 In Frauengemeinschaften, wo die Last der Flashbacks auf mehrere Schultern verteilt und auch kollektiv verarbeitet werden kann, dürfte das Ganze einfacher sein. In

einer Gesellschaft, die die Existenz solcher Traumata nicht leugnet und nicht den Opfern die Schuld zuschiebt, wäre es ebenfalls leichter.

36 Okay, es gibt auch die Sorte von Überlebenden, bei denen sich der Verlust des Gefühls für Grenzen so ausdrückt, daß sie sich wahllos jeder und jedem in die Arme werfen, der / die ihnen über den Weg läuft und ihr ganzes Seelenleben vor dieser Person ausschütten. Diese Art offensiv grenzenloser Frauen meine ich hier nicht.

37 Als Beispiel möge der typische Vergewaltigungsprozeß genügen, bei dem die Überlebende gezwungen wird, in aller Öffentlichkeit vor geifernden, täter-parteilichen Richtern intimste Details zu berichten, die für eine Verurteilung nicht nötig wären.

38 Begriffserläuterungen: siehe Glossar.

39 Auch Margaret Nichols Umfrage-Ergebnisse sprechen diese Sprache.

40 Das ist natürlich nicht die einzig mögliche Folgerung. Manche beschließen auch, sich in die Machtposition des Täters zu bringen, damit ihnen so etwas nie wieder passieren kann.

41 Entsprechend liegt das Hauptgewicht der Selbsthilfeliteratur – die meist auf heterasexuelle Lebensformen ausgerichtet ist – auf Ratschlägen zur Vermeidung einer erneuten Opferrolle. Unter dem Stichwort »Das Opfer als Täter« finden sich in *Verbündete* nur Hinweise auf die Ängste, als Überlebende und Eltern möglicherweise die eigenen Kinder mißbrauchen zu können. Auch das Stichwort »Lesben« gibt zum Thema *Lesben in der Rolle des ›Täters‹* nichts her.

42 Umgekehrt läßt das eine aber nicht unbedingt auf das andere schließen. Ich selbst hatte zum Beispiel große Probleme mit der emotionalen ›Wildsau‹, aber nie mit der sexuellen Initiative. Dies sind nur Spekulationen, aber vielleicht können andere meine Vermutungen bestätigen?

43 Manch eine mag ähnliche Situationen aus FrauenLesbenzusammenhängen kennen. Das Weiße-Westchen-Syndrom ist ein weitverbreitetes Phänomen / Problem.

44 Hierzu paßt auch ganz gut Claudia Heynes Analyse der indirekten und delegierenden Gewaltformen von Frauen in ihrem Buch *Täterinnen*: Mütter delegieren beispielsweise das Prügeln der Kinder gern an den Vater und bleiben so selbst vermeintlich frei vom Makel der Gewalttätigkeit: Flucht vor der Verantwortung; Selbstbetrug!

Die Bonbons zum Schluß

1 Obwohl das ganz witzig werden könnte: »Suchst du den Himmel auf Erden? Komm zum Orden der Freien Lustlesben!« – Mal was anderes als Baghwan oder Tantrisches Yoga.

2 Und wieder dieser zweifelhafte Begriff ›Normalität‹! Beziehen wir ihn hier auf den Wahrnehmungsbereich, der uns in der westlichen Kultur andressiert wird. Ein ziemlich eingeschränkter Bereich.

3 Der Glaube an Reinkarnation ist *eine* mögliche Erklärung für solche Erlebnisse. Aber sicher nicht die einzige.

4 Natürlich ist auch die ganze von den Pädophilen gesteuerte Backlash-Bewegung ein Graus. Aber daß das mit den armen rufgemordeten Unschuldsengeln von Vätern-Tätern alles Quatsch ist und welche Interessen in Wirklichkeit dahinterstehen, ist viel leichter zu durchschauen als diese zwei Irrlehren.

5 Hier gemeint im Sinne von Auswirkungen der eigenen Handlungen und Denkweisen, die über den Tod hinausreichen beziehungsweise auch auf anderen Ebenen als nur der des menschlichen Erdenlebens wirken.

6 Angelika Aliti: Mama Ante Portas. S. 151.

7 In diesem Buch werden übrigens die Erfahrungsberichte von Frauen unter die therapeutisch-überhebliche Überschrift ›Fall‹ gestellt (»Der Fall Jane«, »Der Fall Roberta«). Wie ich mich wohl als »Der Fall Gita« fühlen würde? Igitt!

8 Zitat aus: *Die 12 Traditionen der Anonymen Sexuell Mißbrauchten*: »11. [...] Außerdem sollten wir besonders darauf achten, daß die Anonymität all jener Menschen gewahrt wird, von denen wir abhängig waren.«

9 Ebd.: »5. Wir faßten den Entschluß, unseren Willen und unser Leben der Sorge Gottes – wie wir ihn verstanden – anzuvertrauen.« ... und sind somit von jeder Verantwortung für unser Leben entbunden und können tun und lassen, was wir wollen. Alles ist göttlicher Wille. Na wunderbar!

10 Karen Lison / Carol Poston: Weiterleben nach dem Inzest. S. 224.

11 Zitat ISA-Programm: »2. Wir kamen zu dem Glauben, daß eine Macht, größer als wir selbst, uns unsere geistige Gesundheit wiedergeben kann.« Zu deutsch: alle Überlebenden sind geisteskrank. Das baut doch so richtig auf, gelle?!

12 Karen Lison / Carol Poston: Weiterleben nach dem Inzest. S. 226.

13 Ebd., Heilungsschritt Nummer 14: »Ich bin fähig, meine zurückliegende Wut zu spüren, aber ich habe mich so weit davon gelöst, daß sie kein dauernder Bestandteil meines Gefühlslebens mehr ist ...« – Ich sage dazu nur: Wut tut gut!

14 Gräßliches Wort. Ich hoffe, es findet sich bald ein besseres dafür.

15 Ich will nicht leugnen, daß es wichtig ist, diese Informationen weiterzutragen. Auch will ich die Verdienste derjenigen, die das tun, nicht schmälern. Aber Wons ist für mich weit über das Ziel hinausgeschossen.

16 Darüber habe ich noch nichts gehört. Mir scheint aber, daß Rückenlage erforderlich ist, um die entsprechenden Muskeln zu spannen oder entspannen oder wie auch immer. In jeder anderen Körperhaltung ejakuliere ich nicht. Ob ich das zur bewußten Pfützenvermeidung ausnutzen sollte? Ich wechsle so ungern die Bettwäsche ...

17 Soll ich mich zu der Spekulation hinreißen lassen, daß Männer vielleicht immer nur so einen ›kleinen Lusthöhepunkt‹ erleben, wenn sie ejakulieren? Das wäre eine weitere Erklärung für ihren auf Neid basierenden Frauenhaß (also auch Potenzneid, nicht nur Gebärneid!). Es gibt ja keinen Mann mit multiplem Orgasmus. Sollte da etwas dran sein, müßten wir die Sprache neu regeln: dann hätten ausschließlich Frauen Orgasmen, während Männer nur ejakulieren (was Frauen gelegentlich auch tun).

18 Nicht umsonst müssen so viele Freizeitrambos unbedingt mit Mountainbikes, Snowboards oder free climbend die Berge entweihen. Und warum wohl pflanzen Patriarchen seit Jahrhunderten künstliche phallische Gebilde in die Landschaft? Das sollte uns zu denken geben.

19 Vermutlich hatte es etwas mit meinem 1989er Neujahrserlebnis zu tun: Im Morgengrauen der 1. Janua begegnete mir mitten im Wald ein Schaf mit zwei neugeborenen Lämmchen. Ich gewährte ihnen für eine Weile in meinem Garten Obdach und Schutz vor Füchsen, bis die Vermieterin sie – zu meinem größten Leidwesen – wieder rauswarf. Seitdem drängt es mich umso heftiger nach einem Frauenland, auf dem solche asylsuchenden Flüchtlinge der kommerziellen Massentierhaltung ein Leben in Freiheit führen könnten ...

20 Das sagen übrigens früher oder später alle Frauen, die den Weg der Schamanin, Hexe oder Heilerin gehen.

21 An dieser Stelle darf ich wärmstens empfehlen: Andrea Baier, Stefanie Soine: *Sex ohne Grenzen: Die lesbische Variante des Neoliberalismus*. In: Beiträge 45 / 1997, S. 71-80. (Liest sich besser, als der Titel befürchten läßt!)

LITERATURVERZEICHNIS

Aliti, Angelika: Die wilde Frau. München 1994.

Aliti, Angelika: Mama Ante Portas. München 1997.

Baier, Andrea / Stefanie Soine: Sex ohne Grenzen: Die lesbische Variante des Neoliberalismus. In: Beiträge 45 (1997), S. 71-80.

Barbach, Lonnie: For Yourself. Frankfurt 1977.

Bass, Ellen / Laura Davis: Trotz Allem. Berlin 1990.

Becker, David: Ohne Haß keine Versöhnung. Das Trauma der Verfolgten. Freiburg 1992.

Bierwagen, Gerda: Meine Erste hieß Ingeborg. In: Anke Schäfer / Kathrin Lahusen (Hg.): Lesbenjahrbuch 1. Wiesbaden 1995, S. 27-29.

Burkert, Esther: Einführung in die psychologische Traumatheorie. Unveröffentlichtes Manuskript 1995.

Clunis, D. Merilee / G. Dorsey Green: Geliebte, Freundin, Partnerin. Berlin 1995.

Califia, Pat: Sapphistrie. Berlin 1989.

Davis, Laura: Verbündete. Berlin 1992.

Dürmeier, Waltraud, u.a. (Hg.): Wenn Frauen Frauen lieben ... und sich für Selbsthilfe-Therapie interessieren. München 1991.

Elliott, Michele (Hg.): Frauen als Täterinnen. Sexueller Mißbrauch an Mädchen und Jungen. Ruhnmark 1995.

Emma / Alice Schwarzer (Hg.): Sexualität. Köln 1992.

Fessel, Karen-Susan: Bilder von ihr. Berlin 1996.

Friday, Nancy: Die sexuellen Phantasien der Frauen. Reinbek 1976.

Gelien, Gabriele: Eine Lesbe macht noch keinen Sommer. Hamburg 1993.

Heinrich, Jutta: Was ist an der Sexualität sexuell? Ein kurz und kleines Pamphlet. In: Beiträge 45 (1997), S. 19-20.

Herman, Judith Lewis: Die Narben der Gewalt. München 1993.

Heinze, Claudia: Der Kaiserin neue Kleider. In: Namenlos e.V. (Hg.): Namenlos. 5 (1997): 2. Lesbenheft, S. 101-122.

Heyne, Claudia: Täterinnen. Offene und versteckte Aggression von Frauen. Zürich 1993.

Hilsenbeck, Polina: Verbunden, verwoben, verkracht – Gruppendynamik in lesbischen Gemeinschaften. in: Waltraud Dürmeier (Hg.): Wenn Frauen Frauen lieben ...und sich für Selbsthilfe-Therapie interessieren. München 1991, S. 115-159.

Ihrsinn e.V. (Hg.): Ihrsinn. Eine radikalfeministische Lesbenzeitschrift.
Heft 7 (1993): Lustwandel.
Heft 16 (1997): gegenGewalt.

Incest Survivors Anonymus: Die 12 Traditionen der Anonymen Sexuell Mißbrauchten. (Kopie eines intern weitergegebenen Leitfadens für ISA-Gruppensitzungen, ohne Angabe der Herkunft.)

Internationales Frauenplenum West-Berlin 1988-1991: Den Faden weiterspinnen.

Möglichkeiten der Zusammenarbeit von Immigrantinnen, im Exil-lebenden und deutschen Frauen. Berlin 1995.
Janz, Ulrike / Marion Steffens: GewaltbeFragen. In: Ihrsinn 16 (1997), S. 57-77.
Kappeler, Susanne: Der Wille zur Gewalt. München 1994.
Kavemann, Barbara (Hg.): Sexuelle Gewalt durch Frauen und Mädchen. Wahrnehmen, Weiterdenken, Handeln. Dokumentation einer Tagung. Bielefeld 1996.
Kavemann, Barbara: Das bringt mein Weltbild durcheinander. Frauen als Täterinnen in der feministischen Diskussion sexueller Gewalt. In: Michele Elliott (Hg.): Frauen als Täterinnen, Ruhnmark 1995, S. 13-40.
Kavemann, Barbara / LAG Autonome Mädchenhäuser NRW e.V.: Täterinnen – Frauen, die Mädchen und Jungen sexuell mißbrauchen. Dokumentation der Fachtagung in Bielefeld 1993.
Keller, Andrea: Lesben Komisch. Bremen 1994.
Kolk, Bessel van der / S. Kadish: Amnesia, Dissociation and the Return of the Repressed. In: Bessel van der Kolk: Psychological Trauma. Washington D.C. 1987.
Kornfeld, Ursula: Lesbische Paarbeziehungen – Auswirkungen von und Umgang mit sexuellem Mißbrauch in der Kindheit. In: Waltraud Dürmeier u.a. (Hg.): Wenn Frauen Frauen lieben ...und sich für Selbsthilfe-Therapie interessieren. München 1991, S. 164-184.
Leidholdt, Dorchen: Freie Sklavinnen? In: Emma / Alice Schwarzer (Hg.): Sexualität. Köln 1992, S. 190-199.
Lison, Karen / Carol Poston: Weiterleben nach dem Inzest. Traumabewältigung und Selbstheilung. Frankfurt/Main 1991.
Lorde, Audre: Vom Nutzen der Erotik. In: Dagmar Schultz (Hg.): Macht und Sinnlichkeit. Berlin 1983, S. 187-194.
Loulan, JoAnn / Margaret Nichols / Monica Streit u.a.: Lesben, Liebe, Leidenschaft. Texte zur feministischen Psychologie. Berlin 1992.
Loulan, JoAnn: Das Feuer schüren. Wie das Sexleben lesbischer Paare lustvoll bleibt. In: JoAnn Loulan / Margaret Nichols / Monica Streit u.a.: Lesben, Liebe, Leidenschaft. Berlin 1992, S. 135-153.
Maltz, Wendy: Sexual Healing. Ein sexuelles Trauma überwinden. Reinbek 1995.
Marcus, Maria: Ich war Masochistin. In: Emma / Alice Schwarzer (Hg.): Sexualität. Köln 1992, S. 200-204.
Medzeg, Gisela: Wider den feministischen Machbarkeitswahn. In: Namenlos e.V. (Hg.): Namenlos 1 / 2 (1992), S. 198-203.
Meulenbelt, Anja: Frauensexualität. München 1988.
Mitscherlich-Nielsen, Margarete: Was ist Lust? (Durch Phantasien Herrin der Demütigung?) In: Emma / Alice Schwarzer (Hg.): Sexualität. Köln 1992, S. 46-58.
Morrien, Lea: Meine Suche nach einer Literatur zum Tabu im Tabu. In: Beiträge 25/26 (1989), S. 46-48.
Müller, Martina (Hg.): Flüchtiges Begehren. Berlin 1991.
Namenlos e.V. (Hg): Namenlos. Schriftenreihe zur Selbsthilfe gegen sexuelle Gewalt. c/o Frauenbuchladen Hagazussa, Friesenstraße 12, 28203 Bremen.
1. Jahrgang (1992), Nr. 1 / 2.
6. Jahrgang (1997), Nr. 5: 2. Lesbenheft.
Nestle, Joan: Kesse Väter und femmes. In: Emma / Alice Schwarzer (Hg.): Sexualität. Köln 1992, S. 145-152.
Nichols, Margaret: Lesbische Sexualität. Themen und Theoriebildung. In: JoAnn Loulan / Margaret Nichols / Monica Streit u.a.: Lesben, Liebe, Leidenschaft. Berlin 1992, S. 72-110.

Nichols, Margaret: Sex-Therapie mit Lesben. Vom Beugen eines heterosexuellen Paradigmas. In: JoAnn Loulan / Margaret Nichols / Monica Streit u.a.: Lesben, Liebe, Leidenschaft. Berlin 1992, S. 111-134.

Northrup, Christiane: Frauenkörper Frauenweisheit. Bewußt leben – ganzheitlich heilen. München 1994.

Ohms, Constanze: Mehr als das Herz gebrochen. Berlin 1993.

Ratzel, Eveline: Die Brache. Ein traumhafter Lesbenkrimi. Bremen 1994.

Ratzel, Eveline: Helle Nacht. Lesbische Netzwege. Karlsruhe 1996.

Rode, Tanja: Der Sadomasochismus in seiner politischen Dimension. In: Ihrsinn 16 (1997), S. 40-53.

Rule, Jane: Outlander. Göttingen 1986.

Schäfer, Anke / Kathrin Lahusen (Hg): Lesbenjahrbuch 1. Rücksichten auf 20 Jahre Lesbenbewegung. Wiesbaden 1995.

Schiran Ute Manan: Die Wege der Wölfin. München 1990.

Schmidt, Tanja: Auf das Opfer darf sich keiner berufen. Bielefeld 1996.

Schultz, Dagmar (Hg): Macht und Sinnlichkeit. Ausgewählte Texte von Audre Lorde und Adrienne Rich. Berlin 1983.

Schwarzer, Alice: 7 Jahre danach. In: Emma / Alice Schwarzer (Hg.): Sexualität. Köln 1992, S. 26-36.

Segal, Lynne: Sensual uncertainty, or why the clitoris is not enough. In: Helen Crowley / Susan Himmelweit (Hg.): Knowing Women. Feminism and Knowledge, S. 117-131.

Sozialwissenschaftliche Forschung und Praxis für Frauen e.V. (Hg.): Beiträge zur feministischen Theorie und Praxis.
12. Jahrgang (1989), Heft 25/26: Nirgendwo und überall – Lesben.
17. Jahrgang (1994), Heft 37: Gewalt-Tätig.
20. Jahrgang (1997), Heft 45: EigenSinnLich. Sexualität und Feminismus.

Streit, Monica: Auf der Suche nach dem Mysterium. Symbiotische Beziehungen zwischen Frauen. In: JoAnn Loulan / Margaret Nichols / Monica Streit u.a.: Lesben, Liebe, Leidenschaft. Berlin 1992, S. 10-32.

Thamm, Andrea: Tabuzonen lesbischer Sexualität. Hamburg 1997.

Valverde, Mariana: Sex, Macht und Lust. Frankfurt/Main 1994. (Originalausgabe: Toronto 1985).

Vargo, Sue: Die Auswirkung weiblicher Sozialisation auf lesbische Paare. In: JoAnn Loulan / Margaret Nichols / Monica Streit u.a.: Lesben, Liebe, Leidenschaft. Berlin 1992, S. 33-49.

Quellennachweis

Gammon, Carolyn: Schlechter lesbischer Sex. In: Ihrsinn 7 (1993). Übers. v. Anna Hochreuter (nachträglich überarbeitet von Gita Tost).

Gammon, Carolyn: Unlust. In: Ihrsinn 7 (1993). Übers. v. Anna Hochreuter.

Bildnachweis

S. 18: »Wasserspiele«. Fotografie von Gaby Kulpe

VERANSTALTUNGEN MIT GITA TOST

Gita Tost erzählt, liest und singt »heitere Texte mit scharfem Beigeschmack«. Als abendfüllendes Konzert. Im Rahmen einer Buchlesung. Im Rahmenprogramm von Ausstellungen. Als Kurzauftritt. Als Workshop ... für ein Ende des Überlebens und den Anfang des LEBENS.

PRESSESTIMMEN zu Veranstaltungen mit Gita Tost

»Ob Kurzkrimi oder Märchen, ob Pressemeldung oder Werbespruch, ob Lyrik oder Esoterik: überall fühlt sich Gita Tost zu Hause ... den kritischen Blick auf die vom Rollenverhalten zwischen Mann und Frau geprägte Gesellschaft verliert sie dabei allerdings nie.« (Mittelbayrische Zeitung)

»Ihre Gedichte und Texte sind komprimiert, emotional, sehr bedrükkend, sehr reif – aber vor allem sehr lebensbejahend.« (Lahrer Zeitung)

»Eigentlich macht sie vor nichts halt. Auch nicht vor ›bösen Seitenhieben auf eine selbstzufriedene Gesellschaft‹. Sie schreckt auch vor Tabuthemen wie sexueller Gewalt und Lesbischsein nicht zurück, ›zitiert sogar frech die Bibel und setzt das Leid der mißhandelten und mißbrauchten Frauen dem Leiden Christi gleich.‹« (Badische Zeitung)

In den »Gesängen für Überlebende« singt Gita Tost Lieder gegen sexuelle und strukturelle Gewalt. Zum Erinnern, Spüren, Aufatmen: »Gänsehautlieder« über den Schmerz, die Wut, die Kraft.

Aus einer Rezension der CD »Bittersüß«:

Du wirst ganz still und lauschst, und innen drin wird etwas tief berührt – so mag es sein, wenn Frauen, vor allem von sexueller Gewalt betroffene, der Liedermacherin und Autorin Gita Tost im Konzert zuhören. Ich rezensiere hier jedoch kein Konzert, sondern die CD »Bittersüß – Gesänge für Überlebende«. Ich höre zu und konzentriere mich auf den Sinn ihrer Texte. Die singt sie mit melancholischer und tragisch angehauchter Alt-Stimme, begleitet von einer Akustik-, manchmal auch einer E-Gitarre. Ihre größtenteils ruhigen Gesänge sind sicher keine gute Begleitmusik fürs Spülen oder Lesen, aber geeignet für bloßes Musikhören, In-sich-Gehen, Sicheinlassen.
(Frauenzeitung Krampfader, Kassel)

Zum Weiterlesen ...

Regine Michels *Regine*
Vom Inzestopfer zur lebendigen Frau
ISBN 3-927164-83-6

Eine »ganz normale Familie« in den 60ern: Vater, Mutter und zwei Töchter, die beide erst Jahre später entdecken, was es mit ihren Angstanfällen, Eßstörungen und Rückenschmerzen auf sich hat. Regine Michels schreibt in aller Offenheit von den Symptomen, den ersten Ahnungen und der grauenhaften Gewißheit langjährigen Vater-Tochter-Inzests. Und sie schreibt höchst eindrucksvoll und ermutigend die Geschichte ihrer Heilung: Wie sie lebendig wird mit der Hilfe ihrer Therapeutinnen, der Solidarität ihrer Freundinnen und dank ihrer lesbischen Identität.

Regine Michels, 1956 im Ruhrgebiet geboren, wurde zehn Jahre lang von ihrem Vater sexuell mißbraucht. Nur knapp konnte sie dem Seelenmord entgehen, bis sie 1989 in einer psychosomatischen Klinik in Bad Pyrmont neu geboren wurde. Seither engagiert sie sich in zahlreichen Vorträgen für das Brechen des Schweigens und wirkte u.a. in einer ZDF-Reportage zum Thema »Überlebende sexuellen Mißbrauchs« mit.

PRESSESTIMMEN

»Die schonungslose Offenheit, die klare, prägnante Alltagssprache, die gute Struktur, die fehlende Larmoyanz, der manchmal geradezu erfrischende Zorn, die Faszination, die von dem Miterleben einer wahrlich spannenden Lebensgeschichte ausgeht. Und noch etwas Besonderes: Die Autorin ist Lesbe, lebt und erlebt ihr Lesbisch-Sein als Möglichkeit, heil zu bleiben in all der patriarchalen Destruktivität um uns herum. REGINE ist die Geschichte einer Seelen-Heilung und auch ein eindrucksvolles Beispiel für die Kraft lesbischer Identität.«
(Christiane Börger, Wir Frauen)

»Regine Michels' Buch macht Mut, denn es zeigt, daß trotz der apokalyptischen Erfahrung mißbrauchter Kindheit noch Kraft bleiben kann, sich aus dem Dunkel der Vergangenheit zu lösen.«
(Rosige Zeiten)

VERANSTALTUNGEN MIT REGINE MICHELS

»Eine selbstbewußte, lächelnde Frau sitzt da vor rund 20 Zuhörerinnen. Eine 40jährige, die in ihrer Kindheit zehn Jahre lang von ihrem Vater sexuell mißbraucht worden war ... Und dann erzählt sie höchst eindrucksvoll die Geschichte ihrer Heilung.« (Weserkurier)

»Nach der Lesung stellen die Gäste – Lehrer, Erzieher, Mitarbeiter vom Jugendamt, Polizisten, die in der Prävention arbeiten – sehr persönliche Fragen. Immer wieder taucht die Verzweiflung derer auf, die täglich mit Kindern und Jugendlichen arbeiten: Wie kann ich helfen? Die stummen Schreie, die Signale nicht übersehen, nicht überhören!« (Sächsische Zeitung)

»Regine Michels nahm die Einladung gerne an, und zahlreiche Frauen folgten der Ankündigung. Sie erlebten einen manchmal grausam realistischen, aber auch humorvollen Abend. ... Heute sitzt einem eine symphatische, jugendliche Frau gegenüber, die eine unglaubliche Lebensfreude und Power ausstrahlt, und man sieht, daß in ihrem Fall der Vergewaltiger ihr das Leben nicht nehmen konnte. Das Buch, das sie während ihrer Therapie schrieb, ist voller Authentizität und macht allen Opfern Mut, das Thema ›sexueller Mißbrauch‹ aus dem Dunkel der Geheimhaltung in die Öffentlichkeit zu holen, ohne Angst, darüber zu reden, und mit der berechtigten Hoffnung, es zu bewältigen.« (Kreiszeitung Weyhe)

Regine Michels diskutiert u.a. mit Schulklassen, in Bibliotheken und Buchhandlungen und liest aus ihrer Autobiographie.
Haben Sie Interesse an einer Veranstaltung mit Regine Michels? Dann schreiben Sie ihr – bitte zusätzlichen frankierten Umschlag beilegen! – an die Verlagsadresse: Ulrike Helmer Verlag, Altkönigstraße 6a, D-61462 Königstein/Taunus. Gern leiten wir Ihre Anfrage an die Autorin weiter.